NAJEM WALI

BAGDAD ... MARLBORO

EIN ROMAN FÜR BRADLEY MANNING

Aus dem Arabischen von
Hartmut Fähndrich

Carl Hanser Verlag

Die arabische Originalausgabe erschien 2012
unter dem Titel *Baghdād … Mālbūrū* bei
al-Mu'assasah al-'Arabīyah lil-Dirāsāt wal-Nashr in Beirut.

Das Motto aus Italo Calvino, *Die unsichtbaren Städte*
wird zitiert in der Übersetzung von Burkhart Kroeber,
Hanser Verlag, München 2007.

Alle zitierten Gedichte von Walt Whitman stammen aus
Walt Whitman, *Grasblätter*, nach der Ausgabe von 1891–92,
erstmals vollständig übertragen und herausgegeben von
Jürgen Brôcan, Hanser Verlag, München 2009.

1 2 3 4 5 18 17 16 15 14

ISBN 978-3-446-24485-6

Satz: Satz für Satz. Barbara Reischmann, Leutkirch
Druck und Bindung: CPI – Ebner & Spiegel, Ulm
Printed in Germany

Undique ad inferos tantundem viae est
Von überall her ist es gleich weit zur Unterwelt

Antwort des griechischen Philosophen
Anaxagoras auf die Frage, ob er nach seinem
Tod in seine Heimatstadt überführt werden wolle.

Die Hölle der Lebenden ist nicht etwas, das erst noch kommen wird. Wenn es eine gibt, ist es die, die schon da ist, die Hölle, in der wir jeden Tag leben, die wir durch unser Zusammensein bilden. Es gibt zwei Arten, nicht unter ihr zu leiden. Die erste fällt vielen leicht: die Hölle zu akzeptieren und so sehr Teil von ihr zu werden, dass man sie nicht mehr sieht. Die zweite ist riskant und verlangt ständige Aufmerksamkeit und Lernbereitschaft: zu suchen und erkennen zu lernen, wer und was inmitten der Hölle nicht Hölle ist, und ihm Dauer und Raum zu geben.

Italo Calvino, *Die unsichtbaren Städte*

Lichtsäulen
Leuchten auf in Steppennacht.
Zigaretten, die auf ewig brennen.
Schau nur
Welche Namen wir schreiben
In der Düsternis der Frontnacht
Bagdad … Marlboro.

Salmân Mâdi

Für Sâra M., weil sie mir einige ihrer Geschichten anvertraut hat, bevor sie ging.
Für die Kommissarin Verena K., weil sie weiß, warum diese Geschichte jetzt kommt.

INHALT

VOR DANIEL BROOKS:
ALLE WEGE FÜHREN ZUM MAIDÂN-PLATZ

1. DER ANFANG DES WEGS: IRGENDWO ... JETZT

Wenn ich meinen Reisepass betrachte und besonders meinen Namen und mein Geburtsdatum anschaue, kommt mir Daniel Brooks in den Sinn. Bis zu seinem plötzlichen Auftauchen hatte ich nie geglaubt, dass mein Leben sich je auf eine solch abrupte Weise verändern könnte, durch einen fremden Mann wie ihn, der von weit her kam.

All das geschah vor sieben Jahren in Bagdad. Es waren die schwersten und möglicherweise auch die gefährlichsten Jahre, die die Stadt je erlebt hat. Ehrlich, wenn ich an die Geschichte zurückdenke, kommt sie mir schon recht seltsam vor. Dass sich so etwas in einer Stadt wie Bagdad abgespielt haben soll! Dass zwei Männer wie wir, mit ihren unterschiedlichen Lebenserfahrungen und durch Länder, Meere und Ozeane voneinander getrennt, sich unbedingt hier begegnen sollten!

Daniel wurde am Ufer des Mississippi in New Orleans im US-Bundesstaat Louisiana geboren und wuchs in New York im Stadtteil Queens auf. Ich dagegen habe das Licht der Welt in einer kleinen Stadt im westlichen Irak am Ufer des Euphrat erblickt und bin dann am Ufer des Tigris in Bagdad aufgewachsen.

Heute sieht das alles normal und echt aus, sogar mein gefälschter Name und meine neuen Papiere, mein neuer Aufenthaltsort und das Land, das ich mir zufällig ausgewählt habe und das mir, nach einer langen Odyssee, einer fast dreijährigen Irrfahrt durch verschiedene Länder der Welt, zu einer Art Heimat wurde. Aber damals, als ich mitten in dieser brenzligen Situation steckte, kam mir das sehr anders vor. Ich ließ es einfach geschehen. Im besten Falle glaubte ich wohl, allein der Zufall habe diesen Mann hergeführt, im schlimmsten Fall glaubte ich, jemand habe ihn zu mir geschickt, um mich zu quälen. Es wäre mir nie in den Sinn gekommen, dass jemand, der Tausende von Kilometern von mir entfernt wohnte, all die Jahre auf eine Gelegenheit gewartet hatte, um mich zu treffen. Aber als der Krieg begann und die amerikanischen Truppen am 9. April 2003 in Bagdad einzogen, hatte dieser jemand gedacht: Das ist die Gelegenheit. Ich muss in die irakische Hauptstadt reisen, um diesen Mann zu suchen. Er hatte keine Ahnung, dass sich für diesen Mann, für mich, in dem Augenblick, da er an meine Tür klopft, für mich ein neues Leben beginnen wird. Auch für andere Iraker und sogar Amerikaner hat sich damals vieles verändert. Aber wenn ich jetzt eine Waage hätte, legte ich den Einmarsch der Amerikaner in die eine Waagschale und die Folgen meiner Bekanntschaft mit Daniel Brooks in die andere. Jawohl, Tausende, ja, Millionen Iraker haben danach ihre Namen geändert, aus Furcht vor Verfolgung oder weil dies üblich war, wenn eine neue Ära anbricht. Manche sind ausgewandert, andere sind geblieben. Für mich hat sich aber mein Leben verändert, vollständig. Das heißt nicht, dass das Leben, das ich jetzt führe, falsch ist oder dasjenige, das ich zuvor geführt hatte, richtig war. Sie sollen nur verstehen, dass die Person, die Ihnen diese Geschichte jetzt erzählt, eine andere ist als diejenige an dem Tag, an dem Daniel Brooks in ihr Leben trat. Wenn ich jetzt über mein Leben und alles Geschehene nachdenke, halte ich bei einem einzigen Bild inne: der Stadt Bagdad und Daniel Brooks.

Was geschah, geschah also nicht zufällig.

Damals, vor sieben, acht Jahren, wohnte ich in einem respektablen Stadtteil von Bagdad. Der Name bleibt hier besser unerwähnt. Wichtig ist, dass es sich nicht um ein Viertel der Altstadt handelte, sondern um eines jener neueren, die in den siebziger Jahren entstanden sind. Meine Wohnung lag an der Hauptstraße unweit des Marktes und des Polizeireviers. Verglichen mit anderen Teilen Bagdads, war diese Gegend damals relativ ruhig. Erst Ende 2003 und in den ersten drei Monaten des Jahres 2004 gab es einmal einen bewaffneten Überfall auf das Polizeirevier und einige gewaltsame Zwischenfälle. Vorher geschah in dem Viertel nichts, was einen Umzug oder gar den Verkauf des Hauses erforderlich gemacht hätte. Meine Frau hatte sich von mir getrennt und war zu ihren Eltern zurückgekehrt. Das Haus, das für mich allein etwas zu groß war, wurde zu einer Art Gefängnis. Weder die Arbeit in dem nicht ganz kleinen Vorgarten noch der Fernseher oder das Radio im Wohnzimmer trösteten mich darüber hinweg. Was sollte jemand alleine mit mehr als dreihundertfünfzig Quadratmetern anfangen, zweihundert für die Wohnung, hundertfünfzig für den Garten? Es gab eine tägliche Stromunterbrechung, die für uns schon fast selbstverständlich geworden war, und Generatoren gab es damals noch kaum.

In jenen Tagen schaute mein Neffe, der Sohn meines Bruders, hin und wieder bei mir vorbei. Er blieb ein paar Stunden und ab und zu, an Wochenenden, auch über Nacht. Neben meinem Gang zum Getränkeladen am Ende der Straße hinter meinem Haus, wo ich Arak kaufte und manchmal ein paar Minuten in der Ecke saß, die der Inhaber für Stammgäste wie mich eingerichtet hatte, war dieser Neffe meine einzige Abwechslung. Sogar die wenigen Male, die ich zum Maidân-Platz ging, um meinen Freund, den Dichter Salmân Mâdi, zu treffen, verschafften mir keine wirkliche Ablenkung. Kaum vorstellbar, wie er die Amerikaner hasste! Er wollte sogar lieber beim Maidân-Platz leben als bei Frau und Kind. »Das ist er einzige Ort, wo ich keine Amifratze sehen muss«, sagte er. Ich glaube aber, das war nur so eine Behauptung, tatsächlich ging es um etwas anderes. Salmân hatte nämlich schon vor der Ankunft der Marines dort gewohnt. Die Amerikaner waren nur ein Vorwand, um seinen Traum zu verwirklichen, in diesem Viertel zu leben und eine Art Solidarität mit den »Marginalisierten« zu praktizieren, wie er sie nannte. Er war stolz darauf, und wir wussten es.

Ich sagte, dass sogar die Gesellschaft Salmâns mir weder Trost noch Vergessen verschaffte. Eher machte mich sein Anblick noch deprimierter. Wir tranken zwar zusammen, aber Salmân soff exzessiv. Damals hielt er in jeder Ecke seiner Wohnung eine angebrochene Flasche Arak versteckt. Er fürchtete, die Vorräte auf dem Platz könnten sich erschöpfen und er würde gezwungen sein, Arak an Orten zu suchen, wo er Amerikaner sehen müsste. Ja, ich hatte eine Schwäche für Salmân. Alle wussten von unserer Freundschaft, die in die achtziger Jahre zurückreicht. Aber Salmân ist völlig verändert aus dem Kuwaitkrieg zurückgekehrt. Er versank immer tiefer in Depression, und das konnten auch die Ereignisse nach dem 9. April 2003 nicht ändern. Er wurde nur noch wütender. Stundenlang saßen wir da, ohne ein Wort zu wechseln, und wenn er einmal den Mund aufmachte, so nur, um über die ganze Welt zu schimpfen. Nichts und niemand konnte ihn zum Verstummen bringen, nur der Schlaf. Mit ihm in die Kneipe al-Gunun, »Der Irrsinn«, hinunterzugehen, war ein Erlebnis, denn wehe, er sah einen amerikanischen Soldaten oder eine Patrouille vorbeigehen! Dann kam eine Flut von Schimpfwörtern aus seinem Mund! Mit Salmân zusammenzusitzen wäre noch deprimierender, wenn ich ihm die Geschichte von meiner Trennung von Ashâr und von meiner miesen Lage erzählte.

Mit meinem Neffen war das ganz anders. Wenn er mich besuchte, war ich völlig entspannt. In seiner Gesellschaft konnte ich mein Elend zumindest vorübergehend vergessen. Er hatte gerade sein Studium an der Universität von Bagdad begonnen und freute sich über die Geschichten aus meiner Studienzeit in den siebziger Jahren. Er lachte, weil er glaubte, ich flunkerte, wenn ich ihm zum Beispiel von Studentinnen im Minirock erzählte, oder dass man den Hidschab damals überhaupt nicht kannte. Manche trugen die Abâja, nahmen sie aber ab, wenn sie in die Uni kamen, und ließen sie in der Studentinnengarderobe zurück. Und wenn man draußen vorbeiging, roch es durchs Fenster nach Zigaretten. All das erzählte ich ihm und insbesondere Geschichten von Besäufnissen. Wenn wir zusammensaßen, trank ich immer. Auf allen Bildern, die er von mir aufnahm, hatte ich ein Glas Arak in der Hand, während er selbst nicht trank, er mochte mich so sehr, dass er sogar an derselben Fakultät für Tiermedizin studierte wie ich früher einmal. Einmal fragte ich ihn, warum er dieses Fach gewählt habe. Ich hatte diesen Beruf als Tierarztleiter des Schlachthauses ja an den Nagel gehängt und mich einer anderen Tätigkeit zugewandt, die keinerlei Beziehung zur Tiermedizin besaß. »Warum sollte ich das nicht studieren«, entgegnete er, »wo du selbst doch einmal gesagt hast: Wenn die Welt ein Saustall ist, liegt ihr Zentrum im Irak. Man braucht kein Studium der Humanmedizin.« Ich konnte mich nicht daran erinnern, so etwas gesagt zu haben. Doch ich war wieder einmal betrunken und ließ meiner Phantasie freien Lauf: »Du kannst dir nicht vorstellen, wie oft ich daran gedacht habe, diesen miesen und stinklangweiligen Beruf als Bauunternehmer aufzugeben, weil ich gern Schriftsteller werden wollte.« »Aber das ist im Irak und in allen anderen arabischen Ländern ein Beruf ohne Perspektive«, warf er ein. Es war ihm klar, dass man mit der Schriftstellerei kein Geld verdient und dass einem dieser Beruf nur Unannehmlichkeiten bringt. Doch er mochte mich, und ebenso wie er meinte, dass die Geschichten, die ich zum Besten gab, Produkte meiner Phantasie waren, der Phantasie eines Alkoholikers, der lieber Schriftsteller wäre, gefiel es ihm, für mich Geschichten zu erfinden und mir Aussagen oder Verhaltensweisen anzuhängen, die seiner Phantasie entstammten, der Phantasie eines gerade einmal zwanzigjährigen Mannes. Damit wollte er mir helfen, zu meinem alten Vorhaben zurückzufinden, ein Geschichtenerzähler zu werden. Weil er mich mochte, besuchte er mich, so oft er konnte, was mir Kopfzerbrechen bereitete, weil ich mir Sorgen machte, ihm könnte unterwegs etwas zustoßen. Doch auf Warnungen lautete seine Antwort konstant: »Hör mal, Onkel, in deiner Gesellschaft zu sein wiegt alles auf, was draußen an Vernichtung und Zerstörung geschieht.« Obwohl er wusste, dass sein Vater mit diesen Besuchen nicht einverstanden war, kam er regelmäßig. Und wenn es, während vorlesungsfreier Tage zum Beispiel, nicht ging, weil er seine Familie besuchte, hockte ich, Arak trinkend, allein im Haus oder ich fuhr in mein kleines Büro im Universitätsviertel an der Abu-Ghuraîb-Straße, direkt gegenüber der Biskuitfabrik. Erinnern Sie sich? Diese Fabrik, die ein österreichisches Konsortium in Bagdad in den fünfziger Jahren baute. Weil es aber eigentlich nichts oder nur wenig zu tun gab und ich den Ort im Grunde nicht mochte, blieb ich immer häufiger zu Hause. Ich schickte die drei Angestellten, die für Büroarbeiten zuständig waren, heim und behielt nur Hassan, einen einfachen Arbeiter, der auf das Büro aufpasste und mir Tee oder Mezze bereitete, wenn ich kam, um allein oder in Begleitung eines Freundes etwas zu trinken. Aber als Hassan mir eines Tages mitteilte, am Abend zuvor sei zu vorgerückter Stunde eine amerikanische Patrouille vorbeigekommen, weil vor dem Gebäude eine Rakete abgeschossen worden war, sagte ich ihm: »Vielleicht solltest du jetzt auch gehen. Es ist inzwischen wirklich gefährlich geworden.« Doch er weigerte sich. Er bleibe hier. Erstens hätten die Amerikaner die Abschussrampe gefunden, und zweitens kenne er den jungen Mann, der sie aufgestellt hatte. Er, Hassan, hatte ihn sogar aufgesucht und ihn vor seiner ganzen Familie gewarnt, das bleiben zu lassen. Er solle gefälligst seine Raketen woanders abschießen. Da Hassan darauf bestand zu bleiben, gab es für mich keinen triftigen Grund, im Büro weiterhin anwesend zu sein. Ich ließ ihn gewähren, rief ihn aber von Zeit zu Zeit von zu Hause an.

Am Abend des 31. März 2004 berichteten die Medien vom Tod von vier Söldnern, die zur Blackwater-Organisation gehörten. An einem 31. März wurde auch die Irakische Kommunistische Partei gegründet. Ich wusste davon, wegen meiner Bekanntschaft mit Kommilitonen an der tiermedizinischen Fakultät (von denen einige gute Freunde werden sollten), die Kommunisten waren, und auch wegen meiner Freundschaft mit dem chaotischen und unsteten Salmân, der einmal absurderweise verdächtigt wurde, Kommunist zu sein. Jedes

Jahr an diesem Tag wurden sie alle bespitzelt. Wenn sie ihr Haus verließen, um in eine Kneipe oder ein Café zu gehen, aber auch wenn sie zu Hause blieben, machte sie das bei den Sicherheitsbeamten verdächtig. Sie waren ratlos. Da man mich aber nicht verdächtigte, vielleicht wegen meines Geburtsorts – haben Sie ihn vergessen? Im Westen des Landes – oder wegen meines Familiennamens, vielleicht auch wegen meines Onkels, des Bruders meiner Mutter, der hoher Offizier bei der Armee war, konnte ich ihnen helfen. Einen nach dem anderen besuchte ich sie und brachte eine Flasche Alkoholisches und etwas zum Essen in einer Tüte mit.

Das ist aber nicht der eigentliche Grund, weshalb ich mich an jenes Datum erinnere, und auch nicht, weil jener 31. März mein siebter Hochzeitstag war. Meine Frau Ashâr schlug ihn mir in unserem alljährlich wiederkehrenden Streit um die Ohren. »Du weigerst dich, Kinder zu haben«, fauchte sie, »und behauptest, so wolltest du unsere Liebe erhalten. Und dann vergisst du sogar unseren Hochzeitstag. Du denkst nicht einmal daran, geschweige denn feierst du ihn. Was willst du denn da an Liebe erhalten?« In jener Zeit nahm die Sorge um meinen Neffen mit dem wachsenden Chaos in Bagdad ständig zu. Eine Woche später wurde der Bus, in dem er von seiner Familie nach Bagdad zurückkehrte, von einer Rakete getroffen, und er kam dabei ums Leben.

Ich erinnere mich so gut an jenen 31. März, weil er den Verlauf des Krieges im Irak veränderte, oder vielleicht sollte ich lieber sagen, weil es der Tag war, der alle künftigen Kriege der Welt veränderte: Frisch eingetroffene Söldner lösten die regulären Soldaten ab. An jenem Tag berichteten die Medien vom Tod von vier Söldnern, die zur Blackwater-Organisation gehörten, nicht, wie es bei ihnen offiziell hieß: zivile Hilfskräfte oder ausländische Helfer für den Wiederaufbau – als ob es sich einfach um Ingenieure, Bauleute, Mitglieder humanitärer Organisationen oder Spezialisten für den Bau von Trinkwasserpumpstationen handelte. Erinnern Sie sich? Es waren die vier Männer, deren verkohlte Leichen noch einige Tage an der Fallûdscha-Brücke hingen. Es war ein Tag wie schon viele andere. Was bedeuteten schon vier tote amerikanische Söldnern bei Hunderten von toten Irakern täglich. Ich saß im Wohnzimmer und lauschte den Nachrichten und Kommentaren zu diesem Thema aus dem Transistorradio, da der Strom wie üblich unterbrochen war. Plötzlich ein Pochen an der Haustür. Es war Namîr, der im Haus hinter dem meinen wohnte. Schon drei Monate hatte ich weder ihn noch sonst jemanden aus seiner Familie gesehen, seit dem letzten Neujahrsfest, als der Polizeirevier in unserer Nähe Ziel eines Angriffs gewesen war. Ich konnte meine Freude über sein Auftauchen nur schwer zügeln, ja, ich beschimpfte mich selbst vor ihm. »Verflucht sei das Vergessen«, rief ich, als ich ihm die Hand schüttelte und ihn herzlich umarmte. »Niemand ist zu tadeln in diesen schwierigen Zeiten«, beschwichtigte er. Er sei gekommen, sich von mir zu verabschieden. Er habe das Haus verkauft; er wolle lieber in der Nähe seiner Arbeitsstelle wohnen. Der Weg zum Klub sei riskant geworden. Ich gab ihm recht. Er arbeitete im Ilwija-Klub am Andalus-Platz, und der tägliche Gang dorthin und wieder zurück verlangte ein gerüttelt Maß an Mut. Erst später erfuhr ich, dass er mir etwas verschwieg: Er war von Bewaffneten bedroht worden. In seinem Garten standen dichte Bäume, und man konnte von dort die Straße ausspähen, die zum Getränkeladen führte. Er eignete sich also als Versteck, Beobachtungsposten und Ausgangspunkt für bewaffnete Angriffe auf die Marines, die hin und wieder mit ihren Jeeps vorbeikamen, um ein paar Dosen Bier zu kaufen. Da ihnen in ihrem Camp in der Nähe Alkohol verboten war, erledigten sie das in aller Eile in einer der engen Nebenstraßen. Mein Nachbar versäumte es nicht, mir noch rasch zu versichern, dass er sich über einen Besuch von mir im Ilwija-Klub freuen würde. »Sympathische Menschen wie Sie sind rar in diesen Tagen«, sagte er. Gern würde er mich in der Cafeteria begrüßen, um sich ein wenig für die gutnachbarschaftlichen Beziehungen zu revanchieren. Eigentlich habe er mir das schon lange sagen wollen: Immer wenn er Licht in meinem Wohnzimmer oder in meinem Garten sehe, habe er Mitleid mit mir. Allein da zu sitzen, brauche Energie und Trost. Er könne mir leicht eine Mitgliedskarte besorgen, »obwohl ein Unternehmer wie Sie dabei gar keine Vermittlung brauchen dürfte«. Ich dankte ihm und versprach vorbeizukommen. Doch bevor er ging, drehte er sich nochmals um und sagte: »Beinahe hätte ich es vergessen: Vor ein paar Tagen kam ein amerikanischer Unternehmer in den Klub, ganz allein. Seltsamerweise sprach er fließend Arabisch. Er sagte, er suche nach einem irakischen Unternehmer. Das müssten Sie gewesen sein. Er war überrascht, als man ihm sagte, Sie kämen nicht in den Klub. Komisch, sagte er, das ist doch der Klub der Unternehmer und Händler?« Natürlich habe ich sofort gedacht, dass Namîr mir eine Geschichte auftischte wie viele andere Iraker. Sein Wunsch nach meinem Besuch im Klub könnte ihn dazu veranlasst haben, denn in jenen Tagen versuchten alle Geschäfte zu machen, warum nicht auch er? Seit seiner Gründung war der Klub für die meisten Mitglieder ein Ort, um Geschäfte abzuschließen. Etwas, das mich zu jener Zeit überhaupt nicht interessierte. Ich war erschöpft und dachte mehr an Ruhe als an Geld. Kaum hatte ich die Trennung von meiner Frau überstanden, da traf mich der völlig sinnlose Tod meines Neffen. Wer im Unternehmensbereich arbeitet, braucht starke Nerven. Woher sollte man sie in solchen Zeiten nehmen? Dazu musste man schmieren und schmeicheln, wie das bei uns heißt. Und das war noch nicht alles. Ein Projekt in Angriff zu nehmen und auszuführen barg viele Risiken. Wer nicht eine dieser Sicherheitsfirmen, die damals wie Pilze aus dem Boden schossen, mit Privatschutz beauftragte, hatte sein Material und sein Gerät bald gesehen. Das Honorar für einen solchen Schutz variierte, je nach Örtlichkeit, Ausmaß und Dauer. Die meisten von denen, die sich Unternehmer oder Händler nannten und den Klub aufsuchten, waren Neureiche mit Beziehungen in die Regierung, die die Projekte nicht selbst durchführten, sondern an andere, kleinere Unternehmer vergaben und daran verdienten. Sogar mir wurde die Durchführung von diesem oder jenem kleinen Projekt angetragen, doch ich habe stets abgelehnt. Das war in Unternehmer- und Händlerkreisen Gemeingut, besonders bei den Besuchern dieser Klubs.

Es war das erste Mal, dass ich von einem Amerikaner hörte, der nach mir suchte. Das zweite Mal berichtete mir von ihm ein etwas absonderlicher junger Mann, der von Zeit zu Zeit in den Getränkeladen an der Straßenecke kam. Bis zu jenem Tag wusste ich nicht einmal, ob dieser junge Mann im Viertel wohnte oder dort einfach nur auftauchte. Ich konnte mich nicht daran erinnern, ihn früher schon gesehen zu haben. Und schließlich wohnte ich seit Ende der siebziger Jahre in der Gegend. Aber wann achtet man schon auf Details dieser Art, wenn nicht plötzlich etwas passiert, das besondere Aufmerksamkeit erfordert? Auf die Leute, die in der Nähe wohnen, oder auf die umliegenden Straßen. Im Fall der Iraker musste es sich, wenn Sie mir diese Aussage nachsehen, um eine Angelegenheit handeln, die ungewöhnlicher als der Krieg ist; denn Kriege waren bei ihnen zur Routine geworden. Seit der Gründung ihres Staates sahen die Iraker ihre Machthaber in Kriegen in Nord und Süd schalten und walten. Warum also erstaunte sie beispielsweise das Eintreffen der Amerikaner in Bagdad? Ich selbst stand im Garten, ein Glas Tee in der Hand, und betrachtete in aller Ruhe die amerikanischen Panzer, die auf das Zentrum von Bagdad zurollten, als ginge mich die ganze Geschichte nichts an. Jedenfalls musste in meinem Fall unweigerlich etwas geschehen, das ungewöhnlicher war als der Krieg, es musste beispielsweise eine Person wie dieser Amerikaner nach mir fragen, damit ich erfuhr, dass es im Viertel einen jungen Mann namens Muhammad Parîs gab, der einfach so auftauchte, dessen Existenz ich akzeptieren musste und dessen eigentlichen Namen ich erst später erfuhr. Denn wenn er damals im Getränkeladen erschien, hörte ich als Anrede nur diesen Namen. Niemand hat je seinen richtigen Namen gebraucht, Muhammad Chidr al-Wâthik.

Den Spitznamen Parîs soll er erhalten haben, weil er immer so schick angezogen war, als er, nach der Auflösung des irakischen Heeres durch die Amerikaner, als Eisverkäufer arbeitete. Er trug immer kurze Hosen und ein buntes T-Shirt. Nach allem, was man über ihn erzählte, war er Soldat in der irakischen Armee gewesen. Nach dem April 2003 sei er zum professionellen Kidnapper mutiert, der in Robin Hoods Fußstapfen wandelte, wie er mir später selbst einmal erklärte. Er wählte seine Opfer unter den großen »Hawâsim«: So nannte man die Neureichen, die sich nach der Niederlage in der »Umm al-Hawâsim«, der »Mutter der Entscheidungen«, bereichert hatten, wie das Regime den Kampf gegen die Amerikaner nannte, in dem es dahingegangen ist. Sie kämpften nicht, sondern klauten nur. Das Interessante dabei war, dass die amerikanischen Streitkräfte von Muhammads Bekanntschaften in kriminellen Kreisen profitieren wollten und ihn zunächst in der Zivilverteidigung einsetzten. Er selbst machte keinen Hehl aus seinen Aktivitäten. Immer wieder brüstete er sich, und zwar todernst, vor den Kunden im Getränkeladen, die Amis hätten ihm mindestens hundert Dollar pro Kriminellem bezahlt, den er auslieferte. Später habe er dann auf eigene Rechnung zu arbeiten begonnen. Seine Entführungen führte er zu verschiedenen Zeiten durch, jedoch bevorzugt am hellen Tag. Und wenn ihn jemand, im Ernst oder zum Spaß, nach seinen Techniken fragte, gab er kostenlose Ratschläge. »Es ist empfehlenswert zuzuschlagen, wenn die Leute zur Arbeit gehen oder von dieser zurückkehren.« Detailliert gab er auch Auskunft über die Möglichkeiten der Flucht, die sich bei Nacht wegen der Polizeisperren als schwierig erweise. Dieser Muhammad, dessen Geschichte ich Ihnen nicht ohne Grund erzähle und der jeden Tag den gleichen olivfarbenen Trainingsanzug trug, kam einmal und berichtete mir, es gebe da einen Amerikaner, der nach mir gefragt habe. Das war an einem heißen Tag etwa drei Monate nach Namîrs Besuch, am 28. Juni, dem Tag, als den Irakern mitgeteilt wurde, der amerikanische Zivilverwalter habe ihnen selbst die Macht in Bagdad überantwortet. Ich erinnere mich, dass ich dieses Ereignis damals feiern wollte, obwohl es natürlich nicht darum ging, die Machtbefugnisse an die Iraker zu übertragen, wie es offiziell hieß, sondern darum, dem amerikanischen Zivilverwalter einen anständigen Abgang zu ermöglichen. Zu diesem Zweck lud er zu einer Pressekonferenz außerhalb Bagdads und kaschierte so sein Verschwinden. Klammheimlich stahl er sich im Privatflugzeug aus der Hauptstadt, wie ein Verbrecher, der Angst hat, verhaftet zu werden. Und weil wir jede Gelegenheit ergriffen und es im Land sowieso nichts zu feiern gab, sagte ich mir: Geh und trink mit den anderen Kunden des Getränkeladens auf das Wohl dieses miesen Cowboys. An jenem Abend, nachdem ich schon mindestens zwei Stunden dort war, tauchte wie gewöhnlich Muhammad Parîs auf. Doch statt von seinen Abenteuern zu berichten, fragte er den Inhaber des Ladens, ob ich da sei, worauf der Gefragte zurückfragte: »Na, was denn, Muhammad, willst du ihn entführen? Er ist weder reich noch ein Hawâsim.« Er spielte also auf meinen guten Ruf an. »Nicht doch, ich habe etwas Dringendes für ihn«, erwiderte Muhammad lachend. Als ich zu ihm trat, zog er mich beiseite. Es war das erste Mal, dass ich Muhammad Parîs so nahe von Angesicht zu Angesicht sah. Zwar war er erst Mitte dreißig, aber er schien mir zwanzig Jahre älter zu sein: Glatze, hageres Gesicht, zur Hälfte von einem Bart bedeckt, der begonnen hatte, weiß zu werden; sogar seine Stimme schien mir müde und matt. »Am besten Sie verlassen die Gegend und schlafen irgendwo weit weg«, riet er mir und erklärte, als ich ihn fragend anstarrte, auf dem Weg hierher habe er vor wenigen Minuten einen großen Dodge mit amerikanischem Nummernschild gesehen. Am Steuer saß ein Mann, dessen Gesicht er nicht genau erkennen konnte. Er habe ihn aber aussteigen und an meine Haustür klopfen sehen. Ein großer, kräftiger Mann mit sehr dunkler, um nicht zu sagen: schwarzer Haut, so glaube er. Ein Auto mit amerikanischem Kennzeichen vor dem Haus verheiße nichts Gutes. Dann klopfte Muhammad Parîs mir auf die Schulter und fügte noch hinzu, er werde jedenfalls, weil ich ein guter Mensch sei, nicht zögern, mich zu schützen. »Sie wissen, wo ich wohne«, sagte er, bevor er mit seiner Flasche verschwand.

Vielleicht glauben Sie, es sei Dünkel, Gleichgültigkeit oder, schlimmer noch, Ignoranz, was mich das Ganze nicht ernst nehmen ließ. Aber noch heute bin ich überzeugt, dass ich mich unmöglich anders hätte verhalten können. In jenen Tagen wurde es schwierig, zwischen Phantasie und Wirklichkeit zu unterscheiden. Jedweder Slogan, den jemand von sich gab, war am nächsten Tag schon in aller Munde. Alles war ansteckend in unserem Land: die Lüge ebenso wie die Verleumdung, der Neid ebenso wie die Niedertracht, die Aggression ebenso wie der Mord, die Entführung ebenso wie die Erpressung, die Vergewaltigung ebenso wie die Hurerei. Jawohl, alle diese üblen Eigenschaften übertrugen sich wie ein Virus unter den Leuten. Ganz anders die guten Eigenschaften, die nicht ansteckend waren, besonders weil es sie nicht mehr gab. Ehrlichkeit, Freigebigkeit und Hilfsbereitschaft zum Beispiel oder Güte, Anstand und Aufrichtigkeit gehörten, wenn es sie bei uns überhaupt je gegeben hatte, der Vergangenheit an. Alles war falsch, alles war wilde Behauptung. Warum sollte ich mich da anders verhalten? Wenn ich nicht einmal glaubte, was mein Nachbar Namîr sagte, ein redlicher Mensch, der keinen Grund zu lügen hatte, warum sollte ich da jemandem vertrauen, der gern ein irakischer Robin Hood gewesen wäre. Stattdessen sagte ich mir: Seit der Ankunft der Amerikaner ist das ganze Land verrückt geworden. Und die allgemeine Unsicherheit hat dafür gesorgt, dass die Menschen anfangen, Geschichten zu erfinden. Hatte Namîr nicht die Geschichte seines Hausverkaufs erfunden? Zwei, drei Tage bevor er davon erzählte, hatte ich, auf meinem Heimweg vom Getränkeladen, tatsächlich einen Pick-up gesehen, der mit sechs oder sieben vermummten, bewaffneten Männern zu seinem Haus fuhren. Von den Geschichten, die Muhammad Parîs von sich selbst erzählte, glaubte ich sowieso keine einzige. Zum Beispiel jene, dass eines seiner Entführungsopfer ein etwa achtjähriger

Junge gewesen sei, der Sohn eines ehemaligen Direktors der Raschîd-Bank. Dieser habe zu den Hawâsim gehört und habe sich, nach dem Einzug der Amerikaner in Bagdad, vierzig Millionen Dollar angeeignet. Nicht dass ich bezweifelte, dass ein Bankdirektor vierzig Millionen klauen kann, da sei Gott vor! Er hätte ja unter dem früheren Regime diese Stellung gar nicht bekommen, wenn er sich nicht verbrecherischer Talente erfreut hätte. Was mir dagegen nicht einleuchtete und was schwer zu glauben war: dass Muhammad Parîs den Sohn dieses Gauners für bloße 20 000 Dollar hatte laufenlassen!

Oder nehmen Sie diese andere Geschichte, laut der er auf einen Schlag 190 000 Dollar kassierte. Ihr Mann sei stinkreich und habe mit dem ältesten Sohn des ehemaligen Herrschers zusammengearbeitet, soll ihm eine Frau erzählt haben. Einen Teil seines Reichtums habe er erst nach der Flucht des Herrschers und seiner Sprösslinge erhalten. Sie wollte sich an ihm rächen, weil er ein junges Mädchen geheiratet hatte. Also hätte sie ihn aufgefordert, ihren Mann zu entführen, was nach Aussage von Muhammad Parîs ein Kinderspiel war. »Genau nach den Anweisungen der Ehefrau haben wir ihn entführt, als er unterwegs zu seiner Neuen war. Wir haben ihn zu Boden geworfen, gefesselt, in den Kofferraum gepackt und dann das Weite gesucht.« Einige Tage danach zahlte die Ehefrau nicht nur das Lösegeld und strich ihren Anteil ein, der viermal so hoch war wie der des Entführers, sie machte diesen auch zu ihrem bevorzugten Liebhaber. Er schlief bei ihr und mit ihr, wann er wollte und wie er wollte. Er bekam, was er wünschte. Sie widersetzte sich nicht einmal, wenn er sie, wenn es ihn ankam, an Händen und Füßen fesselte. Sollte ich ihm das alles glauben? Warum sollte jemand, der Geschichten dieser Art erfindet, überhaupt für vertrauenswürdig gehalten werden? Warum sollte ein Amerikaner kommen und nach einem kleinen irakischen Unternehmer wie mir suchen? Diese Frage beschäftigte mich nur kurz, und ich versuchte zum zweiten Mal, den Fremden zu vergessen, ihn aus meinem Gehirn zu vertreiben. Das hätte ich auch geschafft, wenn mich nicht drei oder vier Tage später Hassan aus meinem Büro angerufen und mir mit trauriger Stimme, unter Tränen fast, erzählt hätte, der junge Mann, der einmal vor dem Büro die Raketenabschussrampe aufgestellt habe, sei in Begleitung von ein paar vermummten Männern in einem Pick-up gekommen und aufs Dach gestiegen. Diesmal wollten sie ihr Gerät dort oben aufstellen. Als er sie aufforderte, das Dach zu verlassen, hätten sie ihre Maschinenpistolen auf ihn gerichtet und ihn geheißen, sich zu verziehen und seinem Arbeitgeber mitzuteilen, sein Büro sei konfisziert. Sie würden hier dessen Freunde, die Amis, erwarten. »Und wissen Sie«, sagte Hassan, »ich weiß gar nicht, von welchen Amerikanern sie reden.« »Ich auch nicht«, gab ich zu. Gut, ich hatte ihm nichts von dem Besuch des Amerikaners bei mir zu Hause erzählt. Doch nun begann ich, eine Verbindung herzustellen zwischen jenem Amerikaner, der mich schon zweimal gesucht haben sollte, und dem, was mir Hassan gerade erzählt hatte. Dass mich auch Hassan anlog, war undenkbar. Die Befürchtungen, die mich überkamen, sollten sich nur zu bald bewahrheiten. Zwei Tage nach unserem Telefonat sah ich denselben Pick-up, der zu Namîrs Haus gefahren war, vor meinem anhalten. Ob es auch derselbe war, mit dem man die Raketenabschussrampe zu meinem Büro gebracht hatte, wusste ich nicht. Ebenso wenig wusste ich, ob die sechs oder sieben Männer, die darin saßen, dieselben waren, die Hassan bedroht hatten. Sie drangen, voll bewaffnet, in den frühen Morgenstunden bei mir ein und forderten mich auf, das Haus zu verlassen. Sie brüllten *Allâhu akbar*, gaben sich als Widerstandskämpfer aus und erklärten, für einen wie mich, der mit den Amis kollaboriere, sei eigentlich kein Platz auf dieser Welt, sie würden mich aber aus Respekt für meine Familie am Leben lassen. »Dein Vater war ein angesehener Scheich, dein Bruder ist ein Kämpfer wie wir«, verkündeten sie. Wissen Sie, ich habe in meinem Leben viele schreckliche Momente durchlebt: an der iranischen Front Anfang der achtziger Jahre, dann im Süden, in den

Sümpfen von Nassirîja und Missân, oder, noch später, im Krieg im Norden in den Bergen von Kurdistan. Ich kann Ihnen aber versichern, noch nie hatte ich so am ganzen Leib gezittert und mich so völlig verängstigt gefühlt, wie in jenen kurzen Augenblicken. Es ist nicht leicht, die Szene zu beschreiben.

Ich habe bewaffnete Menschen gekannt, seit ich das Licht der Welt erblickte. Ich habe die Leute um mich herum Waffen tragen sehen, dort in den Steppen im Westen unseres Landes. Ich habe Hirten oder Schmuggler, Hochzeitsgäste oder Friedhofbesucher mit Waffen fuchteln sehen. Sogar bei uns zu Hause habe ich meinen Vater herumballern sehen. Das war bei der Hochzeit meiner Onkel und sogar bei der Geburt jenes Neffen, der dann umkam. Als wir nach Bagdad zogen und mein Vater für allerhand Unternehmen zu arbeiten begann, wurde es natürlich anders. Doch bis zu seinem Tod habe ich meinen Vater nie ohne Waffe schlafen gesehen. Manchmal lagen zwei Gewehre unter seinem Bett, und noch immer frage ich mich, wie Menschen mit Waffen unter ihrem Bett miteinander schlafen können. Nicht nur mein Vater, Millionen von Männern tun das. Auch mein jüngerer Bruder war dermaßen in Waffen vernarrt, dass ihn eines Tages mein Vater warnte, er müsse die Waffen kontrollieren, sonst würden diese einst ihn kontrollieren. Die Waffen seien der Schmuck der Männer, behauptete er, aber in Grenzen. Eine Aussage, die meine Mutter zum Lachen brachte: Bevor er seinen Sohn eine solche Weisheit lehre, solle er erst einmal selbst seine Waffen kontrollieren. Nach seinem Tod sammelte meine Mutter als Erstes die beiden Gewehre und alle Pistolen meines Vaters ein und beauftragte mich, sie irgendwo weit weg in den Fluss zu werfen. Sie sei traurig über den Tod meines Vaters, sagte sie, aber zum ersten Mal könne sie ruhig schlafen, eine Äußerung, die meinen Bruder richtig wütend machte. Er war gerade in die Militärakademie eingetreten, und als er erfuhr, was meine Mutter und ich getan hatten, kehrte er dem Haus den Rücken. Wir würden das Vermächtnis meines Vaters nicht respektieren, behauptete er. Die Waffen, die er zurückgelassen habe, seien unsere Ehre. Als ich ihn fragte, von was für einer Ehre er eigentlich rede, kanzelte er mich ab. Er nehme keine Belehrungen von einem Bruder entgegen, der mit Kommunisten, Schrûgi (»Südlern«), und Säufern befreundet sei. Noch heute höre ich die Ohrfeige, die ich ihm verpasste. Mein Bruder ging wütend fort, und mir bot sich danach nie die Gelegenheit, mich bei ihm zu entschuldigen. Nicht einmal zur Beerdigung unserer Mutter kam er. Er hielt bei sich zu Hause eine eigene Trauerfeier ab. Sein Sohn, mein Neffe, verstand bis zu seinem Tod nicht, worum es bei dem Streit zwischen seinem Vater und mir eigentlich ging. Hätte ich ihm sagen sollen, es handle sich um das Waffentragen?

Aber ich habe die Gefahr nie so direkt vor Augen gehabt wie an jenem Morgen. Die Bedrohung blitzte aus den Augen jener vermummten Gestalten, besonders aus denen ihres offensichtlichen Anführers, der sein Gesicht hinter einer Kufiya versteckt hielt und vom Vordersitz des Autos aus ungerührt die Szene beobachtete. So etwas hatte ich noch nie erlebt. Und in jenem Augenblick, am Morgen eines heißen Sommertags, hatte ich nur einen Gedanken: Raus und weg hier! Irgendwie kam ich zum Maidân-Platz, erklomm irgendwie die Treppe, die zur Wohnung meines Freundes Salmân Mâdi hinaufführte, klopfte und sah Salmân – wie üblich, betrunken – die Tür öffnen und hörte sein »Willkommen, willkommen in der befreiten Zone, dem Maidân-Platz«. Wohl da erst machte ich mir klar, dass ich nur mit den Kleidern auf dem Leib geflüchtet war und nichts mitgenommen hatte: weder einen Koffer noch die Schatulle mit meinen Ersparnissen, von denen ich einmal in Frieden leben wollte. Alles hatte ich zu Hause zurückgelassen, mit Ausnahme eines kleinen Geldbetrags, den ich für Notfälle immer im Futter meiner Jacke bei mir trug. Ich wusste nicht, dass ich, indem ich zu Salmân ging, genau den Weg einschlug, den die Geschichte vorgesehen hatte, gewählt vom Leben für mich: den Weg zu dem geheimnisvollen Amerikaner, der nach mir suchte wie nach dem Helden eines gerade begonnenen Romans, den der Verfasser mit seinem Schicksal konfrontiert. Aber wohin sollte ich in Bagdad in jenen Tagen gehen, wenn nicht zu meinem Freund Salmân? Die ethnischen Säuberungen zwischen Sunniten und Schiiten waren in vollem Gang. Aber bevor ich von dem mysteriösen Amerikaner spreche, den ich treffen sollte, muss ich von Salmân Mâdi erzählen. Ohne ihn zu kennen, wäre es schwierig, der Geschichte zu folgen und zu verstehen, was mir in jenen Jahren geschah und warum mein Leben sich danach veränderte.

2. EIN RÜCKBLICK AUF DEN BEGINN: DIE ELENDSJAHRE 1984 BIS 1991 IM IRAK

Salmân habe ich im Winter von 1984 kennengelernt. Damals begann ich meinen Militärdienst bei verschiedenen Einheiten, die in den Bergen, den Städten und den Dörfern Kurdistans kämpften. Bis dahin, also vor meiner ersten Einberufung zu den Reservetruppen in der Gegend von Suleimanîja, genauer: am Damm von Dukân, hatte ich im »Sektor für Veterinärangelegenheiten« beim dritten Korps in Basra gedient. Der irakisch-iranische Krieg war in vollem Gang, und Fliegerangriffe und Artilleriebeschuss waren tägliche Routine. Obwohl die irakischen Streitkräfte weit auf iranisches Gebiet vorgedrungen waren, blieb das erklärte Ziel Bagdads, zunächst die Kontrolle über die Stadt Abadân zu erringen, um von da aus die gesamte erdölreiche Region Chusistan zu erobern. Ein ambitioniertes, wenn nicht gar selbstmörderisches Vorhaben. Denn im gleichen Maße, wie wir die Gebiete verminten, über die die Iraner gegen Basra vorrücken könnten, verminten diese die ganze Gegend um Abadân. Um diese Minen zu »entschärfen«, die ihren Vorstoß verhinderten, schickten die Iraner scharenweise kleine Kinder voraus, denen sie den Schlüssel zum Paradies um den Hals gehängt hatten. Entsprechendes konnten die Iraker nicht tun, denn von welchem Paradies wäre da die Rede, wo doch die im Lande herrschende Partei eine säkulare war? Aber irgendjemand hatte dann die geniale Idee, statt der Buben Esel zu schicken. Das sei die beste Antwort. Natürlich hatten die Tiere keinen Paradiesschlüssel um den Hals. Lachen Sie nicht! Selbst die Esel sind also vor dem Krieg nicht sicher. Wie dem auch sei, da die meisten Esel, die damals entlang der irakisch-iranischen

Grenze herumstromerten, nach Ausbruch des Krieges nach Süden gezogen waren, musste man sie zur Rückkehr zwingen. Tausende von Eseln wurden täglich aus den Golfstaaten, meistens Kuwait, zurückgeschafft. Aufgabe unserer Einheit war es, diese Tiere zu behandeln und die gesunden unter ihnen für ihren Einsatz zu bestimmen. Einige waren nämlich sehr erschöpft und wären schon nach wenigen Kilometern zusammengebrochen. Über ein Jahr zog unsere Einheit kreuz und quer an der Front entlang und schickte einen Esel um den anderen zu den Minenfeldern hinaus. Es gibt keine statistischen Erhebungen über die Esel, die dort verendet sind. Sicher ist, es war ein Riesengemetzel. Man musste sich das nur anschauen. Viele haben getreten und geschrien, als hätten sie gespürt, was sie in ein paar Stunden erwartete.

Als sich der Kriegsverlauf änderte, oder besser als sowohl hier im Land als auch in den Golfstaaten die Eselsvorräte erschöpft waren, beschloss das Verteidigungsministerium, unsere Einheit aufzulösen. Die Offiziere und besonders die Veterinärärzte, kamen zu den Einheiten, die im Norden des Landes gegen die Kurden kämpften, die erste Brigade in Sulaimanîja und die fünfte zwischen Irbil und dem Dreiländereck Irak–Türkei–Iran. Nun war es unsere Aufgabe, den Mauleselselbstmorden Einhalt zu gebieten, einem Phänomen, das sich plötzlich in Kurdistan verbreitete. Eine weitere völlig absurde Aufgabe, aber immerhin weniger unangenehm als die vorhergehende. Nicht weil es im Norden weniger gefährlich gewesen wäre als an der Front im Süden, sondern weil es jetzt darum ging, um das Leben der Tiere zu kämpfen und nicht auf üble Weise ihr Blut zu vergießen, wie zuvor bei Basra.

Sie wissen vielleicht, dass ich in der Armee nicht wie andere Nichtparteimitglieder mit Universitätsabschluss behandelt wurde, die sich in ihrer Dienstzeit mit dem Sold eines Unteroffiziers begnügen mussten. Ich erhielt den Lohn eines Offiziers. Der Grund dafür war mein Familienname und mein Geburtsort.

Da ich nicht aus dem Süden bin, habe ich dieses Privileg erhalten.

Ich hatte immer eine gewisse Narrenfreiheit. Sie erinnern sich, dass ich, Arakflaschen unterm Arm, am Geburtstag der Kommunistischen Partei, am 31. März, zu meinen aus Angst zu Hause gebliebenen kommunistischen Freunden gepilgert bin und damit die Sicherheitsbeamten gereizt habe, die zu ihrer Bewachung abgestellt waren? Ich wusste genau, dass ich nicht Gefahr lief, verhaftet zu werden. Ein einziges Mal hielt mich ein vorlauter Polizist an. Doch als er auf dem Personalausweis meinen Namen und meinen Geburtsort las, erbleichte er und entschuldigte sich. Wahrscheinlich hatte er es mit der Angst zu tun bekommen. Heute wissen das alle, aber niemand will es zugeben. Alle reden von den Unterschieden der Menschen heute und vergessen dabei nur allzu gern, dass in jenen Jahren diese Regel galt, besonders in der Armee: Universitätsabsolventen wie ich, die nicht aus dem Süden kamen und auch keine Kurden waren, genossen Privilegien. Wer weder Kurde noch Südler war, schien automatisch loyal, und sollte auch seine Loyalität Schwächen zeigen, man hätte ihn höchstens etwas kritisiert und gemaßregelt. Die Veterinärmediziner zum Beispiel, die der regierenden Partei angehörten, hatten den Grad von Offizieren, die aber nicht an die Front geschickt wurden, weder im Süden noch im Norden des Landes. Ein großer Teil von ihnen arbeitete auf den Geflügelfarmen, die den Söhnen des Machthaber gehörten. Eine Person wie ich, mit Offiziersprivilegien, lief zwar nicht Gefahr, verhaftet zu werden, konnte sich aber, durch die Weigerung, der Partei beizutreten und durch die Wahl falscher Freunde, Nachteile einhandeln. Einmal ließ mich der Sicherheitsoffizier des 3. Korps an der irakisch-iranischen Front in Hârtha kommen, um mich zu maßregeln. »Laut Ihrer Personalakte«, stellte er fest, »sind alle Ihre Freunde SSK. Können Sie mir den Grund dafür nennen?« Sie kennen diese Abkürzung SSK, ein in jenen Jahren verbreiteter Vorwurf: Schrûgi (»Südler«), Schiit, Kommi. Sollte ich ihm erklären, dass ich seit meiner Kindheit an den Ufern des Euphrat im Westen des Landes gelebt habe, unter Schrûgi, die nicht zwangsläufig Kommunisten waren, sondern einfache Leute, deren Väter meist die Arbeit im britischen Militärlager angelockt hatte? Sollte ich ihm erklären, dass mir mein Vater erzählte, wie man, wegen Mangel an Arbeitskräften, zu Beginn der vierziger Jahre gleichzeitig die schiitische Hussainîja-Moschee und die sunnitische Moschee gebaut hatte? Also zwei vermeintlich verfeindete Gruppen aus dem Süden (Schiiten) und dem Rest des Landes (Sunniten) gut zusammenarbeiteten? An Freitagen und an offiziellen Feiertagen halfen sich Sunniten und Schiiten gegenseitig beim Bau. Sollte ich ihm erklären, dass mir bei schiitischen Anlässen der Muezzin oder der Rezitator an der Hussainîja-Moschee – er hieß Kâmil und war Sunnit – aufgefallen ist, und zwar allein wegen seiner schönen Stimme; oder dass zum Beispiel in Habbanîja, einer Kleinstadt neben unserer noch kleineren, alle irakischen Gemeinschaften vertreten waren: verschiedene christliche Konfessionen, Assyrer, Chaldäer, Katholiken, sogar Sabäer und Mandäer gab es. Aber würde dieser Offizier das kapieren, oder würde er glauben, ich machte mich über ihn lustig? Und er selbst? Sollte ich ihm sagen, dass er nicht Sicherheitsoffizier des Korps geworden wäre, wenn er nicht aus dem Clan des Machthabers stammte? Genau das machte mich die ganze Zeit über wütend. Deshalb hielt ich mich von dem Offiziersklüngel fern und suchte stattdessen in jeder Einheit, in die ich versetzt wurde, nach einem Unteroffizier als Freund. Das war kein einfaches Unterfangen, da gerade die Armee von Misstrauen beherrscht war und man kaum jemandem vertrauen konnte. Über Persönliches sprach man sogar unter Offizieren selten, wie da erst zwischen einem Offizier und einem einfachen Soldaten, wobei es unerheblich war, ob es sich um einen Unteroffizier mit Schulabschluss handelte. Anfangs bekam ich noch hie und da Schwierigkeiten mit ein paar Soldaten. Doch im Laufe der Zeit entwickelte ich eine eigene Strategie. Ich suchte mir Unteroffiziere aus, die Arak tranken oder sonst wenigstens Absolventen einer Literaturfakultät waren. Seit den Tagen an der Universität in den siebziger Jahren war ich ein passionierter Leser. Außerdem pflegte ich schon damals Kontakt mit zahlreichen Intellektuellen, becherte mit ihnen in den Kneipen der Abu-Nuwâs-Straße oder in der Schriftstellerunion von Bagdad. Wie auch immer ich vorging, im Allgemeinen dauerte es seine Zeit. Nur damals nicht, als ich Salmân kennenlernte. Ich glaube, das war eine Woche nach meinem Transfer in das Zielerfassungsbataillon in Dukân.

Man hatte mir mitgeteilt, das Maultier, das die Verpflegung zum Radarposten hoch oben im Gebirge transportierte, habe versucht, Selbstmord zu begehen. Ich musste mich beeilen, um zu sehen, ob das Tier noch lebte. Soweit ich mich erinnere, war es eine kalte, sternklare Nacht. Der Schnee schimmerte bläulich. Das Tier, das sich in den Tod zu stürzen versucht hatte, hatte dafür eine enge, steile Stelle gewählt. Genau genommen war es eine Kluft, in die kein Licht fiel, und es war nur eine Stimme, die mich hinführte. Jemand schrie: »Du Henkersknecht, geh doch in dein Kaff zurück. Wir jagen dich zum Teufel und schmeißen dich aus Amt und Würden!« Damals wusste ich noch nicht, dass diese Worte von einem bekannten irakischen Dichter stammten, der in San Francisco lebte. Die Herkunft des Satzes interessierte mich so wenig, dass ich den Sprecher anfangs nicht einmal nach dem Autor fragte. Ich hatte einen einfachen Soldaten als Gesinnungsgenossen gefunden, das interessierte mich. Ich spürte sofort, dass dieser Mensch, der keine Dienstgradabzeichen trug, mein Freund werden würde. Was er da schrie, sagte mir, dass er nicht Parteimitglied war. Und wegen meiner Freude darüber vergaß ich zunächst das Maultier, das tief unten am Fuße des Abhangs lag. Ich ging zu dem Soldaten, der ständig seine selben zwei Sätze wiederholte.

Seither ist mehr als ein Vierteljahrhundert vergangen, weiß Gott, siebenundzwanzig Jahre, und trotzdem erinnere ich mich noch genau an jede Einzelheit, als wäre es gestern geschehen. Salmân saß, vor Kälte schlotternd, auf einem Felsen, eine Zigarette im Mund, die er erst wegwarf, als ich vor ihm stand. Er schien über mein Auftauchen überrascht und fand nicht einmal die Zeit, sich die Träne abzuwischen, die glitzernd über seine rechte Wange rollte. Er erhob sich verunsichert, versuchte so etwas wie einen Gruß und entschuldigte sich. »Der Selbstmörder liegt da unten im Gebüsch.«

»Selbstmörder«. Mir gefiel das Wort. Bisher hatte mir gegenüber noch nie jemand ein Maultier oder sonst ein Tier als »Selbstmörder« bezeichnet. Warum eigentlich nicht? Schließlich waren inzwischen im Land die Maultiere am dezidiertesten gegen den Krieg und weigerten sich immer häufiger, die Lasten zu ertragen, die man ihnen aufbürdete, oder das Leben, das man ihnen zumutete, an völlig widernatürlichen Orten: in Militärlagern oder an waffenstarrenden Fronten statt auf grünen Auen. Sogar Esel sah ich an der irakisch-iranischen Front, unserer Ostfront, Selbstmord begehen. Währenddessen heizten die Poeten mit ihren Ergüssen die Begeisterung an: Ihre Kehlen wurden nicht heiser, Hymne um Hymne zu intonieren, ihre Hände nicht müde, die Kriegstrommel zu rühren.

Ich lächelte, aber diese Träne, die da auf seiner Wange verweilte, weckte meine Neugier. Wahrscheinlich war sie wegen der Kälte oder des Windes gekommen, der ziemlich kräftig blies. Ich hieß ihn, sich zu rühren, streckte ihm die Hand entgegen und stellte mich vor, ohne meinen Dienstgrad zu erwähnen. Dann erkundigte ich mich nach seinem Namen, worauf er seine Nummer nannte. »Nein, dein Name.« Er zögerte. Offenbar war er so etwas nicht gewohnt. »Soldat Salmân Mâdi.« Was er denn jetzt unternehmen wolle, wo sein Maultier tot sei, wollte ich wissen. Wie er ohne es auf den Berg hinaufsteigen wolle. Er musterte mich neugierig. Konnte er nicht glauben, was ich sagte, oder wollte er sich einfach vergewissern, dass der Offizier, den er vor sich sah, aus Fleisch und Blut war und kein Produkt seiner Phantasie? »Aber Sie haben doch das Tier noch gar nicht untersucht.« Ich lächelte und forderte ihn auf, mir zu folgen, der Jeep warte unten im Tal. Den ganzen Weg über sagte Salmân kein einziges Wort. Ich auch nicht. Kennen Sie das? Zwei Personen begegnen sich und keine von beiden muss die andere fragen, was sie denkt. Sie verstehen sich wortlos, wie Wahlverwandte. Genau so ging es uns in jener kalten Winternacht.

Als wir in meine Stube kamen, gab ich ihm meinen Mantel und fragte ihn, was er essen wolle. Ob er etwas trinken wolle, fragte ich ihn nicht. Ich hatte genug bei mir. Mindestens drei Flaschen Arak. »Ich habe den Fahrer geschickt, um im Resto Grillfleisch und Beilagen zu holen.« Dann legte ich ein weiteres Stück Holz ins Feuer. Ich wusste, dass eine Nacht voller langer Gespräche vor uns lag.

Ich spürte, dass ich einen außergewöhnlichen Soldaten vor mir hatte, einen Menschen, der mein Freund werden und es bis ans Ende unserer Tage bleiben würde. Und mein Gefühl hat mich nicht getrogen. Wir tranken drei oder vier Gläser, im Hintergrund Fairûs mit »Du Vogel! Du Vogel, hoch oben über der Welt! Flieg, sag meiner Liebsten, wie sehr ich leide! Du Vogel!« Dann fragte ich ihn, von wem der Satz stamme, den er zuvor zitiert hatte. Er starrte mich an. Die Frage schien ihn völlig zu überraschen. Ob ich das wirklich nicht wisse, fragte er zurück. »Nein, im Ernst, ich weiß es nicht.« Ob ich irgendwelche irakischen Schriftsteller gelesen hätte, fragte er weiter. Wahrscheinlich um nicht gefragt zu werden, ob ich auch ihn selbst nicht kenne, denn ich ahnte, das er ein Ausnahmedichter war, den man schwer ignorieren konnte, antwortete ich: »Ich kenne einen einzigen irakischen Schriftsteller: Harûn Wâli, ich habe ihn gelesen, weil er über das Totgeschwiegene und die Ungerechtigkeit spricht, die dem Menschen angetan wird.« Ich konnte nicht ahnen, dass er diesen Harûn Wâli kannte, ja, dass ihn eine schon alte und durchaus enge Beziehung mit ihm verband. Aber die Freude, die sich auf seinem Gesicht abzeichnete, als ich den Namen erwähnte, ließ mich das gleich verstehen, und dann fügte er hinzu: »Harûn hat zwar bisher nur sehr wenig veröffentlicht, aber mir gefällt die Unerbittlichkeit, mit der er unentwegt von dem Inferno erzählt, in dem wir uns befinden. Er hat früh das Land verlassen, um sich die Gelegenheit zu geben, von unserer Qual mit der Freiheit zu berichten. Das hat er mir gesagt, als er ging. Jetzt spüre ich, dass er uns wirklich nahe ist«, sagte er und fügte dann noch hinzu, dass er aus seinem Munde oft einen Satz des Kollegen Italo Calvino, den er von ganzem Herzen schätze, gehört habe und der etwa so lautete: Wir leben in der Hölle. Alles, was wir tun können, ist unsere Hölle nicht schlimmer zu machen.

Ich weiß noch, dass wir nach seinen Erinnerungen an Harûn eine ganze Flasche Arak auf das Wohl des von uns beiden bewunderten Romanciers geleert und dabei ausführlich über uns selbst geredet haben. Zu vorgerückter Nachtstunde erklärte er mir, er sei glücklich, meine Bekanntschaft gemacht zu haben, und er könne nur hoffen, man werde mir wegen seiner Vergangenheit keine Schwierigkeiten machen. Er meinte das ironisch und fügte, als ich ihn musterte, hinzu: »Ich will dich wirklich nicht wegen mir in Schwierigkeiten bringen.« Er hob den Kopf und wies auf eine Stelle an der Stirn und eine andere am Kinn. Eines Tages hätte man ihn ins Büro des Nachrichtendienstes im Verteidigungsministerium in Bâb al-Muasam gebracht, hinter jener Moschee, deren Bau einzig dazu diente, den Folterkeller zu tarnen. Dort habe man von ihm verlangt, seine Verbindung zur Opposition zuzugeben und seine Freunde zu verpfeifen, die man alle für Kommunisten hielt. Als er wahrheitsgemäß erklärte, keine solchen Beziehungen zu haben, öffnete sich für ihn das Tor zur Hölle. Das Resultat war noch immer auf seinem Körper zu sehen. Er habe einen Schrieb unterzeichnet, auf dem er sich schuldig bekannte, und habe alles erzählt, was er von seinen Freunden wusste. »Als ich rauskam, klebte ein Gefühl der Schande an mir. Sie haben meine Würde und meine Menschlichkeit kaputtgemacht. Ich fühlte mich so gemein. Ich begann wie ein Hund zu leben, dessen einzige Sorge es ist, nicht mehr gequält zu werden. Weißt du, dass sie mich jederzeit wieder vorladen und über meine Beziehung zu dir ausfragen können?« Ich beruhigte ihn, er solle sich da mal keine Sorgen machen. Solange wir zusammen seien, bestehe jedenfalls keine Gefahr, dass er eingebuchtet werde. Da war ich mir sicher, schon wegen meines Onkels. Bis heute weiß ich nicht, wie wir am folgenden Tag frühmorgens aufgewacht sind. Möglich, dass wir ja gar nicht geschlafen, möglich auch, dass wir immer mal wieder geschlafen und dazwischen gesprochen und getrunken haben. Möglich auch, dass ich den Schlaf ganz vergessen habe. Nicht vergessen habe ich, dass er, bevor er zu Bett ging, mir unbedingt noch etwas erklären wollte: »Warum ich dort oben geheult habe? Es war Schuldgefühl, nichts anderes.« Alle wüssten, dass der Abhang an dieser Stelle sehr steil abfalle. »Ich hätte besser aufpassen müssen«, erklärte er bedrückt. Er sei ja nicht zum ersten Mal mit dem Maultier dort hinaufgestiegen. »Ganz im Gegenteil«, sagte er vorwurfsvoll. »Ich habe an anderes gedacht.« Es sei auch nicht das erste Mal gewesen, dass ihn seine Geistesabwesenheit gehindert hätte, jemanden zu retten. Aber das sei eine andere Geschichte, für einen anderen Tag. Jetzt müsse er von neuem mit diesem Schuldgefühl leben. Beim Schlafengehen sagte er noch ein paarmal einen Satz, von dem ich erst später erfuhr, dass er aus Shakespeares *Hamlet* stammt: »So macht Bedenken jeden von uns feige.« Um uns herum töteten sich die Menschen, tröstete ich ihn, und ihn quäle der Sturz eines Maultiers. Was für eine Ironie! Am folgenden Tag stand ich vor ihm auf, wusch mir das Gesicht und zog rasch meine Uniform an. Danach ging ich direkt zum Bataillonskommandanten und bat ihn, mir Salmân als Adjutanten zu überlassen. Er gab seine Einwilligung.

So begann zwischen Salmân und mir eine Freundschaft, die nur hin und wieder getrübt war durch seine Depressionen und Schuldgefühle. Wenn diese ihn überfielen, überließ ich ihn sich selbst. Er sollte nicht merken, dass ich ihn häufig weinen sah. Unser Tageslauf folgte einem Programm, dessen Einzelheiten nicht wir bestimmten. Früh am Morgen wachten wir auf, unwichtig, wann genau. Das richtete sich nicht nach dem Zeitplan der Einheit, außer wenn es ein Maultier gab, das sich weigerte, auf den Berg hinaufzugehen, oder das sich schon frühmorgens ins Tal hinunterstürzte, was nur zwei- oder dreimal geschah. Da ich Offizier zur besonderen Verwendung war, wurde ich nicht zum Bataillon abkommandiert. Ich war allein, sozusagen eine Einheit für mich. Die anderen Offiziere verpassten mir deshalb den Spitznamen »Maultiereinheit«, vielleicht aus Neid, vielleicht auch, weil sie die Arbeit eines Veterinärmediziners geringschätzten. Doch diese Unabhängigkeit ließ mich in den Genuss einiger Privilegien kommen, deren sich die anderen nicht erfreuten. Ich konnte von den Soldaten praktisch alles verlangen, was ich brauchte. Zum Beispiel konnte ich ihnen befehlen, mit ein paar Kompaniemaultieren auszuhelfen. Wir hatten, soweit ich mich erinnere, zehn Maultiere, alle bei bester Gesundheit, bevor sich fünf in den Tod stürzten und das sechste sich eines Nachts aus dem Staub machte. Aber mit Ausnahme des Fahrers habe ich für meine Arbeit mit den Maultieren nie einen zusätzlichen Soldaten beansprucht, obwohl jedes einzelne Tier große Aufmerksamkeit erforderte. Ich wollte mich mit Salmân begnügen. Was brauchten wir einen Dritten, der nur unsere Zweisamkeit gestört hätte? Neben Salmân wäre sowieso nur eine Person als Dritter in Frage gekommen, nämlich Harûn Wâli, aber wir waren beide froh, dass er weit weg war. »Ich beneide ihn dafür, dass er dieser Totenblase entkommen ist!« Totenblase, so bezeichnete Salmân den damals im Gange befindlichen Krieg. Seltsam nur, dass dieser Sonderling, der für seine Trägheit bekannt war und der immer eine Offenbarung erwartete, um daraus ein Gedicht zu machen, sich um meinen Ruf bei den anderen Offizieren Gedanken machte, besonders vor dem Adjutanten, der für die Sicherheit der Einheit verantwortlich war und der unsere Beziehung misstrauisch beäugte, zumal ich den Parteiversammlungen fernblieb. Dabei dienten mir immer die Maultiere als Entschuldigung. Natürlich wusste auch er insgeheim, dass die Maultiere tatsächlich wichtiger waren als die Partei. In diesen Bergregionen nützten kein Soldat, kein Offizier und keine Waffe etwas ohne Maultier. Selbstverständlich hatte er sich Salmâns Geheimdienstakte kommen lassen. Salmân war sich darüber wohl im Klaren und wollte niemandem einen Vorwand liefern, von mir zu verlangen, mich seiner zu entledigen. Er war bereit, mir zu helfen, auch ohne dass ich ihn darum bat. Kaum rief man mich zur Behandlung eines Tiers, ließ er alles stehen und liegen, zog seine Stiefel an und rief wie in einem Western: »Gehen wir, vamos.« Und nicht nur das. Er beschaffte sich sogar während einer seiner seltenen Urlaubstage Bücher über Maultiere – in der Buchhandlung Mackenzie in Bagdad! Wer erinnert sich heute noch an sie? Die alte Buchhandlung an der Kreuzung von Raschîd- und der Banken-Straße. Ich bin ihm dankbar, denn so lernte auch ich noch Neues über dieses liebenswürdige Tier. Es ist mir auch ein Rätsel, dass wir, meiner Erinnerung nach, an der tiermedizinischen Fakultät nichts von dem gelernt hatten, was in diesen Büchern stand. Die Buchhandlung Mackenzie führte unzählige alte Bücher in verschiedenen Sprachen. Woher der Inhaber sie beschaffte, blieb sein Geheimnis, aber zahlreiche Studenten der medizinischen Fakultät wurden bei ihm fündig. »Weißt du, ich entdecke gerade eine neue Literatur. Die Maultierliteratur«, erklärte mir Salmân damals. »Sei nicht überrascht, wenn ich bald einmal ein Gedicht über unsere Freunde, die Maultiere, schreibe.« Ein Gedicht? Salmân füllte ein ganzes Heft mit Gedichten und gab ihm den Titel: »Warten auf das Maultier«. Ich habe sie auswendig gelernt, wie all die anderen Gedichte, die er in meiner Stube im Gebirge verfasst hat, nicht nur im Zielerfassungsbataillon beim Damm von Dukân, sondern auch in allen späteren Einheiten. Es war die produktivste Periode in seinem Dichterleben.

Die Tage waren also sozusagen spontan aufgeteilt, ohne großes Zutun unsererseits. Dabei half auch die Ruhe an unserem Frontabschnitt. Die Kurden verhielten sich wie nach einem Waffenstillstand und ließen uns in Frieden. Dadurch hatten wir so viel Zeit, wie wir wollten, und an Tagen, an denen kein Maultier Selbstmord beging, streikte oder floh, saßen Salmân und ich, besonders gegen Mittag und am Nachmittag, in der warmen Stube und lasen, oder wir gingen im Wald in der Nähe spazieren. Am Abend richteten wir uns unseren einfachen, aber reichlichen Tisch, dankbar den beiden Soldaten – der eine ein Christ namens William, der im Laden arbeitete, der andere ein Kurde namens Imâd, der in der Küche arbeitete –, die uns jeden Tag mit etwas Besonderem überraschten: Früchte, Gemüse, alkoholische Getränke oder gar Sumer-Zigaretten, die damals schwer zu bekommen waren. Auch zu essen brachten sie uns, und wir mochten es lieber als das Essen in der Offizierskantine. Wir schätzten unseren eigenen Tisch. Um sieben Uhr setzten wir uns zum Abendarak, und dann füllten wir Glas um Glas, im Hintergrund die Stimme von Fairûs, ganz selten einmal ein Tonband mit anderen Liedern. Wir rauchten eine Zigarette nach der anderen und unterhielten uns, bis uns irgendwann einmal die Augen zufielen. Es konnte Mitternacht sein oder auch noch später. Wir fragten selten nach der Uhrzeit. Das ganze Bataillon schlief dann längst, man hörte nur noch die Stimmen der Wachen bei der Ablösung. Irgendwo in der Ferne schrie eine Eule, rauschten Blätter oder knirschte Schnee. Wir aber unterhielten uns weiter und weiter, meist über Bücher. Er konnte nicht glauben, dass er auf einen solchen »Bibliotheksschatz« gestoßen war, wie er die beiden großen büchergefüllten Koffer nannte. Und auch noch wo?! Im nordirakischen Sulaimanîja, in einer unwegsamen Bergregion in der Nähe des Damms von Dukân. Er habe wirklich Glück gehabt, sagte er. Ohne meine Hilfe wäre er nicht imstande gewesen, auch nur ein einziges dieser Bücher mitzunehmen. Wegen seiner Akte müsse er sehr vorsichtig sein; seine Festnahme durch den Geheimdienst sei noch lange nicht vergessen. Während der ersten Tage seines Dienstes beim Damm von Dukân hatte er einmal versucht, zwei Bücher hereinzuschmuggeln: *Der Idiot* von Dostojewski auf Englisch und *Der Zwist der Muslime und die Ermordung des Kalifen Othmân* von Taha Hussain. Es war ein Versuch zu sehen, was passieren würde. Alle wussten, dass man sich unter dem inzwischen verflossenen Regime allein durch das Mitführen eines Buches verdächtig machte. Wie konnte er es da wagen, ein Buch auch noch in die Kaserne mitzubringen? Er musste Rede und Antwort stehen vor dem stellvertretenden Bataillonskommandeur, der wissen wollte, warum das eine Buch auf Englisch sei und das andere vom Zwist der Muslime handle. Sollte sich so etwas wiederholen, müsse er ihn ans Büro des militärischen Abschirmdienstes beim Verteidigungsministerium in Bagdad melden. Ob das klar sei? Die Frage war eine Warnung, und seit jenem Vorfall kämpfte Salmân gegen die Versuchung, Druckerzeugnisse bei sich zu tragen. Wenn er trotzdem einmal bei seiner Rückkehr vom Urlaub ein Buch dabeihatte, ließ er es im Bus, auf einem Fenstersims oder auf einer Parkbank liegen. Nur die Bücher über die Maultiere, die er mitbrachte, erregten beim Offizier keinen Argwohn – oder vielleicht doch, wer weiß?

Und nun war er auf diesen Schatz von einer Bibliothek gestoßen. Vielleicht dachte Salmân ja, ich hätte alle die Bücher, die mich begleiteten, gelesen. Aber im Vergleich zu ihm las ich nicht viel. Er war ein noch viel gieriger Leser als ich. Und nicht nur das. Kaum hatte er ein Buch zu Ende gelesen, begann er, darüber zu reden. Und dann war er nicht mehr zu bremsen. Alle unsere Gespräche drehten sich um Bücher, egal, ob um diejenigen, die er auf meiner Stube, oder solche, die er früher einmal gelesen hatte. Eines Tages erzählte ich ihm von meinen Wunsch, einen Roman über Tiere zu schreiben, obwohl ich mich schämte, vor ihm zuzugeben, dass ich verglichen mit unserem Freund Harûn Wâli natürlich ein Amateur war. Um einen Roman zu schreiben, müsse man nicht nur Hunderte von Büchern gelesen haben, sondern auch eine gewisse Lebenserfahrung mitbringen, sagte Salmân einmal. »So hat es ja wohl unser Freund Harûn Wâli gemacht?« Er kenne niemanden, der gieriger gelesen habe, und wenn er jetzt hier bei uns wäre in dieser Bergeinsamkeit, würde er auch nichts anderes tun als wir, nämlich lesen; er kenne auch niemanden, der unternehmungslustiger sei. Ich glaube, er sagte das aus Bescheidenheit. Natürlich wollte er nicht sagen, dass er noch gieriger las als Harûn. »Weißt du«, sagte er mir einmal, »mein Großvater sagte immer: ›Zwei Dinge im Leben sind das Höchste: vögeln und darüber reden.‹ Ich würde behaupten, dass es zwei andere Dinge sind: Bücher lesen und darüber reden.« Durch Salmân habe ich Autoren kennengelernt, die zu lesen mir früher nicht eingefallen wäre: Erich Maria Remarque, Henri Barbusse, Leonhard Frank, André Malraux oder Ernest Hemingway. Bei jedem Urlaub bat er mich, Bücher von ihnen mitzubringen, und ich weiß noch genau, wie untröstlich er war, wenn ich ohne das erwartete Buch zurückkam. So geschah es mit dem Roman des Rumänen Constantin Virgil Gheorghiu, *Die fünfundzwanzigste Stunde*. Erst später habe ich gemerkt, dass es in all diesen Romanen um dasselbe Thema geht, den Krieg. Das war unser Ritual. Die Bibliothek zog überallhin mit uns. Nach zwei Jahren beim Damm von Dukân, nachdem wir erfolgreich die unserem Bataillon noch verbliebenen Maultiere darauf dressiert hatten, klaglos Mühsal und Lasten auf sich zu nehmen, wurde ich versetzt. Zum Glück war ein Onkel von mir noch immer an leitender Stelle im Verteidigungsministerium tätig, bevor auch er am 3. Juli 1993 unter dem Vorwurf der Beteiligung am Militärputsch gegen den Herrscher verhaftet wurde. Dabei hatte sich der amerikanische Geheimdienst blamiert, der den Coup, angeblich unbeabsichtigt, angezettelt hatte. Dieser Onkel wurde damals mit anderen Offizieren aus den Clans der Dschabbûr und der Dulaim hingerichtet. Ohne seine Hilfe hätte ich die Versetzung Salmâns nicht durchdrücken können. Es sei, so argumentierte ich, ausgesprochen schwierig, einen Ersatz für ihn zu finden, und er habe ja nun schon eine gute Ausbildung im Umgang mit Maultieren erhalten. Und weil die Anstellung in der Armee eine ganz normale Angelegenheit war, gab sein Bataillon beim Damm von Dukân die Zustimmung, ihn an die Abteilung für Nutztiere beim Verteidigungsministerium abzustellen, damit es für ihn leichter war, mit mir in Verbindung zu bleiben. Auf diese Weise wurden wir in verschiedene Regionen im Land versetzt und arbeiteten in mehreren Einheiten, und wir blieben bei allen Versetzungen stets zusammen. Es war die intensivste Leseperiode in meinem Leben. Am 20. August 1988 ging der Krieg zu Ende. Als wir knapp zwei Monate später entlassen wurden, fragte ich ihn, was er davon halte, mit mir in einem der Schlachthäuser in Bagdad zu arbeiten. »Nach der langen gemeinsamen Erfahrung mit Tieren, die wir gesammelt haben, wäre das doch etwas. Ich habe keine andere Arbeit, und du kannst von deiner Tätigkeit nicht leben. Warum also solltest du nach Nassirîja gehen?« Ich wusste, wie unwohl ihm bei dem Gedanken war, in seine Stadt zurückzugehen. Er fürchtete, gleich bei seiner Ankunft festgenommen zu werden. »Ich weiß, was du meinst«, antwortete er. »Es ist in unserem und im Interesse der Tiere.« Dann wandte er sich an mich mit den Worten: »Du Henkersknecht, geh doch in dein Kaff zurück. Wir jagen dich zum Teufel und schmeißen dich aus Amt und Würden!« Ich lachte. Er solle sich darüber keine Gedanken machen, aus Amt und Würden werde der echte im Irak agierende Henker nicht geschmissen, und in sein Kaff werde er nie zurückgehen. Doch wer hätte geahnt, dass er genau das einmal tun würde? Dass der Henker des Landes, den man den »historischen Führer« oder meist den »Schicksalsführer« nannte, dass dieser Verbrecher fast fünfzehn Jahren nachdem wir an der Busstation Allâwi al-Hilla gestanden hatten, zurück in sein Dorf gehen würde, in dem er als Kind Schafe und Ziegen gehütet hatte? Doch da war es schon zu spät. Er hatte schon Menschen und Steine verschlungen, Bücher und Flüsse vergiftet, zahllose Landstriche verwüstet und die Phantasie der Kinder deformiert.

An jenem Tag fuhr Salmân am späten Abend nach Nassirîja. Nur um seine Mutter zu sehen, wie er mir sagte. Zwei Tage später verließ er am frühen Morgen die Stadt wieder. In den ersten Tagen folgte er nicht meiner Einladung, bei mir zu wohnen. Er mietete sich in einem Hotel in Bâb al-Scharki ein. Nach zwei Wochen nahmen wir unsere gemeinsame Arbeit wieder auf – in einem staatlichen Schlachthaus in der Nähe des Nahda-Platzes, mitten in Bagdad.

Egal, welchen Schaden meine Erinnerung heimgesucht hat, ich bin damit nicht allein. Der Verlust der Erinnerung ist eine alte irakische Krankheit, die erst nach Jahrhunderten geheilt werden kann. Trotzdem erinnere ich mich noch gut an jene Zeit, die wir nach unserer Entlassung aus der Armee im September 1988 zusammen verbracht haben, bis wir beide 1990, wieder im September, ein weiteres Mal zum Militärdienst aufgeboten wurden, gerade einmal vier Wochen nach der Besetzung Kuwaits. Ich ins Verteidigungsministerium, er in eine Einheit, die damals noch in Basra stationiert war; danach zog er hin und her zwischen der Kuwait-Front im Süden, der Grenze zu Saudi-Arabien und der südlichen Samâwa-Wüste in Irak. »Zwei Jährchen nur, mehr haben sie uns nicht gegönnt«, sagte er mir damals. »Wie findest du das? Was für ein verfluchtes Schicksal! Aber diesmal gibt es keine Maultiere und keine Esel, die wir schützen und die uns schützen. Jetzt gibt es nur Armeen und Zerstörung: Auf der einen Seite vierunddreißig Staaten, die sich mit Sack und Pack hier eingefunden haben, mit ihren Müllkippen und ihren Senkgruben, und auf der anderen Seite ein Henker, der, statt seines Amtes enthoben in sein Kaff zurückzugehen, seine Armee losschickt, um ein benachbartes Land zu besetzen, und auch noch glaubt, eine solche Tat bleibe ungesühnt.« Ich weiß nicht mehr genau, wann Salmân kam, um sich von mir zu verabschieden. Er ging nicht davon aus, dass er lebendig heimkehren werde. Und selbst wenn ihm das vergönnt sein sollte, wäre er nicht mehr der alte Salmân. Es war wie eine Prophezeiung für das ganze Land. Auch ich schien daran zu glauben, er werde zerstört heimkehren, einsam und zertrümmert wie ein Stück Glas. So beschrieb er es später in einem Gedicht. Er beklagte die Nächte, die er in der Steppe, auf dem kahlen Land verbracht hatte, seine Trümmerstätten beschreibend, die verlorenen Freunde aufzählend, einen um den anderen. Was ihm widerfahren war, weckte in mir Erinnerungen an die gemeinsam erlebte Zeit. Ich als sein Zeuge, wie er mich gern nannte, oder unser beider, meiner und Harûn Wâlis Zeuge. »Unser unumgänglicher Zwilling«, wie er oft sagte. »Die Romanautoren haben ihre äußere, die Dichter ihre innere Welt. Du dagegen, mein Freund«, so seine Worte, »du trägst die Laterne, die uns den Weg erhellt.« Das war die Aufgabe, die er mir damals zugedacht hatte. In den Tagen, die ich in meinem Büro im Amt für Tiermedizin beim Verteidigungsministerium am Maidân-Platz verbrachte – das war mein zweiter Beruf nach der Leitung des Schlachthauses und vor der Tätigkeit als Bauunternehmer, hielt ich alles fest, was wir erlebt hatten, besonders während der letzten beiden gemeinsamen Jahre. Es war, als sollte ich sein Leben dokumentieren. Ich hörte auf zu rauchen und schenkte ihm mein letztes Päckchen. »Vielleicht wirst du keine Zigaretten mehr finden«, sagte ich. Ich kannte seine Süchte: das Rauchen, das Lesen, das Trinken. Warum wollte er also auch Famlie, Frau und Kinder? »Du siehst ja, mein Lieber, wie der Laternenträger keinen Tabak braucht.« »Nimm sie«, sagte ich, »es ist mein letztes Päckchen, Marke Bagdad.« Er schob sie sich in die Tasche und sagte: »Na gut, immer wenn ich eine rauche, werde ich an dich denken.« Welch grauenhafte Ironie! An die neun Monate hockte ich da an meinem Tisch und tat nichts anderes als schreiben und schreiben, als hätte ich Angst, ihn nie wiederzusehen. Ich spürte nicht, wie die Zeit dahinging. Der neue Krieg klopfte an die Tore, und egal, wie lange er dauern würde, er würde anders sein als alle Kriege, die das Land bisher erlebt hatte. Keiner sollte aus diesem Krieg zurückkehren wie er losgezogen war, auch nicht mein Freund Salmân.

Ich hatte meine Niederschrift mit dem vorletzten Tag vor seiner Abreise begonnen. Plötzlich war er im Schlachthaus aufgetaucht. Eigentlich hätte er sich an jenem Tag mit seinem Dienstbüchlein melden müssen. Aber wie üblich beschloss er mit einem Fehltag zu beginnen, damit sie ihn gleich bei seiner Ankunft in den Knast stecken konnten, wenn sie wollten. »Knast oder Schützengraben irgendwo in der saudischen, der kuwaitischen oder auch der irakischen Wüste. Was ist der Unterschied«, sagte er, und er hatte recht wie immer. Wie hätte ich ihm meine Sorge verständlich machen und ihn auffordern sollen, sich zu stellen, während ich hier in Bagdad blieb? Auch ich bin nur ein Henker, dachte ich. Ich hörte ihn am Eingang des Schlachthofs. Es war nicht sein Lieblingssatz vom Henkersknecht und seinem Kaff! Er zitierte laut in dem ihm eigenen Singsang: »Beweg deine Eier und pack deinen Schwanz, Genosse, wir ziehen in den Krieg, Huren jagen!« Ich erinnere mich an diesen Satz aus dem französischen Widerstand. Die französischen Freiwilligen haben ihn benutzt, wenn sie in den Kampf gegen die Deutschen zogen. Wir kannten ihn aus Jean Paul Sartres Romantrilogie *Die Wege der Freiheit*, aber dass Salmân ihn hier im Schlachthaus so offen herausposaunte, war riskant für uns beide. Ich lief zwar nicht Gefahr, festgenommen zu werden, er schon. Doch zum Glück für uns beide trieb sich an diesem Tag nur noch ein junger Arbeiter im Schlachthaus herum, der, wie ich zumindest bis zu jenem Tag geglaubt hatte, taub war. »Weißt du, mein Lieber, wirklich wütend macht mich«, begann er, »dass ich unfreiwillig auf das Feld des Todes ziehe.« Ich fragte ihn nicht, warum er nicht Selbstmord begehe wie ein Maultier. Ich war am wenigsten zu einer solchen Frage berechtigt. Selbst wenn ich nicht dem Amt für Militärisches Veterinärwesen beim Verteidigungsministerium zugeteilt gewesen wäre, hätte man mich zur Absolvierung meines Reservedienstes in ein staatliches oder privates Schlachthaus geschickt, von denen es in jenen Tagen zahlreiche gab.

Ich erinnere mich noch, dass er mich stürmisch umarmte. Dann wandte er sich rasch zum Gehen, damit ich seine Tränen nicht sah, Tränen wie damals bei unserer ersten Begegnung. »Wer nicht mit dem Leben beschäftigt ist, muss sich mit dem Tod beschäftigen.« Diesen Satz, den er beim Hinausgehen sagte, schrieb ich zwei Wochen später nieder. Er hatte viele solcher Sätze voller Weisheit, und zum Glück habe ich einige davon aufgeschrieben. Irgendwann einmal, als wir, nur wir zwei, am Abu-Nuwâs-Ufer zusammen Arak tranken, habe ich ihn gefragt, wer seiner Meinung nach der beste Dichter sei, den er je gelesen habe. Statt mir direkt zu antworten, wählte er einen anderen Weg. »Siehst du diese Welle?« Es gab keine, der Fluss war völlig ruhig. Ich schwieg. Aber als wir aufstanden, um zu gehen, hörte ich, wie er dem Fluss zurief: »He, Fluss, warum gibst du meinem Freund nicht die Antwort, die er sucht?« Auch dass er mich eines Tages fragte, warum die Schlachthäuser bei Nacht geöffnet seien und das Schlachten um vier Uhr morgens beginne, habe ich mir notiert. »Warum gibt es diese zeitliche Übereinstimmung zwischen der Hinrichtung von Menschen und dem Schlachten von Tieren?«, wollte er wissen. »Habt ihr das im Studium auch gelernt?« Ich schaute ihn an. Wir saßen in der Enkidu-Bar. »Wirklich, wo liegt der Zusammenhang? Gibt es irgendein Ritual, dessen Zeremonien in dieser Tageszeit beginnen?«, fragte ich ihn, worauf er erwiderte: »Ich dachte, du seist der Henker und der Experte.« Ich weiß noch, dass ich ihm danach von einem poetischen Bild des russischen Schriftstellers Boris Pasternak erzählte, an das ich mich erinnerte: Der frühe Morgen war grau wie der Radau der zu Zwangsarbeit Verurteilten. Da hätte er mir antworten müssen: »Es wäre besser gewesen, wenn Pasternak gesagt hätte: wie der Radau der zum Tode Verurteilten.« Er starrte mich an: »Hast du den Radau im Schlachthaus vergessen, wenn das von dir erlassene Urteil zum Schlachten vollstreckt wird? Das Blut beginnt zu fließen, während du in deiner Jacke die Scharfrichter umkreist. Weißt du, in diesen Augenblicken früh am Morgen erinnere ich mich an jeden Tag, den ich in der Armee zugebracht habe. Dann habe ich den Eindruck, mein Herz drängt aus meinem Körper und verwandelt sich in einen Vogel. Wirst du es eines Tages schlachten?« Ich notierte, dass ich es mir ganz vorstelle, wie er sich, genau zu dem Zeitpunkt, in dem die Hinrichtung der Tiere beginnt, in einen Vogel verwandelt. Ich suche nach ihm und kann ihn nicht sehen. Und wenn ich das Schlachthaus verlasse, sehe ich ihn bei der einzigen Palme im Garten sitzen. Ich trete zu ihm, und ich höre ihn sagen: »Siehst du nicht, wie ich, dass die Schlachthäuser allgegenwärtig sind? Sogar die Beete mitten im Hof waren nie wirklich etwas anderes als ein kahles Stück Land, obwohl der Tigris in der Nähe vorbeifließt. Nur diese eine Palme steht da. Jawohl, eine einzelne Palme. Daran bindet man das Tier, das die Gefahr schon früh gespürt und versucht hat, den Stricken seiner Henker zu entkommen. Ich liebe diese Palme«, sagt er und zeigt auf sich selbst, wie er so, eine Zigarette rauchend, dasteht. »Sie ist Zeuge meines Schicksals und des Todes, der mich und uns erwartet.«

Ich erinnere mich auch, und zwar genauestens, dass ich notierte, wie er eines Nachts – wir kehrten von einer Sauftour heim, ich in mein Haus, er in sein Zimmer, das er in Bab Scharki beim Fliegerplatz gemietet hatte – plötzlich stehen blieb und mich fragte: »Du hast doch einmal den besten Dichter wissen wollten, den ich kenne? Es ist dieser kleine Junge«, sagte er und zeigte auf einen Buben, der zu später Stunde noch auf dem Gehsteig saß und Zigaretten verkaufte. Eines Nachts, als wir wieder am Abu-Nuwâs-Ufer saßen, erinnerte ich ihn daran und wollte wissen: »Wenn es nun unseren und den Kindern des gesamten Landes einmal so geht, dass sie als fliegende Händler auf den Gehsteigen und Straßen hocken?« Er blickte auf den Tigris hinaus, schwieg eine Weile und sagte schließlich: »Es gibt für den Barden keine andere Zukunft als den Satz: ›Sing, bitte!‹ Hast du unsere Nächte im Paradies von Dukân vergessen? Wo ist Fairûs geblieben?« Es war das erste Mal, dass er sich an jene Tage beim Damm von Dukân erinnerte. »In welcher Leere leben wir, die Vertriebenen aus den Paradiesen?«, hörte ich ihn sagen, während er die Arak-Viertelflasche auf die Böschung warf. Dann rief er aus: »Also auf, ihr Winde, also auf, du Regen.« Dass Shakespeares Macbeth diesen Satz mehrfach sagt, wusste ich damals noch nicht. Seltsam auch, dass ich genau diese Geschichte später einem anderen Dichter erzählte, den ich zufällig auf dem Maidân-Platz traf und der nach kurzer Überlegung diese Worte aussprach: »So macht Bedenken jeden von uns feige.« Und erst als ich ihn nach der Herkunft des Satzes fragte, wurde mir klar, dass es dieser Satz war, den Salmân gemurmelt hatte, bevor er in meiner Stube beim Damm von Dukân eingeschlafen war, derselbe Satz, den vor Jahrhunderten auch Hamlet sprach. Ich erinnere mich, dass ich notierte: Gibt es eine Verbindung zwischen Habenichtsen und Shakespeare?

Ich erinnere mich, dass ich auch notierte: Über zwei Dinge haben wir nie gesprochen: Erstens über Politik – nicht weil wir nichts davon verstanden oder weil wir es nicht wollten, sondern weil wir uns stillschweigend darauf geeinigt hatten, dass das Regime, das uns im Nacken sitzt und über uns bestimmt, das ganze Land in den Abgrund führt. Warum sollten wir noch über Politik reden, nachdem Salmân mir die Geschichte seiner Inhaftierung und Folterung erzählt hatte. Das Einzige, was wir immer wieder sagten: »Du Henkersknecht, geh doch in dein Kaff zurück. Wir jagen dich zum Teufel und schmeißen dich aus Amt und Würden!« Das, so erinnere ich mich, habe ich mit großem Eifer notiert. Zweitens über Frauen. Seit dem ersten Tag unserer Bekanntschaft, seit ich diese Träne sah, die über seine Wange rollte und dann in der eisigen Kälte des Nordens gefror, habe ich nie recht geglaubt, dass der Grund für diese Träne der Sturz des Maultiers in die Tiefe war, wie er behauptete. Ausgeschlossen! Die zahlreichen tiefen Falten in seinem Gesicht deuteten auf etwas anderes. Worüber weint ein Dichter?, fragte ich mich. Über der Tod eines Kindes? Über eine verlorene Liebe? Und dieser Gedanke ließ mich Gespräche über Frauen mit ihm vermeiden. Ich habe ihm damals auch nie von meiner Beziehung zu Ashâr erzählt. Dass wir auf meine Entlassung warteten, um uns zu verloben oder gar gleich zu heiraten. Wieso über Liebesglück reden?, fragte ich mich. Und ich war wirklich bis über beide Ohren verliebt. Für mich war Ashâr das Zentrum der Welt. Ich konnte mir nicht vorstellen, dass wir uns je wieder trennen sollten, dass ich sie nicht mehr an meiner Seite finden sollte in guten wie in bösen Tagen. Vielleicht erlebte er ja gerade das Scheitern einer Liebe. Das Schuldgefühl und die Anfälle von Depression, die ihn heimsuchten, seine Geistesabwesenheit und seine Vergesslichkeit manchmal, das klammheimliche Weinen, all das waren Anzeichen, die auf eine verlorene Liebe deuteten. Und dass er nicht darüber reden wollte, war doch auch ein Hinweis darauf? Sechs Jahre musste ich warten, bis zum Ausbruch eines weiteren zermürbenden Krieges, um zu erfahren, dass ich mit meiner Vermutung richtiglag, dass die Pein schon über sechs Jahre an ihm nagte und dass er trotz allem Schmerz, aller Gewalt und aller Brutalität, die wir durchgemacht, trotz Tod, Krieg und Verwüstung, die wir erlebt hatten, nicht darüber hinwegkam.

Ich erinnere mich, dass ich mir notierte, wie er mich irgendwann am Tor des Schlachthauses erwartete. »Es geht doch nicht, dass ich in den Krieg, ins wirkliche Schlachthaus, ziehe, ohne dich je zu Hause besucht zu haben. Ich muss mich doch von deiner Mutter und deinem Vater verabschieden.« »Also komm«, sagte ich, »ich habe genug Arak zu Hause.« Wir nahmen ein Taxi. Es war das erste Mal, dass er meine Eltern traf. Beide freuten sich, ihn, einen Südler, kennenzulernen. Sie hatten von mir schon viel über diesen »Schrûgi« gehört. Als wir dann in meinem Dachzimmer saßen und er Ashârs Bild auf dem Tisch stehen sah, wollte er mehr von unserer Beziehung wissen. Also erzählte ich. Wir seien seit unseren Studientagen zusammen und warteten nur noch auf das Ende des Krieges, um zu heiraten. »Vielleicht ist es albern, aber wir haben uns nun einmal bei allem, was uns heilig ist, geschworen, erst nach dem Ende des Krieges zu heiraten. Und wie du siehst, mein Guter, haben wir bis zu meiner Entlassung gewartet. Doch kaum hatten wir uns verlobt, da ging auch schon ein neuer Krieg los, und wir schafften es nicht einmal, Möbel zu kaufen.« »Was für ein weiser Schwur«, murmelte er. »Die Liebe ist Gottes Geheimnis auf Erden. Trinken wir!« Nach dem ersten Glas sprach er gleich weiter: »Ich träume immer diesen seltsam unverständlichen Traum von einer schönen Frau, die ich liebe und die mich liebt.« Das war nicht von ihm, es war ein Mallarmé-Zitat, glaube ich. In schwierigen Augenblicken suchte er immer bei Dichterkollegen Hilfe. Er schwieg kurz, leerte sein Glas, zündete sich eine Zigarette an und stieß den Rauch aus. Dann begann er zu reden, ohne mich anzusehen. Er wolle nicht an die Front gehen, ohne mir zuvor die Geschichte zu erzählen, die er mir einmal versprochen habe. »Erinnerst du dich an die erste Nacht, die wir in deiner Stube beim Damm von Dukân trinkend miteinander verbracht haben?« Er erwartete keine Antwort. Natürlich wusste er, dass wir beide alles im

Leben vergessen könnten, aber niemals diese Nacht, in der wir den Tisch der Verzweiflung und der Einsamkeit geteilt hatten. Schließlich erzählte er mir von Achlâm oder besser von einem Mädchen, dessen Name er nicht kannte und das er deshalb Achlâm, Träume, nannte. »Wie meine geschlachteten Träume«, erklärte er. Ich erinnere mich, dass ich aufschrieb, was er erzählt hatte, und dass ich bei jedem Satz einen Kloß im Hals spürte.

Zum ersten Mal war er ihr auf dem Haradsch-Markt in Kirkûk begegnet, als seine Einheit dort stationiert war, zwei Jahre bevor wir uns kennenlernten. Nur zufällig hatte er ihre traurige Geschichte erfahren. Am Anfang durch William, den christlichen Soldaten, der den Kiosk im Bataillon betrieb und dessen Familie in Kirkûk ein Café auf dem Markt besaß, später dann persönlich. Sie war in einen Mann verliebt und hatte offenbar seinetwegen ihre Familie verlassen. Doch dieser Typ ließ sie fallen und machte sich aus dem Staub, woraufhin sie den Halt verlor. Sie streifte durch verschiedene Städte, bis sie sich schließlich im Haradsch-Markt von Kirkûk niederließ. Wegen ihrer geistigen Verwirrung wurde sie zum Freiwild für Männer. Ihre außergewöhnliche Schönheit und ihre »Neigung zur Weisheit« – so nannte er ihr Talent, tiefsinnige Sätze zu äußern – waren das Erste, was ihm auffiel. Dass besonders ihre Schönheit für sie ein Fluch war, erfuhr er erst später. Er fand in ihrem Gesicht, wonach er suchte: Unschuld, Aufrichtigkeit und Treue, Liebenswürdigkeit, Traurigkeit und Trost. Doch während er in ihrer Schönheit eine Weisheit fand, wie er sie aus keinem der Bücher kannte, die er je gelesen hatte, wie er sie sich auch nicht vorstellen konnte, wenn er sich in einem Gedicht an eine Frau wandte, fanden die anderen in ihr eine leichte Beute, besonders die Sicherheitsbeamten, die Wachmänner und die Polizisten, die in später Nacht in ihrer Dachkammer von ihr bekamen, was sie wollten. Sie habe dabei überhaupt nichts empfunden, erklärte sie ihm. Sie habe nicht gewusst, ob das Menschen oder Steinblöcke waren. Nein, sie seien nicht einmal Tiere gewesen. Tiere seien freundlich und sanft zu allen, die zu ihnen freundlich seien.

Aber die da hätten nur gebrüllt, wenn sie sich auf sie warfen, mit Stimmen, um die sie sogar die Büffel beneiden würden. Es seien Rüpel, die nicht zu leben verdienten. »Ich weiß nicht, wie oft ich versucht haben, ihr zu helfen, sie zu beschützen, aber sie wollte es nicht glauben«, erzählte Salmân. »Dich hat Gott geschickt, um mich zu verspotten, um mir zu zeigen, wie dreckig ich bin, während du der Gute und der Liebenswerte bist. Warum demütigst du eine arme Frau wie mich, die dich liebt? Warum seid ihr so brutal? Warum wollt ihr Dichter euch so rein wie Christus machen? Wenn du mir wirklich helfen willst, dann solltest du erst einmal zugeben, dass du auch dreckig bist; dann solltest du dich fragen, warum du dieses Khakizeug trägst und warum du, obwohl du im Süden geboren bist, dich hier oben im Norden rumtreibst.« Diese Worte klingen mir bis heute in den Ohren. Er glaubte, und das hat er sich selbst nie verziehen, sie hätte nie so mit ihm gesprochen, wenn sie verrückt gewesen wäre. »Kennst du einen Weg, einen Verrückten zu beschützen, ohne ihn seiner Verrücktheit zu überlassen?«, fragte er mich, und um seine Worte zu bekräftigen, gab er die ihren wieder: »Du kämpfst hier im Norden, und ich kämpfe wie du, aber an einer anderen Front im Norden.« Er verstand nicht, aber, sagte er, er stellte es sich vor. »Einmal, als ich sie zu überreden versuchte, mit mir wegzugehen, hat sie mich gefragt, ob ich dann meine Uniform ablegen würde.« Natürlich hat er gelitten wegen ihr, manchmal auch geweint, und oft hat er sich gefragt, ob sich diese Polizisten und diese Sicherheitsbeamten an sich selbst rächen wollten. Warum zogen sie Achlâm anderen vor? Ihre Schönheit konnte nicht der einzige Grund dafür sein. Ganz sicher fanden sie bei ihr eine Kompensation für ihre eigene Lage, nachdem die Regierung auch sie fallengelassen hatte. Sie hatte sie ihrem Schicksal überlassen. Viele Male nahm er sich vor, ihnen ins Gesicht zu schreien, aber schließlich brachte er nicht den Mut dazu auf. Einmal dann beschloss er, es reiche jetzt, er müsse sie retten. Er zog seine Uniform aus und Jeans und ein weißes Hemd an. Sie freute sich, als sie ihn so sah, und kam mit. Doch bevor sie den

Bus von Kirkûk nach Bagdad bestiegen, gingen sie in ein kleines Restaurant in der Nähe des Busbahnhofs. Während er in seinem Glück schwelgte, wie sie mit ihm wie eine vollkommene Dame aß, traten drei Männer zu ihnen, deren Aussehen – dichte Schnurrbärte, kahlgeschorene Schädel, abschätzige Blicke und feindselige und hasserfüllten Mienen – sie als Polizisten und Geheimdienstler auswiesen. »Na, bravo!«, sagten sie zu ihm. »Willst du diese Nutte ehelichen?« Natürlich hätte er aufstehen und ihnen sein Essen ins Gesicht werfen oder wenigstens einem von ihnen ein paar Tritte versetzen müssen, auch wenn er wusste, sie würden ihn verprügeln und ihm die Knochen brechen, auch wenn er wusste, sie würden ihn blutig schlagen; zumindest einem von ihnen hätte er eine verpassen müssen. Stattdessen bat er Achlâm aufzustehen und mit ihm das Restaurant zu verlassen. »Und weißt du, was sie entgegnete?«, fragte er mich und schaute mich zum ersten Mal an. »Sie sagte, geh du doch, wenn du willst, ich für meinen Teil möchte weiteressen. Ich habe seit Wochen nicht mit so viel Appetit gegessen.« Er musste mir nicht erzählen, dass er tatsächlich ging. Er ertrug es nicht, mit einer Frau zusammen zu sein, die nicht nur in den Augen dieser Männer eine Hure war, sondern mit der auch schon eine ganze Anzahl von Männern geschlafen hatte. Diesmal stand nicht eine Träne in den Falten seiner Wange, sondern die Tränen flossen. Einige davon verteilten sich auf seinem Gesicht, die übrigen fielen zu Boden. Er wischte sich das Gesicht ab, leerte sein zweites Glas und murmelte: »Warum macht das Bedenken jeden von uns feige?« Er konnte sich nicht erklären, warum wir, das heißt, unzählige Menschen, uns dermaßen anstrengen, bei der Arbeit oder bei der Regierung akzeptiert zu sein, gleichzeitig aber mit diesem Eifer um einiges geiziger umgehen bei denen, die wir lieben. Das Schuldgefühl habe ihn lange gequält, und er habe von da an den Haradsch-Markt gemieden. Wie hätte er ihr nach diesem Vorfall noch in die Augen schauen können? Unmöglich, sie nochmals zu fragen, ob sie mit ihm nach Bagdad kommen wolle, wozu sie ihn jedes Mal aufgefordert hatte, wenn sie ihn sah, obwohl sie wusste, dass er seine Uniform nicht abgelegt hatte, und nachdem sie sich so gefreut hatte, als sie ihn an jenem seligen Donnerstag auf dem Markt sah. Ihre Henker waren Militärs, wie hätte sie also mit einem solchen gehen können? Warum hätte sie ihm glauben sollen, nachdem er sie einmal enttäuscht und sie nicht, wie sie hoffte, nach Bagdad mitgenommen hatte? Als sein Bataillon den Marschbefehl nach Sulaimanîja erhielt, war er im Grunde erleichtert. Für ihn war Achlâm die große Herausforderung im Leben gewesen, und er hatte sie nicht bestanden. Später sollte ihr Gespenst in diesem oder jenem Gedicht wieder auftauchen, in diesem oder jenem Traum, aber er versuchte, die ganze Geschichte mit ihr zu vergessen. So glaubte er jedenfalls. Schließlich war er weder Gott noch der Messias, noch irgendein Heiliger. Er war unfähig, sich selbst zu opfern. Er konnte den Vorfall mit Achlâm nicht ungeschehen machen. Und es war ihm nie in den Sinn gekommen, dass gerade die Arbeit im Schlachthaus ihr Gespenst zurückbringen könnte. »Hast du die Kamele gesehen?«, fragte er mich. »Wenn die Schlachtung beginnt, brüllen die Kamelstuten am lautesten. Sie spüren den Tod, bevor er eintritt. Dann werden sie wild und schreien und zerreißen jeden Strick und galoppieren in alle Richtungen, und die Metzger rennen schreiend mit Messern und Beilen hinter ihnen her, bis sie sie schließlich schlachten. Bei der allein stehenden, einzigen Palme im Hof des Schlachthauses sah ich«, erzählte er, »wenn sie ein Kamel schlachteten, immer Achlâm, die geschlachtet wurde, einsam in ihrer Dachkammer. Ich als die einzige Palme, sie als das Kamel oder umgekehrt.« Dann fragte er mich: »Weißt du noch? Einmal habe ich dich an einem Samstagvormittag im Schlachthaus aufgesucht. Es war das dritte oder vierte Mal, dass ich dich bei der Leitung vertreten sollte. Ich bat dich inständig, mir doch irgendeine Aufgabe zuzuweisen, mit der ich dich vertreten könnte, bloß nicht den Startschuss zum Schlachten. Und weißt du, warum? Weil ich sonst das Gefühl hatte, ich würde alle diese Hurensöhne zur Schlachtung Achlâms schicken.« Ich erinnere mich, dass ich am Tag bevor er an die Front ging, bei uns zu Hause zu ihm gesagt habe, sein Schuldgefühl sei ein Fehler. Es gebe weder Schuldige noch Unschuldige. Alles ereigne sich aus dem einen oder dem anderen Grund. Und bei Schuldzuweisungen geht es um ganz anderes. »Schließlich und endlich gibt es Beschuldiger und Beschuldigte.« Seine Antwort werde ich nie vergessen. »Wenn es sich so verhält«, rief er aus, »gehören ja die beiden zusammen, das Opfer und der Henker, der Ankläger und der Angeklagte, der Richter und der Verbrecher.« Ich weiß nicht mehr, wann wir schlafen gegangen sind, aber ich erinnere mich, dass er am folgenden Tag schon früh das Haus verließ, ohne sich zu verabschieden. Sein Bett war leer bis auf einen Zettel, den er mir zurückgelassen hatte und auf dem stand: »Du Henkersknecht, geh doch in dein Kaff zurück. Wir jagen dich zum Teufel und schmeißen dich aus Amt und Würden!« Darunter in kleiner Schrift: »Wir ziehen in den Krieg, um zu sterben.« Dieser Satz ging auf ihn zurück, und um zu sterben, brauchte er niemandes Hilfe.

Ich erinnere mich auch noch genau, als wäre es gestern, dass ich einige Wochen danach unser letztes Beisammensein in allen Einzelheiten festgehalten habe, auf der letzten Seite des letzten Hefts. Ich saß in meinem Büro in jenem Gebäude, das einmal ein Verteidigungsministerium war, und habe geheult. Es war, als hätte ich geahnt, dass sich alle meine Notizen in nichts auflösen würden. Der Krieg begann, und das Ministerium brannte ab, und mit ihm verbrannte das Land, aber glücklicherweise verbrennt und altert die Erinnerung nicht.

Denn vieles von dem, was beim Brand der Akten vernichtet wurde oder verlorenging, hatte Salmân aufgeschrieben. Als ob auch er geahnt hätte, dass wir zusammen mit dem Land verschwinden würden und dass wir, sollten wir uns irgendwann einmal wieder begegnen, einander erzählen würden, was wir in jenen schlimmen Zeiten erlebt haben. Während der neun Monate, die ich im Verteidigungsministerium verbrachte, schrieb ich auf, was mein Gedächtnis gespeichert hatte. Salmân seinerseits dokumentierte ebenso eifrig alles, indem er mir Briefe schrieb, egal von welchem Ort, an den er verlegt wurde, und egal, welche Mühe es ihn kostete, einen Brief zu verschicken, ja, auch ohne Rücksicht darauf, welchen Gefahren er sich dadurch aussetzte. Es war ja bekannt, dass schon der allgemeine Postverkehr überwacht wurde, wie dann erst die Post von Soldaten? Am schwierigsten war es, Post von der Front zu schicken. Doch das hinderte Salmân nicht daran, unermüdlich Briefe zu schreiben, von denen leider einige verlorengingen oder nicht an den Adressaten gelangten. Das erfuhr ich aber erst über zehn Jahre später, von ihm. Die anderen erreichten mich früher oder später, besonders diejenigen, die er an meine Privatadresse, nicht an das Ministerium schickte. Dabei konnte es durchaus passieren, dass ich sie erst nach Monaten erhielt. So zum Beispiel die letzten drei Briefe: den vorletzten und den vorvorletzten, die mich beide auf seltsamen Umwegen erst über ein Jahr nach Kriegsende erreichten, und den letzten, von dem ich erst etwa fünfzehn Jahre später erfuhr. Ich sage Ihnen in aller Offenheit, ohne Salmâns Briefe hätte ich nichts von der Hölle erfahren, die er durchlebt hat, im Kampf gegen die Verödung und die Einsamkeit, den Dreck und die Verzweiflung, den Hunger und den Durst, in allen Schützengräben und an allen Fronten, an die er verlegt wurde. Sein Schicksal schien sich von dem anderer Soldaten zu unterscheiden. Während normalerweise die Soldaten bei ihren Einheiten bleiben und diese verlegt wird, musste er dagegen alle Fronten erleben: »Zunächst, wie sollte ich, als Experte für Maultier- und andere Veterinärsfragen, zum Fachmann im Bereich der Aufklärung werden? Kannst du mir das erklären?«, fragte er mich in seinem ersten Brief, der genau einen Monat nach seiner Einberufung ankam. Tatsächlich, was für eine Absurdität! Da hat sich doch irgendeiner sein geniales Militärhirn aufgerissen und vorgeschlagen, alle Aufklärungssoldaten in einem einzigen Bataillon zusammenzufassen und sie dann auf die Einheiten zu verteilen, die an vorderster Front kämpfen. Salmân musste sich diesen Befehlen fügen. An einem Mittwochmorgen, als seine Einheit zum Appell angetreten war, verkündete der Bataillonsassistent, der für die Sicherheit verantwortlich war, das Verteidigungsministerium wolle aus den besten Spähern im Heer ein Aufklärungsbataillon bilden, ein Modell für die anderen Truppen bei der Verteidigung der Ehre des Landes, und zwar an den vordersten Linien. Möglicherweise hat Salmân an all das gedacht, nur nicht daran, dass der Offizier zu ihm treten, ihm mit seinem Stock an die Brust tippen und sagen könnte: »Vortreten!« Doch genau das geschah. Außer ihm wählte der Offizier nur noch drei weitere Männer aus. Zwei von diesen kannte Salmân schon aus der Zeit beim Damm von Dukân: einer, William, war Christ und damals für den Kiosk verantwortlich; der zweite, Imâd, war Kurde und kümmerte sich damals um unsere Verpflegung; der dritte hieß Nihâd, ein junger Bursche von gerade einmal achtzehn Jahren, der erst kurze Zeit zuvor ins Bataillon eingetreten war. Laut Salmâns Informationen war er ein mandäischer Sabier aus der Stadt Amâra. Seltsamerweise konnte der Offizier später, als er sie in seinem Büro hatte antreten lassen, sein Lachen und seinen Spott über die vier nicht unterdrücken. Er blätterte in den Sicherheitsdossiers, die vor ihm auf dem Tisch lagen, und sagte zu ihnen: »Salmân Mâdi, William Sarkîs, Imâd Akrâwi und Nihâd Chalîl, Sie sind die schlechtesten Aufklärungssoldaten, die das Heer je gesehen hat, aber Sie werden die Lektion sicher lernen. Sehen wir, wer sich an der vordersten Front am besten bewährt. Einer von Ihnen ist Schrûgi, Südler, und hat seinen Militärdienst mit Maultieren, der Lektüre existenzialistischer Literatur und dem Lauschen der Lieder von Fairûs verbracht; einer ist ein sanfter Christ, der seinen Militärdienst als Verkäufer im Kiosk verbracht und westliche Musik gehört hat, John Travolta und *Saturday Night Fever*; einer ist ein Kurde, dessen Verwandte und Angehörige unsere Soldaten in den Bergen umbringen; und einer ist schließlich ein Sabier, dessen zarte Händchen zu nichts anderem gut sind als zur Bearbeitung von Gold. Und der erzählt ständig Geschichten von seinem Onkel, einem Goldschmied, der Nur Scheich Mulla Ibrahîm heißt oder, wie er behauptet, al-Malak, ›der Engel‹, dessen ausschließliche Leistung in der Herstellung eines Juwels mit der Figur eines jüdischen Mädchens namens Malâika oder, nach seinem Willen, ›Malâika des Südens‹, Engel des Südens, besteht. Was für ein Geschwätz und eine Geringschätzung der Geschichte dieses kämpfenden Landes! Von heute an werdet ihr lernen, und zwar an vorderster Front, was Militär bedeutet.« Er ließ ihnen nicht einmal Zeit bis zum Mittagessen. »Der Fahrer erwartet euch am Tor«, sagte er und gab ihnen die Marschbefehle. »Ich habe ihn gerade angerufen, damit er euch an die kuwaitische Grenze bringt. Dort seid ihr auf euch selbst angewiesen.« Glauben Sie ja nicht, Salmân habe sich gestört an diesem Marschbefehl, ganz im Gegensatz zu den drei anderen, die diese Art Fronteinsatz als Todesurteil ansahen. Salmân fühlte sich erleichtert. Endlich war er diesen Hund von einem Offizier los. Nein, er hat das nicht so geschrieben, aber ich fand es zwischen den Zeilen. Im Verlauf der ersten drei Monate seines Dienstes – egal, ob im Lager Abu-l-Kâssim in Basra oder bei der Verlegung seiner Einheit nach Schaîba, danach auf die Ölfelder von Rumaila, egal, ob bei ihrer Entsendung nach Zubair oder ihrem Einsatz nahe der Grenze bei Safwân – verging bei allen Verlegungen kein Mittwoch, ohne dass dieser Offizier Salmân kommen ließ. Weder der Krieg noch andere Aufgaben konnten ihn davon abhalten. Salmân schien eine größere Gefahr für ihn darzustellen als die vierunddreißig Staaten, die damalige Allianz gegen den Irak. Salmân erwähnte nie seinen Namen, aber fünf oder sechs Monate nach dem Eintreffen des Briefes erfuhr ich, um wen es sich handelte. Ich sah am Fernsehen, wie er aus der Hand seines Herrn, des Herrschers und Henkers des Landes, eine Heldenmedaille oder eine Tapferkeitsauszeichnung erhielt: Hauptmann Haidar Mulla Kuraidi, ein so seltsamer Name, dass sogar der Herrscher grinsen musste, als er ihm den Orden an die Brust heftete. Er sprach ihn nicht selbst an, sondern fragte den Verteidigungsminister: »Von wo stammt denn dem seine Familie?« Wahrscheinlich hatte der Herrscher wegen des Familiennamens Kuraidi angenommen, er sei

Kurde, und war dann wirklich überrascht, als er erfuhr, er stamme ich weiß nicht mehr ob aus Hilla oder aus Kerbela. Ich erinnere mich aber, dass auch ich überrascht war, als ich diesen Mann sah. Nicht nur, weil ich ihn einfach nicht erwartet hatte – wie ich nämlich aus den Tagen meines Militärdienstes im selben Bataillon in Dukân wusste, hieß der Sicherheitsoffizier Sâlich, Sâlich Hâdschim al-Takrîti –, sondern mehr noch, weil ich am folgenden Tag las, dass dieser widerliche Offizier und andere seiner Art tatsächlich für die Ermordung Hunderter von Personen, genannt Mob, während des Aufstandes vom März 1991 geehrt wurden. Er war dafür in der Gegend von Hilla und Kerbela im Einsatz, seine Kameraden in anderen Städten im Süden des Landes. Wie recht doch Salmân hatte, dachte ich. Zwar schrieb er mir nicht, welche Absichten der Offizier hegte, aber es fiel mir nicht schwer, mir auszumalen, warum er ihn schickte. Er wollte Druck auf ihn ausüben, sich der herrschenden Partei anzuschließen, oder ihn dafür bestrafen, dass er sich weigerte, das zu tun. Salmân wusste, dass der Dienst an der Front zwar gefährlich war, ihm aber ein gewisses Maß an Freiheit gab, auch wenn ihm die Verwendung dieses Begriffs in diesem Zusammenhang unangemessen erschien. Ehrlich gesagt, auch mir kam die Verwendung des Wortes Freiheit in diesem Zusammenhang etwas seltsam vor, aber seine Briefe von dort, obwohl nicht mehr als fünf (wenn wir die beiden letzten nicht dazurechnen), ließen mich meine Meinung ändern. Es war geradezu, als habe er sich angesichts des Todes von jeder Last und jeder Furcht befreit, von jeglicher Verantwortung und jeglicher Kontrolle. Es war, als wollte er in seiner Todessehnsucht jede Schuld abschütteln. Die Briefe sandte er nicht per Feldpost und konnte so die Militärzensur umgehen. Was war das für eine Post!? In jenen Tagen, als er an den umkämpftesten Fronten Dienst tat, erst bei der Panzerdivision Hammurabi, die über die Achse Safwân – Abdali – Mitlâ – al-Dschahrâ in die Hauptstadt Kuwait vorstieß, dann bei der Panzerdivision Medina, die über die Achse Ramlîja – Abrak – Ali-Sâlim Air Base in die Stadt Achmadi im Süden von Kuwait City einrückte;

schließlich bei der Panzerdivision »Gottvertrauen«, die auf der mittleren Achse zwischen den beiden genannten vorstieß und sich auf den Westen von Kuwait konzentrierte. Noch später, nur wenige Tage vor Ende des Krieges, bewegte er sich zwischen den gefährlichsten Fronten hin und her, zwischen den Schützengräben der Gegend von Chafadschi, beim kuwaitisch-irakisch-saudischen Dreiländereck und denen in der Gegend von Rukii, an der Front von Hafar al-Bâtin an der saudisch-irakischen Grenze, genauer gesagt: an der Grenze, die die irakische Samâwa-Wüste von der saudischen Wüste im Wâdi von Hafar al-Bâtin trennt. Mit den Briefen von dort umging er die interne Zensur. Er gab sie jenen Verwundeten mit, die zur Behandlung ins Raschîd-Militärlazarett in Bagdad transportiert werden mussten, damit sie sie per Zivilpost weiterschickten oder sie mir persönlich übergaben, wie es zumindest zwei seiner Kameraden taten, die mit ihm bis zur letzten Kriegswoche zusammen waren: William, der Christ, und Imâd, der Kurde. Diese Briefe waren seine deprimiertesten. Sie brachten zum Ausdruck, wie zerstört er war, aber auch, wie entschlossen, alles zu dokumentieren und schriftlich festzuhalten. Er tat viel mehr als das, was ich in den Akten des Verteidigungsministeriums fertigbrachte. Er wollte alles dokumentieren, was an den Fronten passierte. Dabei interessierten ihn die eigentlichen Kampfhandlungen viel weniger als das, was sich zwischen seinen Kameraden abspielte: ihr tägliches Leben, die lange Zeit, die sie in den Schützengräben verbrachten, manchmal mehrere Wochen. Auch wenn viele dieser Einzelheiten manchen Lesern bedeutungslos erscheinen, so sind sie doch ein Zeugnis für alle diejenigen, die wissen wollen, was sich tatsächlich an den Feuerlinien abspielte. Er hat sogar beschrieben, wie der amerikanische General Norman Schwarzkopf, der Oberkommandierende der alliierten Truppen, am 3. März 1991 in Begleitung des saudischen Prinzen Châlid Bin Sultan, des damaligen Verantwortlichen für den militärischen Nachschub, an einem Tisch dem irakischen Verteidigungsminister Sultân Hâschim und seinem Genossen, dem Generalmajor i. G. Sâlich Abbûd al-Dschabbûri, dem Oberkommandierenden des 3. Armeekorps, in einem Zelt in Safwân gegenübersaßen und in Anwesenheit des russischen Vertreters Primakov das Abkommen zum Waffenstillstand unterzeichneten. Wir erfuhren ja über den Krieg im Süden nur das, was wir auf den offiziellen und einigen wenigen ausländischen Radiosendern empfangen konnten, die meist frisierte Meldungen brachten. Stimmt, es war das Jahr, in dem CNN auf Sendung ging, aber wir kannten weder damals noch danach Satellitenübertragung. Sogar die Bilder von der Unterzeichnung jenes Abkommens, des sogenannten Safwân-Abkommens, zwischen dem amerikanischen General, dem Oberkommandierenden der Bodentruppen der Alliierten oder »Invadierenden«, wie sie Achlâm später nennen sollte, und dem irakischen Verteidigungsminister, der noch immer im Gefängnis von Camp Cooper, neben dem Flughafen von Bagdad, auf die Vollstreckung des Todesurteils wartet. Sogar diese historischen Bilder haben wir nicht gesehen, nur die echten Bilder, diejenigen von der Bombardierung Bagdads in der Nacht vom 16. auf den 17. Januar 1991. Sie haben wir live erlebt. Sonst sahen wir nur gezinkte Bilder, die unsere beiden offiziellen Fernsehsender mit einiger Verzögerung ausstrahlten. Wir mussten entweder ins Ausland reisen oder bis zum 9. April 2003 warten, um zu sehen, was man uns in jenen Tagen vorenthalten hatte, oder um zu entdecken, was bei uns alles verboten war. Doch sogar als wir, verspätet, die Bilder von den Kämpfen sahen, die sich dort abgespielt hatten, ergab sich für uns noch immer kein Bild von den eigentlichen Vorgängen. Verstehen Sie? Dazusitzen und auf dem Fernseher Bilder von der Bombardierung Bagdads anzuschauen, ist etwas anderes, als wenn diese Lichter, die auf dem Bildschirm in Form von Pünktchen auftauchen, als Splitter herabfallen, die einem den Körper zerfetzen. All das Grauen und Entsetzen, die nackte Angst, diese Angst vor einer Feuerhölle, die ein unbekanntes Flugzeug auslöst, eine Hand, die auf einen Knopf drückt, um eine Granate auf dein Haus zu werfen, dieses Inferno ist unerzählbar. Keine Phantasie kann sich den Schmerz vorstellen, der einen in Augenblicken packt, da man dem Tod und der Zerstörung auf Gedeih und Verderb ausgeliefert ist. Ich erzähle Ihnen das nicht, weil ich Trost für mich selbst und für alle diese Toten und Verwundeten suche, diese Menschen, die unter ihren einstürzenden Häusern begraben wurden. Wirklich nicht. Es gibt keinen Trost für die Tränen der Kinder, die aus Angst in die Hosen machen, wenn sie das Dröhnen der Flugzeuge oder das Heulen der Sirenen hören. Es geht vielmehr darum, Ihnen den Schmerz verständlich zu machen, den Salmâns Briefe zum Ausdruck brachten, die er mir damals aus den Kampfzonen schrieb. Und es gab keine Zone, die dem Feuer der vierunddreißig alliierten Staaten näher war als diejenige von Chafadschi, Rukii und von Hafar al-Bâtin. Jedes Wort, das er schrieb, handelte vom Schmerz, den die Menschen erleiden mussten. Das ging aus seinen Briefen hervor, besonders den drei letzten. Zwei davon ließ er mir durch verwundete Kameraden zukommen, Imâd und William, von denen ich bis heute nicht weiß, ob sie sich selbst ihre Verletzungen zugefügt hatten oder ob es die Marines waren. Imâd war der Erste, William folgte ihm zwei Monate später. »Behindert zu sein ist allemal besser als tot«, sagte mir erst Imâd und später William, als sie mir, beide im Rollstuhl, die Briefe überreichten. Es klang, als hätten sie sich über den Text abgestimmt oder als wäre das ein Standardsatz unter Frontsoldaten. Der dritte Brief war der längste. Er war verlorengegangen und ich hätte nie von ihm erfahren, hätte nicht Salmân beharrlich daran erinnert, sogar noch fast fünfzehn Jahre nach seiner Abfassung. Den Brief, den mir Imâd mitbrachte, hatte Salmân unmittelbar nach seiner Ankunft in Achmadi im Süden von Kuwait geschrieben, nachdem er in das Aufklärungsbataillon eingetreten war, und hatte ihn bis zu einem geeigneten Zeitpunkt für seine Absendung bei sich behalten. Den zweiten, den ich von William erhielt, hatte er geschrieben, als er mit den beiden irakischen Panzerbataillonen in Chafadschi einrückte. Im ersten, etwa zwei Seiten langen Brief erinnerte er sich an unsere schöne gemeinsame Zeit in der Gegend vom Damm von Dukân. Danach folgte ein Exkurs über die Dämlichkeit von Kriegen, und besonders diesem hier, der Soldaten aus verschiedenen Einheiten an die Fronten schickte, mit dem Argument, sie seien die besten Aufklärungssoldaten des irakischen Heeres. Siebenhundertfünfzig Soldaten? Siebenhundertfünfzig Lügen, eigentlich siebenhundertfünfzig Todesurteile? So hat sich das, schlicht und einfach, einer ausgedacht, der im Verteidigungsministerium an seinem Schreibtisch saß und mir sagte: »Bringt mir die Dossiers von einigen Soldaten.« Er studierte sie in aller Ruhe, wählte siebenhundertfünfzig aus und sagte: »Nehmt die da zum Sterben an der Front. Warum all dieses Kopfzerbrechen bei der Ermittlung ihrer politischen Tendenzen und ihrer gesellschaftlichen Wurzeln?« Was sollen wir tun bei unserer Rundreise an den Fronten? Man sagte uns: Ihr seid das Aufklärungsbataillon, ein Modell für das ganze Heer. Deshalb wird Chafadschi eure erste Station. Von dort werdet ihr euch die Fronten entlang bewegen. Das hat er mir geschrieben. Noch unsinniger war es, dass sie nicht unter dem Befehl eines Offiziers, sondern unter demjenigen von fünf Stabsfeldwebeln standen, die nur aus Altersgründen befördert worden waren. Jeder von diesen hatte hundertfünfzig Soldaten. »Wir werden die Ehre des Vaterlandes verteidigen«, sagte der Dienstälteste, und als sie an einem eiskalten Januarsamstag in den frühen Morgenstunden loszogen, wusste Salmân, dass sie sich geradewegs auf ihr Verderben zubewegten. Der Stift zitterte in seiner Hand. Eine nicht vom Staub, sondern von der Kälte heimgesuchte Wüste. Das war auch für ihn die erste Konfrontation mit der Wüste. Unterwegs mussten sie anhalten. Die Panzerkolonnen fuhren Richtung Süden am Meer entlang. Sie dagegen mussten die Wüstenstraße nehmen. Manchmal stießen sie auf Autotrümmer und Tierskelette. Manchmal begegneten sie Kamelen mit pechüberzogener Haut, geschwärzt vom Ruß des Erdöls, das an den Quellen in der Nähe verbrannt wurde. Sonst gab es nur die leere Weite. Ihr seid Aufklärungssoldaten, hieß es, ihr müsst auf diesen unsicheren Wegen gehen. Aber sie sahen nur die fünf Stabsfeldwebel, von denen keiner Aufklärung betrieb. Dann wieder tröstete er sich mit den Kamelen, die genau wie sie in der kahlen Weite umherirrten. Heimatlose Kamele, die aber immerhin dem Fleischerbeil entkommen waren. Er verglich in seinem Schreiben ihr Bataillon mit diesen Kamelen. Wichtig ist, dass wir noch am Leben sind. Wer weiß, welcher Metzger morgen mit seinem Messer auf uns wartet.

Den anderen Brief schrieb er nach der Zusammenlegung des Aufklärungsbataillons mit zwei Panzerbataillonen der republikanischen Garde und ihrem gemeinsamen Einzug in die saudische Stadt Chafadschi. Erinnern Sie sich an die beiden Panzerbataillone, die die Grenze nach Saudi-Arabien überquert haben? Natürlich schien das Ganze lächerlich, denn wie konnten die alliierten oder »invadierenden« Landstreitkräfte, wie Achlâm sie nannte, dem irakischen Heer erlauben, dorthin vorzudringen? Hier wurden auf beiden Seiten Kräfte getestet und Muskeln gezeigt. Vom Henker von Bagdad, der deutlich machte, dass er es ernst meinte mit der Invasion aller Golfstaaten, und von den Amerikanern, die den Saudis und den anderen Scheichen am Golf zeigten, dass sie ohne ihre Hilfe ein leichter Happen wären und sofort besetzt würden. Drei Tage lang wurde in der Stadt und ihrer Umgebung gekämpft, zweiundsiebzig Stunden, vom Morgen des 29. bis zum Abend des 31. Januar 1991.

Ihnen hatte zuvor niemand gesagt, dass sie eine saudische Stadt besetzen sollten. Ihr seid ein Aufklärungsbataillon, hieß es, deswegen bleibt ihr außerhalb der Stadt, oder ihr verteilt euch als Patrouillen. Eure Hauptaufgabe besteht in der Koordination mit der Kommandozentrale der beiden Panzerbataillone, die sich dort ein oder zwei Wochen vor der Ankunft von Salmâns Trupp festgesetzt hatten, nur als Drohung, wie es hieß. Doch der irakische Vorstoß auf saudisches Territorium überraschte sie. Ebenso überraschte es, an der anderen Front auf zwei amerikanische Aufklärungstrupps zu stoßen, die aus je zwölf Marines bestanden. Salmân hatte die Hölle noch nie so unmittelbar erlebt. Gleich nachdem der Fall der Stadt Chafadschi bekannt wurde, setzte sich die zweite Verteidigungslinie, bestehend aus Arabern und Tschechoslowaken, in Richtung Chafadschi in Bewegung, während die saudischen, katarischen und kuwaitischen Streitkräfte die Stadt mit amerikanischer Luft- und Artillerieunterstützung von Westen und Süden her umzingelten. Die irakischen Streitkräfte blieben zwei volle Tage in Chafadschi, bevor sie den Befehl zum Rückzug in zwei Etappen erhielten. Zuerst wurde ein Ausfall Richtung Westen angeordnet, um den Abzug des schweren Geräts sicherzustellen, und dann ein Ausfall Richtung Süden, um die andere Seite abzulenken. Der Ausfall nach Westen war erfolgreich. Die Truppen durchbrachen die Reihen der Alliierten und machten sogar Gefangene, die sie nach Bagdad mitnahmen: immerhin 23 amerikanische Soldaten, aber kein einziger Araber war darunter, weil die arabischen Soldaten weiter hinten, beim Nachschub, eingesetzt wurden. 72 Stunden ununterbrochenen Kampfes zwischen den irakischen Streitkräften auf der einen und denen der internationalen Allianz auf der anderen Seite, die aus der saudischen Nationalgarde sowie militärischen Einheiten Katars, der USA und Kuwaits bestanden. Der Kampf um die Rückgewinnung Chafadschis zog sich lange hin. Vielerorts wurde auf engem, ungeschütztem Raum gekämpft. Es überrascht auch nicht, dass man irrtümlicherweise mehrfach mit den eigenen Truppen handgemein wurde. Das geschah amerikanischen Marines ebenso wie den Irakern, die zwei Aufklärungspatrouillen aufrieben, die zu ihrem eigenen Bataillon gehörten und dabei waren, sich in Richtung der nördlich von Hafar al-Bâtin gelegenen Stadt Rukii zurückzuziehen.

Alle diese Informationen mögen inzwischen auf Wikipedia nachzulesen oder in Zeitungs- und Medienarchiven zu finden sein. Aber was in der Stadt und ihrer unmittelbaren Umgebung im Einzelnen geschehen ist, weiß bis heute niemand. Auch ich, der ich das Glück hatte, viele Details jenes Tages aus Salmâns Briefen zu erfahren, kenne nur einen Teil davon. Aber die Dinge, die Salmân erzählte und die er dort selbst erlebt hat, übertrafen die Beschreibung jedweder Hölle. Was hatte denn ein Aufklärungsbataillon in einem Landkrieg zu suchen, in dem aufs heftigste gekämpft wurde, in dem jede Art von Waffen, einschließlich Selbstverteidigungswaffen, verwendet wurden, insbesondere nach dem Abzug des schweren Geräts, als nur noch eine kleine symbolische Streitkraft geblieben war, um die Aufmerksamkeit der Alliierten zu binden? Der Kampf spielte sich mitten in der Stadt ab, von Haus zu Haus, von Straße zu Straße. Die offiziellen Angaben, die von 15 Toten und 32 Verwundeten bei den saudischen Streitkräften sprechen, von 26 Toten und zwei Gefangenen bei den Marines und von 32 Gefallenen und 113 Gefangenen bei den Irakern, stehen in keinem Verhältnis zur tatsächlichen Zahl der Toten. Vor Salmâns Augen hat sich etwas ganz anderes abgespielt, obwohl sich sein Aufklärungsbataillon auf dem Rückzug befand; dies übrigens nicht, weil es die Militärführung in Bagdad verfügt hätte oder weil die Oberkommandierenden der beiden Panzerbrigaden sich ihrer erbarmt hätten. Der Grund war die große Zahl von Gefallenen und Verwundeten, für deren Rücktransport in den Irak vorläufig gesorgt werden musste. Die Aufklärungssoldaten sollten dabei helfen, doch ihre Freude währte nicht lang. Kaum jubelten sie, »Wir haben's heil überstanden, anders als unsere Kameraden in den beiden Aufklärungspatrouillen, die versehentlich durch unser eigenes Artilleriefeuer getötet wurden«, da erhielten sie den Befehl, nach Westen Richtung Rukii zu ziehen und von dort über die Samâwa-Wüste zurück auf irakisches Territorium zu gelangen. Sie konnten nicht wissen, dass am Morgen jenes kalten Tages, genau um vier Uhr, die Landstreitkräfte der Alliierten oder der Invadierenden, wie Achlâm sie nannte, auf kuwaitisches und irakisches Territorium vordringen würden. Es waren drei Gruppen, die erste machte sich an die Vertreibung der irakischen republikanischen Garde aus Kuwait City, die zweite begann mit der Einkesselung des irakischen Heeresflügels im Westen von Kuwait, während die dritte die Aufgabe hatte, im äußersten Westen auf irakisches

Territorium vorzudringen, um die dortigen Nachschubwege abzuschneiden und vielleicht sogar bis nach Bagdad zu gelangen. Diese Abteilung stand unter dem Oberkommando des französischen Generals Balzac, der sich später in der Gegend von Tell al-Lahm das Leben nahm, weil ihm dieser letzte Vorstoß nicht gelungen war. Es war diese Abteilung, die Salmân und seinen Kameraden den Rückzugsweg abschnitt, unmittelbar nachdem sie die Grenze überschritten hatten, die die Wüste von Hafar al-Bâtin von der Samâwa-Wüste trennt. Die 20. Infanteriedivision, mit der sie sich zurückzogen, oder anders gesagt, die sich ihnen angeschlossen hatte und sich mit ihnen zurückzog, besetzte ursprünglich eine Verteidigungsposition in Kuwait, innerhalb des Operationsgebiets des 4. Armeekorps, und zwar auf dem rechten Flügel. Ihre Möglichkeiten waren bescheiden, ihre Bewaffnung veraltet, und sie verfügten über keinerlei Ersatzteile. Es schien fast, als hätte man sie absichtlich dorthin in den Tod geschickt. Aber trotz ihrer dürftigen Ausrüstung stellte sich diese Division den angreifenden alliierten Streitkräften entgegen, einer Aufstellung von zahlreichen arabischen Truppen, die meisten davon, so erfuhr man später, Ägypter, und zwang sie, da und dort zurückzuweichen. Dieser Division gelang es auch, drei unbemannte amerikanische Flugzeuge vom Typ A 10 abzuschießen und vier Piloten, einen Verpflegungsoffizier und einen amerikanischen Colonel gefangen zu nehmen. Natürlich war das alles nutzlos. Der Divisionskommandant und alle anderen Offiziere wussten genau, dass ihr Widerstand eine Art Selbstmord und es nur eine Frage der Zeit war, bis er gebrochen wäre, es sei denn, sie ergaben sich. Wie sollten sie denn dort auch weiterkämpfen, nachdem alle Kommunikations- und Versorgungslinien unterbrochen waren? Wasser und Verpflegung reichten nur noch für zwei Tage. Die Lage war, kurz gesagt, hoffnungslos, was Salmân bei jedem Aufklärungsgang erkennen konnte. Und alle Spähtrupps, die von der Division auf die gegenüberliegende Seite der Front oder in die Hafar-al-Bâtin-Wüste geschickt wurden, bestätigten das. Aber was blieb anderes übrig, als die

Befehle auszuführen? Hätte es die Möglichkeit einer Weigerung gegeben? Zumal der Sicherheitsoffizier der Infanteriedivision kein anderer war als Oberst Haidar Mulla Kuraidi, der, befördert, nun Sicherheitsoffizier einer Division geworden war. Er schien ein unentrinnbares Schicksal.

Das war der letzte Brief, den ich von Salmân erhielt. Er kam zwei Monate nach dem Inkrafttreten des Waffenstillstands. Was danach geschah, ist allgemein bekannt. Am 26. Februar 1991 begann die irakische Armee mit dem Rückzug, nachdem sie rasch noch die kuwaitischen Ölfelder in Brand gesteckt hatte. Am wichtigsten Grenzübergang zwischen Irak und Kuwait bildete sich eine endlose Kolonne von Panzern, gepanzerten Fahrzeugen und Mannschaftswagen, ein leichtes Ziel für die Beschießung durch die alliierten Streitkräfte. Mehr als 1500 Militärfahrzeuge wurden an diesem einen Tag zerstört. Doch trotz dieser Materialvernichtung kamen zum Glück »nur« etwa fünfhundert irakische Soldaten um, da die meisten von ihnen ihre Fahrzeuge verlassen und die Flucht ergriffen hatten. Erinnern Sie sich noch an den Namen, den man dieser Straße später gegeben hat? Todesstraße oder Todesübergang. Am folgenden Tag, am 27. Februar, nach hundert Stunden Landkrieg, erklärte der amerikanische Präsident: »Kuwait ist ein befreites Land. Die irakische Armee ist besiegt.« Und am gleichen Tag begann der Aufstand im Süden und im Norden des Irak. Am 3. März dann unterzeichnete der Oberkommandierende der alliierten oder »invadierenden« Streitkräfte, wie sie Achlâm nannte, General Schwarzkopf mit dem irakischen Generalstabschef Sultân Hâschim, den Vertrag von Safwân zum Waffenstillstand. Doch während dieser schwierigen Tage, während das Chaos das ganze Land erfasste, zumal die sechzehn Städte, hörte ich nichts von Salmân. Und hätte mir sein Kamerad William zwei Monate nach Unterzeichnung des Vertrags diesen Brief nicht übergeben, hätte ich nicht erfahren, ob Salmân noch am Leben war. Bei William waren noch drei weitere verwundete Soldaten, die das

Rote Kreuz nach Bagdad gebracht hatte. Dieser Brief, den er mir an einem warmen Frühlingstag im Park des Raschîd-Krankenhauses in Bagdad aushändigte, war das letzte Lebenszeichen meines Freundes Salmân, bevor mich, zehn Jahre später, an einem ungewöhnlich kalten Wintermorgen in meinem Büro im Universitätsviertel eine Frau besuchte, Ende dreißig, die sich noch einiges ihrer Schönheit und ihrer Eleganz bewahrt hatte. Sie war in Begleitung eines etwa achtjährigen Jungen, der auch anständig angezogen und sauber gekämmt war. Sie heiße Nachîl, erklärte sie, und sei die Frau meines Freundes Salmân. Ich sei der Einzige, der ihr helfen könne.

3. DER SCHATTEN EINES DICHTERS

Ob Salmân wirklich geglaubt hatte, er könne, in sein Elternhaus in Nassirîja zurückgekehrt, bei seiner Mutter einfach ruhig weiterleben, weit weg von Bagdad? Er hatte ebenso wenig wie seine Mutter erwartet, dass er lebendig von der Front zurückkehren würde. Der Krieg war seit drei Monaten beendet. Auch der Aufstand war inzwischen Vergangenheit, aber ihr Sohn Salmân war noch nicht heimgekehrt. Es gab kein Lebenszeichen von ihm. Sie hatte zwar keine Trauerfeier für ihn abgehalten, sie sagte auch nie, er sei tot, und insgeheim hoffte sie auf seine Rückkehr, aber das schwarze Kleid wollte sie nicht ablegen, das sie an dem Tag angezogen hatte, als er seinen Einberufungsbescheid für den Kuwaitkrieg erhalten hatte. Weder diejenigen, die an die Front geschickt wurden, noch ihre Angehörigen erwarteten, dass einer, der an jenem Krieg teilnahm, lebendig zurückkehrte. Dabei war es ein Krieg wie jeder andere. Und alle wissen, dass es in jedem Krieg um nichts anderes geht als um den Tod. Das habe ich, das hat Salmân und das haben alle anderen auch erfahren. Es ist die einzige Wahrheit, die für alle Kriege gilt, die aber niemand offen ausspricht. Wenn es darum geht, lügen alle, sogar ich. Für die Soldaten an der Front war der Tod tagtäglich erwartete Begegnung, während ich mich zu überzeugen versuchte, dass alles doch noch gut ausgehen werde, dass der Krieg enden werde, wie andere vor ihm. Und es fiel mir nicht auf, dass ich dadurch nichts anderes tat, als mich auf die Seite des Schlächters zu stellen, der die Soldaten in die Schlacht, in die Schlächterei schickt. Mir ist nie in den Sinn gekommen, ich könnte meinen Freund nie wiedersehen, und als ich seine Briefe erhielt, seufzte ich erleichtert auf. Er lebt ja noch, sagte ich mir und machte mir nicht klar, dass genau das ihm keine Ruhe ließ. Denn dass er am Leben blieb, fügte eine neue Schuld zu dem hinzu, was er für eine alte Schuld hielt. Andere fielen, er überlebte. Die Freude seiner Mutter, ihn wiederzusehen, war grenzenlos. Sie zog das schwarze Kleid aus und ein bunt besticktes an. Sie fragte nicht, wo er die ganze Zeit gewesen war, der Krieg war immerhin schon drei Monate zu Ende. Wie alle Mütter, deren Söhne, egal, aus welchem Krieg, heimkehren, hatte sie keine Zeit für Fragen. Sie jubelte und bewarf ihn mit Chicklet-Süßigkeiten. Und kaum hatte er die Schwelle überschritten, versprach sie ihm: »Wir werden ein Fest feiern, Salmân, an das sich die Leute noch lange erinnern werden.« Doch seine Antwort machte sie traurig. »Es gibt nichts zu feiern, Mama«, erklärte er mit gebrochener, deprimierter Stimme. »Dieser Krieg ist nicht wie andere Kriege. Er war die Summe aller Kriege, die wir bisher erlebt haben.« Die Mutter begriff nicht, was er sagte. Sie dachte, seine Reaktion rühre von einer vorübergehenden Depression her. In ein paar Tagen wäre ihr Salmân wieder der Alte. Anfangs dachte sie, das Geld, das sie zufällig wenige Monate vor seiner Einberufung erhalten hatten, werde ihn ermutigen, wenigstens ein kleines Geschäft zu beginnen, eine kleine Familie zu gründen, jedenfalls erst einmal zu heiraten. Sein Vater hatte ein paar Grundstücke am Hafen von Faw besessen, und als der Irak die Stadt nach der iranischen Besetzung zurückgewann, entschädigte der Staat die Eigentümer für Schäden an ihren Grundstücken. Die Zahlungen, Ende 1989 beschlossen, erfolgten 1990, kurze Zeit vor Ausbruch des Kuwaitkriegs. Und weil sein Vater im Februar 1987, unmittelbar nach dem Verlust dieser Grundstücke durch die Besetzung, verstorben war, mussten sie sich einer langen bürokratischen Prozedur unterziehen. Doch schließlich erhielt die Mutter die 70 000 Dinar, auch schon zu jener Zeit ein nicht gerade geringer Betrag. Salmân fand aber nicht genügend Zeit, sich darüber Gedanken zu machen, was er mit dem Geld anfangen könnte, nicht weil er kein Interesse daran gehabt hätte, sondern weil er einrücken musste. Auch die Mutter tastete das

Geld nicht an, sondern beschloss, auf die Heimkehr des Sohnes zu warten. Angesichts seiner tiefen Depression und Verzweiflung stellte sie ihm dann die gesamte Summe zur Verfügung. Als sie sah, wie er sich endlich einem angenehmen Leben hingab, sagte sie sich, dass er ein Recht darauf habe, denn er habe schließlich noch nie sein Leben genossen. Sie störte sich nicht daran, dass er früh am Morgen wegging und erst spät am Abend wieder nach Hause kam. Sie fragte nicht, wo er den Tag verbracht hatte. Sie hielt sich völlig im Hintergrund, da sie überhaupt nicht begriff, was mit ihm los war. Schließlich war es nicht der erste Krieg gewesen, an dem er teilgenommen hatte. Er hatte im Krieg gegen die Kurden hoch oben im Norden Dienst getan, danach an der Ostfront nach Ausbruch des irakisch-iranischen Kriegs. Dann war er erneut aufgebrochen und zum Damm von Dukân in Sulaimanîja geschickt worden. Seit seiner ersten Einberufung hatte er kaum je Friedenszeiten erlebt. Als er von der Front kam, fiel es der Mutter schwer zu verstehen, warum er diesmal so depressiv war, und ihre einzige Hoffnung blieb, wie sie ihm eines Tages sagte, dass es sich um eine vorüberziehende Sommerwolke handelte. Wie alle anderen werde auch Salmân den Krieg vergessen und wieder werden, wie er war. Ihr war nicht klar, dass Salmân depriimiert veranlagt war. Er schien einen ewigen Pakt mit der Traurigkeit geschlossen zu haben. Doch diesmal war es schlimmer als je zuvor. Sie erwartete nicht, dass es so lang dauern würde. Tage, Wochen, Monate musste sie zusehen, wie es mit seiner Gesundheit bergab ging, musste zusehen, wie er von Tag zu Tag mehr trank und mehr rauchte, ohne mit ihr über seinen Zustand zu reden. Was die Mutter erlebte, ohne eine Lösung für ihn zu finden, beziehungsweise die Heirat für eine solche zu halten, das musste Nachîl, die seine Frau wurde, später nochmals durchstehen. Die Mutter starb vor Gram an Krebs im Jahre 1993, aber sie starb in der Überzeugung, es sei ihr schließlich doch noch gelungen, ihren Sohn ins Leben zurückzuholen. Ja, sie hoffte, ihn zu verheiraten. Aber da war kein Mädchen in der Verwandtschaft oder anderswo, das sie ihrem Sohn als Ehefrau vorschlagen konnte, zumal alle nur, wie sie glaubte, sein Erbe im Auge hatten. Doch dann bemerkte sie eine Veränderung an ihrem Sohn, nachdem eine neue Familie im Nachbarhaus eingezogen war. Da muss etwas sein zwischen Salmân und der Nachbarstochter, dachte sie. Denn plötzlich verbrachte Salmân nicht mehr den ganzen Morgen außer Haus. Im Gegenteil, sie sah ihn oftmals während des Tages und auch am Abend aufs Dach hinaufsteigen. Einmal fand sie da oben zwischen den Ziegelsteinen der Mauer, die die Dachterrassen voneinander trennte, Zettelchen, und sie traute ihren Augen nicht. Sie verstand zwar nicht die Gedichtzeilen, die Salmân auf diese Zettelchen geschrieben hatte, da sie kaum lesen konnte, aber sie entzifferte mehrfach den Namen der Nachbarstochter, Nachîl. Und wer einen Namen so häufig wiederholte, der musste verliebt sein. Ihre Vermutung trog sie nicht. Salmân hatte sich wirklich verändert, seit er Nachîl zum ersten Mal sah. Das glaubte auch Nachîl selbst. Sie war Ende zwanzig und war kurz zuvor an die Mädchen-Sekundarschule im Nachbarviertel versetzt worden. Sie war schlank, dunkelhäutig und eher klein, einen Meter sechzig. Ihr langes rotes Haar fiel ihr auf die Schultern wie ein Fischernetz. So beschrieb Salmân es auf einem seiner Blätter. In ihren honigfarbenen Augen lag ein Glanz, den nur Dichter wahrnehmen. Ihr rundes Gesicht und ihr kleiner Mund waren weitere Merkmale ihrer sehr charakteristischen Schönheit. Und ihre Art, sich zu kleiden! Nachîl war alles, wovon die Dichter träumen: »fein, zart, begehrenswert …« So lautete die Zusammenfassung, die damals ein anderer irakischer Dichter gegeben hatte. Wie sollte also Nachîl nicht jemandem wie Salmân den Kopf verdrehen? Sie war eine Inspirationsquelle für ihn, er fand wieder seine verlorene Fähigkeit zurück, Gedichte zu schreiben. Seit seiner Rückkehr von der Front hatte er keinen einzigen Buchstaben zu Papier gebracht. Nach einem solchen Krieg war die Poesie nutzlos geworden, erwiderte er einmal, als Nachîl ihn aufgefordert hatte, wieder zu schreiben, oder als sie ihm Mut zusprach, doch seine Gedichte in den Zeitungen und Zeitschriften der Hauptstadt Bagdad zu veröffentlichen. »Lass sie doch ihre Gedichte veröffentlichen, all diese Scharlatane und PR-Menschen für Krieg und Diktatur. Ich habe mich von der Poesie losgesagt. Die haben nichts für mich übrig. Du bist mein Gedicht, das genügt.« Sie verstand und nahm ihm nie seine diesbezügliche Enthaltsamkeit übel, wie sie das nannte. Sie freute sich über die Gedichte, die er für sie schrieb, und lernte viele davon auswendig. Wie hätte sie ihm nicht zur Seite stehen sollen, wo er sie doch mit Versen beglückte. Welche Frau hätte die Kraft, einem Mann zu widerstehen, der ihr immer die süßesten Worte schickt? Ihr erster Verlobter war bei den Schlachten um Abadan, gleich zu Beginn des irakisch-iranischen Kriegs, gefallen. Der zweite war gleich nach der Verhängung des internationalen Embargos außer Landes geflohen. Es ging ihr wie Millionen von Frauen, die das Leben wartend vergehen sahen, ohne einen Hoffnungsschimmer am Horizont. Darum freute sie sich, einem Mann zu begegnen, der sich auf eine solch angenehme Weise für sie interessierte, und der darüber hinaus auch noch Dichter war. »Wissen Sie«, sagte mir Nachîl, »in unseren schäbigen Zeiten gibt es nichts Schöneres als die Worte. Da wird die Pein bedeutungslos, die wir durchlebt haben und noch heute durchleben. Da macht der Hunger nichts mehr aus, den wir litten und noch heute erleiden. Da setzt man sich über die Gewalt, der wir ausgesetzt waren und noch heute ausgesetzt sind, hinweg. Alles andere wird bedeutungslos, wenn man ein gutes oder ein schönes Wort hört, ein Wort, das von Herzen kommt.« Sie legte sich die Hand auf die Brust. »Wie hätte ich mich da nicht über Salmân freuen sollen? Das ist der Mann, den ich immer ersehnt habe, dachte ich. Ich habe nicht vergeblich all diese Jahre gewartet.« Während sie das erzählte, durchlief sie ein Schauder vom Scheitel bis zur Sohle. Es war dann auch nicht wichtig, dass die Geschichte der beiden anders endete, als sie sich das vorgestellt hatte. »Gibt es denn eine echte Liebesgeschichte, die vernünftig ausgeht? Keine Liebe ist glücklich«, sagte sie. Sie wisse, dass Frauen zurückhaltender seien als Männer, und selbst nach dem Ende einer Liebesgeschichte würden sie darüber niemals etwas Schlechtes sagen. Sie wolle sich eine gute Erinnerung daran bewahren. Gerade einmal sieben Jahre habe ihre Ehe gedauert. Dank ihrer Hartnäckigkeit seien sie all diese Zeit zusammengeblieben, besonders nach der Geburt des kleinen Adam, ihres einzigen Kindes. Die ersten drei oder vier Jahre verliefen völlig harmonisch. Zwar sei Salmân schon Jahre zuvor von der Front zurückgekehrt, aber sie habe all diese Zeit den Eindruck gehabt, er fühle sich noch immer auf Aufklärungspatrouille an der Südfront, in der Kampfzone im Süden Kuwaits, bei Chafadschi. Oft, wenn sie bei Nacht aufgewacht sei, habe sie ihn mit aufgerissenen Augen auf dem Rücken liegen sehen. Anfangs habe sie geglaubt, im Laufe der Zeit werde er sich wohl mit dem Schlaf aussöhnen, doch das sei ein Irrtum gewesen. Er lag einfach nur im Bett, heimgesucht von Albträumen. Und wenn er schließlich die Augen geschlossen hatte, genügte eine Bewegung oder ein Geräusch an der Dachrinne, der Sprung einer Katze auf dem Dach, ein Knacksen des Bettes oder der Flügelschlag eines Vogels, dass er aufwachte. Meistens schrak er auf und schaute sich um, als wäre er im Schützengraben eingeschlafen, mitten im feindlichen Angriff. Die zehn oder mehr Tage, die sie eingekesselt in ihrer Stellung verbracht hatten, schienen noch völlig gegenwärtig. Er lag noch immer dort bei seiner Frau. Sie selbst hatte ihn nur drei Mal vom Krieg sprechen hören, einmal über das Verhältnis des Krieges zur Poesie – seltsam, nicht wahr, Krieg und Dichtung? – und wie er in jenen letzten Tagen, umzingelt in der Wüste von Hafar al-Bâtin und derjenigen von Samâwa, nicht gewusst habe, wo er war, auf irakischem Territorium oder noch immer im Königreich Saudi-Arabien. Ohne Poesie wäre er nicht mehr am Leben. Beim zweiten Mal sprach er von der Kameradschaft, die unter den Soldaten entsteht, und wie sie in Augenblicken gemeinsam erlebter Verzweiflung eine Zusammengehörigkeit und eine Vertrautheit entdecken, die sie in Friedenstagen nie gekannt hatten. Das dritte Mal ging es wieder um die Kameradschaft. Sonst habe er nie vom Krieg geredet, entweder wollte oder konnte er nicht. Er hatte etwas durchgemacht, das andere, wenn sie davon hören, ignorieren oder es jedenfalls nicht begreifen. Bei den drei Malen, als er vom Krieg gesprochen habe, habe sie ein geheimnisvolles Leuchten in seinen Augen gesehen, ein Bedürfnis zu sprechen wahrgenommen, doch sobald er den Mund geöffnet habe, sei seine Zunge wie bei einem Stummen in den Mund zurückgefallen. Sie fragte auch nicht nach seinen Freundschaften mit anderen Soldaten dort. Denn aus dem, was er über seine beiden Kameraden erzählte, den Christen William und den Kurden Imâd, ja, auch noch über einen weiteren, einen jungen sabäischen Mandäer namens Nihâd, hörte sie sehr viel Reue heraus, als ob er sie verraten habe, indem er am Leben geblieben war, obwohl er ihr lange nicht erzählt habe, was mit ihnen überhaupt passiert sei. Es musste viel Zeit vergehen, bis sie erfuhr, dass William zwar beide Beine verloren, aber immerhin überlebt hatte. Es war reiner Zufall, dass Salmân und sie eines Abend vor dem Fernseher saßen, um eine Reportage über die Schlachten um Hafar al-Bâtin und den Verlust der beiden Aufklärungspatrouillen zu sehen. Da sei plötzlich William im Rollstuhl aufgetaucht und habe gesagt: Ich bin meinem Freund Salmân dafür dankbar, dass ich noch am Leben bin. Als man fragte, was denn aus Salmân geworden sei, musste er passen. Das wisse er nicht, wünsche sich aber, dass er auch noch lebe. Dann schaute er direkt in die Kamera, als wüsste er genau, dass Salmân in seinem Wohnzimmer saß und ihn betrachtete: »Salmân, alter Freund, es würde mich freuen, wenn du mich anrufst oder mich sogar besuchst. Oder hast du etwa den Haradsch-Markt in Kirkûk vergessen?« Doch statt ihr die Geschichte zu erläutern, blieb Salmân wie vom Donner gerührt sitzen. Er zitterte am ganzen Körper, seine Augen füllten sich mit Tränen. Es war das erste Mal, dass Nachîl ihn weinen sah, und sie wusste nicht, was tun. Sie umarmte ihn und sagte: »Liebster, du musst doch nicht weinen.« Sie wiegte ihn in ihren Armen und wiederholte ihre Worte. Worauf er mit tränenerstickter Stimme, für sie kaum verständlich, murmelte: »Warum mussten sie auf diese Weise sterben?« Es klang, als redete er zu einem Offizier in ihrem Bataillon, der vielleicht Hauptmann Haidar, Oberst

Hâdschim oder so ähnlich hieß. Seine Worte gingen in seinem heftigen Schluchzen unter. Sie gingen früh zu Bett, und Nachîl glaubte, sie könnte ihn aus seinem Elend holen, wenn sie mit ihm schliefe. Aber das war ein Irrtum. Denn nach einer kurzen, lustlosen Vereinigung lag er wieder immer reglos auf dem Rücken, die Augen starr an die Zimmerdecke gerichtet, nur die Lippen bewegten sich und murmelten etwas wie Achlâm, Achlâm, Achlâm.

Seit jenem Tag war Salmân völlig verändert. Er nahm seine Gewohnheit aus der Zeit vor seiner Heirat wieder auf, ging früh am Morgen aus dem Haus und kam erst spät am Abend zurück. Dies sogar noch nach der Geburt ihres Sohnes Adam. Wenn früher seine Mutter fragte: Wann wirst du heiraten? Wann wirst du Kinder haben?, hatte Salmân geantwortet: Was soll ich mit Kindern? Die Kinder der Dichter sind die Gedichte. Und jetzt? Es schien, als wollte er als Vater für immer Erde auf das Grab des Dichters werfen, das er war. Nur selten beschäftigte er sich mit dem Kleinen. Glücklicherweise wohnten ihre Eltern ganz in der Nähe, und so konnte das Kind bei seiner Großmutter bleiben, solange Nachîl in der Schule war. Eines Freitags beschloss sie herauszufinden, wo er die Zeit verbrachte. Sie legte sich ein Kopftuch um und bedeckte ihr Gesicht. Er merkte nicht, dass sie ihm folgte. Sie ging hinter ihm die Corniche entlang, bis er sich – sie traute ihren Augen nicht – am Ufer, genau gegenüber vom Schlachthaus, hinsetzte. Er begann zu trinken. Sie musste ziemlich nahe zu ihm hingehen, um zu erkennen, was er aus der Tasche zog: eine Schachtel Marlboro-Zigaretten und eine Viertelflasche Arak. Er saß da und rief die einzige Palme, die im Hof des Schlachthauses stand. Er rief tatsächlich: »Nachîl! Palme, Palme, ach Palme! Ach ihre alten Palmen meines Landes. David! David! Freund meiner verwundeten Lebensjahre.« Der erste Name, Nachîl, Palme, das musste ihr gelten, aber der zweite, David? Sie sollte keine Gelegenheit mehr haben, ihn zu fragen. Als sie am Abend, erschöpft von ihrer Verfolgung, neben ihm lag, hörte sie seine Atemzüge. Sie hatte den Eindruck, nie die Augen geschlossen zu haben. Aber als sie am

Morgen aufstand, war er nicht mehr im Bett. Vielleicht sitzt er ja in der Küche und raucht und trinkt Tee, allein, wie üblich, dachte sie. Doch statt seiner fand sie einen Zettel auf dem Tisch. Er hatte ein paar Zeilen aus einem Gedicht daraufgeschrieben, Verse, die nicht von ihm waren. Es gehörte zu seinen Gewohnheiten, in schwierigen Augenblicken bei einen Dichter Hilfe zu suchen, einem Genossen, jemandem, der ihn verstand, jemandem, an den er sich wenden, auf dessen Worte er sich verlassen konnte. Darum war es nicht befremdlich, dass er sich dieses Mal an, wie ich später erfuhr, einen amerikanischen Dichter, Walt Whitman, wandte und die ersten Zeilen seines Gedichts »Leb wohl, meine Phantasie«. Warum auch nicht, die Erinnerung an Whitman war noch frisch, er trug sie bei sich von den letzten Tagen an der Front:

Leb wohl, meine Phantasie!
Ade, geliebte Gefährtin, meine Liebste!
Ich gehe fort, ich weiß nicht, wohin
Oder zu welchem Geschick, oder ob ich dich je wiedersehe,
Darum leb wohl, meine Phantasie.

Als sie die Zeilen gelesen hatte, war sie sicher, dass er nicht mehr zurückkehren würde, dass sie ihn für immer verloren hatte.

All das erzählte mir Nachîl eines Samstags in meinem Büro in Bagdad. Und sie brauchte mir nicht zu erklären, wohin Salmân an jenem Tag ging. Er folgte einem alten Ruf. Er ging nach Kirkûk zu Achlâm. Aber sie bat mich, während sie in ihrer Handtasche nach einem Taschentuch suchte, um die Tränen abzuwischen, die ihr langsam über die Wangen strömten, ihr doch zu erklären, was die Schlachthäuser damit zu tun hätten. Offenbar starrte ich sie verständnislos an, denn sie erklärte: Ich meine, dass sie nur eine einzige Palme besitzen. Sie hatte Bilder von unserer gemeinsamen Zeit in Bagdad gesehen. Er hatte sie ihr gezeigt. »Im Hof des Schlachthauses von Bagdad gibt es eine einzige Palme«, erklärte ich ihr mit schmerzlichem Sarkasmus. »Auch beim Schlachthaus von Basra, das habe ich mit eigenen Augen gesehen.« Eine Weile herrschte Schweigen, dann fuhr ich fort: »Vielleicht wollten die Machthaber sich damit an andere Schlachtstätten gewöhnen, die Schlachtstätten der Palmen. Haben Sie je Bilder von verbrannten oder geköpften Palmen gesehen?« Diesmal war sie es, die verständnislos blickte. Ich weiß, das ist ein anderes Thema, und es war jetzt nicht der Moment, um über die sieben Millionen Palmen zu sprechen, die Opfer des irakisch-iranischen und des Kuwaitkriegs wurden. Das geschah entweder, weil man Straßen für Panzer und Lastwagen anlegte, oder als Resultat der intensiven iranischen Bombardierung und später des Artilleriefeuers der republikanischen Garde, als sie nach dem Ende des Kuwaitkriegs die Aufständischen beschoss, die in den immensen Palmenwäldern Schutz suchten, die entlang der iranisch-irakischen Grenze vom Süden bis in die Mitte des Landes reichten. Nein, ich wusste, dass dies ein anderes Thema war, das ich ihr jetzt nicht erzählen konnte. Nachîl hatte mich nach der Palme gefragt, und ich wollte ihr auch einfach etwas Tröstliches sagen, ihr zur Seite stehen, und selbst wenn es nur für die Zeit war, die sie hier in meinem Büro saß und den kleinen Adam an sich drückte. Ja, ich wollte ihr irgendwie helfen, eine Lösung zu finden. Finanziell könnte ich sie unterstützen. Ich wusste, ihre Lage war prekär, wie in allen irakischen Haushalten, die das internationale Embargo spürten, besonders im Süden und in Bagdad. Nachdem die irakische Währung eingebrochen und die Preise gestiegen waren, war der Monatslohn, den Nachîl als Lehrerin erhielt, vielleicht noch vier oder fünf Dollar wert. Können Sie sich das vorstellen? Die Entschädigungssumme, einmal ein enormer Betrag, dessen Rest ihr Salmân zurückgelassen hatte, was man ihm hoch anrechnen muss, war zu einem Haufen wertlosen Papiers geworden. Zum Glück hatte ich meine Stelle im Schlachthaus aufgegeben und war Bauunternehmer geworden, nicht aus Überzeugung, sondern weil ich keinen anderen Weg gesehen hatte, mein Überleben zu sichern. Andere, die noch als staatliche Beamte arbeiteten, mussten alles verkaufen, was sie besaßen, manchmal sogar die Fenster ihrer Häuser. An sich hätte Salmân bei mir im Büro arbeiten können. Aber ich hatte mich nie nach ihm erkundigt. Unmittelbar nach dem Krieg war ich einmal verzweifelt zum Sitz der Schriftstellerunion gegangen, obwohl ich wusste, dass Salmân keinen Ort mehr verabscheute als diesen. Dort wurde mir erklärt, man wisse nichts über seinen Verbleib. Und als der Kurde Imâd mir den Brief übergab, den Salmân in Chafadschi geschrieben hatte, dachte ich, es sei wohl das Beste, keine Fragen nach ihm zu stellen, da ich den Schock seines Verlusts nur schwer würde ertragen können. Sogar die Tageszeitungen, die ich verabscheue wie den Krieg, habe ich regelmäßig zu kaufen begonnen, um das Feuilleton zu lesen. Das zwang mich, täglich auf der Titelseite den Anblick des widerlichen Diktators zu ertragen und die dürftigen Gedichtchen zu seinem Lobpreis zu lesen. Aber was sollte ich tun? Meine einzige Hoffnung war, in einer dieser Zeitungen auf ein Gedicht von Salmân zu stoßen. Ich wollte, was wirklich geschehen sein konnte, nicht wissen und habe mich schrecklich traurig gefühlt, eine Trauer, gemischt mit Reue. Dies nicht nur, weil ich Nachîl und den kleinen Adam ansehen musste, der sich die ganze Zeit an seine Mutter schmiegte und der mich sehr an meinen Freund Salmân erinnerte, sondern mehr noch, weil sie mir erzählt hatte, Salmân habe immer wieder von mir gesprochen, von den Tagen des Militärdienstes und von unserer gemeinsamen Arbeit im Schlachthaus. Hätte er ihr nicht die Bilder von damals gezeigt, hätte sie mich auch nicht gleich bei ihrem Eintreten im Büro erkannt. Salmân hatte also unsere Freundschaft nicht vergessen. Er hatte ihr sogar meine private und berufliche Adresse aufgeschrieben: »Wenn du in Schwierigkeiten bist oder wenn mir etwas passiert – er ist der Einzige, auf den du dich verlassen kannst.« Als ob er gewusst hätte, dass er eines Tages gehen und sie mich brauchen würde, oder als ob er mich zu einer Auseinandersetzung zwingen wollte, wie er sie mit Achlâm hatte. Denn wie Achlâm seine Provokation im Leben war, so wurde Nachîl die meine, nicht weil ich ihr nicht helfen konnte, Salmân zur Rückkehr zu bewegen – bleibt uns denn etwas anderes übrig, als dem Wahnsinnigen seinen Wahnsinn zu lassen? –, sondern weil ich sie und Adam nicht ihrem Schicksal überlassen konnte. Das habe ich ihr an jenem Tag gesagt. Wenn sie zum Arbeiten nach Bagdad kommen wolle, bot ich ihr an, könnte ich ihr, auf meine Kosten, eine kleine Wohnung besorgen. Doch sie lehnte dankend ab. Sie habe all diese Jahre seiner Abwesenheit, drei oder vier mögen es inzwischen sein, ausgeharrt, sie wolle sie nicht zählen und sich nicht genau daran erinnern, und wäre nicht gekommen, um um meine Hilfe zu bitten, wenn sie nicht die Hoffnung auf seine Rückkehr völlig aufgegeben hätte. Alles, was sie wolle, sei: Salmân nochmals kurz treffen. Außerdem sollte er sehen, wie groß sein Sohn inzwischen geworden war. Die andere Frau ist nicht das Entscheidende. Entscheidend ist, dass er uns von Zeit zu Zeit besucht. Dann stand sie auf und ging.

Vielleicht wissen Sie es: Der Verlauf des Lebens, das Altern, erfolgt nicht nach einer arithmetischen Regel, die uns allen in gleicher Weise auferlegt wird. Wenn wir nach Jahren jemanden wiedersehen, haben wir manchmal den Eindruck, dass er sehr weit fortgeschritten ist im Leben oder dass er, im Gegenteil, nicht älter geworden ist. In beiden Fällen eine Täuschung. Zehn Jahre hatte ich Salmân nicht gesehen, aber als ich die Bar am Maidân-Platz betrat, hatte ich ihn nach zwei oder drei Minuten in der Menge der Gäste ausgemacht. Er saß allein an einem Tischchen, wie wenn ich ihn aus einer Menge ziehen würde. Die zehn Jahre hatten Salmân nicht verändert, jedenfalls hatten sie seine alte Traurigkeit nicht vertrieben. Auch ich, sagte ich mir, während ich ihn einen Augenblick lang ansah, habe mich während dieser zehn Jahre nicht verändert. Ich hatte alle meine Kräfte gesammelt, um am Leben zu bleiben. Schon das war eine enorme Leistung in einem Land wie dem unsrigen. Ein Leben zu führen, das ich als glücklich bezeichnet hätte, war mir dagegen nicht gelungen, sicher nicht nach meiner Ehe mit Ashâr und nicht nach meinem Berufswechsel zum Schlachthausdirektor. Ich lebte also wie er ein tristes Leben. Ich trat näher, grüßte ihn, und wir umarmten uns. Die Ehe hatte mir kein Glück gebracht, sondern nur weitere Lasten hinzugefügt. Jeder Blick in Ashârs Augen gab mir einen Stich. Sie waren voller Traurigkeit und Vorwurf. Grund dafür war unsere Kinderlosigkeit. Auch meine Tätigkeit als Unternehmer, gegen die ich meinen vorherigen Beruf eingetauscht hatte, gab mir nicht das Gefühl, meinen Traumjob gefunden zu haben. Im Gegenteil, sie brachte mich in häufigeren Kontakt mit dem Machtapparat, etwas, das ich mein Leben lang vermieden hatte, was ich verabscheut hatte wie den Machtapparat selbst oder wie das Schlachten von Tieren. Wir schüttelten uns die Hand und umarmten einander, als ob wir nicht lange getrennt gewesen wären. Als ob die Zeit in jenem Augenblick stehengeblieben wäre, als er das Schlachthaus betrat und einen Satz ausrief, angeblich von Sartre: »Beweg deine Eier und pack deinen Schwanz, Genosse, wir ziehen in den Krieg, Huren jagen!« Es war, als hätten wir nicht einem abgelaufenen Jahrhundert Lebewohl gesagt und ein neues begrüßt, als hätte uns das Ausbleiben des Glücks, wenn auch mit kleinen Unterschieden, gleich gemacht, insofern wir beide nicht älter geworden waren. Das jedenfalls glaubte ich bis zu dem Augenblick, als ich an der Tür der Kneipe stand und ihn in Augenschein nahm. Denn als ich ihm gegenüber Platz nahm und ihn mir genauer ansah, dachte ich: Vielleicht hat er sich ja nicht verändert und ist noch immer wie damals, als ich ihn kennengelernt habe, aber eines hat sich doch an ihm verändert: Seine Traurigkeit ist auffälliger geworden, deutlicher sichtbar in seinen Augen, auch ohne dass er etwas sagt.

Es war heiß an diesem Maitag in der Kneipe al-Gunun, »Der Irrsinn«, eine Kneipe, die nicht umsonst so heißt, und nicht so sehr wegen der seltsamen Bauweise auf zwei Ebenen, die mit einer etwas brüchigen Holztreppe am Eingang miteinander verbunden sind, oder wegen ihrer Lage am Ende einer engen Gasse, einer dieser seltsamen Gassen in der Gegend des Maidân-Platzes. Sie stammte aus längst vergangenen Zeiten, als das Viertel noch ganz anders aussah als heute, und wurde schon über mehrere Generationen von der Familie Sarkîs betrieben, der damalige Inhaber William war die dritte, vielleicht sogar schon die vierte Generation. Um in dieser irrsinnigen Kneipe gemütlich sitzen und ein Glas trinken zu können unter den, mit Ausnahme von William, ständig betrunkenen Männern, musste man sein wie der Rest der Gäste, eben skurril. Wenn man sich nicht auf die endlosen Palaver und Streitereien über Pferderennen und Wettbüros einließ, war es schwierig, mit diesen Männern auszukommen, die das Leben aufgebraucht hatte, die in Vergnügungslokalen oder bei Huren in monotoner Wiederholung ihre eigene Geschichte herunterbeteten. An jenem heißen Tag in der Kneipe, die, sporadisch, auch meine werden sollte, sprachen wir nicht viel. »Trinken wir auf unser historisches Wiedersehen«, sagte er. »Oder«, fügte er augenzwinkernd hinzu, »auf den Henker, der nicht in sein Kaff zurückkehren will, obwohl wir ihm seine Funktion abgenommen haben.« Er war froh, dass ich gekommen war. Er schien nicht gestört und fragte mich nicht einmal, wie ich seine Aufenthaltsort herausgefunden hatte. Sicher nahm er an, dass seine Frau mich aufgesucht hatte, da er ihr ja meine Adresse gegeben hatte. Ich wollte aber weder von ihrem Besuch erzählen und von den Dingen, die sie mir gesagt hatte: von den Schwierigkeiten ihres gemeinsamen Lebens, von ihrer Liebe zu ihm oder von ihrer verzweifelten Reise nach Kirkûk zwei oder drei Jahre nach seinem Verschwinden. Als sie ihn nicht, wie erwartet, im Haradsch-Markt gefunden hatte, erkundigte sie sich nach William, hoffend, er könnte sie zu ihm führen. Doch man sagte ihr, William sei nach Bagdad gegangen, habe sein Café in Kirkûk verkauft und betreibe nun dort eine Kneipe. Und an dem Ort, den Salmân verabscheute und mied, dem Schriftstellerklub in Bagdad, rieten ihr Kollegen von ihm, Freund oder Feind (er war nicht beliebt), wenn sie ihn treffen wolle, solle sie jemanden in eine Kneipe namens »Der Irrsinn« in der Gegend vom Maidân-Platz schicken. Sie wusste nicht, dass nicht nur die Kneipe William gehörte, sondern auch die beiden Wohnungen darüber, von denen die eine William und die andere Salmân bewohnten. »Viele Male habe ich mir schon gesagt«, kommentierte sie das, »dass selbst das große Bagdad nur ein kleines Dorf ist. Warum kannten alle diese Leute seinen Aufenthaltsort, nur ich nicht?« Nein, ich wollte Salmân keine dieser Geschichten von seiner Frau erzählen. Er wusste ohnehin, wie leicht man ihn hier finden konnte. Schon in den achtziger Jahren behauptete er, jemand, der uns, »die wir die Rückkehr des Henkers in sein Kaff« fordern, festnehmen wolle, müsste nur einmal die Cafés und Kneipen der Raschîd-Straße durchkämmen: vom Café al-Sahâwi über das Hassan Adschami und das »Parlament«, bis zum Café »Die Lords«, zum Schahbandar und zum al-Tudschâr und natürlich zum Café al-Brasilia und zum Café al-Maakadain. Er könnte auch in den Restaurants in der Gegend von al-Haidarchâna suchen. Danach könnte er in die Kneipe von Scharîf und Haddâd in Hâfis al-Kâdi gehen und in die Kneipe al-Chijâm in der al-Chijâm-Straße und in die Ruhige Ecke beim Bâb al-Scharki und in die Kneipen an der Abu-Nuwâs-Straße: von der Enkidu-und-Sargon-Kneipe bis zur Kneipe Lajâli al-Samar und Safwân. Ja, dort könnte man uns alle innerhalb einer Stunde aufspüren. Ich wollte ihm nicht von seiner Frau berichten, weil ich ihm an jenem Tag nichts von meiner eigenen schiefgegangenen Ehe erzählen wollte. Das ist schon komisch, dachte ich. Als wir uns zum ersten Mal in Sulaimanîja trafen, damals beim Damm von Dukân, wollte ich nicht über meine Liebe zu Ashâr reden, um ihn nicht durch meine Seligkeit zu deprimieren. Und nun wollte ich mit ihm nicht über mein Scheitern reden, damit er sich nicht gerechtfertigt fühlte, Frau und Kind verlassen zu haben, um nach Kirkûk in Achlâms Nähe zu ziehen oder, wie jetzt, lieber in der Gegend des Maidân-Platzes zu leben als bei seiner Familie. Wir Menschen sind weise und voller guter Ratschläge, wenn es um andere geht, besonders um die, die uns nahestehen, aber wenn es um uns selbst geht, sind wir leichtsinnig und kindisch. Wollen wir geliebte Freunde vor Fehlern bewahren, die wir selbst gemacht haben, oder wollen wir, indem wir eifrig Ratschläge erteilen, unsere eigenen Versäumnisse vertuschen?

»Warum bis du nach deiner Rückkehr aus diesem Krieg mich nicht besuchen gekommen? Ich weiß ja, dass du am liebsten allein bist, aber wie konntest du einen Freund wie mich vergessen? Ich hätte dich wenigstens zu deiner wohlbehaltenen Rückkehr beglückwünschen können.« Er schien überrascht von meiner vorwurfsvollen Frage. Offenbar hatte ich an eine empfindliche Stelle gerührt, die der Erklärung bedurfte. Natürlich hatte er mich während seiner gesamten Dienstzeit an der Front keinen Tag vergessen. Hätte er mir sonst diese Briefe geschrieben? Für eine Weile, vielleicht ein paar Minuten, ich hatte inzwischen völlig das Zeitbewusstsein verloren, da ich in einem anderen Raum und einer anderen Zeit weilte, bemerkte ich, wie er mich wortlos anschaute. Keine Antwort. Aber seine Gesichtsmuskeln regten sich. Seine Hände hielten noch immer das Glas. Sie umklammerten es förmlich, als fürchtete er, es könnte weglaufen. Es fiel mir nicht leicht, sein Brüten zu interpretieren. Verschiedene Gedanken schossen mir gleichzeitig durch den Kopf. Machte er sich im Stillen vielleicht lustig über meinen Ausdruck von der wohlbehaltenen Rückkehr, schaffte es aber trotzdem nicht, mir darauf zu antworten, zum Beispiel zu fragen, was denn da wohlbehalten sei? Hatte er vielleicht in diesem Augenblick und aus diesem Grund das Bedürfnis zu weinen, wie damals bei unserer ersten Begegnung; oder hatte er gar die Fähigkeit zu weinen verloren; oder hatte er es gar nicht oder verschob es im besten Fall, bis er wieder allein war? Nein, er hatte Angst, er war besessen von Angst, einer Angst, wie ich sie nie gekannt habe, einer schneidenden, blutigen, kaum verständlichen Angst. War er doch wahnsinnig, hatte der Krieg ihn kaputtgemacht, ihn völlig in den Wahnsinn getrieben, so weit, dass er uns täuschen und sich über uns lustig machen konnte, damit wir Gefangene seiner Freundschaft blieben? Ich zum Beispiel und William, der ihm gegenüber sehr großzügig war. Er hatte ihm eine Wohnung zur Verfügung gestellt und er sorgte für uns: Unser

Tisch wurde unablässig mit Essen und Getränken gefüllt. Dauernd rief er dem Kellner zu, frische Teller zu bringen, und er musste sie uns mitunter selbst holen, wobei er sich mit seinem Rollstuhl mühevoll den Weg zwischen den vielen Stühlen hindurchbahnte. Und nie vergaß er, mir einen freundlichen Gruß zuzurufen: »Dein Besuch ehrt uns. Ich hätte nie geglaubt, dich nochmals zu sehen.« So erinnerte er mich an unsere erste Begegnung, die über zehn Jahre zurücklag, als er mir den Brief brachte, den ihm Salmân von der Front von Chafadschi mitgegeben hatte. Vielleicht wollte Salmân uns auch zu Gefangenen seiner Sympathie machen, genau wie im Fall von Nachîl, die, trotz aller Enttäuschung und Pein, die er ihr durch sein Weggehen verursacht hatte, noch immer auf seine Rückkehr hoffte; oder wie, später, im Fall von Achlâm, die, halb wahnsinnig und halb vernünftig, ihn damals nicht nach Bagdad begleitet hatte, weil er seine Uniform abgelegt und Zivilkleidung angezogen hatte, sondern weil sie darauf bestand, nach Bagdad zu gehen. Sie träume davon, in Bagdad zu wohnen, behauptete sie, in der Nähe des Gerichtsgebäudes. Laut William wusste niemand, welches Gebäude sie eigentlich meinte. Allein in der Gegend um den Maidân-Platz gab es deren drei. Wollte vielleicht Salmân lachen, war aber dazu nicht mehr imstande? Auch dieser Gedanke schoss mir durch den Kopf. In einem Land wie dem unsrigen mit all seinem Übel und Elend ist den Leuten nicht mehr nach Lachen zumute. Vielleicht hatte er das Bedürfnis, sich mir mitzuteilen, konnte es aber nicht, weil es noch zu früh oder schon zu spät war, darüber zu reden. War es vielleicht das gewesen, was ihn mir aus dem Weg gehen ließ, weshalb er mich nach seiner Rückkehr von der Front von Hafar al-Bâtin weder besuchte noch auch nur anrief? Sicher wollte er mir die Verantwortung für die geschehenen Schlächtereien und Kriege aufhalsen, besaß aber nicht den Mut, es zu tun. Ja, gewiss wollte er sagen: Ich habe während meiner ganzen Dienstzeit an der Front gekämpft, immer zwischen dem einen oder dem anderen Tod. Und du? Und du? Ja, und du, mein Freund, was hast du getan? Du hast die ganze Zeit in Büros des Verteidigungsministeriums gehockt. Oder lag ihm nur daran, dass ich mit dem Erzählen anfing, um zu erfahren, wo er einsetzen sollte? All das ging mir durch den Sinn. Ich hätte an mehr als einem Gedanken, mehr als einer Idee anknüpfen können, doch dann sagte ich nur: »Dein Freund William scheint dem einmal gewählten Kellnerberuf treu zu bleiben.« Da sah ich seinen Körper zurückweichen und sich an den Stuhl lehnen. Er blies mit Nachdruck den Zigarettenrauch aus und trank einen Schluck aus dem Glas. Dann reagierte er mit gelöschter, niedergeschlagener Stimme, in der Vorwurf mitschwang: »Jetzt siehst du selber, dass er seinem Beruf treu ist, sogar wenn er ihn über Generationen geerbt hat. War es nicht unser Fehler – dass wir ganz gegen unsere Überzeugung den Beruf im Schlachthaus aufgegeben haben? Darin lag nichts Außergewöhnliches: Es ist Teil der menschlichen Natur. Die Geschichte der Menschheit ist nichts anderes als eine Geschichte von Mord und Totschlag. Man muss wählen«, fuhr er mit unveränderter Stimme fort, »ob man Totschläger oder Totgeschlagener sein will.« Natürlich hätte ich jetzt fragen müssen, was er denn gewählt habe, doch ich ließ es lieber, zumindest bei diesem ersten Wiedersehen.

Danach trafen wir uns immer wieder, für zwei oder mehr Jahre, in seinem kleinen Zimmer oder in der Kneipe, im Café oder zu einem Spaziergang durch die Stadt, und immer war er es, der redete. Wenn aber das Gespräch erstarb und ich nichts Neues für ihn hatte, forderte er mich zu einem Gang über den Maidân-Platz auf. Fürchtete er das Schweigen? Kein einziges Mal hat er über den Lärm in der Kneipe, in irgendeinem Café oder auf dem Markt ein Wort verloren. Im Gegenteil, häufig, wenn wir in der Kneipe oder in einem Café in der Gegend des Platzes saßen, schlug er vor, einen Spaziergang durch die Märkte in der Nähe zu machen. Ich hatte nichts gegen solche Spaziergänge einzuwenden, besonders über den Schûrdscha-Markt, den ältesten in ganz Bagdad, wo man in einigen Läden an der Decke noch alte indische Ventilatoren aus dem Jahre 1934 sehen konnte;

außerdem weckte dieser Markt bei mir Erinnerungen an meine Studentenzeiten, als wir dort umherzogen. Bei solchen Spaziergängen schlenderten wir immer ziellos kreuz und quer unter dem nie enden wollenden Geschrei der Händler und dem Dauerlärm der Karren. »Warum nicht«, erwiderte ich. All die Jahre, während deren ich am Rand der Hauptstadt wohnte, hatte ich keine Gelegenheit zu solch Gängen gehabt, gerade auch, da sich meine Arbeit auf die andere Seite des Tigris konzentrierte, während die Märkte auf der östlichen Seite, der Russâfa-Seite, liegen. Es stimmte, dieser Markt hat als ältestes Handelszentrum der Hauptstadt, ja, des ganzen Landes, seit seiner Entstehung in der späten Abbasidenzeit einen festen Platz im Kopf der Menschen, besonders der Bewohner von Bagdad.

Doch ich glaube nicht, dass Salmân manchmal lieber dorthin ging, als in der Kneipe oder im Café zu sitzen. Denn der Markt lag in der Geschäftsgegend, mitten in der Stadt in der Nähe der im zehnten Jahrhundert erbauten Kalifenmoschee, und was hätte er dort einkaufen sollen – schließlich waren wir keine ausländischen Touristen und keine Kunden, die Gewürz, Textilien oder Gemüse kaufen wollten, wie jene, die deswegen aus verschiedenen Gegenden Bagdads kommen; außerdem haben wir diese Gegend meistens im Suff durchquert, und allerhöchstens lud ich ihn mal zum Essen in einem kleinen Restaurant auf dem Markt ein. Dort aßen wir Kartoffel-Hackfleisch-Eintopf, Hühnchen mit Kartoffeln und Mais oder Fleischpfannkuchen und tranken danach Buttermilch oder Traubensaft. Das war das, was wir beide mochten und was uns der kurdische Soldat Imâd gebracht hatte, als wir beim Damm von Dukân stationiert waren. Möglich, dass Salmân ahnte, was in mir vor sich ging, besonders als er mich bat, in den nahe gelegenen Markt der Messingschmiede zu gehen. Als ob das Geschrei der Händler, das im Schûrdscha-Markt nie zur Ruhe kam, oder der nie endende Lärm der Autos uns nicht schon genügte! Dieser andere Markt war sogar noch lauter. »Weißt du«, sagte er, als wir eines Abends in seinem Zimmer saßen, »für mich gibt es nichts Schlimmeres als die Stille. Ich liebe diesen Lärm, er vertreibt meine Angst.« Ich habe oft über diesen Satz nachgedacht. Vielleicht hatte Salmân ja recht. Die Angst, die die Stille bei uns weckt, drängt uns, etwas zu unternehmen. Es ist seltsam, dieses Gefühl, in den Augenblicken der Einsamkeit und der Ruhe beobachtet zu werden. Ist es nicht genau das, was die Soldaten an der Front spüren? Ich jedenfalls machte diese Erfahrung, es gibt nichts Schlimmeres. In Salmâns Fall war es jedoch noch viel schlimmer, weil sich bei ihm die Stille in die Länge zog und zog. Jede Minute, die verging, jede Sekunde, die verstrich, jeder Schlag seines Herzens, jeder Atemzug, den er tat, alles wurde zur Qual, egal, ob auf seinen Patrouillengängen an der Front oder eingekesselt in den Schützengräben in der Schlacht von Chafadschi. Als wir im Norden beim Damm von Dukân waren, erzählte er mir viele Male von den Stunden der Einsamkeit, die er oben auf dem Berg auf Beobachtungsposten hatte verbringen müssen. Nächtelang habe er zitternd und zähneklappernd dagesessen, nicht wegen der Kälte, die sei mit einem Feuer ertragbar gewesen, wie er es trotz Verbots hin und wieder machte. Nein, wegen der Angst. Die Angst zog, stärker als jede Kälte, durch seine Knochen. Sie biss sich fest. Die Eule gilt ja als Unheilsverkünderin, doch nicht bei ihm. Er empfand eine Art Respekt, schien in ihrem Ruf gar Trost zu finden und sagte dazu sogar Gedichte auf. Seine Verbündeten gegen die Stille waren: der Ruf der Eule, das Brüllen der Maultiere, das Knacken eines Astes, das Rauschen von Wasser, das Schlagen von Flügeln, auch das Gebrüll von umherstreifenden Kamelen, das Gebell eines Hundes, das Geschrei einer vorbeiziehenden Beduinenkarawane. Alles half gegen die Stille. Immer hätte ein Schuss krachen und seinen Körper durchbohren können. Diese Angst, in der Stille zu sterben! Darum stellte er nach seiner Rückkehr von der Front von Hafar al-Bâtin lange Zeit selbst beim Schlafen das Radio nicht ab. Auch in der Zeit, als er von zu Hause wegging und mit einer Flasche Arak und einer Packung Zigaretten, es waren immer Marlboro, neben dem Schlachthaus saß, schwieg er keine Minute. Er führte ununterbrochen Selbstgespräche oder sagte sich Gedichte auf. Passanten glaubten, er sei nicht ganz bei Trost. Woher sollten sie wissen, dass die Stille Salmâns Hauptfeind war? Manchmal gab er auch Gebrabbel von sich, um nicht das Gefühl zu haben, allein zu sein, wie damals an der Front. Wichtig war nur, dass es um ihn herum Geräusche gab.

Weder bei unserer ersten noch bei späteren Begegnungen ließ sich Salmân überreden, zu seiner Frau Nachîl und seinem Sohn Adam zurückzukehren oder in einen anderen Teil der Stadt zu ziehen, damit sie ihn wenigstens besuchen könnten. In die Gegend um den Maidân-Platz konnte eine Frau wie Nachîl kaum gehen, und selbst ich konnte mir nur schwer vorstellen, dass jemand dort wohnen könnte. Natürlich habe ich mich gefreut, Salmân wiederzufinden, zumal zahlreiche Freunde verschwunden waren, manche an der Front gefallen oder in Gefängnissen umgekommen, andere außer Landes gegangen. Nur wenige waren geblieben, ließen sich nicht verjagen, auch wenn das für manche einem Selbstmord gleichkam, weil es Untertauchen oder ständigen Wohnortwechsel bedeutete. All das war nicht leicht, und manche haben bald einmal die Waffen gestreckt, sind in die herrschende Partei eingetreten und haben sich auf die Seite des Henkers gestellt, wie ihn Salmân gern nannte. Er war wirklich nur noch ein Schatten seines alten Selbst. Ich hatte auch nie erwartet, dass er sich einmal in der Gegend des Maidân-Platzes ansiedeln könnte. Das kam völlig unerwartet, was ich übrigens bei allen meinen zwar unregelmäßigen, aber nicht seltenen Besuchen nie verhehlt habe. »Weißt du eigentlich«, fragte ich ihn, »wie mühsam es für mich ist, hierherzukommen? Jeder, dem ich erzähle, ich wäre in der Gegend des Maidân-Platzes gewesen und erst sehr spät nachts zurückgekommen, fragt mich, woher ich den Mut nähme, dorthin zu gehen. Von dort heil wegzukommen sei ein Wunder. Und als ich Ashâr davon erzählte, meinte sie: »Soso, ins Bordellviertel gehst du?« Sie wollte nicht glauben, dass ein Freund von mir namens Salmân Mâdi dort wohnen könnte. »Ihr Männer erfindet doch für eure Seitensprünge immer irgendwelche Geschichtchen«, schnaubte sie. Ja, keiner glaubte mir, außer ihm. Wenn er das hörte, spottete er immer und sagte: »Das ist doch nur Gerede, nichts anderes.« Dann stellte er sich taub gegen alles, was gesagt wurde. Es war bekannt, wer diese Gegend betrat, begab sich auf sündiges Territorium, besonders nach Sonnenuntergang. Wer aus Richtung Schûrdscha oder Bab al-Muasam kam, dachte an die Worte aus Dantes *Göttlicher Komödie*: »Ihr, die ihr eintretet, lasst alle Hoffnung fahren!« Wer dorthin geraten war, erzählte von der Erbarmungslosigkeit, ja, der Brutalität, mit der sich die Bewohner auf jeden Fremden stürzten, besonders, wenn er betrunken war oder wenn es sich um einen Besucher handelte, den der Zufall auf der Suche nach einem Hotel hierhergeführt hatte. Schon der Name »Platz« rief nach Vorsicht, Aufmerksamkeit und Misstrauen. Unsere Kriegsterminologie bezeichnet doch die Front als »Kampfplatz« oder »Kriegsschauplatz«? Hatte Salmân den Ort deshalb gewählt? Hatte ihn der Name gelockt? Als William die Kneipe geerbt hatte, nannte er das eine einzigartige Gelegenheit. Nachdem er aus dem Krieg zurückgekehrt war, so erzählte mir Nachîl, dachte er an nichts anderes als an die Front, und nun wollte er sich auf dem Platz des Platzes, auf dem Kriegsschauplatz niederlassen. Hier fühlte er sich mitten im Kampf- und Kriegsgetümmel. Hier täuschte und überrumpelte er den Feind, es war wie die Gänge mit der Patrouille, wie das Handgemenge auf dem verbotenen Terrain. Die Grenzen zwischen den verschiedenen Kampfparteien verschmolzen, die das Schicksal hierhergeführt hatte. Nur Salmân war anders. Er war der Einzige, der dort freiwillig lebte – wenn wir nicht annehmen, dass ihn sein Schuldgefühl und der Wunsch, auf einem neuen Kriegsschauplatz den Tod zu finden, dorthin getrieben hatten. Sogar William wäre ohne diese Kneipe, die er geerbt hatte, niemals nach Bagdad gezogen, versicherte er mir, und ganz sicher nicht zum Maidân-Platz. Er sei mit seinem Café in Kirkûk völlig zufrieden gewesen. Aber alle seine Onkel hätten das Land verlassen, und als dann der letzte gestorben war, der Inhaber der Kneipe, habe er eben hierherziehen müssen. Nein, vielmehr sei die Kneipe jedes Williams Schicksal, kalauerte Salmân, halb im Ernst, halb im Spaß, und als William nicht begriff, erzählte ihm Salmân von William Blake, den er mit Dylan Thomas verwechselte, einem walisischen Dichter, der permanent in einer Kneipe wohnte und sogar darin starb. Bei William Sarkîs war das anders. Er, den der Krieg zum Krüppel machte, folgte dem Ruf familiärer Pflicht, nichts anderem. Die Traditionen dieser assyrischen Familie aus Kirkûk wollten gewahrt sein, in der die Kneipe seit drei oder vier Generationen weitervererbt wurde. Da gab es keine Entschuldigung. Die anderen Bewohner des Viertels, die ich bei meinen Besuchen traf oder mit denen ich zufällig in der Kneipe ins Gespräch kam, waren eine seltsame Mischung aus Gestalten, die mit Immobilien, Blut und menschlichen Organen handelten, Fälschern, Sexhungrigen, Schwulen, Obdachlosen, Drogenabhängigen und Beamten im Ruhestand. Die meisten stammten aus anderen Städten des Landes, und alle hatten ihre Gründe dafür, ein Leben in einer solchen Gegend voller Zerstörung und Brutalität zu ertragen. Ihre verkniffenen, müden Gesichter sprachen Bände. Einmal kam ich früh am Morgen aus Salmâns Wohnung, wo ich ihn schlafend zurückgelassen hatte, wohl wissend, dass er nicht vor zwölf Uhr aufwachen würde. Warum auch? Mein Gott, dachte ich, ist es vorstellbar, dass mein Freund Salmân Frau und Kind verlässt, einem geräumigen Haus den Rücken kehrt und lieber in einem solchen Viertel wohnt? Wie hält er bloß den Anblick von umherstreunenden Kindern aus, die einem Besucher mit vorgehaltener Waffe alles abnehmen können? Wie hält er den Anblick alter Weiber aus, die in verdreckten Fetzen und mit skalpellscharfen Zungen in einer Ecke hocken und sich unablässig lausen? Mehr noch, wie hält er den Anblick der Alkoholiker aus, die auf den Schwellen der Häuser oder in den Ruinen da und dort nächtigen? Wie hält er den Anblick der schwulen alten, gebrochenen Männer aus, die das Leben an den Rand gedrängt hat, die aus allen Gegenden und allen Gruppen des Landes stammen und sich hier Bruchbuden mieten, um darin für den Rest ihres Lebens ungebunden ihrer Lust nachzugehen? Auch ich hatte hier einmal gearbeitet, im Verteidigungsministerium Dienst getan, in dem Gebäude direkt gegenüber, und ich hatte mir nicht vorstellen können, dass mich mein Weg einmal in dieses Viertel führen würde; dass ich seine alten, baufälligen Häuser aus der Nähe betrachten und den Moder riechen würde, den die Wände ausdünsteten, in Straßen, die man besser Moraste nennen sollte. Wussten wohl die Passanten, die täglich in ihre staatlichen Ämter oder an ihre Arbeitsstellen gingen, was sich wenige Meter von ihnen entfernt abspielte, oder interessierte sie nur die Nummer des Busses, den sie in die eine oder die andere Richtung besteigen mussten? Vielleicht sollte der Maidân-Platz an der Oberfläche genauso aussehen: eine Haltestelle, wo sich die staatlichen Busse tummelten und von wo aus sie in alle Richtungen der Hauptstadt ausschwärmten; oder er war ein Treffpunkt für die Busfahrer, die hier zweifelhafte Beziehungen mit den veralteten, noch jungfräulichen Beamtinnen knüpften, dic in Kriegs- und Krisenzeiten zahlreich werden. Wer weiß? Vielleicht sollte diese Gegend normal aussehen, wie andere Gegenden Bagdads, wie andere Hauptstädte der Welt. Der Maidân-Platz war ein irakisches, ein bagdadisches Sodom und Gomorrha. Nicht einmal Achlâm wollte dorthin ziehen. »Ich bin mit dir gekommen, weil ich neben dem Gerichtsgebäude wohnen wollte, nicht in diesem Morast«, sagte sie Salmân. Bei jedem weiteren Besuch stellte ich seinen Willen fest, dort zu bleiben. Ich musste das akzeptieren. Einen Wahnsinnigen sollte man besser seinem Wahnsinn überlassen. Sogar Nachîl gab auf. Sechs- oder siebenmal rief sie mich an. Ich sagte ihr nur, dass ich seinen Zustand für hoffnungslos hielte und sie ihn am besten vergessen sollte. Um sie aufzuheitern, erzählte ich ihr von dem griechischen Dichter Konstantin Kavafis, der in Griechenland in einer nicht ganz unähnlichen Gegend lebte, und als man ihn fragte, warum es denn ein solcher Ort sein müsse, antwortete: »Weil er die drei Grundpfeiler der Existenz beherbergt: die Schenke, um sich zu betrinken, die Kirche, um Vergebung zu suchen, das Krankenhaus, um zu sterben.« Auch am Maidân-Platz gibt es diese drei Pfeiler: Neben der Moschee liegt der Puff, hinter dem Polizeirevier die Spielhölle, und vor der islamischen Bank sammeln sich die Bettler und pofen die Säufer. Keine zweihundert Meter entfernt liegt das Klinikzentrum. Sogar die Nationalbibliothek ist nicht weit weg, ganz zu schweigen vom Gefängnis des Verteidigungsministeriums. Ja, auch ich hatte die Hoffnung aufgegeben. Doch noch viel mehr bedrückte mich, dass es mit seiner Gesundheit bergab ging. Aber mir blieb nichts anderes zu tun, als ihn von Zeit zu Zeit zu besuchen.

Bei diesen Besuchen hat er mir, so etwas vergisst man nicht, von seiner Angst erzählt. Eine ungewöhnliche Angst, die ihn schon quälte, als er noch glücklich verheiratet bei Frau und Kind lebte. Er spürte diese Angst, sobald er Nachîl anschaute, besonders nachts, wenn sie neben ihm im Bett lag. Es war eine Angst, die ihm die Tränen in die Augen trieb. Manchmal dachte er daran, sie aufzuwecken und ihr vorzuschlagen, diese Stadt zu verlassen. Doch seltsamerweise überkam ihn, wenn sein Wunsch wegzugehen besonders drängend wurde, gleichzeitig der Wunsch nach Stille und Schweigen. Ich weiß noch, wie er mir erzählte, es sei ihm immer klar gewesen, dass Nachîl die Angst in seinen Augen sah. Das Gleiche erlebte er mit Achlâm. Auch von seiner Beziehung zu ihr hat er mir erzählt. Er lasse sie neben sich schlafen, ohne sie anzurühren. Er beschränkte sich darauf, ihr Gesicht zu betrachten, und er verlor schon durch ihre Schönheit seine Ruhe. Doch er lebte überhaupt in einem Zustand der Angst und Unruhe. Dann erzählte er mir wieder von Harûn Wâli und dessen Romanen, die damals erschienen waren und nach Bagdad geschmuggelt wurden: Zunächst *Der Krieg im Vergnügungsviertel*, dann *Ein Ort namens Komet* und schließlich *Die Reise nach Tell al-Lahm*; außerdem seine beiden Sammelbände mit Erzählungen: *Maries letzte Nacht* und *Waltzing Mathilda*. »Du kannst sie als Kopien in der Hanasch-Buchhandlung in der Mutanabbi-Straße finden«, drängte er. Er fühlte sich bestätigte: »Ich habe dir doch gesagt, dass dieser Harûn lediglich frische Luft braucht, um frei von der Leber weg zu schreiben.« Dann sinnierte er: »Was dieser Romancier im Exil wohl von mir oder von uns denkt? Welches Schicksal er mir wohl zugedacht hat? Wie wird sein nächster Roman aussehen? Dieses Mal braucht er sich die Hölle nicht auszudenken, denn unsere Höllenfeuer erreichen jeden Ort.« Auch von seinem Sohn Adam erzählte er. Immer wenn er im Viertel Kinder in verdreckten Kleidern herumlaufen sehe, müsse er an ihn denken. »Hast du das Zeug gesehen, an dem diese Kinder herumschnüffeln? Das ist ein chemisches Gebräu, nennt sich ›Verdünner‹ und hat betäubende Wirkung. Es zerstört aber auch Zellen und Gewebe. Wenn ich diese bettelnden Kinder sehe, die sich wie Kletten an die Passanten hängen, habe ich fürchterliche Angst um Adam. Es sind Kinder ohne Familie, ohne Angehörige, Kinder der dauernden Kriege in diesem Land.« Sobald er an Adam denke, packe ihn die Angst. Wenn es an ihm läge, würde er gleich zu ihm gehen und ihn fragen, ob er mit ihm weit weg gehen wolle. Aber wenn er diesen Wunsch verspüre, beginne er zu heulen. Er wusste, dass er ein nutzloser Vater war, aber er wusste auch, dass er nur so seinen Sohn retten konnte. Es sei besser, ihn nicht zu sehen und den Sohn vergessen zu lassen, dass er einen Vater namens Salmân hat. Er erzählte mir unzählige Geschichten, als wollte er damit all diese Jahre wettmachen, während deren wir uns nicht sahen, als wollte er – aber das erfuhr ich erst später – durch all diese Geschichten eine einzige Geschichte vermeiden. Das blieb seine Gewohnheit. Jedenfalls bis zum Abend des 9. April 2003, wenige Stunden bevor die amerikanischen Marines in Bagdad einrückten.

Erst in jener Nacht – die Sperrung aller Straßen vom und zum Stadtzentrum zwang mich, bei ihm zu bleiben – begann Salmân in vorgerückter Stunde von jenem Brief zu erzählen, der nie bei mir angekommen war, dem Brief, den er in der Wüste von Hafar al-Bâtin geschrieben hatte und der wie eine Prophezeiung dessen klang, was sich nach dieser Nacht ereignen sollte. Er schien zu wissen, dass der Krieg eigentlich erst in jener Nacht beginnen würde, dass er nicht, wie manche glaubten, durch den Einmarsch der Marines in Bagdad zu Ende wäre. Es ging also um den letzten Brief, den er an mich am letzten Tag des Krieges, am 3. März 1991 schrieb, genau an dem Tag, als der große General mit all seinen militärischen Orden im Zelt von Safwân an der kuwaitisch-irakischen Grenze das Waffenstillstandsabkommen unterzeichnete, während er, Salmân, und alle seine Kameraden, die vom Infanteriebataillon und den Aufklärungspatrouillen noch übrig geblieben waren, sich weiter in ihren Schützengräben in der Wüste einbuddeln mussten. »Wenn du doch nur diesen Brief gelesen hättest«, sagte er, und ich hatte nicht gezählt, wie viele Gläser Arak er bis dahin getrunken hatte, » dann wüsstest du alles. Du wüsstest, was mir und den anderen geschah und warum jener Krieg so anders war als alle anderen Kriege. Ich wollte dir darin über alles schreiben, es sollte der letzte Brief werden, danach hätte die Sintflut kommen können. Und nun ist die Sintflut schon beim Maidân-Platz angekommen.« Er erinnerte sich noch immer an jenen Tag. »Mein Gott, wie könnte ich ihn vergessen?« Das Gebrüll des Sicherheitsoffiziers des Bataillons, dieses Scheißobersts Haidar Mulla Kuraidi, den kein Krieg und ganz sicher keine Niederlage je änderten, klang ihm noch immer in den Ohren. Als er das sagte, hielt er sich die Ohren zu, als hätte das hässliche Gebrüll des Militärs die Wände seines Zimmers durchdrungen und die finstere Nacht über den schadhaften Dächern zerrissen, als wäre es das einzige Geräusch weit und breit, und wir mitten drin in seinem Zimmer im ersten Stock eines baufälligen Hauses in einer Gasse hinter dem Maidân-Platz, unter uns die Kneipe »Der Irrsinn«, rechts die Nationalbibliothek, links Bordelle und Zuhälter, dahinter Trümmerstätten und Spielhöllen und gegenüber schließlich das alte Gebäude des Verteidigungsministeriums. »Wenn du doch diesen Brief gelesen hättest!«, sagte er nochmals, kein Vorwurf, nur leises Flehen in der Stimme, »dann würdest du verstehen, warum ich dich nicht besucht habe, warum ich dich nicht treffen und nicht einmal anrufen wollte. Ich musste allein bleiben, damit mich nicht einmal mein eigenes Messer erreichte, nicht aus Furcht vor einer Gefahr, schließlich sind wir immer von Gefahren umgeben, auch nicht auf der Suche nach einer Rechtfertigung von den anderen, schließlich weiß ich, dass ich von dir keinerlei Entschuldigung oder Rechtfertigung verlangen kann. Wie soll ich dir das erklären? Wie soll ich dir die Geschichte erzählen? Wie kann ich dir erzählen, was geschah, wo du den Brief doch noch nicht gelesen hast? Ich weiß, dass dich glücklicherweise die anderen Briefe durch die beiden Überbringer, William und Imâd, erreicht haben. Das ist ja nur leider durch ihre Verwundung und Verkrüppelung möglich gewesen, aber ich konnte sie wenigstens vor dem Tod retten: William, indem ich mich auf ihn warf, und Imâd, indem ich ihn in den Schützengraben zurückschleifte, als wir unter heftigem Beschuss standen. Hätte ich das nicht getan, hätten die Splitter, die herabfielen wie Jahwes Regen in alter Zeit, sie zerfetzt. Aber dieser letzte Brief, den ich während der letzten Kriegswoche schrieb, hatte nicht das gleiche Glück wie die anderen. Was für ein Unglück! Selbst Nihâd, den jungen Soldaten, hat das Glück im Stich gelassen. Er starb, in der Luft aufgelöst wie der Brief, der zusammen mit dem kleinen Paket verlorenging. Als er mich die letzten Worte schreiben sah, sagte er zu mir: ›Kein Problem, ich nehm ihn mit und händige ihn deinem Freund aus.‹ Nihâd war überzeugt davon, dass er im Dunkel der Nacht fliehen und seine Aufgabe erledigen könnte. Wie naiv er doch war! Er wollte nicht wahrhaben, dass ihm der Tod auflauerte. Weißt du, wie das schmerzt? Ich bin eigentlich an die Front gegangen, um dort zu sterben, und am Ende bin ich, wie du siehst, noch am Leben, und die anderen sind entweder verstümmelt oder tot. Soll ich sie dir aufzählen? Zu verstehen, was sich dort abgespielt hat, ist für niemand einfach. Das war nicht ein Krieg wie alle anderen. Nicht wie der Krieg gegen den Iran, auch nicht wie derjenige im Norden. Natürlich wirst du mir sagen, Krieg sei Krieg. Aber dieser Krieg übertrifft in seiner Gemeinheit alle anderen. Weißt du, was es heißt, Tage und Nächte in einen Schützengraben eingesperrt zu sein, der noch als Grab zu eng wäre? Es gab keinen Schlaf, um sich einmal auszuklinken. Wie soll man schlafen, wenn man nicht weiß, wann sich die feindlichen Soldaten über uns hermachen? Man lebt in ständiger Angst, weil man nicht weiß, von welcher Seite der Feind das Feuer eröffnen wird, von vorne oder von hinten, von oben oder von unten. Jawohl, warum sollte er nicht auch aus der Erde kommen? Da bist du allein und zählst die Sekunden und die Minuten, allein angesichts der Stille, der du nicht traust, mit all diesen Soldaten um dich herum, von denen du nicht weißt, ob sie tot oder lebendig sind. Denen gesagt wurde, durchhalten, weswegen sie auch durchhielten. Und dabei war alles noch erträglich, selbst die Art dieses verfluchten Obersts, die Soldaten anzubrüllen. Sogar der befehlshabende Offizier und seine Offizierskollegen schwiegen aus Angst vor diesem irrsinnigen Offizier und besänftigten ihn oder verhielten sich zumindest vorläufig vorsichtig, damit er sie nicht im Schlaf überraschen konnte. Er ging zu dem kleinen Lastwagen, auf dem amerikanische Gefangene zusammengepfercht waren, dreiundzwanzig Soldaten, vier Offiziere und Luftwaffenoffiziere im Range von Colonels und First Lieutenants aus der Versorgungsabteilung – ihre Beute aus der Schlacht von Chafadschi, bevor sie sich von dort zurückzogen. Wenn du doch Nihâd gesehen hättest, einen jungen Burschen noch am Anfang seines Lebens, neunzehn Jahre alt, vielleicht sogar noch jünger! Er hat als Erster dem Oberst die Stirn geboten: ›Beim doppelten Leib meines Herrn, diese Gefangenen dürfen nicht sterben‹, hat er gesagt, worauf ihn der Oberst anschrie: ›Du mickriger mandäischer Sabier, Feiglinge, die ihr seid, diese Amis da sind eure Feinde! Sie haben euch angegriffen, sie haben eure Frauen und Kinder umgebracht, und ihr wollt sie am Leben lassen? Wartet nur, dann werdet ihr schon sehen, wie sie euch umbringen, sobald sie die Gelegenheit dazu haben. Wir sind im Krieg, ihr Verräter, da gibt es nur umbringen oder umgebracht werden.‹ Immer ließ er diese Platte ablaufen, und das ganze Bataillon musste seinen Irrsinn ertragen.« Wie sollten sie ihn dazu bringen, die Gefangenen am Leben zu lassen, bis man in Bagdad wäre? Wie sollten sie ihm klarmachen, dass sie, besonders Salmân und seine Kameraden aus dem Aufklärungsbataillon, Mitleid mit diesen Soldaten hatten? Sie waren wie sie, nicht anders. Was würde ihnen geschehen, wenn sie in Gefangenschaft gerieten? Wie jene, die sich unglücklicherweise in der Wüste verirrt hatten und in ihre Hand gefallen waren. Etwa zehn Tage hatten sie diese Gefangenen schon mitgeführt, seit sie Chafadschi betreten hatten. Als sie die Umzingelung dort aufbrachen und auf irakisches Territorium gelangten, dachte Salmân, jetzt könnten sie endlich aufatmen. Nicht seinetwegen, Salmâns, er war ja ohne Lebenswunsch, sondern wegen der anderen Soldaten, zum Beispiel wegen jenes jungen Soldaten. »Weißt du, es ist nicht einfach, diese Solidarität und diese Loyalität zu beschreiben. Die Soldaten kommen ja aus verschiedenen Gegenden, und wenn sie dann in die Schützengräben gesperrt werden, entwickelt sich zwischen ihnen eine geheimnisvolle Verbundenheit, eine Beziehung, die schwer zu beschreiben ist. Nennen wir es einfach Kameradschaft. Eine Art Zuneigung, die niemand definieren kann, eine Freundschaft jenseits aller bekannten Arten der Freundschaft. Nimm zum Beispiel unseren kurdischen Kameraden Imâd, der ständig von seinem kleinen Dorf erzählte. Jeden einzelnen Bewohner hat er vorgeführt, Frau oder Mann, Kind oder Greis. Er beschrieb sogar die Kleidung, die sie trugen, und die Art, wie sie gingen. Er erzählte von ihren widersprüchlichen Verhaltensweisen und ihren Scherzen. Schließlich kam er zu einem Mädchen im Dorf, das Gül hieß. Da hielt er inne, lächelte und lief rot an. Er schaute seinen Kameraden in die Augen und sprach dann weiter: Von ihr werde ich euch nichts erzählen. Doch dann bei Nacht kam er zu mir. Nur dir allein, sonst niemand, erzähl ich von ihr, begann er. Es machte ihm Mühe. Ich musste lachen. Er schloss die Augen und versuchte, von ihr zu erzählen, ganz und gar poetisch: Ihre Zöpfe haben die Farbe von Maiskolben, ihre Augen diejenige von Berghonig, ihre Haut leuchtet wie der volle Mond. Wenn sie geht, wie eine schlanke Gazelle, wenn sie spricht, wie ein murmelnder Bach, wenn sie lacht, wie die Sonne am Regentag. So ging es immer weiter. Und woher weißt du, dass sie dich ebenso liebt wie du sie?, fragte ich, worauf er sich die Hand auf die linke Brust legte und erklärte, das Herz sei ein Radar. Und tatsächlich, obwohl er versehrt aus dem Krieg zurückkehrte, hielt Gül ihr Versprechen und heiratete ihn. Inzwischen haben sie drei Kinder und leben noch immer in ihrem kleinen Dorf. Oder nimm William! Auch seine Geschichten waren tröstlich für uns. Wo immer sie waren, erzählte William seinen Kameraden von seinen Vorfahren und Verwandten, die bei den Engländern gedient hatten. Einige arbeiteten als Köche in den englischen Heeresküchen in Rutba, in Habbanîja oder in Etsch ithrie, wie man bei uns H 3 aussprach. Er beschrieb ihnen die Getränke, die er dort gesehen hatte, und jedes Mal sagte er aufs Neue, sie müssten einfach am Leben bleiben, dann, so versprach er, würde er eine Kneipe eröffnen und sie ›Der Irrsinn‹ nennen, eine Kneipe, in der sie trinken könnten, soviel sie wollten, und bezahlen, soviel sie könnten. Er meinte es ernst. Er bat Salmân, das schriftlich festzuhalten, und unterschrieb es.« Danach wurde Salmân von vielen anderen Kameraden gebeten, auch ihre Pläne schriftlich festzuhalten. Um die hundert Namen notierte Salmân in einem kleinen Notizbuch, daneben jeweils den Wunsch, den der Betreffende verwirklichen wollte, wenn er gesund und wohlbehalten aus dem Krieg zurückgekehrt wäre. Das war sein Trost während der letzten Tage. Wenn er das Notizbuch noch hätte, würde er es mir jetzt zeigen, doch er habe es zusammen mit dem Brief an mich an der Front verloren, und vom Schicksal derer, deren Namen er notiert hatte, wisse er auch nichts. Einige sind vor seinen Augen gefallen. Wie viele Jahre waren inzwischen vergangen? Zehn, elf, zwölf? Egal. Bis heute könne er, wenn er an die Augenblicke ihres Todes zurückdenke, die Tränen nicht zurückhalten. Wie sollte er beispielsweise Nihâds Tod vergessen? Seine Wünsche allein füllten mehr als zwei Seiten im Notizbuch. Er war noch so jung! Er hat immer wieder von seinen Plänen erzählt. Er wollte ein großer Goldschmied werden. »Ich möchte gern in die Fußstapfen meines Onkels treten«, hatte er ihm erzählt. Man nannte ihn al-Malak, »den Engel«, oder Nur Scheich Mulla Ibrahîm, und es gibt ja wohl niemand, der die Familie von Scheich Mulla Ibrahîm nicht kennt. Der Älteste hieß Samar Mulla Ibrahîm und war der Inhaber des Juweliergeschäfts Filippa in der Nahr-Straße in Bagdad. Dann kam sein Bruder Nur Ibn Scheich Jachja Mulla Ibrahîm, der den Laden erbte und weiterführte, bis man ihn am 28. Oktober 1980 festnahm und in der Geheimdienstdirektion im Verteidigungsministerium einbuchtete. Aber Nihâd überlebte den Krieg nicht. Ein amerikanischer Luftwaffenoberst wurde ihm zum Verhängnis, einer der neunundzwanzig oder dreißig Gefangenen. An die genaue Zahl konnte Salmân sich nicht mehr erinnern. In jener Nacht zerriss plötzlich ein Schrei die Stille, es war Nihâds schrecklicher Schmerzensschrei. Er musste furchtbar gelitten haben. Er hatte Wache am Lastwagen geschoben, in den die Gefangenen gesperrt waren. Niemand weiß, wie ihn der Colonel in ein Gespräch verwickeln und ihn bewegen konnte, ihn aussteigen zu lassen. Alles muss in kürzester Zeit geschehen sein. Der Colonel stürzte sich auf Nihâd, entriss ihm seine Waffe und erstach ihn mit einem Messer. Doch die erhoffte Flucht gelang ihm nicht, und er konnte auch nicht die anderen Gefangenen befreien. Was dann geschah, daran konnte sich Salmân nicht mehr genau erinnern. Ob er selbst wie wild um sich zu schießen begann und dabei schrie: Mein Gott, warum Nihâd? Oder ob es der verfluchte Oberst Haidar al-Mulla Kuraidi war, der den Befehl gab, alle Gefangenen sofort zu eliminieren. Jedenfalls entleerte er sein Magazin auf sie und schrie: »Ich hab's euch ja gesagt, sie werden euch umbringen!« Die Szene, die Salmân noch immer vor Augen hatte, verschwamm, sobald er sich an Einzelheiten zu erinnern versuchte. Alles, woran er sich erinnerte, war, dass seine Kameraden das Feuer in alle Richtungen eröffneten und dass er, Salmân, am dichtesten bei dem Colonel und bei dem Lastwagen stand, aus dem die Gefangenen ausbrachen, da er Nihâd hätte ablösen sollen. Es war ihm auch nicht mehr klar, ob die Gefangenen fliehen oder ihn attackieren wollten. Er hörte nur noch eine Stimme, die schrie:

»I'm David Marlboro, Salmân!«, und danach in irakischem Dialekt: »Ich bin David, und du bist Bagdad, Salmân!« Er schien ihn daran erinnern zu wollen, dass er kein anderer war als der First Lieutenant der Versorgungsabteilung, David Barbiero, mit dem er sich viele Male auf nächtlichem Wachdienst unterhalten hatte. Manchmal rezitierten sie sogar gemeinsam Gedichte des Amerikaners Walt Whitman, mit gedämpfter Stimme, um nicht gehört zu werden. Beide waren glücklich über diese kurzlebige Freundschaft. Der Amerikaner sagte, was er von Walt Whitman auswendig konnte, in der Originalsprache auf, Salmân, was davon übersetzt war, auf Arabisch. Salmâns Englischkenntnisse waren bescheiden, reichten gerade für den täglichen Austausch von ein paar Worten, aber glücklicherweise konnte er sich an Nihâd wenden. Der Amerikaner schrieb sein Gedicht auf ein Stück Papier und gab es Salmân, der es Nihâd weiterreichte. Und so trugen die beiden Whitman'sche Zeilen vor:

Versperrt eure Türen nicht vor mir, ihr stolzen Bibliotheken,
Denn was euern wohlgefüllten Regalen fehlte, obwohl am meisten nötig, das bringe ich,
Aus dem Krieg auftauchend, hab ich ein Buch geschrieben …

(aus: »Versperrt eure Türen nicht«)

Ich scheide als Luft, ich schüttele meine weißen Locken zur fliehenden Sonne,
Ich verströme mein Fleisch in Wirbeln und lasse es treiben in zerklüfteten Spitzen.
Ich vermache mich dem Staub, damit ich aus dem Grase wachse, das ich liebe …

(aus: »Gesang meiner selbst«)

O Käpt'n! mein Käpt'n! zu Ende unsre schlimme Reise,
Die Wolkendünste abgewettert, hielten siegreich wir die Preise;

Am Quai entlang der Glockenklang, des Volkes Jubel uns
entgegen,
Die Augen folgen stetem Kiel, dem Schiffe grimm verwegen;
Doch Herz! O Herz! O Herz!
Ihr blut'gen Tropfen rot,
Wo hier auf Deck mein Käpt'n liegt,
Gefallen, kalt und tot.

(aus: »O Käpt'n! Mein Käpt'n!«)

Komm, ich will den Kontinent unauflösbar machen,
Ich will die strahlendste Rasse erschaffen, auf die jemals die
Sonne schien,
Ich will göttliche magnetische Länder erschaffen,
Mit der Liebe von Kameraden,
Mit der lebenslangen Liebe von Kameraden.

(aus: »Für dich, O Demokratie«)

Und viele andere Stücke aus weiteren Gedichten, zum Beispiel: »Dichter der Zukunft«, »Die Schläfer«, »Bis bald!«, »An eine gewöhnliche Prostituierte«, Gedichte über Gedichte des »weisen alten Mannes«, wie ihn der Amerikaner nannte, besonders auch sein letztgenanntes Gedicht, in dem sich der Dichter an eine vorbeiziehende Hure wendet. Das trug Salmân immer bei sich, und nun schien er endlich einen Dichterkollegen getroffen zu haben, der zwar von einem anderen Kontinent kam, aber seine Gefühle gegenüber Achlâm verstand.

Bleib gelassen – fühl dich wohl bei mir – ich bin Walt Whitman,
liberal und lustvoll wie die Natur,
Nicht bevor die Sonne dich ausschließt, schließe ich dich aus,
Nicht bevor die Wasser sich weigern, für dich zu glitzern und die
Blätter für dich zu rauschen, weigern sich meine Worte, für
dich zu glitzern und zu rauschen.

Mein Mädchen, ich treffe eine Vereinbarung mit dir und ich trage dir auf, dass du dich bereitmachst, mich in Würde zu treffen,
Und ich trage dir auf, dass du geduldig und vollendet bist, bis ich komme.
Bis dahin begrüße ich dich mit einem bedeutungsvollen Blick, damit du mich nicht vergisst.

Wie viele Male hatte er das Gedicht Achlâm vorgetragen? Und immer wieder bat sie ihn, es nochmals zu lesen. Während Salmân sich an all das erinnerte, konnte er nicht glauben, das Feuer eröffnet zu haben. Wie hätte er auf einen Soldaten schießen können, der gemeinsam mit ihm Poesie rezitierend Nächte voller Einsamkeit und Verzweiflung verbracht hatte? Es war dunkel, ja finster, und da war das Gebrüll des Offiziers, da waren die Kugeln, das Gewehrfeuer, die Patronen. Nein, er wusste nicht genau, wer auf wen das Feuer eröffnet hatte. Alles ging so rasend schnell. Und als er die Flugzeuge, die den Angriff der Streitkräfte deckten, über ihren Stellungen fliegen sah, die sie während zehn Tagen eingekreist gehalten hatten, suchte auch er nur noch das Weite. Er vergaß den Tod, den er so oft ersehnt hatte. Nichts anderes als die Flucht, wohin ihn seine Füße trugen, hatte er vor Augen. Er rannte weg, rannte und rannte immer weiter in die Wüste. Wichtig war, dass er sich mit seinen Stiefeln vorarbeitete und sich von den Apache-Kampfhubschraubern und von den Maschinengewehren entfernte, die mit ihrem Lärm den Himmel zerfurchten. Allein draußen in der Steppe, vor sich den Horizont, hinter sich den Feind, erinnerte er sich an nichts mehr. Wie lange er so durch die finstere Wüste geirrt war, wer weiß? Er wusste nicht einmal mehr, ob er mitten in diesem Sandmeer die Morgendämmerung durchbrechen sah. Nur noch das konnte er sagen, dass er halb verhungert und halb verdurstet umherirrte. Seine Kräfte verließen ihn. Doch glücklicherweise hörte er nach zwei oder drei Tagen der Flucht Geräusche in der Wüste, die ihn in ein Dorf führten. Als er aufwachte, redete ihm ein Beduine zu, keine Angst zu haben. »Du bist in der Wüste von Samâwa. Wir haben dich hier auf dem Boden liegend gefunden, hilflos lallend.« Er blieb zwei, drei Monate bei dem Beduinen, nicht weil er so lange zur Genesung brauchte, sondern weil er sich erholen wollte. Als er nach Hause kam, erzählte er seiner Mutter nicht, wo er all diese Monate gewesen war. Er gab vor, zu Fuß von der Front zu kommen. Drei Selbstmordversuche unternahm er danach, von denen seine Mutter glücklicherweise nichts erfuhr. Sie war vollauf mit ihrer Freude über seine gesunde Rückkehr beschäftigt. Sie holte das Bündel Geldnoten hervor, das sie, in einen Beutel gepackt, vergraben hatte. Nimm, das sind siebzigtausend Dinar, sagte sie ihm. Es ist nicht angerührt. Es hat auf deine Rückkehr gewartet. Tu damit, was du willst. Sie hoffte, so werde er wieder zur Vernunft kommen, und konnte sich nicht vorstellen, dass alles Geld der Welt Salmân seinen Lebenswillen nicht zurückgeben konnte. Seit seiner Rückkehr von Hafar al-Bâtin war er nur noch ein Schatten seiner selbst, ein brüchiger Schatten jenes Dichters, der schon früher depressiv war. Doch diesmal kam noch die Zerstörung hinzu. Er dachte sogar daran, sich im Krankenhaus einer psychiatrischen Behandlung zu unterziehen, fürchtete aber, die Ärzte könnten ihn auslachen. Er hielt es auch für möglich, geheilt zu werden, wenn er aufhörte, Bücher zu lesen oder Gedichte zu schreiben. Und wenn ich heirate?, fragte er sich, als er Nachîl sah. Hier treffe ich nun die Frau, die mir das Leben zurückgibt. Etwa drei Jahre lebte er mit ihr zusammen, und es ging ihm viel besser. Er versöhnte sich weitgehend mit sich selbst. Er versöhnte sich auch mit dem Schlaf und mit den Albträumen. Aber er ahnte nicht, dass ein einziger Zwischenfall ihn zurückwerfen konnte. Dann würde alles von neuem beginnen. Dazu kam es, als William am Fernsehen erschien und die ganze Erinnerung an jene Nacht an der Front wieder zurückkehrte. Alle Einzelheiten waren wieder da. Und plötzlich wurde ihm deutlich, wie zerbrechlich sein Glück war und dass es für seine Erlebnisse an der Front weder Heilung noch Trost gab. Am Tag darauf erwachte er sehr früh und ging aus dem Haus. Er ließ für Nachîl einen Zettel mit einigen Zeilen aus einem Gedicht von Walt Whitman zurück. Er wollte sie nicht aufwecken, um sich von ihr zu verabschieden. Ja, er hatte sie vor seinem Weggehen einige Augenblicke lang betrachtet. Sie hielt Adam in ihren Armen. Und dieses friedliche Bild bekräftigte seinen Entschluss, alldem den Rücken zu kehren. Er musste weg! Hätte es noch eine Front gegeben, er wäre dorthin gegangen. Gott sei Dank gab es da noch seinen Freund William. Zu ihm wollte er gehen. »Siehst du, mein Guter, was mir geschah?«, sagte er, bevor er auf das Bett in seinem Zimmer am Maidân-Platz sank, wo ich und er zusammen saßen. Damals im Zimmer beim Damm von Dukân, in jener Nacht, als wir uns kennenlernten, dachte ich, Salmân fühle sich schuldig wegen des Maultierselbstmords. Hier in seinem Zimmer am Maidân-Platz glaubte er offenbar, als Einziger die Verantwortung für Nihâds Tod zu tragen. Sonst könnte ich mir kaum vorstellen, warum er glaubte, er selbst und kein anderer hätte das Feuer auf die amerikanischen Kriegsgefangenen eröffnet.

Am nächsten Tag wachten wir zur Nachricht vom Fall von Bagdad und durch Gewehrschüsse auf dem Platz auf. Seinen ersten Satz habe ich noch im Ohr. Noch vor dem »Guten Morgen« fragte er: »Weißt du eigentlich, dass Bagdad zum zwölften Mal fällt?« Dann begann er die vorangegangenen Eroberungen der Stadt aufzuzählen. In seiner Stimme lag eine gewisse Traurigkeit, was mich überraschte. Ich hatte angenommen, dass er, der so vieles erlitten hatte, der eingekerkert und gefoltert worden war, der an allen Fronten gekämpft hatte und eigentlich nur noch ein Wrack war, sich darüber freuen würde wie diese Jungen im Viertel, die seit jeher in ununterbrochenem Hader lebten und keinerlei Bindung aneinander kannten. Nun marschierten sie in wilder Erregung Richtung Raschîd-Straße, und zwar gemeinsam, wider ihre Gewohnheit eng zusammengeschart, wie ein immenser Bienenschwarm, und entzückt über den Einmarsch der Marines. Erst später erfuhr ich, dass diese Burschen, die sonst immer lethargisch in den Straßen und Gassen um den Platz herumhingen, vom Fall Bagdads schon vor uns erfahren hatten und dass sie unterwegs zum Andalus-Platz waren, um die dortigen Statuen zu zerstören, weil sie erfahren hatten, dass es dafür eine Belohnung von den Amerikanern gab. Die Männer im Turban dagegen, die sogar an jenem Tag in ihren Löchern verschwunden blieben, hatten erfahren, dass ihre Zeit kommen werde, und zwar mit dem Segen der Amerikaner. Doch statt sich zu freuen, blieb Salmân traurig, und seine Hände zitterten. »Wie falsch du doch mit deiner Ehe lagst, lieber Freund«, hörte ich ihn sagen. Er erinnerte mich an jenen Schwur, den ich irgendwann einmal in den achtziger Jahren mit Ashâr geleistet hatte: Wir wollten erst heiraten, wenn die Kriege aufgehört hätten. Ich weiß nicht, warum ich in diesem Augenblick Angst hatte. Es war, als ließe mich dieser Satz das Unheil sehen, das mich erwartete. Mein Verhältnis zu Ashâr war von Grund auf gestört, aber der Beginn eines neuen Krieges war ein böses Omen, wenn nicht gar eine Warnung an mich persönlich. Als hätte mir jemand gesagt, bei meiner Rückkehr werde Ashâr nicht mehr zu Hause sein. Sie werde das Haus verlassen haben. Sie habe genug von all ihrer Überzeugungsarbeit. Sieben Jahre, und wir hatten noch immer keine Kinder. Nicht weil wir dazu nicht imstande waren, sondern weil ich nicht wollte. Nun war ich überzeugt, dass es an mir war, mich an die Angst zu gewöhnen: Niemand wusste, wohin es mit dem Land ging nach dem Einmarsch der Marines. Irgendwo im Land saß jemand und plante, wie man Schrecken und Verwüstung verbreitet. Das Böse kommt aus der Flasche, wie der gefangene Sklave aus der Flasche des Salomo. Frankenstein hat das Weite gesucht und uns sein Labor hinterlassen, alles Böse inklusive. Wir haben einem Zeitalter Lebewohl gesagt, um in eine neue Zeit einzutreten, um wieder ganz vorne anzufangen. Wir müssen alles vergessen, was wir bisher gelernt haben, wie Auswanderer oder Exilanten. Wieder bei null beginnen, egal, wie alt man ist. Ich habe Salmân diese Predigt nicht gehalten. Aber ich habe, soweit ich mich noch erinnern kann, die ganze Zeit daran gedacht, und er wusste es wohl. Ganz sicher sah er es in meinen Augen, als ich ihn zum Abschied umarmte. Ganz sicher sah er die Angst darin, sonst hätte er nicht gesagt: »Was immer geschieht, bitte vergiss nie, dass du einen Freund namens Salmân hast.« Ich weiß noch, ich wollte ihm sagen, diesmal hätte ich wirklich Angst. Angst vor etwas, das jemanden wie dich Schuld empfinden lässt. Angst davor, dass etwas geschieht, das man nicht verhindern kann, wie das, was dir bei Hafar al-Bâtin in jener rätselhaften Nacht passiert ist. Nichts ist quälender als das Gefühl der Schuld. Ein Verwundeter lässt sich behandeln, und dann heilt seine Wunde. Ein Verkrüppelter erhält einen künstlichen Körperteil, an die er sich im Laufe der Zeit gewöhnt und schließlich sogar glaubt, alle Menschen gingen auf Beinprothesen oder äßen mit Handprothesen. Hatte nicht William das gesagt? Und waren nicht seine, Salmâns, Wunden verheilt, die er sich zugezogen hatte, als er Imâd und William rettete? Alle die kleinen Splitter hat man entfernt, was blieb, waren ein paar kleine Narben, die er, als er sie mir zeigen wollte, gar nicht ohne weiteres fand. Er hatte die Wunden an seinem Körper vergessen. Aber die Wunden an der Seele vergisst man nicht, weil sie einen begleiten, wohin man auch geht, ob man wach ist oder schläft, wenn man denn schlafen kann. Diese Wunden sind wie ein Albtraum. Ich weiß noch, ich blieb lange auf seiner Schwelle stehen. Wahrscheinlich war ich unsicher, ob ich ihm meine Gedanken mitteilen oder sie ihn erraten lassen sollte, während er mir in die Augen schaute. Meine Angst hatte mich in jenem Augenblick fest im Griff. Ich fürchtete, mein Freund könnte sich über mich lustig machen und mir erklären, was ihm geschehen sei, lasse sich mit nichts anderem vergleichen. Kein Schuldgefühl werde je das seinige übertreffen. »Ich besuch dich wieder«, sagte ich ihm leise und wusste noch nicht, dass mich die Traurigkeit an mein eigenes Haus binden würde, nachdem eingetreten war, was ich befürchtet hatte. Nicht weil ich Ashâr nicht davon abbringen konnte wegzugehen. Im Gegenteil, während der vorangegangenen Monate hatte ich alles darangesetzt, unsere Streitereien zu verschärfen. Ich wollte ihr einen Vorwand liefern zu gehen. Als ob ihre Anwesenheit im Haus für mich zur Last geworden wäre, als ob ihr Drängen, schwanger zu werden und ein Kind zu bekommen, eine Bedrohung für mich bildete, obwohl ich im Innersten froh, ja, glücklich war, wenn ich sah, wie sie sich von mir entfernte. Ja, sie sollte glauben, dass ich sie ihrem Schicksal überlassen hätte. Und gibt es im Irak ein anderes Schicksal als den Tod? Ich habe zwar von der Bombardierung des Hauses, in das sie sich zu ihrer Familie geflüchtet hatte, erst einige Wochen später erfahren, doch ein unbestimmtes Gefühl sagte mir schon vorher, etwas werde geschehen, was ich bereuen würde. Mein Herz ist ein Radar, hatte Imâd, der kurdische Soldat, zu Salmân gesagt. Und ich? Auch ich erfuhr, was er vom Herzschlag wusste. Wissen Sie, wenn das Herz zu schlagen beginnt, dann braucht man nur noch zu übersetzen, was die Schläge sagen. Es war für mich das erste Mal, dass ich allein im Haus war. Zu Beginn redete ich mir ein, ich würde mich daran gewöhnen, dass Ashâr nicht mehr da war, vielleicht brauche es auch nur ein wenig Zeit, bis wir beide wieder wie früher zusammenkämen. Dann jedoch traf mich die Nachricht von ihrem Tod, die mir mein Neffe bei seinem ersten Besuch in Bagdad brachte, wie ein Blitz aus heiterem Himmel und ließ mich für Wochen und Monate wie gelähmt im Haus sitzen. Haben Sie schon von dem amerikanischen Fliegerangriff auf ein kleines, friedliches Dorf am Euphrat, in der Nähe eines Städtchens namens Hawamidîja, gehört? Dort kam Ashâr mit ihrer ganzen Familie ums Leben, in einem einzigen aberwitzigen Bombenangriff auf ihr Haus. Natürlich habe ich danach gleich an meinen Freund gedacht. Wer außer ihm hätte meine Situation in diesem Augenblick verstanden? Aber Depression lähmt, wie Sie sicher wissen, und Einsamkeit will täglich geübt sein. Erst dachte ich daran, ihn zu besuchen, doch dann beschloss ich, diesen Besuch zu verschieben. Nicht weil die Lage nach dem 9. April 2003, nach dem Einrücken der Marines in Bagdad, sich immer mehr verschlechtert hatte und eine Fahrt in die Gegend des Maidân-Platzes zu einer waghalsigen Unternehmung geworden war, auch nicht, weil ich erwartete, dass sich die Sicherheitslage irgendwie zum Besseren verändern würde und ich meinen Freund dann wieder besuchen könnte, um mit ihm wieder den Tisch der Verzweiflung zu teilen. All das waren Ausreden, die mir nur dazu dienten, ihm nicht gegenübersitzen und erzählen zu müssen, was geschehen war. Meine seltenen Besuche bestätigten mir dieses Gefühl. Ich war nicht imstande, irgendjemanden zu treffen, konnte mich mit niemandem unterhalten, ohne das Gefühl zu haben, eine Erklärung schuldig zu sein. Salmân war da die einzige Ausnahme. Sobald er mir in die Augen sah, fühlte ich Gewissensbisse. Ich tat dasselbe wie er damals, als er sich ins Haus seiner Eltern zurückzog. Doch als dann dieser mysteriöse Amerikaner an meine Tür klopfte und als mich am Tag danach diese Bewaffneten aufsuchten, fiel mir kein anderer Zufluchtsort ein als die Gegend am Maidân-Platz.

Daniel Brooks hatte nicht die Hoffnung aufgegeben, mich zu finden. Seine drei vergeblichen Versuche, mich im Ilwija-Klub, bei mir zu Hause oder in meinem Büro anzutreffen, entmutigten ihn nicht. Sein Gespräch mit Hassan, meinem guten Bürogeist, ermutigte ihn im Gegenteil, zumindest das Büro ein zweites Mal aufzusuchen. Dieses lag in einem etwas allein stehenden Gebäude. Eigentlich war es ein Wahnsinn, sich als Ausländer, speziell als Amerikaner, hier herumzutreiben. Das Büro lag in einem Vorstadtviertel und entging so den Entführungs- und Mordfällen, die zu jener Zeit um sich zu greifen begannen. Daniel hatte keine Angst und auch nicht das Gefühl, etwas Riskantes zu tun. Der Büroangestellte schien ihm ein liebenswürdiger Mensch zu sein, weswegen er ihn fragte, ob er dort auf mich warten dürfe, für Hassan ein komischer Gedanke. »Sie können hier so lange warten, wie sie wollen«, sagte er, er bezweifle aber, dass ich käme. Dann erklärte er ihm, wie selten ich im Verlauf des vergangenen Jahres im Büro aufgetaucht sei. »Mein Arbeitgeber hat sich, besonders in neuerer Zeit, sehr verändert. Als er das letzte Mal wegging, hat er mir nicht einmal gesagt, wo er zu finden wäre.« Natürlich hat er ihm nichts von jenen Bewaffneten erzählt, die ins

Büro gekommen waren. Er hat ihm aber erzählt, dass er eigentlich nichts von mir wisse. »Ich, Mister, weiß genauso wenig wie Sie, wo er wohnt«, sagte Hassan. »Sogar sein Telefon funktioniert seit einigen Wochen nicht mehr.« Daniel zweifelte nicht an Hassans Worten. Warum auch, wo er doch die Traurigkeit auf dem Gesicht des einfachen Mannes sah und seine gebrochene Stimme hörte. Und dann war er auch sehr zuvorkommend. Er servierte dem Besucher Tee mit ein paar Keksen, vielleicht weil der Gast keine Uniform trug, wahrscheinlich aber war es Daniels klare Art, arabisch zu sprechen, und sein ruhiger Ton, der ganz im Gegensatz zu seiner Körpergröße, seinem athletischen Körperbau und seiner dunkelbraunen, fast schwarzen Hautfarbe stand, was Hassan offen reden ließ. Bei seinem ersten Besuch hatte der unbekannte Besucher noch Befürchtungen bei Hassan geweckt, da alle Geschichten, die er nach dem Fall von Bagdad gehört hatte, darauf hindeuteten, dass die Amerikaner niemanden aus privaten Gründen aufsuchten und sich bei niemandem nach dessen Gesundheit oder Wohlergehen erkundigten. Wenn sie kamen, dann »aus Sicherheitsgründen«, auf der Suche nach Waffen oder nach Personen. Groß war die Zahl der Geschichten über Familien, die befragt oder verwarnt, über Personen, die verprügelt und gedemütigt wurden. Die wenigen Leute, die glaubten, sie könnten die Amerikaner freundlich empfangen oder sie spüren lassen, sie seien willkommene Gäste, und ihnen Tee, Kaffee oder Süßigkeiten servierten, wie er, Hassan, es jetzt Daniel Brooks gegenüber tat, weckten bei den Amerikanern nur Argwohn. Nein, die Amerikaner betraten kein Haus als Gäste, und glücklich konnte sich schätzen, wer weder festgenommen noch verprügelt oder gar bombardiert wurde, wie es Ashârs Familie in ihrem Haus am Euphrat geschah. Doch dieser seltsame Amerikaner flößte ihm Zutrauen ein. Zwar hatte er nicht den Mut, ihn zu fragen, was er von seinem Arbeitgeber wolle – früher tat er das üblicherweise, aber es war besser, sich auf keine Fragerei einzulassen, um nicht durch eine Antwort in eine Falle zu geraten, denn jede neue Kenntnis bedeutete eine zusätzliche

Verantwortung, und diese konnte gefährlich werden –, doch bei diesem zweiten Besuch zögerte er nicht mehr, vom Unglück von Ashârs Familie zu erzählen. Eine arme, unschuldige Familie, die eines frühen Morgens ausgelöscht wurde. Angeblich hatten sie einen Terroristen bei sich versteckt. Eine verlogene, völlig erfundene Geschichte. Alle kamen dabei um. Und bis heute hat sich niemand für diese Tat entschuldigt. Ja, die Auslöschung dieser Familie wurde nirgends auch nur erwähnt, weder lokal noch international. Außer Ashârs Bruder, der glücklicherweise in Bagdad arbeitet, ist von der Familie niemand mehr übrig. Und dieser Bruder hat seinem Schwager sogar die Teilnahme an der Trauerfeier untersagt. Als er ihn kommen sah, hat er ihn sofort verjagt. »Das ist es doch, was du gewollt hast«, schrie er. »Wenn du meine Schwester nicht weggejagt hättest, wäre sie noch am Leben. Geh doch zu deinen Freunden, den Amis!« Er wollte ihm sage und schreibe seine Haltung als Oppositioneller gegen das frühere Regime zum Vorwurf machen, als ob jeder Oppositionelle die amerikanische Besatzung begrüßen müsste. Hassan erzählte dem Besucher, wie ich vergeblich versucht hätte, dem Bruder den Vorgang zu erklären. Dass ich Ashâr gar nicht weggejagt, sondern wir lediglich ein Kinderproblem gehabt hätten. Ashâr hatte ein Kind wollen, ich nicht. Immer wieder hatte ich ihr erklärt, in diesem Land Kinder zu haben sei völlig dämlich. Hassan legte ihm meine ganze Situation dar. Der Anblick dieses schwarzen Mannes brachte ihn ganz aus dem Häuschen, wie er mir später erzählte. Er habe nie jemanden getroffen, den diese Geschichte ähnlich beeindruckte. Er trat zu dem Bild, das ich auf dem Tisch aufgestellt hatte. Unser Hochzeitsbild. Er nahm es in die Hand und murmelte bedrückt: »Ihr ist also das passiert.« Dann stellte er es wieder auf seinen Platz. Hassan verstand nicht, was diese Bemerkung sollte. Wen er damit meinte. Erst habe er gedacht, er habe ihn vielleicht falsch verstanden. Aber sein trauriges Gesicht habe ihn vom Gegenteil überzeugt. Noch mehr überraschte ihn aber eine weitere Bemerkung, die der mysteriöse Mann beim Zurückstellen des Bildes murmelte: »Gott helfe dir, mein Freund.« Habe ich das wirklich richtig verstanden?, fragte sich Hassan. Ich hatte ihm nie von einer engen Freundschaft mit einem Amerikaner erzählt, ja, überhaupt von keinerlei Beziehung zu einem Amerikaner, nie seit ich meine Arbeit im Unternehmens- und Transportbereich begann, seit ich dieses Büro gemietet und Hassan als seinen guten Geist angestellt hatte. Er kannte alle meine Kunden und Teilhaber, alles Einheimische, kein einziger Ausländer darunter. Auch war ich, wie Hassan wusste, noch nie auch nur einen einzigen Tag außer Landes gereist. Komisch, das Ganze, dachte Hassan. Aber auch so stellte er dem Amerikaner keine Frage nach dem Grund seines Besuchs und seines Interesses an mir und sprach mit ihm nicht über eventuelle Nachteile, die mir durch sein unerwartetes Auftauchen entstehen konnten. Vielleicht spürte Daniel das, vielleicht auch nicht. Wer weiß? Jedenfalls wollte er ihn beruhigen. Er schüttelte ihm die Hand. Es war der erste amerikanische Handschlag, den Hassan erlebte. Es war schwer für ihn, das Zittern zu vergessen, das alle seine Glieder durchzog und das auch Daniel bemerkte. Er brauche nichts zu befürchten, versicherte er ihm. »Wenn dich dein Arbeitgeber anruft, gib ihm diese Nummer, meine Handynummer, und meine Adresse, und sag ihm, Daniel Brooks sei aus den Vereinigten Staaten gekommen, um ihn zu treffen. Es sei wichtig.« Dann ging er, ohne ihm zu sagen, dass er wiederzukommen gedenke. Aber woher sollte Hassan wissen, dass ich mich zum Maidân-Platz zurückgezogen hatte? Er wusste zwar, dass ich einen Freund namens Salmân hatte, aber woher sollte Hassan wissen, wo er wohnte? Und ich nehme nicht an, dass er mir geglaubt hätte, dass ich mich in der Gegend des Maidân-Platzes niedergelassen hatte. All das erfuhr er erst später, ebenso wie ich erst später von Daniels Besuch erfuhr. Doch damals hoffte Hassan, ich würde ihn anrufen, damit er mir die Telefonnummer und die Adresse geben könnte. Sogar Daniel fühlte sich erleichtert, als Hassan diese Hoffnung aussprach. »Mein Herz sagt mir«, versicherte er ihm, »dass er dich innerhalb der nächsten zwei Tage anrufen und hier vorbeikommen wird.« Doch dieses Mal täuschte sich sein Radarherz. Ebenso täuschte sich Daniels Radarherz. Weder der eine noch der andere glaubten, dachten oder konnten sich auch nur eine Sekunde vorstellen, dass der kleine Laster, der vor dem Tor der Biskuitfabrik gegenüber von meinem Büro stand, nur darauf wartete, dass Daniel Brooks herauskam, um seinen Wagen zu verfolgen und ihn, mit Hilfe eines zweiten Autos, an der nächsten Straßenkreuzung zu stoppen. Dort stiegen drei vermummte, bewaffnete Männer aus, die Daniel aus seinem Wagen zerrten und ihm Handschellen anlegten. Dann stülpten sie ihm eine braune Tüte über den Kopf, warfen ihn in den Kofferraum des Chevrolet Dolphin und fuhren mit ihm davon.

DANIEL BROOKS:
LEBENDE TOTE

4. DIE FASZINATION DER MARINES

Als man ihn in einen finsteren, stickigen, fensterlosen Keller irgendwo in Bagdad warf, die Wände aus Zement, ohne Bett oder auch nur Matratze, um seinen erschlagenen Körper darauf fallen zu lassen, hat sich der ehemalige amerikanische Second Lieutenant Daniel Brooks sicher an den Tag erinnert, an dem er einst den Dienst in seiner neuen Einheit angetreten hatte. Man hatte ihn ins Königreich Saudi-Arabien versetzt, das er schon wenige Tage nach Dienstantritt das »Reich des Staubes« nannte. Es war ein ungewöhnlich heißer Tag, besonders für ihn, der in einer auch im Sommer nur mäßig warmen Stadt aufgewachsen war. Er hatte zwar schon von den enorm hohen Temperaturen dort gehört, von den Sandstürmen oder von den sintflutartigen Regenfällen. Von dem Klima, das besonders in den inneren Regionen des Landes eigentlich keinen Unterschied zwischen Sommer und Winter kannte, wie ihm viele Kameraden erzählten. Doch er hatte nicht erwartet, dass das frische Hemd, das er sich für diesen Tag angezogen hatte, ihm aufgrund der hohen Luftfeuchtigkeit sofort auf der Haut kleben würde. Ebenso intensiv haftete der Geruch der Feuchtigkeit an ihm, vermischt mit dem Geruch von altem Mobiliar, den er nicht mehr loswurde. Wenn es nach ihm gegangen wäre, wäre er aufgestanden und hätte den engen Lagerraum verlassen, in dem er auf einem Metallstuhl saß, der ihm den Hintern verbrannte, an einem Tischchen, das in eine Ecke neben ein paar Regale gequetscht war. Er hatte schon von den Launen des verantwortlichen Offiziers gehört, der immer wieder urplötzlich in den Raum stürmte. Er würde glauben, er habe ein schmutziges Hemd angezogen, und das an seinem ersten Tag. Er wollte dem Offizier wirklich nicht den Eindruck vermitteln, er säume bei der Erfüllung seiner Pflicht – und das noch wegen nichts anderem als der Hitze! Nein, Daniel wollte wirklich nicht auf seine Stube gehen, um sich umzuziehen. Er sprühte sich ein Deodorant unter die Achseln. Was der für Versorgung und Ausrüstung verantwortliche Kommandant seiner Einheit, der »Supply Administration and Operation Clerk«, wohl dazu sagen würde? Am besten, er schloss die Inventur im Lager ab. Das hatte ihm auch der Officer David Barbiero gesagt, der nach seinem Urlaub unterwegs zurück zur Einheit war und mit dem er sich sofort anfreundete, als sie nebeneinander im Militärtransportflugzeug saßen, das sie zur amerikanischen Luftbasis in Riad brachte. »You'll see, everything is okay there«, sagte David, um ihn auf die allgemeine Atmosphäre auf der Basis vorzubereiten, »but one person …« Er kannte die Geschichte des »but«, des »aber«, das alles oder nichts bedeuten konnte. In dieser Basis jedoch, in der Abteilung für militärische Versorgung, der sie angehörten, hieß das: mit Ausnahme von Major Ray Prince, von dessen schwieriger Laune und Strenge er schon im Voraus gehört hatte, schon im Ausbildungskurs auf Parris Islands in South Carolina. Es war alles zu vermeiden, was den Zorn dieses kahlgeschorenen, großgewachsenen, vierschrötigen Offiziers weckte. »Could you imagine? Even in Vietnam nobody wanted him, therefore they sent him here.« Alle kannten seine Geschichte, seit man ihn noch während des Vietnamkriegs hierher versetzt hatte. »Search and destroy.« Such den Feind und eliminiere ihn. Das war seine Devise. Eigentlich hatte er in den Waffendepots gearbeitet, als »Armor official« war er verantwortlich für die Verteilung von Munition, »Ammunition technician«, aber er hielt sich nicht daran. Er belud seinen Jeep mit Munition und fuhr in den Dschungel, in irgendwelche Dörfer in der Umgebung und eröffnete blindwütig das Feuer auf vietnamesische Bauern. Für ihn hatte nur ein toter Feind Bedeutung. Einen Feind umzubringen war eine Mutprobe für jeden Soldaten. Das erfuhr Daniel von seinem Kameraden. Reiz ihn ja nicht, dachte er und wischte sich den Schweiß ab, der ihm über Stirn und Hände lief. Konnte er wissen, dass es gerade sein Körpergeruch war, der den strengen Offizier erboste? Zwar sagte er, als er ins Materiallager kam, kein einziges Wort, doch Unwillen und Missfallen waren ihm ins verdrießliche Gesicht geschrieben; ja, er hielt sich sogar die Nase zu. Und als Daniel bei ihm über die Hitze im Raum klagte und über die Notwendigkeit einer Klimaanlage oder doch wenigstens von Tischventilatoren räsonierte, grinste der Offizier grimmig. Das hier sei kein Fünfsternehotel, meinte er sarkastisch. »Your are a Marine, soldier«, machte er ihm deutlich und knirschte mit den Zähnen. Marines seien dazu da, Schwierigkeiten zu meistern. Da gebe es weder Klage noch Schmerz, weder Säumen noch Zaudern, weder Rast noch Ruh. Marines seien nonstop wach, lauernd wie eine Wildkatze, jederzeit auf alles gefasst, und das Letzte, was sie stören könnte, sei ein bisschen Hitze oder etwas Luftfeuchtigkeit. Wer anders ist, hat Pech gehabt. Darauf wusste Daniel Brooks nicht so recht zu reagieren, er überlegte, was er seinem Vorgesetzten entgegnen könnte, dessen Miene sich immer mehr verzerrte und dessen Verdruss sich immer deutlicher auf seinem Gesicht abzeichnete. War er vielleicht zu unerfahren? Wie alt mochte er damals gewesen sein? Vielleicht achtzehn? Vielleicht neunzehn? Sogar der Offizier fragte ihn damals nach seinem Alter. Aber das war egal. Ihm fehlte die Erfahrung. Er war zwar freiwillig zu den Marines gekommen, und er hatte in Militärschriften alles gelesen, was mit ihnen zu tun hatte: ihre Geschichte, ihre Stärke und ihre Waffengattungen. Vom Datum der Schaffung der Marines am 15. November 1775, kurz nach Ausbruch des amerikanischen Unabhängigkeitskriegs, über den tripolitanischen Krieg in den Jahren 1801 bis 1805, den britisch-amerikanischen Krieg im Jahre 1814, den mexikanischen Krieg von 1846 bis 1848, den Bürgerkrieg zwischen den Nord- und den Südstaaten 1861 und die Beendigung der Widerstandsbewegungen in den lateinamerikanischen Bananenrepubliken im neunzehnten Jahrhundert; vom Beginn des zwanzigsten Jahrhunderts mit dem Ersten Weltkrieg ab 1914 und dem Zweiten ab 1939, dann dem Koreakrieg zwischen 1950 bis 1953, dem Vietnamkrieg und den kleinen Beteiligungen an verschiedenen Schauplätzen während des Kalten Kriegs nach 1945: so der Landungsversuch in der Schweinebucht auf Kuba. Daniel Brooks war stolz auf alles, was die Marines geleistet hatten. Doch alles Gelesene half ihm in diesem Augenblick nicht weiter. Weder vertrieb es den Geruch des Schweißes, der ihm über den Körper lief – sogar sein Haar war wie ein kleiner Quell und seine Poren glichen winzigen Kanälen –, noch machte es diesen locker dahingesagten Satz ungesagt, mit dem er nichts anderes bezweckte, als mit dem Offizier ins Gespräch zu kommen. Bis dahin hatte er nur mit einigen Kameraden, einfachen Soldaten, und mit dem Stellvertreter des Offiziers im Büro gesprochen, als er seine Dokumente in Empfang nahm und einen Arbeitsplatz zugewiesen erhielt. Nun hatte er das erste direkte Gespräch, von Angesicht zu Angesicht, mit dem Kommandeur seiner Einheit, und eigentlich war er nicht bereit dafür, obwohl er von allen wusste, dass Major Ray Prince immer Wert darauf legte, seine neuen Soldaten an ihren Arbeitsstellen aufzusuchen. Daniel Brooks' Arbeitsstelle war das Versorgungsdepot. Dort hatte er zu sitzen, ohne sich um die enorme Hitze im Raum oder um die lodernde Hitze, die durch die Ritzen in den Betonwänden eindrang, zu kümmern. Wäre er so dreist wie manche seiner Kameraden gewesen, hätte er den gestrengen Offizier gefragt, warum eigentlich ein einfacher Soldat in diesem engen Bau hocken muss, während Leutnants und andere Offiziere in klimatisierten Büros mit Wasserkühler sitzen. Er sagte nichts als diesen einen, etwas unbeholfenen Satz, mit dem er ihn wenigstens um kleine Tischventilatoren bat. Doch selbst diese paar Worte, die ihm völlig harmlos vorkamen, erzürnten offenbar den strengen Herrn Offizier. Er starrte ihn finster an und ließ ihn gleich mal für drei Tage einbuchten. Doch damit nicht genug, bestellte er ihn direkt danach zu sich, offenbar nur, um sich über ihn lustig zu machen. Major Ray Prince war nicht allein. In seinem Büro saßen noch andere Offiziere. Als Daniel Brooks vor ihm stand, stellte er ihm eine einzige Frage: »Hatten denn etwa eure Häuser in

Queens in New York Klimaanlagen?« Dann ließ er ihn unter dem dröhnenden Gelächter der anderen abtreten. In dem Augenblick, in dem Daniel Brooks Anstalten traf, kehrtzumachen, um zur Tür zu gehen, bemerkte er, dass er der einzige Schwarze im Raum war.

Weder damals noch während der folgenden Tage, Wochen, Monate, Jahre nahm Daniel Brooks diese Art spöttische Bemerkungen wirklich ernst. Er wusste nicht genau, ob er seit jenem ersten Tag im Bataillon eine eigene, persönliche Haltung entwickelt hatte, die sich mit den Jahren immer mehr verfestigte, oder ob es die Strategie der Schwarzen in den Vereinigten Staaten war, die er sich von Kindesbeinen zu eigen gemacht hatte. Sein Großvater hatte ihm immer erzählt, die schwarze Rasse gehöre einem Stamm an, der zwischen Himmel und Erde beheimatet sei. Er müsse nicht glauben, was man auf der Straße redet. Er müsse nur auf die Stimmen seines Stammes lauschen, die in harmonischen Rhythmen vom Himmel kommen, und nach vorn blicken, immer nach vorn. So könne er Beschimpfungen und hässliche Bemerkungen aus dem Mund von Weißen am leichtesten überhören. Auf eines allein müsse er seine Aufmerksamkeit richten: den Brüdern seiner Rasse keinen Schaden zuzufügen, weder denen, die auf Erden wandeln, noch denen, die zwischen Himmel und Erde leben, seinen eigentlichen Cousins. Wie oft hatte ihm sein Großvater das eingeschärft? Noch wenige Stunden vor seinem Tod hatte der Großvater ihm ans Herz gelegt: »You are the man of the family.« Und weil er der Mann in der Familie war, musste er auf sie aufpassen, für sie sorgen, sie beschützen, seine beiden Schwestern und seine Mutter. Der Vater war im Dschungel von Vietnam geblieben, und nun war die Familie auf sich selbst gestellt. Als sein Großvater starb, war er zehn Jahre alt. Aber um ehrlich zu sein, er dachte nach dessen Tod nicht viel an dieses Vermächtnis. Die Arbeit am frühen Morgen, der Besuch der Militärschule, all das ließ ihn während der ersten Jahre an anderes denken. Und wenn er die gemeinen Beschimpfungen und die demütigenden Kommentare der

Weißen ignorierte, so nicht weil er auf die Stimme jenes Stammes zwischen Himmel und Erde lauschte, »Eden's people's paradise«, wie sie sein Großvater nannte, sondern weil er weder genügend Zeit noch die Geduld zum Nachdenken hatte. Tag und Nacht war er mit seiner Arbeit beschäftigt, ein unablässiger Krampf, damit Mutter und Schwestern etwas zu essen hatten. Keine berufliche Tätigkeit hatte er ausgelassen. Er wachte nie am Morgen auf und sagte sich: Heute tust du das und das! Heute sagst du das und das!, wie es dich dein Großvater gelehrt hat. Nie legte er sich einen Arbeitsplan zurecht. Er war davon überzeugt, sich völlig spontan zu benehmen, selbst als er sich auf das Abenteuer einließ, um meinetwillen nach Bagdad zu kommen. Daniel Brooks' Verhalten hatte nichts Künstliches, nicht einmal, als er in die Kommentare über seine Hautfarbe einstimmte, mit allerhand Scherzen und humorlosen, ja törichten Witzen. Da er immerfort lächelte, nannten ihn die anderen in seinem Ausbildungskurs »Smiley Man«. Sein Ruf breitete sich überall aus; sogar die Saudis hörten davon, sowohl die Militärs, die sich regelmäßig Ausbildungskursen in der Einheit unterzogen, als auch diejenigen, die die Basis nur hin und wieder als Arbeiter oder Lieferanten aufsuchten. Besonders Personen, die ein bestimmtes Anliegen hatten, hörten immer: »Geh zu Smiley Man, nur er kann dein Problem lösen.« Warum aber provozierte sein Lächeln den Major und die anderen Offiziere, die weißen natürlich? Offenbar hatte ein schwarzer Soldat nicht das Recht zu lachen. Natürlich hat sich inzwischen der Diskurs über schwarz und weiß etwas verändert, aber damals in den siebziger und achtziger, ja sogar noch in den neunziger Jahren war das ein großes Thema. Nicht nur in Zeitungen und Zeitschriften, auch in anderen Medien und im Film. Daniel Brooks erlebte solche Schikanen ständig während seines Dienstes bei den Marines, bei jeder Einheit, auf jeder amerikanischen Basis in Saudi-Arabien, und weder seine redliche Arbeit, mit Tagen von manchmal dreizehn Stunden, noch seine Beförderungen vom einfachen Marine zum Second Lieutenant haben ihn vor derlei bewahrt. Nein, es hat ihm nicht geholfen, die Bemerkungen seiner Vorgesetzten zu überhören, von denen einige nicht zögerten, seinen Spitznamen mit dem Wort Nigger zu erweitern und ihn als »the Nigger Smiley Man« zu bezeichnen, und sogar wenn er bei einer Versetzung auf eine andere Basis glaubte, jetzt aufatmen zu können, besonders da sein Dienstbuch ihm außergewöhnliche soldatische Leistungen bescheinigte, wurde die Diskriminierung für ihn im Lauf der Zeit zu einem nie enden wollenden Teufelskreis. Jede Versetzung in eine neue Einheit schien wie ein weiteres Glied in einer langen Kette, die in der amerikanischen Luftwaffenbasis in Riad begonnen hatte. Als hätte man in das Dienstbuch, das mit ihm zog, alle Vorgänge von dort eingestempelt. Und kaum hatte er eine Stube bezogen, die ihm mit zwei Kameraden zugeteilt war, oder sich an seiner neuen Arbeitsstelle eingefunden, da hörte er auch schon seine Kameraden ihn mit dem gleichen alten Namen anreden: Smiley Man.

Doch bevor wir darüber reden, was Smiley Man beziehungsweise Nigger Smiley Man Daniel Brooks erlebte, sollten wir etwas über die verschiedenen Stationen seiner Arbeit sagen. Nein, er konnte sich nicht mehr an alle amerikanischen Militärbasen, nicht einmal an ihre genaue Anzahl, erinnern, auf denen er gearbeitet hatte, aber einige davon konnte er noch aufzählen, nicht so sehr, weil sie wichtiger und größer als die anderen gewesen wären, sondern weil es diejenigen Standorte waren, auf denen es keinen gestrengen Major Ray Prince gab, den einzigen Militär oder seinen einzigen Vorgesetzten, der dieses Smiley Man immer mit Abscheu und sichtbarer Verachtung aussprach. Nicht dass die anderen Offiziere weniger streng waren als der vierschrötige, kahlköpfige Major mit seinem texanischen Akzent, aber wodurch er sich vor jenen auszeichnete, das war dieser Abscheu, der aus seinen Augen sprach. Man kann sich nur schwer Daniels Erleichterung vorstellen, mit der er seinen Marschbefehl zur Versetzung von der Luftwaffenbasis in Riad zu derjenigen in Tabûk entgegennahm, bevor er an verschiedene andere Standorte weiterversetzt wurde. Major Ray Prince blickte höchst pikiert, als Daniel Brooks auf seine Frage, ob er nicht traurig sei, die Basis und die Kameraden hier zu verlassen, mit Nein antwortete. Alle Marines seien Brüder, erklärte er ihm, mit demselben Ziel. »Whatever you say, Smiley Man«, entgegnete ihm Ray Prince. Nur allzu gern hätte er in diesem Augenblick Streit begonnen und dem Major gesagt, er sei natürlich einerseits traurig über die Trennung von seinen Kameraden, besonders von seinem guten Freund David Barbiero (David Whitman, wie ich von ihm erfuhr, der schwarze Whitman, wie er sich selbst nannte, wegen seiner Vorliebe für den amerikanischen Dichter), andererseits sei er auch glücklich, in eine Basis ohne einen Offizier namens Ray Prince versetzt zu werden. Er wusste, er würde sich besser auf seine Arbeit konzentrieren können ohne die Angst, die ihn auf der amerikanischen Basis in Riad während dieses ganzen Jahres niemals verlassen hatte, auch nicht, wenn er zu gewissen Aufgaben weggeschickt wurde, wenn er zum Beispiel bei der Einrichtung provisorischer Versorgungsdepots in einigen Häfen oder auf saudischen Flugplätzen helfen sollte, wo Anlegestellen oder Landebahnen zur militärischen Verwendung umgenutzt wurden. Das Wort »Verwendung«, wie man es in der Militärsprache gebrauchte, störte ihn immer! Vorübergehend, das hieß im längsten Fall zwei oder drei Wochen, danach kehrte man in die Basis nach Riad zurück und begegnete wieder diesem fucking Major Ray Prince. Ihm geschah diese Art der Verwendung mehrfach: mal ging er zum Regionalflugplatz Kussaim oder zum Flughafen von Hâïl, mal zum Flugplatz von Kaissûma oder zum König-Fahd-Flughafen in Katîf, mal zum Handelshafen von Dschubail oder zum Industriehafen von Janbu – alles an sich zivile Flugplätze oder Häfen, aber jederzeit bereit zur militärischen Umnutzung, mal auch in Wüstenregionen, in denen provisorische Landeplätze eingerichtet wurden. Bei keinem dieser Aufenthalte verließ ihn die Angst, zurückkehren und wieder diesem Ray Prince begegnen zu müssen, der bei jeder passenden und unpassenden Gelegenheit diesen widerlichen Satz von sich gab:

»Search and destroy.« Die eigentliche Aufgabe der Marines sei es, den Feind aufzustöbern und zu eliminieren. Er fürchtete und glaubte, er sei am Ende, wenn er nicht irgendwann versetzt würde. Doch dann einmal ging es nicht um eine Verwendung, sondern um eine Versetzung, und es war Daniel Brooks nicht klar, ob dahinter der libanesische Bau- und Ausrüstungsunternehmer Schâdi Abu Degaulle steckte, der in Daniel einen wertvollen Schatz entdeckt hatte. Er ließ keine Gelegenheit verstreichen, sich den Smiley Man in sein Büro holen zu lassen, und wenn er dann kam, begann er so heftig zu lachen, dass seine Wampe wackelte. »Hello, Smiley Man«, rief er, und Daniel erwiderte den Gruß ebenfalls lachend: »Hello, Man.« Wenn es in seiner Macht stünde, erklärte er immer wieder, würde er Major Ray Prince bitten, ihm Daniel Brooks als Mitarbeiter zu überlassen, aber er wollte sich nicht auf einen Streit mit Amerika einlassen. Wenn es um Frankreich ginge, hätte er Mittel und Wege, das zu regeln, »aber Amerika«, sagte Abu Degaulle, »nein, das ist eine heiße Angelegenheit, die in einem Krieg enden kann, besonders, da ein Soldat wie unser Freund Ray Prince sich für den Nero unserer Zeit hält«. Vielleicht war es dem Mann aber schließlich doch gelungen, seine Versetzung zu erreichen, wer weiß? Denn kaum war er am neuen Standort angekommen, sah er ihn lachend bei sich eintreten: »Gott zum Gruße, mein Smiley Man«, rief ihm der Unternehmer mit seinem libanesischen Tonfall zu, als ob er schon von der Versetzung gewusst habe. Vielleicht wurde er aber einfach versetzt, weil die Luftwaffenbasis in Tabûk gerade begonnen hatte, Versorgungsdepots zu bauen, die die größten in der Region werden sollten, wofür eine große Mannschaft ausgebildet werden musste, die sofort mit der Arbeit beginnen konnte. Jedenfalls fühlte sich Daniel Brooks sehr wohl, nicht nur, weil er diesmal ohne Ray Prince arbeiten konnte, sondern weil das Jahr, das er dort verbrachte, wie ein Erholungsaufenthalt war. Man war nicht weit vom Roten Meer entfernt in diesem Dreieck, das den jordanischen Hafen Akaba mit dem israelischen Hafen Eilat und der ägyptischen Wasserscheide verband. Das Klima war angenehm, und am Wochenende ging man zum Schwimmen oder zum Tauchen ans Rote Meer. Dass es damals gerade die Gefahr eines Kriegsausbruchs zwischen Israel und Ägypten in jenem Dreieck gab, störte ihn nicht weiter. Auch der Arbeitsdruck war erträglich. Der Ausbau der Basis in Tabûk war in Angriff genommen worden wegen der Modernisierung einer kleinen Militärbasis der israelischen Armee in der Nähe, wo künftig logistische Unterstützung israelischer Flugzeuge erfolgen sollte. Diese beiden Dinge waren ephemer, und der Krieg brach dann doch nicht aus. Der Aufbau der israelischen Basis war ebenfalls rasch abgeschlossen, und um einen Skandal zu vermeiden und die Sache nicht an die Presse gelangen zu lassen, versuchte die saudische Regierung alles in ihrer Macht Stehende, um die Arbeit schnell abzuwickeln. In der Rekordzeit von nur zwei Wochen, wie der libanesische Unternehmer Schâdi Abu Degaulle stolz erklärte. »Amerika, Saudi-Arabien, Israel, alle in Ordnung, Hauptsache, der Zaster stimmt, also das Geld.« Als er danach auf eine andere Basis, nach Hâïl, versetzt wurde, war er zwar traurig. Es begann eine Zeit ständiger Versetzungen, da an allen Orten, wo man große Depots bauen wollte, sein Name einer der gesuchtesten für die Arbeit war, besonders wenn es darum ging, neue Teams auszubilden. Aber bei all seiner Traurigkeit über den Abschied von Tabûk und dem Roten Meer wusste er, dass es nur eine Frage der Zeit war, bis er sich an das neue Leben gewöhnt hätte. Wichtig war nur, dass er dort ohne den verfluchten Ray Prince arbeiten konnte. All das bedeutete nicht, dass sein Leben in allen Basen, in die er im Königreich Saudi-Arabien versetzt wurde, wunschlos und problemlos verlief. Es gab immer weiße Offiziere und schwarze Soldaten und nur selten auch ein paar schwarze Offiziere. Es lag ihm fern, all die Zwischenfälle aufzuzählen, von denen einige in Schießereien mit Toten und Verletzten endeten, meistens unter dem Einfluss von Alkohol oder anderen Drogen, wobei die Beteiligten normalerweise weiße Offiziere und schwarze Soldaten waren. Was sich dagegen zwischen ihm und diesem verfluchten Major abspielte, war etwas ganz anderes. Es schien auf einem anderen Stern zu geschehen. Nicht weil er in dieser Etappe seines Lebens keinen Alkohol trank und keine Drogen nahm, zumal kein Haschisch, das auf den Militärbasen besonders in Küstennähe auffallend verbreitet war, sondern weil er normalerweise alles Menschenmögliche tat, um Streit aus dem Weg zu gehen. Smiley Man war schwer zu provozieren. Das hat sich auf allen seinen Basen wiederholt und ging so weit, dass hin und wieder Soldaten Wetten darauf abschlossen, von wem er sich provozieren ließe. Vergebens! Er lachte, und meistens besuchte er am nächsten Tag den Verlierer und lud ihn zu einer Tasse Kaffee ein. »Hello man«, sagte er dann, »Smiley Man invites you to have a coffee with him.« Und der Verlierer, zunächst gedemütigt, lächelte schließlich und erwiderte: »Okay, man.« Dann klopfte ihm Daniel Brooks auf die Schulter wie ein wohlmeinender Bruder und sagte: »Let's go, man.« Danach verabschiedeten sich die beiden. Der Eingeladene sagte: »Good bye, Smiley Man, thanks, you are great«, und Daniel wusste, dass er einen Freund gewonnen hatte. Es gab keine Marine-, Luft- oder und Heeresbasis, auf der er keine Freunde hatte. Dutzende davon hatte er rasch gewonnen, und wenn er daran dachte, war er zufrieden. Es gab nichts Schöneres als Freundschaft. »Die Freundschaft hält uns am Leben«, erklärte er eines Tages seinem Freund David Barbiero. Er hatte sich zu den Marines nicht gemeldet, um sich Feinde zu machen, sondern um sich Freunde zu schaffen. Warum aber verlief dann sein Leben nicht so gerade wie gewünscht? Schließlich und endlich konnte ein Soldat wie er, ein Spezialist in Ausrüstungs- und Versorgungsangelegenheiten, zusätzlich zum Einsparen von Nahrung, Brennmaterial, Wasser, Kleidung, Feldbetten und Decken alle möglichen Dienstleistungen und Versorgungsfragen lösen, es konnte ihm aber nichts Dramatisches geschehen oder etwas, was eine große Veränderung in seinem Leben bewirkte, im Gegenteil: Während seine Kameraden bei den Marines in anderen Waffengattungen mit ihren Einheiten in die eine oder andere heiße Region verlegt wurden, zum Beispiel nach Lateinamerika, um die dortigen Revolutionen zu unterdrücken, wurde er von einem Depot zum anderen geschickt, Versetzungen, die schon fast routinemäßig waren. Denn die Depots unterschieden sich höchstens nach ihrer Größe und ihrer Hitze im Sommer und Kälte im Winter, und auch die Militärbasen waren einander ziemlich ähnlich. Alle lagen hinter Stacheldrahtzäunen, waren mit hohen Wachtürmen und riesigen Toren bestückt und wurden von waffenstarrenden Wachsoldaten geschützt. Wer nicht Soldat oder Amerikaner war, hatte Mühe hineinzukommen. Die Marines lebten dort nur unter ihresgleichen. Manche hatten ihre Familien mitgebracht. Damals dachte Daniel Brooks noch nicht daran, dass die Marines oder er selbst einen Stamm hatten, der zwischen Himmel und Erde lebte. »Eden's people's paradise«, wie sein Großvater das früher einmal genannt hatte. Die Marines waren hier in ihren Basen auf der Erde, einmal abgesehen davon, dass es Luft- und Marinebasen gab. Es gab ausgedehnte Basen, die wie Städte aussahen: Beispielsweise die Châlid-Garnisonsstadt, auch bekannt unter dem Namen Hafar al-Bâtin. Diese Militärstadt enthält einen Sitz des Generalstabs der bewaffneten See-, Luft- und Landstreitkräfte und einen unterirdischen Operationsraum, ein Zentrum für die allgemeine Führung, eine Schule für Waffentechnik, die von Raketenbatterien und Fliegerstaffeln bewacht wird. Wie andere Basen im Land ist auch sie nichts als eine Festung, eine kleine amerikanische Stadt: Straßen, Parks, Shopping-Malls, Läden, Pools. So empfand es auch Daniel Brooks. All das galt nicht nur für die Land- und Marinebasen, sondern auch für die amerikanischen Luftwaffenbasen. Auf all diesen Basen lief für Daniel Brooks das Leben immer gleich ab. Ein einziges Mal nur, nach der Explosion in Chobar, wurden die amerikanischen Flugzeuge samt ihren Teams von dort auf die Luftwaffenbasis Chardsch verlegt. Etwa jedes Jahr auf eine andere Basis, manchmal nur sechs Monate, aber nicht mehr wie früher nur für zwei oder drei Wochen »Verwendung« auf einer Basis. Und nur selten blieb er irgendwo mehrere Jahre: Dahran und Hafar al-Bâtin, das waren die einzigen beiden Ausnahmen, nicht weil er das so wollte oder weil man es auf den beiden Basen so wünschte, sondern weil Ray Prince dort war. Plötzlich tauchte er wieder vor ihm auf wie sein unabänderliches Schicksal. Schâdi Abu Degaulle sagte ihm einmal: »Solange es amerikanische Stützpunkte im Königreich gibt, solange gibt es auch Schâdi Abu Degaulle. Bei Ray Prince ist es nicht anders: Solange es Marines gibt, solange wird es auch einen Ray Prince geben.« Und Prince selbst sagte zu ihm, als sie sich nach ein oder zwei Jahren zum ersten Mal wieder begegneten, wie lange genau es war, wusste er nicht und wollte es auch nicht wissen: »From now on you will be where I am.« Ab jetzt wirst du dort sein, wo ich bin. Diese Worte des Majors blieben ihm unauslöschlich im Gedächtnis. Diesmal werde er den Smiley Man nicht mehr so leicht ziehen lassen, sagte er klipp und klar. Und nach dieser Begegnung musste er weitere Jahre warten, sechs, wenn ihn sein Gedächtnis nicht trog, bis er erfuhr, warum der gestrenge Major Ray Prince so großen Wert darauf legte, ihn in seiner Nähe zu halten. Aber er verstand es nicht und hegte weiterhin für ihn keinerlei Sympathie. In allen anderen Basen hätte man ihn gern länger behalten, nachdem man seinen Arbeitseifer entdeckt hatte. Er zögerte nie, sondern arbeitete im Gegenteil unermüdlich, ja häufig hörte er auch am Abend nicht auf, sondern schuftete bis tief in die Nacht hinein. Trotzdem stand er am Morgen als Erster auf. Kein Offizier auf all den Basen, in die er versetzt wurde, der nicht gewünscht hätte, ihn zu behalten. Aber er kannte das Prinzip der Versetzung und seinen Grund. Das hatte er schon während seiner Ausbildung gelernt. Zur Verhinderung von Korruption, so lehrte man, ist es ratsam, nicht lange Zeit am selben Ort in einer Versorgungseinheit zu bleiben, damit keine intransparenten Beziehungen mit den dort ansässigen Personen und Unternehmern geknüpft werden. Das Problem kannten alle, besonders in Ländern wie denen des Nahen Ostens, die für Nepotismus und Korruption bekannt sind. Deswegen war es besser, häufig versetzt zu werden. Und Daniel Brooks störte das nicht. Nicht nur, weil er auf diese Weise das gesamte saudi-arabische Königreich gründlich kennenlernte, sondern besonders, weil er viele Beziehungen knüpfte und Freundschaften schloss, die ihm nützlich sein konnten. Keine Bitte wurde ihm abgeschlagen. Ein einziger Anruf bei einem Kameraden auf einer anderen Basis, und schon hatte er, was er brauchte. Wie schwer den anderen auch die Trennung von ihm wurde, »we miss you«, sobald sie von seiner Versetzung erfuhren. So hatte er im Lauf der Jahre, nach all seinen Versetzungen, eigentlich schon vergessen, dass es einen Major namens Ray Prince gab. Er meinte, dem vierschrötigen Kommisstypen mit dem texanischen Akzent und seinem bösen Satz, der ihm noch immer in den Ohren klang, »search and destroy«, endgültig Lebewohl gesagt zu haben, als er ihm plötzlich wieder erschien, nach ein oder zwei Jahren, auf der amerikanischen Luftwaffenbasis Dahran.

Daniel Brooks war eigentlich damals nicht direkt dorthin gezogen. Sein Marschbefehl schickte ihn zur Arbeit im Abdalasîs-Hafen von Damâm. Dieser war an sich ein ziviler Hafen, in Wirklichkeit handelte sich um den Marinestützpunkt Abdalasîs. Es war nicht das erste Mal, dass Daniel Brooks in einen Hafen abkommandiert wurde, und es gab mehrere solcher militärisch verwendeter Häfen. Im Abdalasîs-Hafen in Damâm belegten die Amerikaner drei Viertel der neununddreißig Anlegestellen für den Umschlag militärischer Güter mit Beschlag, und Daniel Brooks hätte ohne seine Arbeit dort nichts von der Import-Export-Firma Achlâm erfahren und deren Leiter, Ghâsi al-Dschâssi, nicht kennengelernt. Dieser sollte ein Lieferant für die Basis werden, dank ihm lernte er später auch Kansa kennen, seine tunesische Frau, wäre er nicht dorthin versetzt worden, hätte er auch Major Ray Prince nicht wieder getroffen. Seltsam: Wir begegnen in unserem Leben Hunderten, ja Tausenden von Personen, und dann wird eine einzige von ihnen zur Achse unseres Lebens. Man sollte nicht glauben, das sei nur bei Ehepartnern so. Das geschieht immer wieder, und zwar unerwartet und häufig in Büros, wie bei Daniel. Woher hätte er wissen sollen, was ihm passieren würde, bevor er den Scheiß-Major traf, wie er ihn auf Arabisch nannte, was er voller Stolz wenigstens so weit lernte, dass er, wenn auch nur mit gedämpfter Stimme, den Major verfluchen konnte. Woher hätte er wissen sollen, dass die Basis im Hafen von Damâm direkt dem Zentrum der Militärbasen, der Ausgangsbasis im Königreich Saudi-Arabien in Dahran unterstellt war? An einem sonnigen Frühlingstag, dem einzigen Tag ohne Sandstürme in dieser ersten Aprilwoche, die normalerweise jedes Jahr um diese Zeit von der Wüste wehen, an diesem Ausnahmetag ging Daniel Brooks nachmittags nach der Arbeit in seinem kleinen Büro zum Tor des Hafens und bog nach rechts ab. Dort am Taxistand würde entsprechend ihrer Abmachung Rajoo, der indische Fahrer, auf ihn warten. Doch statt seiner sah er Schâdi Abu Degaulle, den libanesischen Unternehmer.

Wenn Daniel Brooks mit seiner Arbeit fertig war, zog er die Uniform aus, duschte und rasierte sich. Danach ging er in Zivilkleidern hinaus, und Rajoo chauffierte ihn zu einer Spazierfahrt in die Wüste. Das war in jenen Tagen seine einzige Leidenschaft: zur Zeit des Sonnenuntergangs in die Wüste hinauszufahren. Seine Kameraden auf der Basis flüchteten sich nach Arbeitsschluss in den Alkohol oder das Haschisch, andere saßen bei ihren Familien oder, und das waren nicht wenige, gingen in ein Bordell im Adâma- oder im Suhûr-Viertel. Er, Daniel Brooks, kannte nur eine einzige Zuflucht: zur Zeit des Sonnenuntergangs oder ganz früh am Morgen die Wüste zu betrachten. Und da er sehr früh zu arbeiten begann, ging er im Allgemeinen zur Zeit des Sonnenuntergangs. Nur selten, besonders an offiziellen Feiertagen, von denen es auf der Basis nur sehr wenige gab, wählte er den frühen Morgen. An jenem schönen Tag neigte sich die Sonne gerade dem Untergang zu, als Daniel Brooks am Taxiplatz eine vertraute Stimme hörte, die ihm »Hi, Smiley Man« zurief. Wer konnte es sonst sein außer diesem Unternehmer, der seinen Scherz wiederholte: »Do you remember?« Und noch bevor er antworten konnte, sollte er hinzufügen: »Wherever there is an American basis in the kingdom, there is Schâdi Abu Degaulle.« Sein plötzliches Auftauchen an diesem Ort überraschte ihn. Noch mehr überraschte ihn jedoch der andere Mann, der neben ihm stand. Den heiteren libanesischen Unternehmer hatte Daniel Brooks immer mal wieder getroffen seit den Tagen in Tabûk, als man mit den Arbeiten zum Aufbau der israelischen Militärbasis begonnen hatte. Damals teilte man ihm mit, er werde einen libanesischen Bauunternehmer treffen, der für den Bau der Basis verantwortlich sei, um mit ihm den Bedarf an Material abzusprechen. Der Libanese war immer freundlich zu ihm. Er verließ sich auf ihn, und wenn es nach ihm gegangen wäre, hätte er ihn sofort bei sich angestellt. Warum sollte man sich auch nicht freuen, wenn man regelmäßig mit einem »Hello, you great man!« begrüßt wird. Daniel Brooks zeigte Schâdi Abu Degaulle immer, dass er sich freute, ihn zu sehen. Anders an jenem Tag, wegen des zweiten Mannes, der da stand: gestrenge Gesichtszüge, weit geöffnete Augen, vierschrötiger Körper, kahler Kopf, die fünf Sterne auf den Schultern seiner Uniform blitzten, das Beret steckte, nach Art israelischer Offiziere, zusammengepresst unter der Schulterklappe des Hemdes. Er begrüßte ihn in diesem Augenblick mit seinem trockenen »Hello, Smiley Man!«. Nur ein einziger Mann sprach diesen Satz so aus. Dann sagte er noch ein paar Worte im Versuch, freundlich zu sein und sicher, um sich bei seinem Begleiter Liebkind zu machen. Wie Daniel Brooks' Markenzeichen der Smiley Man war, so blieb das Markenzeichen dieses Mannes für ihn und vielleicht auch für andere Soldaten, auf jeden Fall für seinen Kameraden, der vom ersten Tag an sein Freund war, David Barbiero, der gestrenge Offizier oder der ewig harte Mann – und dies, bevor er seinen richtigen Namen bekam. Jawohl, er sah Ray Prince, keinen anderen, auch wenn dieser versuchte, freundlich zu sein, sich regelrecht anstrengte, bei ihm und dem Libanesen den Eindruck zu erwecken, zwischen ihm und dem Officer Daniel Brooks sei alles aufs Beste bestellt. Er sei mit seinem Freund Abu Degaulle hierhergekommen, erklärte er, um diesem seinen tiefen Dank zum Ausdruck zu bringen. Denn wenn er an jenem Tag nicht gekommen wäre, um sich von ihm zu verabschieden und ihn zu drängen, nach einem neuen Lieferanten Ausschau zu halten, hätte er nicht erfahren, dass er, Daniel Brooks, hier sei. »My best soldier is here. Thank God, Gott sei Dank.« Er hätte auch nicht gewusst, wie es mit der Versorgung nach Abu Degaulles Weggang weitergehen sollte. Nun sei er höchst beruhigt, ihn hier anzutreffen, und der Libanese könne mit ruhigem Gewissen abreisen, in der Gewissheit, dass die Arbeit in guten Händen liege. Er klopfte Daniel auf die Schulter und sagte: »Ab morgen arbeiten Sie in Dahran.« Und fügte noch, nicht ohne Bosheit, hinzu: »Sie sehen, ich und Daniel sind wie eine katholische Ehe: zusammen auf ewig.« Auch wenn er diese Worte mit einem kurzen Lachen untermalte und egal wie freundlich Ray Prince sich an diesem Tag gab und wie sehr ihn auch die Anwesenheit des libanesischen Unternehmers beruhigte, eines wusste Daniel in diesem Augenblick genau: dass Prince noch nie in seinem Leben so ehrlich gewesen war und dass der Satz vom katholischen Ehepaar absolut zutraf. Vielleicht hatte es sogar noch etwas Tröstliches, da er nicht von einem altkatholischen Ehepaar sprach, denn das hätte bedeutet, dass sie sich nach dem Tod im Himmel wieder begegneten.

Daniel Brooks wurde nicht in der Wüste, sondern in einer großen Stadt geboren, in New Orleans. Eine zwar gemischte, jedoch mehrheitlich schwarze Stadt, eine wichtige Stadt für die Entwicklung des Jazz. Beim Versuch, sich an seine erste Begegnung mit der Wüste zu erinnern, fielen ihm die Bilder wieder ein, die sein Großvater in mehreren Alben aufbewahrte. Wenn er am Abend allein mit seinem Enkel zusammensaß, holte er sie hervor. Daniels beide Schwestern zeigten kein Interesse an diesen Bildern. Der Großvater schlug das Album auf und ging Bild um Bild durch. Der Junge saß neben ihm, das Gesicht in die Hände gestützt, die Augen bei jedem neuen Bild weiter aufgerissen. Manchmal stieß er einen gedämpften Laut aus, der wie ein Pfeifen klang und zeigte, wenn ihn etwas überraschte und gefiel. Und der Großvater erzählte und erzählte: Von der Wüste. Von den Jahren, die er dort mit seinem Vater und seinem Großvater zugebracht hatte. Von der Familie, die nie etwas anderes kennengelernt hatte als die Wüste, bevor sie nach New Orleans zog, wo Daniel zur Welt kam, und danach nach New York. Lange Jahre, die nicht nur für den Großvater weit zurücklagen, als ob sie sich in einem anderen Leben abgespielt hätten, sondern auch für den kleinen Jungen, dem die Orte auf den Bildern wie ferne Lokalitäten vorkamen, ohne Beziehung zu seiner Welt. Wie sollte er an all das nicht denken, wo doch der Großvater mit seiner Phantasie nie knausrig war? Er füllte alle Geschichten, die er erzählte, reichlich mit Geheimnissen, überzeugt, dass sie sich in jenen längst vergangenen Jahren genau so abgespielt hätten. Und der Junge stellte keine Fragen, auch wenn die Geschichten sein Vorstellungsvermögen überstiegen. Beispielsweise diejenige von Menschen, die die Erde verlassen haben und direkt ins Paradies eingegangen sind, ganz anders als der Großvater und seine Familie, die leider, statt ihre Nachbarn auf der Reise zum Leben in jenem himmlischen Paradies zu begleiten, erst nach New Orleans zogen – immerhin eine Stadt, nicht dieses Nest an der Grenze von Arizona, das sie zuvor bewohnt hatten. Danach waren sie in eine Metropole gezogen, nach New York, in jenes elende Viertel, den fucking Queens District. Obwohl die Tankstelle, die der Großvater in jenem Nest in Arizona betrieben hatte, schon seit Jahren nicht mehr rentabel war, weil die Lastwagen wegen des neuen Highways ihre Route geändert hatten, und obwohl die wenigen Häuser, die früher einmal die Nachbarn bewohnt hatten, zu Trümmerstätten oder zu Spukschlössern verkommen waren, hätte der Großvater, wenn es nach ihm gegangen wäre, sie nicht verlassen, da sie vor ihm schon sein Vater und sein Großvater betrieben hatten. Doch schließlich folgte er dem Ruf seines Sohnes erst nach New Orleans und dann nach New York. Oft hatte er versucht, seinen Sohn zu überreden, doch erst einmal alleine zu gehen, er wolle in der Wüste sterben, um in der heimischen Erde neben seiner Frau bestattet zu werden. Dann hatte er eingewilligt, mit nach New Orleans zu ziehen, um dort Arbeit zu suchen. Aber ein zweites Mal wollte er nicht umziehen, besonders nicht in den amerikanischen Norden, nach New York. Doch dann war da der Wunsch seines Sohnes, Big Daniel, der in der Armee zu arbeiten begonnen hatte. Er bestand darauf, dass sein Vater mitkam. Die Einheit, der er zugeteilt war, lag im Hafen von Newark, nicht weit von New York entfernt. Also schloss sich der Großvater nolens volens der Familie an. Daniels beide Schwestern waren noch klein, er, Small Daniel, war drei oder vier Jahre alt. Es musste rasch eine erschwingliche Wohnung gefunden werden. Im Stadtteil Queens waren die Mieten immer niedrig. Wenn der Großvater damals gewusst hätte, dass sein Sohn nicht lange in Newark bleiben würde, hätte er niemals eingewilligt, der Familie dorthin zu folgen und das Leben in seinem kleinen Dorf neben der stillgelegten Tankstelle aufzugeben. Keine drei Monate nach ihrem Umzug nach Queens wurde Big Daniels Einheit nach Vietnam verlegt. Wenn der Großvater diesen Punkt in der Erzählung erreicht hatte, sagte er immer: »Und er kam nie wieder zurück.« Der Krieg tobte gerade am heftigsten. Urlaub gab es nur sehr selten. Manchmal durfte man monatelang überhaupt nicht weg, um die Familie zu besuchen. Glücklich konnte sich schon schätzen, wer ein paar Tage bewilligt bekam. Aber sein Vater »würde nie zurückkommen«. Es war dieser Satz, der sich ihm einprägte, dass sein Vater eines Tages wegging und nie mehr zurückkehren sollte, weil er, laut dem Großvater, sich entschieden habe, zu jenen Leuten zu gehen, ihren Nachbarn, die zwischen Himmel und Erde in einer ihnen eigenen Wüste lebten. Diese sehe aber aus wie ein Paradies. Offenbar wollte der Großvater sich so gegen die Frage des Enkels nach dem Vater wappnen, den er früh verloren hatte und an dessen Züge er sich nur vage, von den Bildern, die ihm der Großvater zeigte, erinnern konnte. Daniel musste erst heranwachsen, zu einem jungen Mann werden, um zu erfahren, dass sein Vater schlicht und einfach im vietnamesischen Dschungel gefallen war. Damals war er benommen von den Geschichten des Großvaters. Warum sollte er ihm nicht glauben? Er liebte seinen Vater, und es fiel ihm nicht leicht, sich einen besseren Ort als das Paradies vorzustellen. So war es nicht erstaunlich, dass sich für ihn das Bild der Wüste immer mit dem Bild des Paradieses verband. Das änderte sich auch nicht durch die spätere Lektüre der Heiligen Schrift. Im Gegenteil. Sein eigener Name sagte ihm, dass alle die Geschichten über die Wüste auch mit ihm, Daniel, zu tun hatten. Der Prophet Daniel war doch in die Höhle gegangen? Und die Höhlen lagen ja wohl in der Wüste? Sein Großvater wollte nicht glauben, dass sie nicht mehr in der Wüste lebten und dass die Küste von Louisiana weit weg war, nicht nur aufgrund der Entfernung, sondern auch, weil die Lebensweise in einer Stadt wie New York eine ganz andere war. Sein Großvater hinterließ ihm weder ein reales noch ein phantastisches Bild von der Wüste, doch er erzeugte bei dem Jungen eine rätselhafte dauernde Sehnsucht nach jenem Ort. Das, unter anderem, veranlasste ihn, sich freiwillig zu den Marines zu melden. Er hatte keine Zweifel, einer Einheit zugeteilt zu werden, die Dienst in der Wüste tat, und diese Vorstellung war nicht nur seine. Es gab da in Queens eine schwarze Astrologin, die er an dem Tag aufsuchte, als er zum ersten Mal die Uniform anzog. Er kenne das Schicksal, das ihn erwarte, wolle sich aber vergewissern, ob seine Karten das bestätigten. Die Frau, die auf die achtzig zuging, sah ihn lange an und forderte ihn auf, sich zu setzen und zwei von den Karten zu nehmen, die auf dem Tisch lagen. Als sie diese betrachtet hatte, mischte sie sie wieder unter die anderen. »You are Daniel«, sagte sie zu ihm. Zunächst begriff er nicht, was sie mit dieser Feststellung meinte. Doch noch bevor er fragen konnte, fuhr sie fort: »You will end like him, Daniel.« Und er versäumte zu fragen, wen sie mit »him« meinte! Seinen Vater, nach dem sie ihn benannt hatten, um Big Daniel wieder bei sich zu haben, oder den Propheten Daniel, der aus der Grube herausfinden musste, in die man ihn geworfen hatte? Aber darüber dachte er erst später nach. Zunächst war ihm das gleichgültig, denn schließlich gelangten beide, sein Vater und der Prophet, an denselben Ort, das Paradies. Auch sein Ende sollte also nicht anders sein. Als er dann, nach seiner Grundausbildung, erfuhr, sein erster Einsatz werde in Saudi-Arabien sein, auf der amerikanischen Luftwaffenbasis in Riad, war er überglücklich. Riad war ja nicht nur die Hauptstadt des Landes, sondern lag auch mitten in der großen Wüste, war sozusagen ihr Nabel. Dankenswerterweise nahm ihn sein Freund David Barbiero, der schwarze Whitman, zwei- oder dreimal im GMC mit, der besonders ausgestattet war. Leider wurden die beiden beim zweiten Mal bei ihrer Rückkehr von Major Ray Prince gesehen, der sie nicht nur für eine Woche in den Knast steckte, sondern ihnen auch untersagte, das nochmals zu tun. So musste Daniel gleich am Anfang seinen Traum begraben. Vergeblich versuchte er, dem Major klarzumachen, dass er eine alte Beziehung zur Wüste habe, dass er sie wegen der Geschichten seines Großvaters seit seiner Kindheit liebe. Der gestrenge Vorgesetzte spottete nur über ihn. Er ließ ihn nicht einmal ausreden, sondern sagte nur: »Nigger, I warn you.« Den Grund für dieses Verbot, in die Wüste zu gehen, konnte Daniel nicht wissen. Es war die Abneigung des Majors gegen die Wüste. Seiner Überzeugung nach wurden die Marines nicht für den Wüsten-, sondern für den Dschungelkrieg geschaffen, und deswegen erlaubte Ray Prince seit seiner Versetzung nach Saudi-Arabien keinem Soldaten, außerdienstlich in die Wüste hinauszugehen. Daniel Brooks begriff das, und er kam zu dem Schluss, dass er sich verkleiden musste. Also eilte er gleich nach seinen nicht selten vierzehn Dienststunden auf seine Stube, zog seine Uniform aus und Zivilkleider an, setzte sich eine Ray-Ban-Brille auf die Nase und eine Baseballkappe auf den Kopf, hängte sich eine kleine Tasche um mit hauptsächlich einer Flasche Wasser und einem Buch darin – der Bibel, zu jener Zeit war dies das einzige Buch, dass er kannte – und machte sich auf den Weg. Auf der Hafenseite nahm er sich ein Taxi und ließ sich in die Wüste fahren. Es gab Fahrer, die im ersten Augenblick zögerten, seinen Wunsch zu erfüllen, weil sie glaubten, es handle sich um einen Scherz oder der Fahrgast sei neu im Land und kenne sich noch nicht recht aus. Wenn er dann gefragt wurde, was er mit Wüste meine – »Die Wüste ist weit, mein Herr« –, antwortete er: »Doesn't matter.« Dort in der Bibel zu lesen war großartig! Kurz bevor die Sonne unterging, ließ er sich zurückbringen. Dort draußen teilte niemand seine Einsamkeit – außer dem Fahrer und ein paar schwarzen und braunen Kamelen, die frei in der Wüste umherzogen, und in seltenen Fällen auch seinem Freund David Barbiero. Er war wohl der Einzige, dessen Gegenwart ihn nicht störte. Im Gegenteil, er freute sich, wenn er dabei war, obwohl er die Wüste nicht in gleicher Weise liebte wie Daniel, ja, er verhehlte diesem nicht, dass ihm die Wüste unheimlich war, als ob er schon ahnte, dass er eines Tages darin umkommen würde. Während der gemeinsamen Spaziergänge konnte er sagen: »I am afraid to die there.« Daniel dagegen fühlte sich in der Wüste geborgen, besonders, nachdem er nach Damâm versetzt worden war. Die Wüste dort war anders. Sie schloss sich im Nordwesten des Königreichs an die vielfältigen Wüsten an und ging dann in die Wüste von Hafar al-Bâtin über. Wenn es nach ihm gegangen wäre, hätte er sich jeden Tag lange Zeit irgendwo hingesetzt. Doch kaum sah er die Sonne sich dem Untergang zuneigen – ein großer, roter Ball, der sinkend auf den fernen Hügeln auftraf, wusste er, dass es Zeit war zurückzukehren. Die Nacht in der Wüste war unheimlich, darin unterschied sich diese Wüste nicht von anderen Orten. Es war immer ein Abenteuer im Ungewissen, nicht nur, weil die Autos, mit denen er fuhr, einfache Taxis waren und keine Spezialmotoren für die Wüste besaßen, sondern weil auch die Temperatur plötzlich abfallen konnte, und die Kälte der Wüste war ebenso fürchterlich und erbarmungslos wie die Hitze. Als er eines Tages daran dachte, woanders hinzufahren, und den Fahrer fragte, ob er ihn Richtung Nordwesten chauffieren würde, nicht wie sonst Richtung Südwesten, weigerte sich dieser und versicherte ihm, er werde in ganz Damâm keinen Taxifahrer – alles Inder oder Pakistani – finden, der sich dorthin wagen würde. »Very dangerous, sir«, raunte er und erklärte dann: »You know, sir, the desert there is unbelievable.«

Doch eines Tages erzählte ihm ein Fahrer von einem einzigen Kollegen, der ein Auto mit all diesen Schikanen besitze, die man auf der Wüstenstraße zur Nordgrenze des Königreichs benötige. So fand er den Inder Rajoo, dessen Auto mit einem Spezialmotor ausgerüstet war, mit zusätzlicher Beleuchtung und einem extrabreiten Chassis, mit Ketten und einem riesigen Wassertank, eben mit allem, was ein Auto für die Wüstendurchquerung braucht. Dieser Rajoo wurde sein Führer. Mit ihm lernte er die Geheimnisse der Wüste kennen, die die gesamte Ostregion bedeckt. Immer, selbst an Festtagen und an offiziellen Feiertagen, war er dort zu finden. Denn seit er ihn kennengelernt hatte, fiel es Daniel Brooks schwer, sich Wochenenden ohne Rajoo vorzustellen, wie an jenem Donnerstagnachmittag, an dem er statt seines indischen Fahrers den libanesischen Unternehmer Schâdi Abu Degaulle in Begleitung des gestrengen Majors Ray Prince vorfand.

Es war wirklich der Beginn einer neuen Etappe im Leben des Daniel Brooks. Er musste die Aufgabe akzeptieren, die ihm jetzt aufgetragen wurde. Er war ein einfacher Soldat bei den Marines und hatte nichts anderes zu tun als Befehle auszuführen. Zwei Tage nach diesem Wiedersehen musste Daniel Brooks den Marinestützpunkt in Damâm verlassen und sich zum amerikanischen Luftstützpunkt in Dahrân begeben, der »Mutter aller Stützpunkte«, wie man ihn nannte. Wahrscheinlich hätte er den ganzen ersten Tag in seinem neuen Büro in tiefster Niedergeschlagenheit verbracht, wenn da nicht der libanesische Unternehmer Schâdi Abu Degaulle erschienen wäre. »I come to say good bye to you, Smiley Man.« Er könne nicht gehen, ohne sich von ihm zu verabschieden. »Who knows?«, wer weiß, sagte Abu Degaulle zu ihm, vielleicht würden sie sich nie mehr wiedersehen, und nicht, weil seine Arbeit zunahm, sondern weil er möglicherweise gezwungen wäre, in sein Land zurückzukehren. »Politics call me, Smiley Man.« Daniel verstand nicht recht. Wieso rief die Politik einen Unternehmer für Bau und Nachschub?

Gab es Beziehungen zwischen Wirtschaft und Politik? Und wenn ja, welche? Trotzdem lächelte er, wie üblicherweise, und vergaß auf einen Schlag seine Niedergeschlagenheit. Er dankte dem libanesischen Unternehmer für seinen Besuch: »Good luck, Mister Schâdi, you are a very friendly man.« Und bevor sich Abu Degaulle verabschiedete und durch die Tür verschwand, drehte er sich nochmals um und sagte: »In my life I have never seen someone smiling like you.« Er konnte sich nicht von ihm losreißen, ohne ihm noch etwas Freundliches zu sagen: »Don't hesitate please whatever you want, Smiley Man«, sagte Schâdi Abu Degaulle, und Daniel meinte es ernst, als er sagte: »Okay? Why not?« Er hatte noch nie jemanden um einen Gefallen gebeten. Er zögerte ein wenig, dann überwand er sich. Er wolle nur um eines bitten, sagte er dem libanesischen Unternehmer: dass Major Ray Prince ihm erlaube, von Zeit zu Zeit einmal in die Wüste zu fahren, »once a week«. »Versprochen, das wirst du dürfen«, erklärte Schâdi Abu Degaulle in seinem libanesischen Tonfall, und tags darauf erhielt Daniel Brooks vom Major die Mitteilung, ab sofort sei ihm erlaubt, in die Wüste zu fahren. Lediglich die Uniform dürfe er dazu nicht tragen. »Take care, please«, schrieb er, ohne »Smiley Man« hinzuzufügen, als wollte er diesen Begriff vermeiden. Daniel konnte sein Glück kaum fassen. Im Gegensatz zu seiner Befürchtung, die Arbeit auf der Militärbasis könnte der Anfang einer neuen »ewigen« Beziehung zwischen ihm und den Major werden, hatte ihm dieser nun nicht nur erlaubt, in die Wüste zu fahren, ein Privileg, das kein Soldat der Basis mit ihm teilte, sondern er versuchte auch, ihm den Eindruck zu vermitteln, er sei dort durchaus willkommen und ohne ihn könne er sich die Depots der Basis gar nicht vorstellen. Das Verhalten des Majors ihm gegenüber hatte sich völlig verändert, wobei Daniel nicht klar war, ob das auf den Einfluss von Schâdi Abu Degaulle zurückging oder auf die Tatsache, dass die Luftwaffenbasis in Dahrân, im Vergleich mit anderen Basen, sehr groß war. Der Major, der Kommandant des dortigen Bataillons, war mit vielfältigen Aufgaben betraut, und sogar seine Inspektionsbesuche waren viel seltener und nicht mehr so penibel wie auf der Luftwaffenbasis in Riad. Ja, sie waren rar geworden, erfolgten nicht mehr überraschend, und Bestrafungen wegen Nachlässigkeiten oder Unachtsamkeit blieben aus. Nur noch eines schien den Major zu beschäftigen: eine Person vom Schrot und Korn des libanesischen Unternehmers Schâdi Abu Degaulle zu finden. Nachdem Daniel seine Angst vor dem Major überwunden hatte, bekam er ein Ohr für dessen Lob. Und dann gab sein Vorgesetzter sofort sein Einverständnis zu Daniels Vorschlag zur Zusammenarbeit mit der Import-Export-Firma Achlâm. Bevor er sich mit Ghâsi al-Dschâssi, dem Chef der Firma, persönlich traf, drängte der Major auf Abschluss, ohne sich groß dafür zu interessieren, wer die Aufgabe übernahm. Daniel Brooks brauchte keine große Überzeugungsarbeit zu leisten. Kaum hatte er erwähnt, die einzige Person, um die Lücke zu füllen, die Schâdi Abu Degaulle hinterlassen hatte, sei der saudische Unternehmer Ghâsi al-Dschâssi, da sagte der Major kurz und knapp: »Okay, Smiley Man, go ahead and finish the job.« Daniel vertraute Ghâsi al-Dschâssi, von dem er schon ein paar Lieferungen für die Basis erhalten hatte. Er fand ihn freundlich und sehr aufmerksam ihm gegenüber. Ghâsi al-Dschâssi fragte Daniel, immer wenn er ihn traf, wann er denn endlich Arabisch lernen würde! Daniel war daher überglücklich, als er hörte, dass Major Ray Prince ihm grünes Licht für einen Vertrag mit Ghâsi al-Dschâssi gab. Und dieser traute seinen Ohren nicht: »Thank you, Smiley Man«, sagte er zu ihm, und Daniel klopfte ihm auf die Schulter, wie er es immer bei Personen tat, für die er Sympathie hegte. »See you tomorrow«, sagte er. Woher sollte er auch wissen, dass Major Ray Prince nicht genügend Zeit hatte, nach einem anderen Unternehmer zu suchen, weil ihn in jenen Tagen etwas ganz anderes beschäftigte: die bestmögliche Umsetzung jener Befehle, die in Dahrân eingetroffen waren und die die Lage der Basis gründlich verändern und sie auf lange Zeit in höchsten Alarmzustand versetzen sollten. Die zehn neuen amerikanischen Flugzeuge, die mit Frühwarnsystemen ausgerüstet waren, AWACS-Flieger, wie man sie im Militärjargon nannte, und die am Abend jenes Tages ankamen, sollten einen langen Krieg ankündigen, der nordöstlich des Königreichs am folgenden Tag ausbrach.

5. VERGESSENE KRIEGE UND SOLCHE, DIE NOCH ANDAUERN

Sieben Jahre, zehn Monate, zwei Wochen und fünf Tage sollte der irakisch-iranische Krieg dauern. Daniel Brooks hätte weder von seinem Anfang noch von seinem Ende erfahren, wäre die Basis nicht Standort der zehn AWACS-Flugzeuge gewesen, die plötzlich da waren. Nicht dass Kriege ihn generell nicht interessierten, schließlich war sein Vater in einem gefallen, auch wenn man seinen Leichnam nicht gefunden hatte, sondern weil dieser Krieg zwar in den ersten Tagen nach seinem Ausbruch vielleicht einige Leute beunruhigte oder doch ihre Aufmerksamkeit erregte, aber nach kurzer Zeit schon dem Vergessen anheimfiel. Er verschwand aus den Nachrichten, als kümmerte er die Welt nicht mehr. Nur wenn ein Großangriff erfolgte oder Tausende von Menschen getötet wurden, erinnerte man sich daran, dass es da, an einer über zwölfhundert Kilometer langen Front, noch einen Krieg gab. Auch auf der Mutterbasis, der Luftwaffenbasis in Dahrân, glaubte man zu Beginn, das Feuer könnte bis zu ihnen übergreifen, doch im Lauf der Zeit wandte man sich wieder der täglichen Arbeit zu. Was ging sie ein Krieg irgendwo an einer fernen Front an? Selbst die kleine, wirklich sehr begrenzte Zahl Soldaten, meist Radar- oder Flugzeugspezialisten, denen vielleicht als einzigen der Auftrag der zehn AWACS-Flugzeuge bekannt war, nämlich Informationen über iranische Truppenbewegungen zu sammeln und durch die verbündeten Saudis an den Irak weiterzuleiten, nahmen ihre Arbeit wie täglichen Drill wahr – mehr Übung als Ernstfall. Sonst sprach niemand je von einem Krieg. Sogar Daniel hätte ihn vergessen, wäre da nicht Ghâsi al-Dschâssi gewesen, der neue

Vertragslieferant, der ihm gegenüber aus seiner Freude keinen Hehl machte. Es sei ja klar, erzählte er ihm anlässlich des ersten Geburtstags seiner Tochter Sâra, zu dem er Daniel eingeladen hatte, ohne diesen Krieg wäre er sicher nicht so leicht an das Geschäft für die Versorgung der Luftwaffenbasis in Dahrân gekommen, ein Geschäft, das ihm in der Folge die Ausweitung seiner Aktivitäten erlaubte. »I am very happy, Smiley Man«, versicherte er ihm, als sie im Restaurant des Sheraton-Hotels in Damâm zusammensaßen. Gott meine es wirklich gut mit ihm. ER habe ihm am 22. September 1980 eine Tochter geschenkt. »Sâra is a nice omen from God, Smiley Man.« Am selben Tag habe ER den Krieg ausbrechen lassen. Nach al-Dschâssis Interpretation habe ER das genau so gewollt. ER habe Sâras Geburt und den Ausbruch des Krieges auf denselben Tag angesetzt. Deshalb sei er auch nicht besorgt und habe keinerlei Schuldgefühle dafür, dass der Krieg ihm die Arbeit erleichtert und seiner Firma den Ausbau ermöglicht habe. »We thank God.« Diese Aussage wiederholte Ghâsi al-Dschâssi jedes Jahr am 22. September bei der Geburtstagsfeier für seine Tochter, zu der er Daniel ins Restaurant des Sheraton-Hotels in Damâm einlud, erst, während ihrer ersten Lebensjahre, in Gegenwart von Sâra selbst, später ohne sie, als sie begonnen hatte, das Fest mit ihren Kameradinnen von der Schule der amerikanisch-saudischen Freundschaft an der Basis von Dahrân zu begehen, in die sie durch Daniels Vermittlung aufgenommen worden war. Ohne diese alljährliche Erinnerung hätte Daniel Brooks vergessen, dass dieser »fucking war« an jenem Tag im Monat September ausgebrochen war, ohne den er nicht unter die Kontrolle von Major Ray Prince geraten wäre. Erst nach Verkündigung des Waffenstillstands am Ende dieses vergessenen Kriegs erfuhr er, dass nicht nur seine Versetzung an eine andere Basis von einem Zeichen von Major Ray Prince abhängig war, sondern dass er alles akzeptieren musste, dass er nicht den Mund aufmachen durfte, sondern sich zu verhalten hatte wie eine katholische oder auch eine muslimische, Hauptsache brave Ehefrau, und zwar bei allem, was er vor sich sah:

Nahezu acht Jahre hatte er erhöhte Rechnungen ausgestellt und Bezahlung für gefälschte Markenartikel oder für Waren verlangt, die nie geliefert wurden, all das mit geschlossenen Augen. Er entdeckte es zufällig, als er eine nie erfolgte Lieferung von tausend »Goldschnitt-Koranexemplaren«, wie es im Vertrag ausdrücklich hieß, überprüfte. Er glaubte, hier etwas besonders Verdienstvolles zu tun und sich gar einen Orden zu erwerben, wenn er das seinem Vorgesetzten, dem gestrengen Major Ray Prince, mitteilte. Dieser werde eine sofortige Überprüfung anordnen und die Verantwortlichen zur Rechenschaft ziehen. Doch zu seiner Überraschung erhielt er Anweisung, darüber hinwegzusehen. »We do that for America«, erklärte ihm der Major, »we are in war.« Was das nun wieder bedeuten sollte, verriet er ihm nicht. Von welchem Krieg sprach er? Der irakisch-iranische war vorbei, soviel er wusste. Aber sein Vorgesetzter grinste breit und meinte sarkastisch: »You are naive, Smiley Man, the US is all the time at war.« Und um die Diskussion zu beenden, ohne erklären zu müssen, warum Amerika dauernd im Krieg ist, sagte er abschließend: »Anyhow, Smiley Man, you are involved in the issue«, und dann noch mit einer gewissen Drohung in der Stimme: »No way out for you, Smiley Man.« Erst von seinem Freund Ghâsi al-Dschâssi erfuhr er, dass der Krieg, von dem der Major sprach, nicht der war, der sich nordöstlich des Königreichs Saudi-Arabien abspielte. Nein, es handelte sich um einen anderen Krieg, an den er von nun an immer denken musste. Warum verschickte er billige Waren unter der Behauptung, es handle sich um hochwertige Markenartikel? Wie konnte er das mit ihm machen, wo er ihm doch all diese Jahre vertraut hatte? Ghâsi lächelte erst einmal, dann dachte er ein wenig nach und sagte schließlich: »Smiley Man, I thought you know what's happening here.« Danach erfuhr er Schockierendes, aber er war sicher, dass Ghâsi al-Dschâssi ihn nicht anlog. »Okay«, sagte er zu ihm, er werde ihm alles darlegen, was sich abspiele, er müsse ihm aber versprechen, mit niemandem darüber zu reden, auch nicht mit Major Prince. »Promise me, please!« Er brauche ihm das nicht zu versprechen, er habe dem Major die Frage schon gestellt, meinte Daniel, worauf ihm Ghâsi al-Dschâssi von einer geheimen Absprache zwischen dem Chef der Sittenpolizei in der Ostprovinz, Scheich Jûssuf al-Achmad, und Major Ray Prince beziehungsweise der amerikanischen Basis in Dahrân berichtete. Er selbst bezahle nicht nur die Hälfte seiner Einkünfte aus den Geschäften mit der amerikanischen Basis an die saudischen Moralwächter, er müsse auch die Basis mit billigen Waren aus Korea und China beliefern und die Marken fälschen. Das ist der einzige inoffizielle Weg, die Aktivitäten von Scheich Jûssuf al-Achmad zu finanzieren. »Never heard that?«, fragte ihn Ghâsi al-Dschâssi und fügte hinzu: Sahawat Awakening Campaign, »Die Freischärler-Kampagne«. Wie konnte er davon noch nicht gehört haben, wo das hier im Königreich doch wirklich alle kannten? Jetzt begriff Daniel, wie der Major den von Scheich Jûssuf al-Achmad oder den Moralwächtern verlangten Anteil finanzierte: Es war die Preisdifferenz zwischen der behaupteten und der gefälschten Ware. Hatte ihn der Major etwa deswegen auf die Basis zurückgeholt? Sicher war es das, was der libanesische Unternehmer Schâdi Abu Degaulle meinte, als er sagte: »They need clean men«, weil man mit einem untadeligen Mann wie ihm zweifelhafte Geschäfte leichter kaschieren konnte. Darum also tat der gestrenge Major alles in seiner Macht Stehende, um den Eindruck zu vermitteln, er sei mit allem zufrieden, was Daniel tat, und ließ ihn denken, die Basis werde niemals einen ähnlich loyalen Soldaten finden wie ihn. Wahrscheinlich glaubte der Major, diese Art Lob fülle Daniels Herz mit Freude. Er wusste nicht, dass das Gegenteil der Fall war, dass Daniel genau diesen Satz am meisten verabscheute. Aber was sollte ein Soldat an seiner Stelle jetzt tun? Er sah keinerlei Ausweg, und wenn er allein war, plagte ihn sein Gewissen. Er, Second Lieutenant Daniel Brooks, ein gläubiger Mensch, würde er sich nun seine sauberen Hände beschmutzen? Als er seinem Freund Ghâsi al-Dschâssi diese Gedanken beichtete, lachte dieser nur und gab ihm seine altbekannte Weisheit preis: »Gott hat es so gewollt.« Er begreife nicht, wie ein Soldat bei den Marines solchen altmodischen Gedanken nachhängen könne. Schließlich sei Krieg, und im Krieg sei alles erlaubt. Ob er das denn nicht gewusst habe, als er sich zum Heer meldete? Es sei nutzlos, von Gewissen oder religiösen Überzeugungen zu sprechen. Natürlich sei er ein Soldat, der sein Land und die höchsten moralischen Werte verteidigen musste. Doch diese Werte endeten für ihn, wenn sie dazu dienten, das Falsche zu unterstützen. Am meisten bringe ihn in Rage, dass er bei etwas mitgemacht habe, das er für falsch hielt, dass er in diese Falle getreten war. War etwa Schâdi Abu Degaulle über die Vorgänge im Bilde gewesen, als er ihn dem Major für diese Tätigkeit empfahl? War die Sympathie, die der libanesische Unternehmer ihm zeigte, womöglich nichts anderes als Teil des Giftes, das er ihm einflößte, während er nur auf den Tag wartete, an dem er den Krieg vergessen konnte, über den der Major Ray Prince sprach?

Es gibt zwei Arten von Soldaten. Die erste beschränkt sich darauf, die Uniform anzuziehen und die Pflichten bestmöglich zu erfüllen. Für sie ist die Ordnung das Wichtigste. Unwichtig bleibt, ob die zu erfüllende Aufgabe sie etwas angeht oder nicht. Diese Soldaten beschränken sich darauf, die Stelle auszufüllen, die man ihnen zugewiesen hat. Sie warten auf die Befehle ihres Vorgesetzten, wie der Sklave auf die Anweisungen seines Herrn oder der religiöse Mensch auf die als göttlich betrachteten Offenbarungen. Dabei ist es für sie irrelevant, ob sie ihre Tage im Frieden dahinbringen, hingegeben an die tägliche Arbeitsroutine, oder ob sie sich im Krieg an der Front, allein in tödlicher Einsamkeit, befinden. Einzig wichtig für ihn ist, sich selbst als Soldat zu betrachten, dessen Aufgabe in der Pflichterfüllung besteht. Die zweite Art Soldaten sind diejenigen, die sich nicht damit begnügen. Für sie bedeutet Militärdienst, sich durch Kriegseinsatz oder zumindest durch militärisches Training hervorzutun. Ihnen fällt es schwer, im Büro zu sitzen wie Angestellte, in Erwartung der Befehle der Vorgesetzten oder Gottes. Sie finden es ganz normal, sich Richtlinien zu schaffen, die sie in Form von Befehlen an ihre Untergebenen weiterreichen. Kurz gesagt, hier handelt es sich um Soldaten, die mit Gott wetteifern, wenn sie sich nicht gar selbst an dessen Stelle setzen.

Second Lieutenant Daniel Brooks gehörte zur ersten Kategorie, Major Ray Prince zur zweiten. Denn während Daniel diesem Krieg keinerlei Interesse schenkte und sich überhaupt nirgends auf dieser Welt einen Krieg wünschte, konnte Major Prince sich eine Armee ohne Krieg nicht vorstellen, besonders nachdem man ihn von Vietnam ins Königreich Saudi-Arabien versetzt hatte, zur Logistik! Vielleicht hatten ja diejenigen, die ihn versetzten, gehofft, er werde wieder Boden unter die Füße bekommen, nachdem ihm während seiner Dienstzeit in Vietnam mehrfach die Sicherungen durchgebrannt waren, was viele Opfer gekostet hatte. Dass sie dadurch Öl ins Feuer gießen würden, sahen sie nicht vorher. Der Friede ist für einen Offizier wie ihn, der in den Dschungeln von Vietnam war, einen Offizier, dessen Leitspruch »search and destroy« lautet, einen Militär, für den der Mut eines jeden Soldaten sich an der Anzahl von Feinden bemisst, die durch seine Hand den Tod fanden – der Friede ist für ihn eine Art langsamer Selbstmord. Was sollte er tun? Einfach Tag und Nacht im Depot herumsitzen und Bestellungs- und Lieferungsbelege kontrollieren, die ihm der einheimische Lieferant der Basis vorlegt? Sein Leben damit zubringen, Ingredienzien für amerikanische Essen zu inventarisieren: Pizzas, Burgers oder grüne Bohnen? Oder die Anzahl der Autos mit Fernbedienung überprüfen, mit denen die Soldaten Wettrennen veranstalteten? Oder sich für die Zahl der Whiskyflaschen oder Shampootuben interessieren, die die Soldaten konsumieren? Oder gar die Pakete mit diesen Tampons zählen, die er zur allmonatlichen Abdichtung der Soldatinnen bereitstellt, oder die Vibratoren für die weiblichen Armeeangehörigen, eine Neuerung, deren Einführung das Pentagon jüngst nach langem Drängen bewilligte? Was sollte mit all den angehäuften Waffen geschehen? Was mit der Munition? Und was war mit der Schießausbildung? Wofür hatte er Hunderten von Soldaten den Umgang mit der Waffe beigebracht? Dass sie jetzt in den Kantinen ihrer Einheiten herumhockten und sich die Wänste mit Pizzas, Burgers und grünen Bohnen vollschlugen? Oder dass sie in den Bars des Standorts herumhingen, Bier und Whisky schlürfend, sehr viel mehr, als ihnen guttat, miteinander im Streit oder sonst dem Konsum von Haschisch und anderen Drogen hingegeben? Oder dass sie miteinander herumhurten oder -wichsten? Nein, der Friede ist das Grab eines jeden Soldaten, nicht des Krieges, wie manche behaupten. Sein ganzes Leben hatte Major Prince an der Drehbank des Krieges gewirkt. Und wenn es nach ihm gegangen wäre, hätte er direkt in den irakisch-iranischen Krieg eingegriffen und sich nicht auf die Lieferung von militärischen Informationen an die Iraker beschränkt. Und sogar diese Rolle spielten er oder sein Bataillon nicht direkt, alles musste über die saudischen Verbündeten laufen. So lauteten die Befehle. Weder Amerika noch das fucking Kingdom von Saudi-Arabien wollten sich direkt militärisch einmischen. Nicht einmal als amerikanische Bürger in der Botschaft in Teheran Übergriffen ausgesetzt waren, wollte man sich militärisch engagieren. Stattdessen schickte man ein fucking amateurhaftes Kommando, das in der Wüste eine Bruchlandung erlebte. Das Resultat war bekannt: Weder nach der Landung dieser Gruppe aus Dilettanten in der iranischen Wüste noch als die Iraker in eine nicht beneidenswerte Lage kamen, weil die iranischen Streitkräfte alle besetzten Städte zurückgewannen, irakisches Territorium und Ölfelder besetzten und sogar der Stadt Basra gefährlich nahe kamen, wollte jemand eingreifen. Die Saudis behaupteten, sie wollten nicht in eine Falle treten, und ließen die Iraker in ihrem Namen kämpfen. Anfangs unterstützten sie sie noch mit Geld und Waffen, aber am Ende ließen sie sie allein. Und so waren dann beide Seiten, die irakische und die iranische, nach etwa acht Jahren wieder an dem Punkt angelangt, an dem sie den Krieg begonnen hatten. Die Millionen von Verwundeten, die über eine Million Tote auf beiden Seiten, ganz zu schweigen von den Gefangenen – das war eine andere Geschichte. Für Major Ray Prince ein primitiver Krieg. Wirklich nicht der Bilderbuchkrieg, den er sich vorstellte, aber wenigstens ein Krieg, nicht wie hier: im fucking Kingdom von Saudi-Arabien verstreut, wo man nichts anderes tat als Waffen zu pflegen und instand zu halten. Man ölte sie, nahm sie auseinander und setzte sie wieder zusammen. An einigen nagte gar der Rost, für ihn eine Horrorvision. Auch der Afghanistan-Krieg im Hindukusch-Gebirge, der ihn, zumindest wegen seiner Beziehung zu den Sitzungen der Sahawat, sehr beschäftigte, war zu Ende gegangen, und die Russen hatten schließlich Afghanistan verlassen. Man konnte sie im Fernsehen anschauen. Einige hatten auf ihre Panzerfahrzeuge »Willkommen, Heimatland!« geschrieben oder »Die Genossen, die im Kampf gefallen sind, leben weiter mit uns«. Die rostigen Panzer der Roten Armee standen überall herum und dienten den Kindern als Spielplatz. Es fiel ihm nicht leicht zu denken, dass es auch mit ihnen, den Marines, einmal auf diese Weise enden sollte, egal, ob im Königreich Saudi-Arabien oder sonst wo. Was sich in Vietnam abgespielt hatte, durfte sich nicht wiederholen. Ray Prince hatte geglaubt, die Generäle im Pentagon hätten die Lektion gelernt. Aber nichts davon. An allen Fronten war es ruhig. Und für einen Soldaten gibt es nicht Elenderes als Friedenszeiten. »We must stop this foolishness!«

Nur diesen letzten Satz hörte Daniel Brooks von Major Ray Prince, mehr nicht. Aber sein Verhalten, sein ganzes Tun und Lassen in der Zeit nach der Feuereinstellung zwischen Irak und Iran oder nach dem Abzug der russischen Truppen aus Afghanistan sechs Monate später, vermittelte ihm den Eindruck, dass der Major sich an die Persönlichkeit zurückerinnerte, die er vor seiner Versetzung nach Saudi-Arabien gewesen war. Der gestrenge Major musste zu seiner ehemaligen Tätigkeit zurückkehren: den Feind zu verfolgen und zu vernichten. Natürlich gab es eine Unterscheidung, die unterschiedlichen Kategorien, von denen Daniel gesprochen hatte, auch unter den Militärs, die in der Basis wohnten, sogar unter den Verheirateten, die meist ihre Familien mitgebracht hatten oder sich bemühten, dass die Familien sie von Zeit zu Zeit besuchen konnten. Die Mehrheit der Militärs, mit denen Daniel in der Basis im Café saß, besonders diejenigen, die älter waren als er und die er überflügelt hatte, obwohl sie gemeinsam im Vietnamkrieg gewesen waren, oder diejenigen, die nicht mit ihm in der Logistikeinheit zusammenarbeiteten, klagten über die harte, anstrengende Pflichterfüllung – sie nannten es Zeitverschwendung –, die ihnen täglich abverlangt werde und die ihnen kaum Zeit lasse, im Café zu sitzen und die angenehme, ruhige Atmosphäre zu genießen oder die – verglichen mit der Luft auf den Übungsplätzen mit ihren ständigen Sandstürmen – saubere Luft zu atmen. Nach all dem Drill könne man nur noch schlafen, Bier trinken oder sich auf der Stube erholen, was immerhin noch besser sei als ins Standortkino zu gehen. Ihrer Meinung nach war der richtige Krieg all den Kriegsspielereien vorzuziehen. Im echten Krieg seien die Pflichten klar. Jeder habe seine ihm zugewiesene Aufgabe. Außerdem würde den Offizieren im Krieg besser gehorcht, auch wenn sie nicht direkt daran teilnähmen, wie beim irakisch-iranischen Krieg und im russischen Krieg in Afghanistan. Kaum spürten sie ihre Bedeutung in jenem Krieg, da bildete sich zwischen den Offizieren und den einfachen Soldaten eine Art Kameradschaft oder gar Brüderlichkeit. Aber unglücklicherweise werden die meisten jener Offiziere in Friedenszeiten von einem Tag auf den anderen zu wilden Tieren. Dann sehen sie den einfachen Soldaten als potentiellen Feind, den es zu bekämpfen, wenn nicht gar zu vernichten gelte. Ein wirkliches Dilemma. Waren das diejenigen, die er früher gekannt hatte? Auch wenn Daniel nicht alles einleuchtete, was er von den Soldaten hörte – vielleicht weil er aufgrund seiner Arbeit nie an der Front war –, hatte er doch das Gefühl, manches davon könnte im Fall von Major Ray Prince stimmen. Vielleicht meinten sie auch nur ihn. Doch er sprach sich darüber mit niemandem aus, weder in der Kantine noch während der Kaffeepause oder auf einer Parkbank in der Luftwaffenbasis. Daniel Brooks bewahrte Stillschweigen. Er hörte nur zu. Vielleicht hielt er das Ganze für übertrieben und erwartete, der Major werde nach einiger Zeit schon wieder zur Vernunft kommen. Doch vergebens. Ray Prince konnte nicht anders, als sich selbst treu zu bleiben, Major Ray Prince, mit aller Grobheit und aller Eigenmächtigkeit, die er in sich trug. Daniel konnte schließlich nicht anders, als mit seinem Freund David Barbiero, dem schwarzen Whitman, als Einzigem über das Thema reden. Vielleicht wollte er Hilfe bei der Versetzung an einen anderen Standort, dem amerikanischen Standort in Hafar al-Bâtin beispielsweise, auch wenn es wohl schwer war, dies rasch umzusetzen. Und weil, was Ray Price mit ihm in einer kalten Nacht gemacht hatte, zu vorgerückter Stunde in der Mutter aller Basen, der Militärbasis in Dahrân, sich mit ihm oder einem anderen Soldaten wiederholen konnte. Er hoffte, dass dies nicht passieren würde, wegen des Zorns und der Verachtung, die ihm gegenüber Major Prince wieder an den Tag legte, als er zu dem gestrengen Major zurückgefunden hatte, wie er ihn davor kannte. Mit keinem anderen Soldaten hatte er ihn je ohne Strenge umgehen sehen. Ja, das war die Erfahrung aller Soldaten der Logistikeinheit. Aber Verachtung? Bis er sich von einem Tag auf den anderen von Smiley Man in Shit Man verwandelte, als ob die katholische Ehe zwischen ihnen beendet war. Einer musste den anderen meiden.

An dem Tag, an dem die Nachrichtenagenturen und die Medien den Abzug der russischen Soldaten aus Afghanistan gemeldet hatten, wurde heftig an Daniel Brooks' Tür gepocht. Er war gerade eingeschlafen und musste sich sehr überwinden, seine Decke wegzuschieben und aufzustehen. Es war Februar und speziell in jener Gegend meist sehr kalt; die Basis lag außerdem noch auf einem ziemlich hohen Hügel am Rand der Wüste. Er öffnete die Tür. Es war Major Prince, und im ersten Augenblick hatte er Lust, ihn zu fragen, weshalb es eigentlich keine Heizung gebe, doch es kam nicht dazu. Nicht weil er insgeheim über seine Naivität lachte, als er sich daran erinnerte, wie ihn der Major vor Jahren an seinem ersten Tag in der Armee wegen seiner Nörgelei über die Hitze im Depot bestraft hatte, sondern weil ihm der Major keine Zeit zum Nachdenken ließ. Kaum hatte er die Tür geöffnet, da stürzte sich sein Vorgesetzter auf ihn und packte ihn am Schlafittchen. Er machte sich über ihn her, bevor er sich auch nur die Augen reiben konnte, um sich darüber klar zu werden, dass er nicht träumte. Es war das erste Mal, dass ihn der Major zu solch vorgerückter Nachtstunde aufsuchte, ja, es war auch das erste Mal, dass Daniel ihn in einem solchen Zustand sah. Hätte er ihn nicht gestützt, wäre er unweigerlich umgekippt. Er war betrunken, sternhagelvoll. Ein penetranter Whiskygeruch entströmte seinem Mund. Die dürftigen Reste in der Johnnie-Walker-Flasche, die er mit der linken Hand umklammert hielt, sprachen Bände. Daniel wusste, dass der Major viel trank, wie übrigens nicht wenige Soldaten auf der Basis, doch so betrunken, dass er sogar das Gleichgewicht verlor, sah er ihn zum ersten Mal. Er musste sich rasch zusammennehmen und die Kälte innerhalb und außerhalb des Zimmers vergessen. Zunächst versuchte er, ihn in seine bescheidene Stube zu bugsieren. Doch als er spürte, dass ihn der Major schob, fügte er sich seinen Wünschen. »Shit man, take care!«, lallte der Offizier mit einer Stimme, die ebenso schwankte wie er selbst. »I give orders here.« »Okay sir!«, erwiderte Daniel und nahm Haltung an, obwohl die Situation eher lächerlich war: Daniel im Schlafanzug, sein Vorgesetzter zwar in Uniform, doch mit einem Hemd, an dem alle Knopflöcher offen waren und das teils aus der Hose hing. Er musste sich den Wünschen seines Vorgesetzten fügen, egal, was dieser für ihn in petto hatte. Den Wortschwall aus dem Mund des Majors verstand er nicht. »Fuck off!« Doch seine Gesten und sein anfängliches Zerren an Daniels Schlafanzug – was ihm nicht leichtfiel, weil er die Whiskyflasche festhielt und von Zeit zu Zeit daraus schlürfte – ließen keinen Zweifel, dass er dem Major auf jeden Fall zu folgen habe. Er musste sich irgendwie noch rasch anziehen. In seiner ordentlich aufgeräumten Stube brauchte er nicht lange, um seine Uniform zu finden. Er schlüpfte hinein und kehrte zum Major zurück, der mit seinem ganzen Gewicht an den Türrahmen gelehnt dastand und auf seinen Untergebenen wartete. »Fuck off, soldier!«, lallte er mehrfach vor sich hin und ging voraus. Draußen auf der asphaltierten Straße, die die ganze Basis von Nord nach Süd durchquerte, sah Daniel einen kleinen Jeep stehen, das Auto des Majors, das er nur für private Zwecke benutzte. Der Major führte ihn, als wäre er, Daniel, betrunken, nicht er selbst. Er schob ihn auf den Beifahrersitz und schloss die Tür. »We take a little trip around«, sagte er, umkreiste das Auto, erklomm den Fahrersitz und setzte sich hinters Steuer. »Fuck off.« Das hatte er inzwischen schon sieben-, achtmal gesagt, doch diesmal schlug er dazu noch mit den Händen aufs Lenkrad und hörte damit erst auf, um die Whiskyflasche zu öffnen und den Rest in sich hineinzuschütten. Dann warf er sie hinten ins Auto, ließ den Motor an und drückte aufs Gas. Daniel wusste in diesem Augenblick nichts anderes zu tun, als ein Kreuz zu schlagen, und als er den spöttischen Kommentar des Majors hörte, »fuck them all!«, murmelte er fast unhörbar: »Im Namen des Vaters und des Sohnes und des Heiligen Geistes.« »We go to … war«, lallte der Major, »this time I will show you how to be a real soldier.« Nun wurde es Daniel unheimlich zumute. Der Major kurvte durch die Basis, sternhagelbetrunken, wie er war, und Daniel hatte nicht die geringste Ahnung, wohin die Reise ging. Für beide schien es eine abenteuerliche Fahrt ins Ungewisse. Was, wenn der Major die Kontrolle über das Lenkrad verlor und das Fahrzeug in eines der Gebäude prallte? Wie sollte Daniel seinem Vorgesetzten klarmachen, dass er nicht nur idiotisch handelte, sondern auch gegen Reglements verstieß oder sich sogar strafbar machte, mit möglicherweise verhängnisvollen Folgen. Aber ein Soldat bei den Marines, auch ein Second Lieutenant, hat seinem Vorgesetzten gegenüber gehorsam zu sein, selbst wenn dieser etwas falsch macht. Vergeblich versuchte er, ihn zur Vernunft zu bringen. Besonders wütend machte ihn dabei, dass der Major immer wieder den Kopf aus dem Fenster streckte und in die Nacht hinausbrüllte: »I want to show this soldier what a friend is!« Gleichzeitig drückte er mit beiden Füßen auf den Gashebel. Daniel musste noch ein wenig warten, dann hielt das Auto jäh an und er konnte hinausspringen. Doch der Major hielt ihn sofort am Ärmel fest. Glücklicherweise stand der volle Mond am Himmel und erhellte den Platz, der, silbern schimmernd, dem Meer glich. Er lag genau an der Mauer, die die Basis abschloss. Dahinter begann die alte Wüstenstraße.

Als Daniel sich an der Schule der saudisch-amerikanischen Freundschaft für die Aufnahme Sâras einsetzte, der Tochter Ghâsi al-Dschâssis, des Vertragslieferanten an der Luftwaffenbasis, erfuhr er zum ersten Mal von der Existenz archäologischer Stätten. Auf dem Schreibtisch der Direktorin weckte ein Bild seine Aufmerksamkeit. Genau genommen war es die Zeichnung eines hübschen Mädchens auf dem Totenbett. Wahrscheinlich hätte er kein so großes Interesse an diesem Bild gezeigt, das in einem offenbar nicht ganz billigen Holzrahmen untergebracht war, wenn er nicht nach etwas Unverbindlichem gesucht hätte, um mit der Direktorin ins Gespräch zu kommen. Was hätte da nähergelegen als ein solches Bild? »Oh, this picture is nice, isn't it?« Woraufhin ihm die Direktorin stolz erzählte, das sei das Werk einer begabten Schülerin, das sie nach einem Bild im Museum von Damâm gezeichnet habe. Da nun Daniel Brooks einer der wenigen war, die auf Zufälle reagieren, beschloss er am Tag darauf, das Museum aufzusuchen, nicht nur wegen jenes Bildes, sondern weil er zum ersten Mal von der Existenz eines Museums im Reich des Staubes erfahren hatte. Zu seiner Überraschung war es völlig leer, und die paar Angestellten begrüßten ihn mit übertriebener Zuvorkommenheit, als könnten sie nicht glauben, einen Besucher zu sehen. Der Direktor ergriff sogar die Gelegenheit, den Besucher zu einer Tasse arabischen Kaffees zu sich zu bitten. Während sie in seinem einfachen Arbeitszimmer zusammensaßen und danach Daniel durch die bescheidenen Ausstellungsräume geführt wurde, plauderte der Direktor mit ihm in passablem Englisch, das hörbar amerikanisch beeinflusst war. Er wiederholte mehrfach, wie erfreut er war, einen Gast im Museum willkommen heißen zu können. »The people don't believe that we have any museum«, erklärte er und zeigte Verständnis dafür. Auch er könne es manchmal nicht glauben, weil sie alle ihre archäologischen Funde der zentralen Museumsverwaltung in Riad vorlegen müssten. Außerdem dürften sie ohne die Einwilligung der Sittenpolizei keine Ausgrabungen vornehmen oder archäologische Debatten führen, weswegen die meisten archäologischen Delegationen ihre Sachen gepackt hätten und gegangen seien. »Which expert would accept to work in these conditions?« Eine rhetorische Frage des Direktors, der natürlich wusste, dass Archäologen im Allgemeinen sehr daran interessiert sind, Pionierarbeit zu leisten und Neues zu entdecken. »But at any rate, we have some pieces here.« Das Museum enthielt leider wirklich nur einige wenige unspektakuläre Gegenstände. Ein paar Bilder, die die Altertümer dokumentierten, die man gefunden hatte. Ein paar Bilder von Wandmalereien oder von archäologischen Fundstücken. Trotzdem war er glücklich, weil das Amt ihnen wenigstens ein paar Bilder überlassen hatte. Danach erklärte er, alle die Fundstücke, die hier zu besichtigen seien, gingen auf die Zeit der sogenannten Obeidkultur zurück, die in der Ostregion im zweiten vorchristlichen Jahrtausend zu Hause war. Man sei aber auch in Tell Akka in der Stadt Eridu im Süden des Irak auf ähnliche Funde gestoßen, die aus dem fünften vorchristlichen Jahrtausend stammten und dieselbe Art der Tonwarenproduktion aufwiesen. Daraus seien zwei Theorien über den Ursprung jener Zivilisation entstanden: deren erste behauptet, sie komme aus dem Irak, während die zweite behauptet, sie stamme aus der Ostprovinz Saudi-Arabiens. Schließlich erkundigte sich Daniel nach dem Bild, das er auf dem Tisch der Direktorin gesehen hatte. Warum der Museumsdirektor lächelte, als er antwortete: »I see you like the picture?«, verstand Daniel nicht, bestätigte es aber: »Yes, it is a great one!« Der Direktor führte ihn in eine Ecke, wo das Bild in einer würfelförmigen Vitrine aufbewahrt war. Es zeigte ein Mädchen, das auf einer Bahre aus Holz und Metall lag mit vier Beinen in Form von Statuen, deren Gesichter auf das Mädchen schauten. Es stamme, erzählte der Direktor, von einer wichtigen Ausgrabungsstätte östlich von Dschubail an der alten Handelsroute, die diese Stadt mit Basra im Süden des Irak verband. »You see?« Er erklärte ihm den Unterschied zwischen den heute üblichen und den alten Gräbern. In Ersteren blickt das Gesicht des Toten in Gebetsrichtung, in Letzteren wird der Leichnam in Ost-West-Richtung gebettet. Die neuere Version repräsentiert Nord-Süd, die alte Ost-West. Seltsam, nicht wahr? »Yes, very strange.« Doch noch seltsamer war für Daniel zu erfahren, dass auf dem sogenannten Gräberfeld Dahrân-Süd, dem großen Friedhof, der ins zweite vorchristliche Jahrtausend zurückreicht und nach Aussage des jungen Museumsdirektors Gräber aus der Sumererzeit enthält, Teile der amerikanischen Basis lagen, ganz im Süden, bei der Mauer, die die Basis von der alten Wüstenstraße trennt. Es war das Gelände, das der Basis als Schießplatz diente, die Stelle, wo Daniel jetzt stand und mit seinen Stiefeln auf dort ruhenden Toten herumtrampelte. Als er den Major auf diese Geschichte aufmerksam machte und ihn gleichzeitig daran erinnerte, dass Gott in der Bibel die Menschen aufforderte, die Toten zu ehren, versuchte der Major abzuwiegeln. »Forget the Bible, please!«, sagte er, doch Daniel blieb hart: »That's the law, sir, I cannot forget it.« Er begann aus dem Alten Testament zu zitieren: »Auch wer anrührt auf dem Felde einen, der erschlagen ist mit dem Schwert, oder einen Toten, oder eines Menschen Gebein oder ein Grab, der ist unrein sieben Tage.« Er wolle keiner von diesen Unreinen sein, die der Fluch des Herrn trifft, und das Terrain, auf dem sie ihre Schießausbildung absolvierten, sei voller Gebeine. Dieser Satz und Daniels Versuch, weitere Passagen aus dem Alten Testament anzuführen, ließen den Major die Stirn runzeln und wütend schnauben. Er haute mit beiden Händen auf den Tisch und rief: »I am the God of the soldiers, Shit Man, and I will send this fucking museum director to the Hell.« Eine Drohung, die er wohl nicht in die Tat umsetzen konnte. Denn als Daniel eine Woche später ins Museum ging und sich nach dem Direktor erkundigte, gingen ihm alle Angestellten aus dem Weg. Und als er Ghâsi al-Dschâssi fragte, erklärte ihm dieser, niemand wisse etwas Genaues. »All the director's family disappeared, nobody knows.« Als er wissen wollte, woher er das habe, antwortete Ghâsi: »Because the girl who did the picture is a close friend of Sâra.« Danach schlief Daniel mehrere Nächte nicht mehr gut. Die ganze Familie des Direktors erschien ihm im Traum, Zombies wie diese Gestalten, die die alten Bücher bevölkern. Sein Gewissen plagte ihn. War er verantwortlich für ihren Tod? Waren sie im alten Friedhof bei ihren Ahnen bestattet? Es gab da Stellen mit Gräbern, die zum Schießplatz geworden waren. Wie viele Tote sich da wohl drängten? Der Major versuchte vergeblich, Daniel dorthin zu Schießübungen zu bewegen. Aber die Alarmbereitschaft, in der sich die Luftwaffenbasis wegen des Krieges zwischen Irak und Iran befand, verhinderte, dass er sich auf dem Schießplatz mit Daniel allein aufhielt. Immer waren andere Soldaten und spezielle Schießoffiziere dabei. Doch ein Militär vom Schlage des Major Prince besitzt das Gedächtnis aller Kamele in der Wüste, und nichts wird ihn hindern zu tun, was er sich in den Kopf gesetzt hat. Wenn nicht nüchtern, dann eben betrunken. Offensichtlich genügte es dem Major nicht, Daniel an diesen Ort zu bringen, er musste ihn auch noch demütigen. War das die Front, seine Front, von der er gesprochen hatte? Der Major ging zum Kofferraum und hievte eine Munitionskiste heraus, mit deren Inhalt man eine ganze Nacht herumballern konnte. Daniel wusste das. Und vielleicht hatte der Major ja noch weitere Kisten dieser Art parat. Wollte er sich wirklich für alle diese Tage entschädigen, an denen es ihm nicht gelungen war, mit Daniel allein auf dem Schießplatz zu sein? »Now only you and me, Shit Man«, rief er und ließ die schwere Kiste auf den Boden fallen. Doch es war weniger ihr Aufschlag, der in der Nacht widerhallte, als die Stimme des Majors, der schrie: »You see, Shit Man?«, und keuchend wie ein tollwütiger Hund hervorbrachte: »Look there!« Nun verstand Daniel die Absicht hinter diesem nächtlichen Besuch auf dem Schießplatz. Er sollte auf die zylinderförmigen Metallfiguren schießen, die in der Ferne als Zielscheiben aufgestellt waren, die ihm wie menschliche Wesen vorkamen, die dort festgebunden standen, schwarze Gestalten, ein Kreis von schwarzen Sklaven – in der Aussprache von Major Prince. Irgendwie kam ihm das, was er in jenem Augenblick sah, wirklich vor, nicht wie eine dieser Halluzinationen, die ihn seit dem Verschwinden des Museumsdirektors und seiner Familie heimsuchten. Den Major jetzt zu bitten, sich die Ziele aus der Nähe betrachten zu dürfen, wäre nutzlos gewesen. Er hätte nur noch mehr getobt. Es gab keinen Ausweg. Der Major richtete sich auf und reichte Daniel ein Gewehr, das er aus dem Kofferraum geholt hatte. »You have to show me how to shoot«, schrie er und zeigte auf die Zielfiguren, und in jenem Augenblick beherrschte Daniel nur noch ein Gedanke: Weg von hier! Koste es, was es wolle. Er nahm alle seine Energie zusammen und rannte weg, so schnell er konnte, und weder das Geschrei des Majors noch die Warnschüsse, die er hinter ihm herschickte, ließen ihn innehalten.

Mehr als zwei Monate war Daniel krankgeschrieben. Anfangs lag er eine Woche im Krankenhaus der großen Erdölfirma ARAMCO. Dann ordnete der zuständige Arzt an, ihn ins Lazarett der Châlid-Ibn-Abdalasîs-Garnison zu überführen. Der Arzt kannte die Geschichte, die schon am Tag danach in der Basis in aller Munde war, so dass man ihr kaum mehr ausweichen konnte. Major Ray Prince hatte sich ja nicht damit zufriedengegeben, Daniel hinterherzuschießen, sondern hatte, nachdem ihm sein »Opfer« entkommen war, eine regelrechte »shooting orgy« begonnen, wie es in dem Bericht hieß, den ein Militärgericht am folgenden Tag anfertigte. Er verschoss den gesamten Munitionsvorrat aus der Kiste auf die Figuren, doch zu seinem Pech verfehlten alle Kugeln ihr Ziel. »Thousand and one shot, and no one hit the goal«, erklärte ihm das Gericht spöttisch. Man zählte die Patronen, die auf dem Platz herumlagen. Keines der tausendundeins abgefeuerten Geschosse hatte getroffen. »Wie konnte das geschehen?«, fragte ihn das Gericht. Ein böses Omen für ihn! Der Krieg, mit dem er einen seiner Soldaten vertraut machen wollte, hatte ans Licht gebracht, dass der Kommandeur selbst, Major Ray Prince, die Kunst des Schießens verlernt hatte. Genau das Argument, das er gegen den Second Lieutenant Daniel Brooks ins Feld geführt hatte, wurde damit hinfällig. Offensichtlich habe er einfach herumballern und einen seiner Soldaten zum Mitmachen zwingen wollen. Das Gericht fand den Major schuldig, den Soldaten als Vorwand für seine Schießerei zu vorgerückter Nachtstunde missbraucht zu haben. Es war das erste Mal, dass Major Prince sich einem militärischen Disziplinargericht stellen musste und einen Verweis erhielt, für seine Personalakte eine böse Sache. Schließlich hatte er schon sehr lange bei den Marines gedient. Man hatte ihn von Vietnam nach Saudi-Arabien versetzt, weil er, jedes Mal wenn er eine Flasche Whisky getrunken oder etwas Marihuana geraucht hatte, die Kontrolle über sich verlor. Damals nahm er den Jeep, fuhr herum, schoss auf Zivilisten und grölte: »Search and destroy.« Doch obwohl er mehrfach Personen getötet hatte, war er nie bestraft worden. Diesmal nun erhielt er statt des erträumten Ordens einen Verweis, der weitere Beförderungen verunmöglichen würde und in dessen letztem Absatz die Empfehlung stand, ihn in die amerikanische Garnison Hafar al-Bâtin zu versetzen. Damit wäre er nicht mehr Vorgesetzter von Daniel Brooks. Dieser erfuhr all das erst später im Lazarett der Châlid-Ibn-Abdalasîs-Garnison, wo er in der Abteilung für Nervenkrankheiten lag. Es war sein Freund David Barbiero, der es ihm erzählte; dieser arbeitete damals an einem Ort unweit des Krankenhauses in der Basis Hafar al-Bâtin.

Daniel verließ das Lazarett in bester Gesundheit. Er war nur allmählich genesen. Erstens vom Schock der Schießerei, besonders, da er erfuhr, er werde zu seiner Einheit zurückversetzt; zweitens vom Schuldgefühl wegen des Verschwindens des Museumsdirektors und seiner Familie. Es war doch kaum möglich, dass eine ganze Familie ins Gefängnis geworfen oder einfach beseitigt wurde, nur weil eines ihrer Mitglieder etwas gesagt hatte, was der Regierung nicht passte.

Ghâsi al-Dschâssi hatte ihm immer wieder versichert, die ganze Sache sei komplizierter und habe nichts mit ihm oder mit seinem Besuch im Museum zu tun. Wirklich nicht! »The matter is very dangerous.« Aber er erklärte ihm nie, was denn da gefährlich sein sollte. Als er dann seinen Fahrer Rajoo wieder traf, fragte er auch ihn, und dieser erklärte ihm, das sei überhaupt nichts Neues. Hin und wieder verschwänden ganze Familien, nicht nur asiatische, bei denen das schon fast Routine geworden sei. »Who cares for poor people like those?«, wie das Rajoo in seinem dürftigen Englisch formulierte. Nein, er sprach von saudischen Familien. »Every time explode bomb they take people no Wahhabi.« Wenn Rajoo vom Verschwinden nichtwahhabitischer Familien nach einer Bombenexplosion oder einem Terroranschlag irgendwo sprach, schnaufte er kräftig aus und warf sich in Pose wie die Bewohner des Königreichs. Er war stolz und behauptete, viel zu wissen, und vielleicht hatte er ja recht. Seit dem Ausbruch der iranischen Revolution wurde die Lage in Saudi-Arabien immer schwieriger, besonders in der Ostregion, die dem Iran näher war und wo die Bevölkerung meist nicht der Lehre der Wahhabiten folgte. Derlei erfuhr Daniel aber nicht von Personen, die er gut kannte, wie Ghâsi al-Dschâssi oder selbst Major Ray Prince, der seit der fehlgeschlagenen Befreiung der in der Botschaft in Teheran festgehaltenen amerikanischen Geiseln keine Gelegenheit verstreichen ließ zu wiederholen: »We have to bomb fucking Iran, all Iran!« Er erfuhr es auch nicht aus den Zeitungen, die in die Garnison kamen, »Herald Tribune« und »Washington Post« zum Beispiel. Und Rajoo legte ihm nahe, über dieses Thema nicht zu sprechen, am besten nicht einmal darüber nachzudenken. In Saudi-Arabien solle niemand seine Nase in Dinge stecken, die ihn nichts angehen, so etwas könne böse enden. »The country has a big desert.« Er hatte diese Wüste selbst gesehen. »Enough to let millions of people disappear.« Jawohl, die Wüste war groß genug, um darin Millionen von Menschen verschwinden zu lassen. Vielleicht waren es Rajoos Äußerungen, die Daniel akzeptieren ließen, was Ghâsi al-Dschâssi ihm geraten hatte: nicht zu glauben, dass das Verschwinden der Familie etwas mit ihm zu tun habe. »You do the same what Sâra does«, sagte er ihm, und meinte damit den Schock, den seine Tochter erlebte, als ihre Freundin nicht mehr zur Schule kam. Natürlich war Sâra noch ein kleines Mädchen, »a small baby«, die nicht so dachte wie ein erwachsener Mann in Daniels Alter. Die Jungen vergessen ja noch leichter. Doch Daniel beschloss, um selbst die Sache vergessen zu können, Sâra in sein Vergessen mit aufzunehmen, weil sie ihn immer wieder daran erinnerte. Jedes Mal nämlich, wenn sie ihren Vater begleitete, brachte sie Bilder ihrer Freundin mit und bat ihn in ihrem einfachen Englisch, sich das nur anzuschauen, wie schön sie seien. »How beautiful, you see?« Sie wusste, wie gern Daniel die Zeichnungen ihrer Freundin mochte. Doch er bemühte sich redlich, das Thema zu wechseln. Wenn sie nämlich einmal begonnen hatte, über ihre Freundin zu reden, war sie nur noch schwer zu stoppen. Um sie zu mäßigen, musste er sich etwas anderes einfallen lassen. So fragte er sie, wie es in der Schule gehe, ob sie sich dort wohlfühle, und er merkte genau, wie nachdenklich sie wurde, als ob sie verstünde, worum es ihm eigentlich ging. Auf seine Fragen erfolgte ein einziges Wort, »good«. Danach wusste Daniel nicht, wie er das Gespräch fortsetzen sollte, und meistens schaltete sich dann ihr Vater rettend ein: »Sâra is a great student.« Er war stolz auf seine Tochter und versäumte nie, das zu erwähnen, während er sie an sich zog, in den Arm nahm und auf den Kopf küsste. »Do you know, Smiley Man, that Sâra is number one, the best in the English class?« Und wenn er das hörte, lächelte Daniel, obwohl er bemerkte, wie sich das kleine Mädchen seit dem Verschwinden ihrer Freundin verändert hatte. Vielleicht war es ja nur eine Frage der Zeit, bis sie das Geschehene vergaß. Aber er musste etwas unternehmen.

Die Gelegenheit kam, als ihn sein Freund Ghâsi al-Dschâssi eines Tages fragte, ob er nicht auch glaube, es sei an der Zeit, dass er sein Arabisch verbessere, es sei doch nicht möglich, dass er nach all diesen Jahren in Saudi-Arabien die Sprache der Bewohner noch nicht fließend spreche. Der einzige Weg, Sâra vom Verlust ihrer Freundin abzulenken, so dachte er, sei es, sich von ihr Arabischstunden geben zu lassen. »Okay«, sagte er zu Ghâsi. »I will do that, but one condition.« »Und die wäre?«, fragte sein Freund. »My teacher must be Sâra.« Der Vorschlag fand nicht nur Ghâsis, sondern auch Sâras Zustimmung, die Daniel einen Satz sagte, der ihm nicht mehr aus dem Sinn ging: »Sâra will teach you, and ARAMCO will learn from you English.« Noch nach vielen Jahren wird er sich daran erinnern. Doch damals fand er keine bessere Antwort als zu lächeln, während er das Mädchen von sich selbst reden hörte, als bestünde sie aus zwei Persönlichkeiten.

Überraschend war in der Folge nicht so sehr die Begabung, die Sâra als Lehrerin an den Tag legte, sondern mehr noch die Begabung, die Daniel beim Lernen zeigte. In Rekordzeit, gerade einmal drei Monaten, machte er enorme Fortschritte. Die Lektionen waren auf die schulfreie Zeit konzentriert, eine Bedingung seines Freundes, denn Sâra hatte nicht allzu viel Zeit. Während der dreimonatigen Ferien schleppte ihr Vater sie täglich in die Militärbasis von Dahrân, wo die drei in Daniels Büro zusammensaßen. Der Unterricht dauerte etwa zwei Stunden, und beide, die junge Lehrerin und der alte Schüler, zeigten überragende Fähigkeiten, jeder in seiner Rolle. Ghâsi al-Dschâssi saß dabei und betrachtete die beiden mit stolzer Miene, durchaus auch gemischt mit einem Gefühl der Unsicherheit. Daniel beobachtete, wie seine Augen sich weiteten, überrascht vom Talent seiner Tochter, und wie er kurz danach die Stirn runzelte und die Lippen zusammenpresste. Vielleicht murmelte er etwas, aber es blieb unhörbar. Vielleicht beschäftigte ihn auch die außergewöhnliche Persönlichkeit seiner Tochter, und er dachte über die Gefahren nach, denen sie einst ausgesetzt sein könnte. Ein Mädchen wie sie lässt sich nicht bändigen. In den ersten Tagen versuchte er, diese Gefühle vor Daniel geheim zu halten, jedoch ohne viel Erfolg. Als dieser seinen Freund fragte, was ihn denn beschäftige, sah er, wie sich die Freude über seine Tochter nach kurzem verflüchtigte. Anfangs versuchte er, sich vor einer Antwort zu drücken, und sagte nur: »Nothing special.« Aber da Daniel nicht lockerließ, gab Ghâsi al-Dschâssi zu, was ihm durch den Kopf ging. Dieses Land, erklärte er, sei nicht sehr vorteilhaft für Mädchen. Eine Tochter zu haben sei fast schon ein Verbrechen, egal, ob Prinzessin oder Mädchen aus einfachen Verhältnissen; trotz der sozialen Unterschiede hätten die beiden ein gemeinsames Schicksal. Für eine Frau sei es schwierig, die anderen von ihrer Begabung oder ihrer Persönlichkeit zu überzeugen. »Now Sâra is a child. Can you imagine when she will be a woman?« Daniel wusste, wenn sie schon älter gewesen wäre, hätte er sie nicht auffordern können, ihm Arabisch beizubringen. Ein solcher Vorschlag wäre unmöglich gewesen. Doch um ehrlich zu sein: Anfangs dachte er nicht groß darüber nach. Vielleicht wollte er das Mädchen einfach ablenken, sie die Geschichte mit den Zeichnungen ihrer verschwundenen Freundin und die Gespräche über sie vergessen lassen. Er hatte nie wirklich daran gedacht, dass ein Mädchen in ihrem Alter, das selbst noch Schülerin war, Lehrerin sein könnte. Am Ende der drei Monate, die rasch vergangen waren, hatte er herausgefunden, dass das Mädchen mit seiner fast schon professionellen Unterrichtsart für ihr Alter sehr weit war. Sie war streng mit ihm, wie jeder ordentliche Lehrer mit einem Schüler, der seine Aufgaben nicht macht oder sich nicht auf den Unterricht vorbereitet; und wie eine richtige Lehrerin entdeckte sie die rasche Auffassungsgabe bei ihrem Schüler. So war das Lernen für ihn eine durchaus ernsthafte Angelegenheit geworden, und er zögerte nicht, Ghâsi al-Dschâssi zu fragen, ob man den Unterricht in den Frühjahrsferien fortsetzen könnte. Das, antwortete der Vater lachend, müssten sie zunächst die Lehrerin fragen, die ihrerseits ohne zu zögern mit »Yes« antwortete. Für sie war der Unterricht eine gute Gelegenheit, rasch ihr Englisch zu verbessern. Als Daniel entdeckte, dass sein Lerneifer immer intensiver wurde, drängte er auch noch auf Fortsetzung seines Arabischunterrichts während der folgenden Sommerferien. Diese beiden Ferien nannte er die Praxisperiode, eine Zeit, während der seine Wüstenfahrten mit Rajoo völlig zum Erliegen kamen. Stattdessen machte er Rundgänge durch den Markt, manchmal begleitet von Ghâsi al-Dschâssi, meist jedoch allein. Nach seinen Arbeitsstunden zog er Zivilkleidung an und ging hinaus auf den Sûk, wo er sich wie ein Einheimischer zu verhalten versuchte. Er ging von Laden zu Laden und feilschte um den Preis, und er zögerte nie, vor einem Laden stehen zu bleiben, um dem Inhaber Fragen in seinem mit der regionalen Umgangssprache gefärbten Arabisch zu stellen. Wer hätte geglaubt, dass er sich eines Tages so einfach auf der Straße mit den Leuten unterhalten könnte? Manchmal stockte er, wenn ihn sein Vokabular im Stich ließ oder er sich in einer Satzkonstruktion verheddert hatte. Aber es war gerade dieses Stolpern, das ihn drängte, noch mehr zu lernen. Er war sich durchaus der Wichtigkeit des Selbststudiums bewusst; man hatte es ihnen schon an der Marines-Akademie ans Herz gelegt. Er kaufte neben anderen Büchern auch Lernmaterial, zunächst einfache Kinderbücher. Erst nachdem sich sein Niveau verbessert hatte, ging er Stufe um Stufe weiter und besorgte sich auch anderes: Koch- und Sternbücher, Gedichtsammlungen und Romane. Aber nicht nur das, er sah sich auch, dem Rat seiner Lehrerin folgend, die täglichen TV-Serien oder das Kinderprogramm »Sesam, öffne dich!« an. Es sei durchaus keine Schande, erklärte ihm Sâra, wenn Erwachsene sich so etwas ansähen. Sie war überzeugt, er könne von Serien dieser Art viel lernen. In kuwaitischen Fernsehkanälen sei das alles zu finden. Er wusste, dass sie recht hatte. Schon als Junge in Queens in New York ließ er keine Gelegenheit aus, sich die »Sesamstraße« anzuschauen. Dass er das einmal in arabischer Synchronisation sehen würde, daran hatte er damals nicht gedacht. Wenn ihm ein Wort unbekannt war, suchte er es im Lexikon. Wenn er es dort nicht fand, fragte er Sâra oder Ghâsi al-Dschâssi oder jemanden auf dem Markt. Das fanden die Leute bemerkenswert: dass er, wenn er ein Wort nicht verstand, sein kleines Wörterbuch aus der Tasche zog und nachschaute. Er bat den Verkäufer, sich kurz zu gedulden, bis er es gefunden habe. Aus diesem Grund gab man ihm auf dem Markt den Spitznamen »Wörterbüchler«. Sein Lerneifer intensivierte sich ständig. Kaum waren die Sommerferien vorüber, da wartete er schon ungeduldig auf die Frühjahrsferien. Es war, als hätte er einen neuen Planeten entdeckt, als hätten seine Füße zum ersten Mal das Land der Sprachen betreten. Er war wie berauscht von dieser neuen Welt, und es drängte ihn nach immer mehr. Dass seine Einheit in Alarmzustand versetzt wurde und nicht nur seine Kameraden, sondern auch die Leute der Gegend vom Krieg zu reden begannen, kümmerte ihn nicht groß. Das irakische Heer war in Kuwait eingefallen und musste von dort vertrieben werden. Das hörte er überall. Dass zu diesem Zweck aus verschiedenen Ländern der Welt, aus vierunddreißig Staaten, Truppen eintrafen, auch das interessierte ihn nicht. Nein, all das, was auf den Ausbruch eines Krieges hindeutete, ließ ihn gleichgültig. Für Daniel Brooks zählte nur die Fortsetzung seines Lernprogramms, und darauf drängte er. Er konnte noch nicht wissen, dass der Unterricht in den Frühjahrsferien nicht wie im Jahr zuvor durchgeführt würde. Noch in den Sommerferien hatte er trotz der hektischen Aktivitäten, die auf seiner Militärbasis in Dahrân, wie auf alle anderen Basen, nach der Invasion der irakischen Streitkräfte in Kuwait eingesetzt hatten, immer Zeit gefunden zu lernen. Doch dann begann nur vier Wochen vor Beginn der Frühjahrsferien im Nordosten des Staubreichs ein weiterer Krieg. Und dieses Mal spielte er sich nicht in fernen Landen ab, sondern betraf das Schicksal aller Golfstaaten. Es war ein Krieg, den sein Land, die Vereinigten Staaten von Amerika, anführen sollte, ein Krieg, an dem militärische Einheiten aus verschiedenen Ländern der Welt teilnahmen. Und eine dieser Einheiten, die an die Front zogen, war genau die seine, die in der Mutter aller Basen stationiert war, auf dem Luftwaffenstützpunkt Dahrân. Wäre der gestrenge Major Ray Prince noch da gewesen, hätte er ihm sicher gesagt, jetzt könne er sich nicht mehr drücken. »Jetzt musst du den Krieg erleben, jetzt musst du tun, was ich immer von dir verlangt habe: search and destroy.«

6. DER WEG IN DIE GRUBE

Im Gegensatz zu anderen Einheiten der amerikanischen Streitkräfte, insbesondere der Marines, die während des gerade einmal zwei Monate dauernden Krieges nur an einer Stelle kämpften, musste Daniel mit seinen Leuten sich ständig von Front zu Front bewegen, von einem Ort zum anderen. Sie arbeiteten wie die Bienen, fuhren dahin und dorthin und versorgten die Truppen mit Stiefeln, Socken, ja, ganzen Uniformen, Haarwaschmittel und Essbarem, mit allem Nötigen. Wo Bedarf war, wo die Verpflegung sich dem Ende zuneigte oder Munition gebraucht wurde, tauchten sie auf. Ihre Transportmittel waren Spezialhubschrauber. Mit diesen wurden die Einheiten versorgt, die nach Kuwait City vorstießen oder danach den fliehenden irakischen Truppen über die Grenze bis nach Basra nachsetzten. Manchmal verwendeten sie auch Transportflugzeuge, oder es kamen, bei kürzeren Distanzen und in Ausnahmefällen, auch Lastwagen zum Einsatz, zum Beispiel bei der Versorgung der Infanteriestreitkräfte der Marines in Chafadschi gleich bei der kuwaitischen Grenze, als es hieß, eine irakische Division sei dort eingedrungen als erster Schritt eines irakischen Bodenangriffs auf Saudi-Arabien, oder bei der Versorgung anderer Marines, die im letzten Augenblick landeten, um eindringende irakische Streitkräfte aufzuhalten. In beiden Fällen erhielt Daniel Brooks Order, eine Anzahl Lastwagen verfügbar zu machen, um den erforderlichen Nachschub in diese Wüstengebiete zu transportieren, in erster Linie Nahrungsmittel und Wasser. Warum die irakischen Einheiten den mehr oder minder selbstmörderischen Schritt unternahmen, in Chafadschi einzudringen, war nur schwer zu verstehen. Diese armen Soldaten wurden losgeschickt, um gegen nicht nur zehnmal so starke, sondern auch technisch und ausrüstungsmäßig weit überlegene Streitkräfte anzutreten. Es war eine höchst ungleiche Konfrontation. Einige Soldaten, die in Gefangenschaft geraten waren oder sich ergeben hatten, erzählten, die amerikanischen Einheiten seien näher gerückt, nachdem sie selbst schon mehr als drei Wochen in den Stellungen eingegraben waren. Aus Bagdad habe man ihnen befohlen auszuharren, bis zum letzten Mann Widerstand zu leisten und keinem Vorgesetzten zu gehorchen, der sie zum Rückzug auffordere. Das sei nur Irreführung. Der Irak werde sich niemals aus Kuwait zurückziehen, und damit basta. Die Soldaten glaubten das oder ließen sich täuschen. Sie blieben in ihren Stellungen und ertrugen die grimmige Kälte in der Wüste, völlig abgeschnitten von der Außenwelt. Sie ernährten sich von den wenigen noch verbliebenen Dosen mit Essbarem und löschten ihren Durst mit den noch vorhandenen Wasserresten. Sie hatten nicht einmal vom Ende des Krieges und von der Kapitulation des Irak erfahren. Daniel konnte es von ihren Gesichtern ablesen, in die Erschöpfung, Erbitterung und Einsamkeit tiefe Falten gegraben hatten. Wenn sie nicht den Mund aufgemacht und gesprochen hätten, er hätte geglaubt, sie stammten von einem anderen Stern oder seien wie die Siebenschläfer in längst vergangenen Zeiten. Wer nicht umgekommen war, konnte von Glück sagen, nicht nur, weil er in Gefangenschaft kam, sondern weil er auf einen amerikanischen Soldaten traf, der ihm zu essen und zu trinken gab. Mehr noch, der mit ihnen in ihrer eigenen Sprache sprach. »Wer hätte das gedacht?«, sagte ihm einer der Gefangenen, ein junger Mann, der auch erzählte, ihre Einheit sei trotz allem noch in einem besseren Zustand als das übrige Korps, das sich zurückgezogen hatte, um bei Hafar al-Bâtin zu kämpfen. Sie seien die beiden einzigen Infanteriebataillone, die ihre Führung zu den hinteren Linien trieb. Ihr Verbleiben dort in Chafadschi diente angeblich der Deckung oder der Tarnung eines letzten Landangriffs, den die Einheit unternahm, die sich bei Hafar al-Bâtin abgesetzt habe. Sie säßen jetzt sicher in ihren Stellungen und kämpften gegen den Dreck, die Einsamkeit und die Angst. Es seien sicher dreimal so viel wie hier bei Chafadschi; die genaue Zahl kenne er aber nicht. Er habe einen guten Kameraden, und wenn er von ihm spreche, müsse er noch immer schwer schlucken. Sie hätten sich voneinander verabschiedet, überzeugt, sich nie mehr wiederzusehen. Er hoffe, er sei in Gefangenschaft geraten oder hätte fliehen können. Warum er das hoffte, brauchte der Soldat Daniel nicht zu erklären. Was er sagte, klang zutiefst aufrichtig. Er war glücklich, in Gefangenschaft zu sein. Glücklich, noch am Leben zu sein. Daniel konnte sich nicht lange mit ihm unterhalten. Der Gefangene musste auf den Lastwagen steigen, der die irakischen Soldaten ins Militärgefängnis von Dahrân brachte. Er fragte ihn nur noch rasch nach dem Namen seines Freundes im eingekesselten Bataillon in der Wüste von Hafar al-Bâtin. Sollte es da Gefangene geben, werde er nach ihm suchen und ihm Grüße von ihm bestellen. »Fragen Sie nach dem Unbekannten Soldaten«, sagte der Soldat, »dann wird man ihn Ihnen zeigen. Ein komischer Name für einen Soldaten! Natürlich nicht sein richtiger Name, mein Freund will aber nur so genannt werden. Er sagt, jeder Soldat ist ›der Unbekannte Soldat‹, der an irgendeiner Front fällt.« Daniel Brooks lächelte und verabschiedete sich, nicht ahnend, dass aus dem Soldaten, der sich als »Unbekannter Soldat« bezeichnete, Dutzende von Unbekannten Soldaten bei Hafar al-Bâtin würden.

Das letzte Bild, das sich in seinem Kopf festsetzte, war das von Soldaten, deren Zahl er nur schwer schätzen konnte. Einige hielten die Hände hoch, andere hatten sie auf den Kopf gelegt. Wer ein weißes Taschentuch oder sonst ein Stück Stoff, nur weiß musste es sein, in Reichweite hatte, hielt es in die Höhe. Doch viele waren selbst dazu zu schwach, sie sanken zu Boden, krampfhaft in das Tuch verkrallt. Wollten sie ihre Kapitulation kundtun oder nur zeigen, dass sie einen letzten Funken Lebenswillen in sich hatten? Vielleicht ließ ihn das murmeln: »Please don't kill me.« Eine riesige Schar erschöpfter, entkräfteter Soldaten. Soldaten, auf deren Gesichtern sich der Schrecken abzeichnete, Schrecken, gemischt mit dem Ausdruck von Hoffnungslosigkeit und Verlassenheit. Soldaten, die nicht wussten, wo, und nicht, seit wann sie hier waren. Diese Soldaten, die sich mit erhobenen Händen ergeben hatten, als wollten sie mit diesem Bild vergessen lassen, dass jemand sie hierher geschickt hatte mit den Worten: »Ihr seid die Beschützer der Heimat auf den Feldern des Krieges.« Wie viele mögen es gewesen sein? Tausend? Zweitausend? Drei- oder gar viertausend?

Warum nicht fünf-, sechs- oder siebentausend? Was bedeutet eine Zahl dem Offizier, der ohne mit der Wimper zu zucken beschließt, sie hierherzuschicken? Was kümmerte so etwas einen Offizier, für den der Unterschied zwischen 100 und 1000 nichts als eine Null ist? Sind denn nicht alle Soldaten an der Front einfach nur Nullen? Ein Soldat im Krieg, das ist ein Ausrüstungsgegenstand wie jeder andere. Wie viele neue Stiefel brauchst du?, fragte er den Verantwortlichen der Versorgungseinheit. Wie viele Ersatzteile? Und wie ist es mit Proviant und Munition? Wie viele Kisten Munition und Granaten? Welche Art, welcher Typ? Wie viele Stück Seife? Wie viele Sandwichs? Der Soldat im Krieg, das ist wie ein Ersatzteil oder ein Stiefel, ein Stück Seife oder eine Schachtel Streichhölzer, eine Gallone Wasser, eine Dose Sardinen, eine Scheibe Brot oder ein Päckchen Zigaretten. Wäre es anders, gäbe es sie nicht in so riesigen Scharen, Soldaten, deren Zahl kaum feststellbar ist und von denen niemand weiß, woher sie kommen oder wohin sie gehen. Als hätte man sie dorthin geworfen, für immer und ohne Rückkehr. Das sagte auch der erstaunte Ausdruck auf ihren Gesichtern. Erstaunen über die Ankunft feindlicher Soldaten, nachdem sie sich in ihr Schicksal ergeben hatten und allein und verlassen in ihren Stellungen geblieben waren, zusammengekauert, bis zum Jüngsten Tag oder bis vielleicht schon vorher ein Bote des Führers ihnen mitteilt, die Zeit sei reif, diese Stellungen zu räumen: Der Krieg sei beendet, der Feind geschlagen und ihnen das Lob aller gewiss. Besonders der Führer und die Generäle, das Land und seine Bewohner drückten ihnen Dank für ihre Entschlossenheit aus. Gepriesen sei der Führer und Gott, der Herr über Himmel und Erde, der ihnen seine Wohltat zukommen lässt. Der Führer wird Orden und Ehrungen verleihen, ihre Bilder werden überall zu sehen sein, und von ihren Taten werden die Nachrichtensendungen beim Radio und beim Fernsehen künden. Durch die Straßen der Hauptstadt wird eine Parade ziehen, und die Frauen werden dazu jubeltrillern. Die Sänger werden Hymnen anstimmen und die Poeten im Land werden Lobgedichte deklamieren. Ihre Siege werden besungen werden, ihre, der standhaften Soldaten. Hätten sie nicht all diese Monate in ihren Schützengräben bei Hafar al-Bâtin, der gefährlichsten Front auf Erden, wacker ausgeharrt, das Land wäre in seinem gerechten Krieg nicht siegreich gewesen, der Feind wäre nicht niedergerungen worden. Jetzt gelte es nur noch kurze Zeit durchzuhalten, sechs Monate, vielleicht mehr, im Kampf gegen den Staub, die Verwesung, die Einsamkeit und die Insekten. Nicht so schlimm, dass sie schon dreiundzwanzig Tage eingeschlossen waren, unwichtig, dass die Vorräte erschöpft waren, es nichts zu essen, nichts zu trinken gab. Nicht so schlimm, dass die Verbindung mit ihrem Bataillonskommando oder jedwedem anderen seit über drei Wochen unterbrochen war, unwichtig, dass eine nicht unbeträchtliche Zahl von ihnen umgekommen war, durch Hunger, Durst, Krankheit, Skorpionstich oder Schlangenbiss; als der Feind sie aus ihren Stellungen scheuchte, die zu Tierhöhlen geworden waren, besaßen sie nicht mehr die Kraft, nach ihren Waffen zu greifen. Ihre Kräfte waren erschöpft, ihre Haare staubverkrustet, sie waren keine Soldaten mehr, sie waren Zombies, Fabelwesen, die ihren Gräbern entstiegen, diesmal, ausnahmsweise, am helllichten Tag. Wer etwas Wasser bekam und sich mit ein paar Tropfen die Lippen befeuchtete, murmelte flehentlich: »Please, don't kill me!« Welch Entsetzen war in die Gesichter dieser Männer eingegraben! Spürten sie in diesem Augenblick, welches Schicksal ihnen bevorstand? Oder waren sie schon längst tot, wie alle anderen unbekannten Krieger? Daniel

Brooks wusste nicht, warum er in diesem Moment einen heftigen Schauder spürte, der seinen ganzen Körper durchzog. Irgendwie ahnte er, dass die Stimme, die er während all dieser Jahre zu verabscheuen gelernt hatte, nun plötzlich ertönen und von ihm verlangen würde vorzutreten und das Feuer zu eröffnen. »Finally, I have you here«, sagte Ray Prince zu ihm und brüllte vor Lachen. »Guy, I told you, we are like a Catholic marriage, forever.« Dieser Satz des Majors, der ihn an ihre »katholische« Ehe erinnerte. Woher sollte Daniel wissen, dass die amerikanische Einheit, die das irakische Bataillon an der Front von Hafar al-Bâtin seit über drei Wochen eingekesselt hatte, keine andere war als diejenige, zu der sein »Ehepartner«, wie er sich gern nannte, Major Ray Prince strafversetzt worden war? Wirklich, wenn er das im Voraus gewusst hätte, er hätte jede Menge von Ausflüchten mobilisiert, um nicht an diesem Tag mit einem Versorgungslaster dorthin fahren zu müssen. Es geht um eine elende Gruppe irakischer Soldaten, hatte man ihm gesagt, »miserable Iraqi soldiers«, die sich in ihren Stellungen verschanzt hätten, in der Annahme, so könnten sie sich retten. Das amerikanische Bataillon, das es auf sich nahm, diesen Spuk dort zu beenden, sei eigentlich nur symbolisch: nur ein paar wenige Soldaten, denn für die erschöpften Iraker mit ihren altmodischen Waffen, ausgehungert und durstig, wie sie waren, bräuchte man kein vollständiges Bataillon. Eine Handvoll Amerikaner würde genügen, sie aus ihren Schlupflöchern zu holen. Nach dreiundzwanzig Tagen Belagerung seien sie zu nichts mehr imstande, jedenfalls zu keinerlei Widerstandsaktionen. Sie müssten im Gegenteil »our soldiers«, unseren Soldaten, dankbar sein, weil sie sie, genau genommen, aus ihren Schützengräben, diesen Höhlen, befreien würden, bevor sie verhungern und verdursten und ihre Leichname vom Wüstensand zugedeckt würden. Zerfallen würden sie, noch bevor die Raubvögel sich daran zu schaffen machten, die, wie immer in dieser Gegend, auf Beutesuche am Himmel kreisten. Die Vögel werden weniger Erbarmen haben als die Marines, sagte man ihm. Hätte Daniel Brooks schon früher erfahren, dass der Major, der dieses symbolische Bataillon anführte, kein anderer als Ray Prince war, hätte er den Leuten in seinem Bataillon gesagt: »Forget it this time.« Denn nach seiner Kenntnis der Dinge würde Prince sich gnadenlos über die irakischen Soldaten hermachen. Um sie zu retten, müsste ein anderer Offizier geschickt werden. Nun aber war es zu spät, und auch er war in die Falle geraten. Es gab keinen Ausweg, in keine Richtung. Die beiden anderen Lastwagen, die ihn an jenem Tag begleitet hatten, waren schon wieder abgefahren, erstens weil sie auf der Basis Hafar al-Bâtin erwartet wurden, zweitens und wichtiger, weil der Major selbst sie dazu aufgefordert hatte, nur ihn nicht, Daniel: »You have to stay«, sagte er ihm in dem Augenblick, als er das Büro verlassen wollte. »I need your help here.« Zunächst verstand Daniel nicht, warum er bleiben sollte. Wann hätte der Major je seine Hilfe gebraucht? Ja, wann hätte der Major irgendjemandes Hilfe gebraucht? Daniel Brooks stand noch immer vor ihm in seinem Zelt an den hinteren Linien des Bataillons, das ihm als Büro diente, im Militärjargon Kommandozentrale oder Logistikzentrum. Doch noch bevor er auch nur eine einzige Frage stellen konnte, befahl ihm der Major, mit ihm in den GMC zu steigen und ihn zu begleiten, als wäre es schon beschlossene Sache, dass er blieb. Sie erwarteten ihn in der Basis, brachte er schließlich, etwas beunruhigt, hervor, worauf der Major erwiderte, er brauche sich keine Sorgen zu machen, er habe vor seiner Ankunft mit der Kommandozentrale des Bataillons telefoniert und mitgeteilt, er brauche dringend den Second Lieutenant Daniel Brooks. »Don't worry, Smiley Man«, sagte er, erklärte aber nicht, was das heißen sollte. Bis zu jenem Augenblick hatte Daniel keine Ahnung, was der Major mit ihm vorhatte. Das angebliche Telefongespräch machte ihn stutzig. Die vorübergehende Verwendung eines Soldaten aus einer anderen Einheit war nichts Ungewöhnliches. Ihm war das schon mehrfach geschehen. Eine Verwendung war keine Versetzung. Bisher gab es indessen immer dringende Gründe dafür: Man wollte von seiner Erfahrung profitieren. Aber hier in der Wüste, an einer Front, von der jeder wusste, wie abstrus sie war und welches Schicksal »those miserable soldiers« erwartete, was sollte da sein Bleiben nutzen? Doch einem Soldaten wie ihm, selbst mit seinem Dienstgrad, Second Lieutenant, blieb nichts anderes übrig, als dem Ranghöheren zu gehorchen. Und zwischen Pflicht und Neugier tat er eben, was der Major von ihm verlangte. Er folgte ihm wortlos, um nicht seinen Zorn wachzurufen. Auf dem ganzen Weg, der sie von der Kommandozentrale des Bataillons zu der vorgerückten Stellung oder der Front führte, sagte er kein Wort. Diese Front war gar keine mehr. Nach Informationen von Soldaten, mit denen er gesprochen hatte, bevor er vor den Major trat, waren die Kämpfe, wenn man dieses Wort wirklich dafür verwenden durfte, beendet, nachdem sich die irakischen Soldaten ergeben hatten. Einige Soldaten spöttelten und sprachen von einer unnötigen Front. Hatte man den Irakern eine große Überraschung versprochen, oder hatte sich derjenige, der diese Linie festgelegt und Soldaten dorthin geschickt hatte, für einen Napoleon bei Waterloo gehalten und wollte die amerikanischen Soldaten oder die alliierten Streitkräfte ebenso überraschen wie einst der französische General die Briten? Anders als Daniel, der zerstreut schien, scheute der Major keine Mühe, sich glücklich über ihre neuerliche Begegnung zu zeigen. Da war er wieder, Daniel. »You will be surprised«, rief er und klopfte ihm aufs Bein, eine Berührung, die Daniel unangenehm war. Vielleicht ließ ihn seine Verunsicherung überempfindlich reagieren, aber schließlich kannte er die Neigungen des Majors aufs beste, und es brauchte keine seherische Begabung, um eine Katastrophe hereinbrechen zu spüren. »Be relaxed, soldier«, sagte der Major beruhigend. Doch von Zeit zu Zeit blickte er mit einem fast heiteren Gesichtsausdruck und einem Lächeln nicht ohne Häme zu ihm hinüber. Dann pfiff er beim Fahren das Lied der Marines, und dazwischen sagte er immer wieder: »Welcome, Smiley Man, in the military fight.« Als ob Daniel all die Jahre nur darauf gewartet hätte, sich auf einem Schlachtfeld wiederzufinden. All das bestätigte ihm, dass die Überraschung, die der Major ihm zugedacht hatte, keine erfreuliche war.

Er hatte schon lange genug mit ihm zu tun gehabt, um jede seiner Regungen zu kennen, zu wissen, wann und warum sich seine Laune veränderte. Doch besonders beschäftigte Daniel, während sie sich den vorderen Stellungen näherten, die Frage, ob der Major seinen Entschluss zufällig gefasst hatte, oder ob alles von langer Hand geplant war. Und wie hatte er dann erfahren, dass er kam, und vorbereitet, was er als Überraschung ankündigte? Denn normalerweise waren nur das Bataillon, ein Geheimwort und die Liste des benötigten Materials bekannt, der Name des Offiziers oder des für die Logistik zuständigen Militärs wurde dem zu beliefernden Bataillon im Allgemeinen nicht mitgeteilt. Der Major musste aber irgendwo die Namen der Personen gelesen haben, die von der Versorgungseinheit kommen sollten, Angaben, die gemeinsam mit dem Passwort für die Lastwagen im Voraus geschickt wurden. Daniel konnte sich Ray Princes hämische Freude vorstellen, als er sich die Gelegenheit zur Rache ausmalte. Aber das änderte nichts daran, dass der Major ihn offenbar tatsächlich dringend brauchte. Hatte er sich das, was jetzt kommen sollte, wirklich nicht ausmalen können, obwohl er doch wusste, wie weit den Major seine Phantasie tragen konnte, wenn es darum ging, etwas Niederträchtiges auszuhecken? Egal, was er unternehmen oder befehlen würde, es würde Daniels schlimmste Erwartungen übertreffen.

Unmittelbar nach ihrer Ankunft bei den vorderen Linien, die man noch immer Front nannte – er wusste nicht, ob sie sich noch auf saudischem Territorium in der Wüste von Hafar al-Bâtin befanden oder schon im Irak, in der Wüste von Samâwa –, stiegen sie aus, und Daniel hörte, wie der Major einen Soldaten herbeirief und ihm auftrug, den Second Lieutenant Daniel Brooks an seinen Platz zu führen. Zunächst hatte Daniel keine Ahnung, dass es sich bei dem Platz, den der Major als den richtigen bezeichnete, um einen Bulldozer handelte, der ihn dort erwartete. Alles war dick mit Staub bedeckt, er lag auch in der Luft. Stammte all dieser Staub aus den Tiefen der Wüste, was durchaus normal wäre zu dieser Jahreszeit, im Monat März mit seinen häufigen Staubstürmen, oder hatten ihn die Bulldozer zu verantworten, die überall herumstanden und in den Staubwolken aussahen wie gigantische Gespenster? Doch die Frage schien bedeutungslos, ja skurril, angesichts dieses Anblicks vor ihm, dieser filmreifen Szene. Es sah aus wie im Kino. Oder bildete er sich das nur ein, weil er sich gegen eine Szene wehrte, die man als Phantasiebild hätte abtun können, wenn hier nicht Major Ray Prince der verantwortliche Offizier gewesen wäre? Er konnte sich nicht erinnern, den Major je in so euphorischer Stimmung gesehen zu haben. Er gab Befehle an die Führer der Bulldozer und an die übrigen Soldaten aus, von denen viele statt Waffen Spaten trugen. Und wegen des nicht enden wollenden Sandsturms, der ihm den Staub in die Augen trieb, fiel es Daniel nicht leicht, die Zahl der Soldaten oder auch nur der Bulldozer auszumachen, die sich in den Staubwolken bewegten. Er sah nur diese Bulldozer, von denen er nach dem Willen des Majors einen führen sollte. Der Soldat, den der Major herbeigerufen hatte, war so plötzlich aus dem Staub aufgetaucht, dass man annehmen musste, er habe von seinem Kommen und vielleicht sogar davon gewusst, was danach geschehen sollte. Hätte dieser Soldat mit ihm nicht auf Arabisch, im Dialekt der Golfstaaten, gesprochen, hätte er ihn für einen amerikanischen Soldaten des Infanteriebataillons gehalten. Er gehörte aber, wie er dann erfuhr, zu den Schutztruppen der Halbinsel, deren Zentrale in Hafar al-Bâtin eingerichtet war. »Gott sei mit dir«, sagte er, als er beim Näherkommen feststellte, dass Daniel dieselbe Hautfarbe hatte wie er. »Der Soldat, der ihn gelenkt hat, ist ausgefallen«, erklärte er und wies auf einen verlassenen Bulldozer, »ein Katari, du weißt ja, was für Schlappschwänze die sind.« Woher hatte er das, dass er, Daniel, etwas über die Kataris oder über irgendwelche anderen Araber aus den alliierten Streitkräften wissen könnte? Er reagierte nicht auf die Worte des Soldaten. Was hätte er auch sagen sollen? Ihn beschäftigte nur eines: Was spielte sich da vor ihm ab? War das eine perfekte Inszenierung oder war es Science-Fiction?

Bulldozer, die gegen Sandstürme eingesetzt werden, ein Soldat, der plötzlich ausfällt, wie ein anderer behauptet. Musste er das wirklich alles glauben? Und wenn er ein wenig wartete, bevor er den Bulldozer dort bestieg, der für ihn bereitstand? Bevor er sich den anderen Bulldozern anschloss, die dort schon im Einsatz waren? Und wenn er sich weigerte, den Bulldozer überhaupt zu besteigen? Doch dann saß er darauf, flankiert von den anderen Bulldozern, die sich immer tiefer in die Erde vorgruben, und plötzlich vor ihnen, nicht weit entfernt, vielleicht zwanzig oder dreißig Meter, eine Schar von Soldaten wie eine Wand. Einige hockten auf der Erde, andere standen. Die meisten waren halb nackt, staubbedeckt, Zombies, ihren Gräbern entstiegen, Gestalten aus längst vergangenen Zeiten. Daniel hatte begriffen, dass es aus der Schlinge, die ihm Major Ray Prince ausgelegt hatte, diesmal kein Entrinnen gab. Er brauchte nicht viel Phantasie, um sich klarzumachen, was ihn und seine Kameraden erwartete und was die Soldaten dort drüben erwartete. Er wusste, was hier geschah, würde sein Leben völlig verändern, zwischen ihm und seinem Schicksal standen nur noch wenige Sekunden. Für einen kurzen Augenblick drehte er sich um, vielleicht nach einer Bresche, einem Ausweg, einer Rettung suchend. Aber selbst wenn er abspränge und den Bulldozer alleine weiterfahren ließe, sein Schicksal war unabwendbar. Glaubte er, er allein habe an Flucht gedacht? Glaubte er, er allein habe an Gehorsamsverweigerung gedacht? Es hätte nur eine einzige Lösung gegeben: selbst in eine der schon ausgehobenen Gruben zu springen. Aber wie? Der Kreis um ihn war geschlossen. In keine Richtung war Entkommen möglich. Und ebenso wie Daniel Brooks jede Regung des gestrengen Majors kannte, kannte auch dieser jede Daniel'sche Regung. Es gab keinen Ausweg. Der Major wusste ganz sicher, was in Daniels Kopf vorging. Hatte er sich nicht, gerade zwei Jahre mochte es her sein, vor dem Schießen auf dem Exerzierplatz gedrückt, weil er die dort Begrabenen nicht entehren wollte? Was sprach dagegen, dass er sich auch dieses Mal drückte, den Befehl auszuführen? Doch dieses Mal ließ der Major ihm kein

Schlupfloch. Einerseits, weil er alles über ihn wusste – die zwei Jahre hatten ihn nichts vergessen lassen; seit seiner Versetzung in die Infanterieeinheit hatte er alles in seiner Macht Stehende unternommen zu erfahren, was Daniel so tat. Er sammelte alle Informationen über ihn. Und weil er wusste, dass Daniel inzwischen Arabisch gelernt hatte, schickte er ihm auch einen somalischen Soldaten aus den Schutztruppen der Golfstaaten. Andererseits auch, weil er alle nötigen Maßnahmen getroffen hatte, damit der Bulldozer von den übrigen umzingelt blieb. Die anderen Soldaten waren ausdrücklich dazu aufgefordert worden, den Second Lieutenant ja nicht aus den Augen zu lassen. Nein, es waren nicht so sehr diese beiden Gründe, sondern weil dem Major zu diesem Zeitpunkt die Bulldozer an jenem Frontabschnitt unterstanden und die Soldaten in allem, was sie taten, von ihm abhängig waren. Das war Daniels Problem: Er wusste nämlich nicht, dass das Infanteriebataillon, das man amerikanisch nannte, sich tatsächlich aus Soldaten der Schutztruppen der Golfstaaten zusammensetzte. Nur die verantwortlichen Offiziere waren Amerikaner. Zwanzig Offiziere und ebenso viele Bulldozer, und alles unterstand dem Kommando von Major Ray Prince, dem es nicht reichte, Daniel Brooks durch die Offiziere beobachten zu lassen, sondern der sich selbst seiner annahm. Er hinderte ihn nicht nur an der Rückfahrt mit seinem Lastwagen, er stieg auch aus, sah ihm hinterher und machte ihm, wenn er sich fragend umsah, ein Zeichen weiterzugehen. Es schien der Augenblick, auf den er gewartet hatte.

»Who do you consider yourself?«, fragte ihn Major Ray Prince, »The Wise Chief?« Er war neben den Bulldozer getreten. »Continue, Smiley Shit!« Er machte ihm ein Zeichen weiterzuschaufeln. »Fifty graves.« Fünfzig Gruben, fünfzig Gräber. Neunzehn Bulldozer hatten schon eifrig zu graben begonnen, bevor er gekommen war. Er zählte sie mit stockendem Atem trotz der dichten Staubwolken. Das Ziel waren also tausend Gräber, dachte er und schluckte leer. Das erste

Mal in seinem Leben war er in einer völlig ausweglosen Situation, den verrinnenden Augenblicken ausgeliefert. Sollte er wenden und den Bulldozer auf den Major lenken oder auf die Offiziere, die da und dort herumstanden? Er wusste, sie würden das Feuer auf ihn eröffnen, entweder direkt hier an der Front oder später im Bataillon auf der amerikanischen Basis, in Dahrân. »*Ichfir*, you bastard«, rief er, als hätte er das arabische Wort für »Grab« extra für ihn gelernt. »Don't hesitate. Do you know why I chose you?«, brüllte er und grölte vor Lachen: »Not because your are Smiley Man.« Musste er ihm wirklich sagen, warum er ihn gewählt hatte? Warum wiederholen, was er von ihm und den anderen längst erfahren hatte? Alle erzählen das Gleiche über ihn, machen ihm das Gleiche zum Vorwurf, sein Lachen, seine Liebenswürdigkeit, seine friedfertige Art, seine Bescheidenheit. Mehr noch, sie finden es anstößig, dass er keinen Ehrgeiz zeigt, dass er nicht darauf aus ist, um jeden Preis Karriere zu machen. Thirteen years, wird er ihm sagen, wie ihm auch die anderen die dreizehn Jahre vorzählten, während deren er kein einziges Mal befördert wurde. Es wird ihm nichts nützen, wieder und wieder zu erklären, dass ihm in seinem militärischen Leben nichts lieber sei als der Titel Second Lieutenant. Sein Vater war als solcher in Vietnam gefallen, und er trug seit seiner Kindheit einzig diesen Dienstgrad mit sich herum. Er war als einfacher Soldat in die Armee eingetreten und war glücklich, den Dienstgrad seines Vaters zu erhalten. Weitere Dienstgrade wirkten nicht verlockend auf ihn. Aber es war nicht leicht, anderen das Gefühl der Zufriedenheit zu erklären, das ihn erfüllte, wenn er daran dachte, so könnte sein Vater wieder bei ihnen zu Hause leben. Keiner wollte das glauben. Deshalb schwieg Daniel lieber darüber und blieb überzeugt, dass der schönste Dienstgrad auf der Welt Second Lieutenant war. In dieser Überzeugung ließ er sich auch durch die Vorhaltungen anderer nicht beirren. Ja, er war bescheiden, und er dankte Gott dafür. Es blieb an den anderen, die Lektion zu lernen. Aber Major Ray Prince betrachtete seine Bescheidenheit als Schwäche. Er wollte nicht verstehen, warum ein

Soldat wie er nicht den Ehrgeiz hatte aufzusteigen. »Alle Militärs wollen doch Karriere machen«, dekretierte er eines Tages. Aber gab es da vielleicht noch etwas anderes, das irgendwie einmal die Bewunderung des gestrengen Majors, seines verfluchten Schicksals, wachrief? Er konnte jedes Wort vorhersagen, das er an jenem Tage äußern würde. Er hatte das schon viele Male gehört. Er würde ihm nicht nur seine Bescheidenheit zum Vorwurf machen, sondern auch seine Gutherzigkeit. Um ihn davon zu befreien, habe er ihn für diese Aufgabe gewählt. Er wolle ihm, Daniel, die Welt zeigen, ihm zeigen, dass die von ihm gepflegte Gutherzigkeit in der Armee völlig deplatziert war. Und nicht nur das. Er wolle ihn auch dafür rügen, dass er als einziger amerikanischer Soldat während seiner gesamten Dienstzeit nie einen Schuss abgegeben, sondern sich stattdessen in Nachschubdepots eingeigelt und seine ganze Dienstzeit zwischen Regalen, Registern und Wänden verbracht habe, ja, schlimmer noch, dass er Gewissensbisse und Angst vor dem Krieg habe, dass er nie Feindberührung hatte. Was war denn das für ein Soldat, der nie einen Feind umgebracht oder zumindest verwundet hatte? Wo ist so etwas je vorgekommen, in welcher Armee? In der gesamten Geschichte des amerikanischen Heeres hat man so etwas noch nie gehört, ganz besonders nicht bei den Marines. Ein Soldat, der nicht töten kann, verdient es nicht, die Uniform zu tragen. Egal, welchen Dienstgrad er hat, egal, wie viele Sterne auf seinen Epauletten blinken, egal, wie viele Orden an seiner Brust prangen. »All the soldiers said that about you, Shit Man, do you know?« Es ging nicht darum, dass er, der gestrenge Major, beschlossen hatte, sich an Daniel zu rächen oder sich selbst Genugtuung zu verschaffen, nein, er war zutiefst davon überzeugt, dass das am Ende zu Daniels Bestem war, um ihm die Angst zu nehmen, um aus ihm einen richtigen Soldaten zu machen. »I do that to make you a real soldier«, sagte er ihm, und diesmal war da kein Militärgericht, das sich in seine Angelegenheiten einmischte oder ihn von seinem Vorhaben abbrachte. Um ihn reinzuwaschen von seinen Schuldgefühlen, ließ er ihn den Bulldozer führen. Um ein echter, überzeugter amerikanischer Soldat zu werden, musste er bereit sein, zu kämpfen und die Ehre Amerikas zu verteidigen. »Twenty years in the army, man!«, rief er, und Daniel hatte keine Ahnung, wie der gestrenge Major zu dieser Zahl kam, hatte er doch erst dreizehn Jahre Dienst getan. Doch Ray Prince bestand darauf. Es ging ihm um die Anzahl Soldaten, die Daniel töten sollte. Da ließ er sich nicht dreinreden. Und so schrie er wutschäumend: »Zwanzig Jahre in der Armee!« Er wollte ihm nicht die Tage, Wochen und Monate vorrechnen. Es wäre nicht schwierig gewesen. Wie sollte er vergessen haben, dass jedes Jahr zwölf Monate, jeder Monat vier Wochen, jedes Jahr zweiundfünfzig Wochen hatte? Für zehn Jahre machte das fünfhundertzwanzig Wochen. Für zwanzig Jahre ergab es tausendundvierzig Wochen. Die Anzahl getöteter Feinde müsste dieser Zahl entsprechen. »Do you understand, soldier? You have to kill the enemies there!« Und wenn er nicht imstande war, seine tägliche Pflicht zu erfüllen, weil ihm die anderen Soldaten nicht seinen Anteil überließen, so musste er das für die Zukunft in Erwägung ziehen, um die offene Rechnung zu begleichen. »Alles unter Kontrolle«, sagte der Major. »I planned everything for you.« Das schien der Major Daniel an jenem heißen Tag mitteilen zu wollen, mitten in den Sand- und Staubwolken, unter Soldaten, die im Gegensatz zu ihm ihre Bulldozer mit Begeisterung lenkten. Soldaten unterschiedlichen Alters, unterschiedlicher Herkunft, unterschiedlicher Nationalität: Syrer, Ägypter, Kuwaiter, Emiratis, Bahrainer und Katarer, Omaner und Jemeniten, Sudanesen und Algerier, Jordanier, Libanesen und amerikanische Marines. Genau zwanzig amerikanische Soldaten und sechs Offiziere verschiedener Nationalität, die Daniel erst nach der Beendigung seiner Aufgabe sah. Ein französischer und ein britischer Offizier, ein dänischer und ein holländischer, ein kanadischer und ein spanischer, diese sechs Offiziere traten zu Major Ray Prince, als wollten sie seine Zeugen sein, als wollten sie ihn wie festgenagelt auf dem Bulldozer sitzen sehen, als wollten sie ihn zögern sehen, als wollten sie sein bleiches Gesicht und seine zuckenden Nerven sehen, seine schwindenden Kräfte und seine hervortretenden Augen, als wollten sie die Angst sehen, die ihm ins Gesicht geschrieben stand, nachdem ihm klar geworden war, was auf ihn zukam. Ganz gewiss würde Major Ray Prince, wenn er sein Zögern und seine Angst, jemanden zu töten, bemerkte, zu ihm auf den Bulldozer klettern und ihn, die Pistole an seine Schläfe gedrückt, zwingen weiterzufahren. »Now you must go ahead«, würde er brüllen. Und mit diesem Satz würde sich Daniels Leben verändern.

Gebete des nicht Unbekannten Soldaten:
Der Mensch setzt sich's wohl vor im Herzen; aber vom Herrn kommt, was die Zunge reden soll. / Einen jeglichen dünken seine Wege rein; aber der Herr wägt die Geister. / Befiehl dem Herrn deine Werke, so werden deine Anschläge fortgehen. / Der Herr macht alles zu bestimmtem Ziel, auch den Gottlosen für den bösen Tag. / Ein stolzes Herz ist dem Herrn ein Gräuel und wird nicht ungestraft bleiben, wenn sie sich gleich alle aneinanderhängen. / Durch Güte und Treue wird Missetat versöhnt, und durch die Furcht des Herrn meidet man das Böse. / Wenn jemands Wege dem Herrn wohlgefallen, so macht er auch seine Feinde mit ihm zufrieden. / Es ist besser wenig mit Gerechtigkeit, denn viel Einkommen mit Unrecht. / Des Menschen Herz erdenkt sich seinen Weg; aber der Herr allein gibt, dass es fortgehe. / Weissagung ist in dem Munde des Königs; sein Mund fehlt nicht im Gericht. (Sprüche 16,1–10)

Der Gottlosen Opfer ist dem Herrn ein Gräuel, aber das Gebet der Frommen ist ihm angenehm. / Des Gottlosen Weg ist dem Herrn ein Gräuel; wer aber der Gerechtigkeit nachjagt, den liebt er. / Den Weg verlassen, bringt böse Züchtigung, und wer die Strafe hasst, der muss sterben. / Hölle und Abgrund ist vor dem Herrn; wie viel mehr der Menschen Herzen. / Der Spötter liebt den nicht, der ihn straft, und geht nicht zu den Weisen. / Ein fröhlich Herz macht ein fröhlich Angesicht; aber wenn das Herz bekümmert ist, so fällt auch der Mut. / Ein kluges Herz handelt bedächtig; aber der Narren Mund geht mit Torheit um. / Ein Betrübter hat nimmer einen guten Tag; aber ein guter Mut ist ein täglich Wohlleben. / Es ist besser ein wenig mit der Furcht des Herrn denn großer Schatz, darin Unruhe ist. / Es ist besser ein Gericht Kraut mit Liebe denn ein gemästeter Ochse mit Hass. / Ein zorniger Mann richtet Hader an; ein Geduldiger aber stillt den Zank. / Der Weg des Faulen ist dornig; aber der Weg der Frommen ist wohlgebahnt. / Ein weiser Sohn erfreut den Vater, und ein törichter Mensch ist seiner Mutter Schande. / Dem Toren ist die Torheit eine Freude; aber ein verständiger Mann bleibt auf dem rechten Wege. (Sprüche 16,8–21)

Ein Mensch, der am Blut einer Seele schuldig ist, der wird flüchtig sein bis zur Grube, und niemand halte ihn auf. / Wer fromm einhergeht, dem wird geholfen, wer aber verkehrtes Weges ist, wird auf einmal fallen. / Wer seinen Acker baut, wird Brot genug haben; wer aber dem Müßiggang nachgeht, wird Armut genug haben. / Ein treuer Mann wird viel gesegnet; wer aber eilt, reich zu werden, wird nicht unschuldig bleiben. / Person ansehen ist nicht gut; und mancher tut übel, auch wohl um ein Stück Brot. / Wer eilt zum Reichtum und ist neidisch, der weiß nicht, dass Mangel ihm begegnen wird. / Wer einen Menschen straft, wird hernach Gunst finden, mehr denn der da heuchelt. / Wer seinem Vater oder seiner Mutter etwas nimmt und spricht, es sei nicht Sünde, der ist des Verderbers Geselle. / Ein Stolzer erweckt Zank; wer aber auf den Herrn sich verlässt, wird gelabt. / Wer sich auf sein Herz verlässt, ist ein Narr; wer aber mit Weisheit geht, wird entrinnen. / Wer dem Armen gibt, dem wird nichts mangeln; wer aber seine Augen abwendet, der wird viel verflucht. / Wenn die Gottlosen aufkommen, so verbergen sich die Leute; wenn sie aber umkommen, werden der Gerechten viel. (Sprüche 28,17–28)

Jawohl, wenn sie umkommen, werden der Gerechten viel, dachte Daniel, wenn er dem neuen Pfarrer bei der Lesung aus der Heiligen Schrift lauschte. Es war einer dieser Geistlichen, die nach dem Kuwaitkrieg in größerer Zahl bei den amerikanischen Truppen auftauchten. Allein der amerikanische Luftwaffenstützpunkt in Dahrân zählte bisher acht Pastoren, von denen sieben nach nicht einmal einem Monat wieder verschwanden. Einige begründeten das mit der fast unentwegt drückenden Hitze, mit dem mangelnden Interesse der Soldaten für Religion oder damit, dass sie keine Hoffnung hatten, die leidenden Soldaten zu heilen. Nur Daniel glaubte das nicht. Er wusste, was für eine schwierige Aufgabe diese Pastoren gewählt hatten. Wie sollte man auch einem Soldaten sein freudiges Herz und sein strahlendes Gesicht zurückgeben? Was macht ein Pastor aus einem deprimierten, vernichteten Herzen? Alle Tage des Bedrückten sind quälend, und Daniel kannte die quälende Pein, die seit jenem Tag auf ihm lastete, als er bei Hafar al-Bâtin den Bulldozer bestieg. Smiley Man, wie sie ihn nannten, stellte bei jedem Blick in den Spiegel fest, dass sein Lächeln verschwunden war. Und kein Arzt und keine Behandlung, kein Pfarrer und kein Freund konnten die Zeiger der Uhr zurückdrehen. »No one could bring my smile back again«, sagte er dem Pastor bei ihrer ersten Begegnung. Alle sieben Pastoren, die ihr Weg schon dort vorbeigeführt hatte, hatten denselben Satz gehört, einen Satz, in dem sie wohl nur eine Ausrede sahen, nichts anderes. Sie glaubten ihm nicht, dass er vergeblich versucht hatte, seiner Schuld zu entkommen. Erst dieser Pastor sagte, nachdem er ihm aufmerksam zugehört hatte: »Das ist der Krieg.« Er legte Daniel die Hand auf die Schulter und tröstete ihn: »Dur wirst heil davonkommen, es ist nur eine Frage der Zeit.« Er lud ihn ein, täglich in seine Kirche zu kommen und einige Seiten aus der Schrift zu lesen. Und bevor der Pastor den Text aufschlug, musste Daniel die Hand auf das Buch legen. Anfangs willigte Daniel ein. Was hätte er anderes tun können? Ein Ertrinkender, der sich an einem Strohhalm zu halten versuchte. Warum sollte er dem jungen Pastor keinen Glauben schenken? Er klang aufrichtig und überzeugt, auch noch als er den Zweifel in Daniels Augen sah. »Don't worry I will stay«, sagte er lächelnd. Das war sein Prinzip: zu bleiben, »bis dein Auftrag erfüllt ist«, damit nicht alle mit Menschenblut Befleckten in die Grube geworfen würden.

Aber nichts konnte Daniels Lächeln zurückbringen: weder der Besuch der kleinen Kirche der Basis noch die Lektüre der Heiligen Schrift, egal, ob die Auswahl der Stellen durch ihn selbst oder durch die wechselnden Pastoren vorgenommen wurde, weder die Urlaube, in denen er seine Familie in den USA besuchte, noch die Fahrten in die Wüste, weder die langen Gespräche mit Ghâsi al-Dschâssi noch der Gang zu den Huren im Addâma- und im Suhûr-Viertel – ein Novum in seinem Leben. Wirklich nichts konnte das Lächeln zurück auf das Gesicht des Mannes bringen, den man einmal Smiley Man genannt hatte. Was damals, Mitte März 1991, geschehen war, schien wie ein Schwamm, der den ganzen alten, freundlichen, stets lächelnden Daniel Brooks aufgesaugt hatte. Zunächst nahm er an, das sei nur eine Sache von ein paar Tagen, er müsste nur ein Weilchen warten, dann gebe sich das schon und sein Schuldgefühl werde verschwinden. Immerhin sei Krieg, und im Krieg erlebten Soldaten schreckliche Dinge, deren Bilder sie noch lange verfolgten. Wer solch einen Schock erlebe, müsse sich schon anstrengen, um sich selbst wieder ins Lot zu bringen, um sich von den Erinnerungen zu befreien, die er dort an der Front erlebt hatte. Manche brauchten lange Zeit dafür, andere nur wenige Wochen. Selbstsicherheit, Geduld, Fassung genügten, um die Verzweiflung zu vertreiben, Deprimiertheit sei selbstzerstörerisch. Daniel wusste das, nicht weil er es im Alten Testament gelesen hatte, im Buch der Sprüche, sondern weil die Stiche in seiner Brust gleich an jenem Tag eingesetzt hatten, sofort als er vom Bulldozer stieg. Überall lagen Dinge herum, die an die irakischen Soldaten erinnerten, große und kleine: weiße Tücher, mit denen sie ihre Kapitulation angezeigt hatten, zerfetzte Kleidungsstücke, Briefumschläge und Notizblätter, Schächtelchen und Patronenkartons, Gegenstände, die von ihrer Existenz erzählten, die zeigten, dass sie gelebt hatten. Und jedes dieser Dinge wurde zu einem

Stich, einem Biss in seiner Brust. Sein Herz schien geborsten, die Splitter flogen umher und bohrten sich messergleich in seine Brust. Er würgte, seine Kehle brannte. Nicht einmal die Nachricht, dass sein Freund David Barbiero mit einigen anderen Offizieren nach dem Abschuss ihres Flugzeugs in Gefangenschaft geraten war, linderte seine Schuldgefühle. Es gelang ihm nicht, sich einzureden: Okay, haben die nun etwa nicht deinen Freund gefangen genommen? Den Freund, der Gedichte liebt! Kannst du ihn dir vorstellen, wie er jetzt in Gefangenschaft Walt Whitman rezitiert? Sind wir etwa nicht im Krieg? Da gibt es keine Unterschiede. Die Vorstellung von seinem Freund, allein in einer verdreckten Zelle in der Wüste oder in Bagdad, ließ ihn an die gefangenen Iraker denken. Dann schreckte er aus dem Schlaf auf – wenn er überhaupt je die Augen schloss. Nie konnte er das Gefühl loswerden, noch immer auf dem Bulldozer zu sitzen, vor ihm eine Schar von Soldaten, die mit erhobenen Händen auf der Erde kauerten und bettelten: »Please, don't kill us!« Und wie sie um Gnade winselten: »We need mercy!« Vergebliche Worte, die sich in der staubschweren Luft mit den Jubelrufen der arabischen Soldaten mischten, die begeistert schaufelten. »Verscharrt sie!« Wie könnte er dieses ohrenbetäubende Gebrüll des Majors vergessen: »Verscharrt sie!« Und das auf Arabisch. Ein Ausdruck, den er wohl für diese Gelegenheit gelernt hatte. Es war dieser alles übertönende Schrei, der ihn seither begleitete. Zurück in seinem Bataillon, ging er direkt auf seine Stube, riss sich die Kleider vom Leib und stürzte sich unter die Dusche. Nur eine Frage der Zeit, dachte er, um das Geschehene zu vergessen. Er duschte ausgiebig und legte sich schlafen. Doch als er erschöpft auf dem Bett lag, stellte er fest, dass der Gedanke absurd war. Das Gebrüll kam zurück. Es trieb heran in seiner Stube auf dem amerikanischen Stützpunkt in Dahrân, um ihn zu erinnern, ihn nicht vergessen zu lassen. Er musste es anhören, bevor er einschlief, wenn es ihn denn schlafen ließ. Denn seit jener Nacht hing ihm dieses Gebrüll im Ohr, suchte ihn heim im Schlafen und im Wachen. Ob er schlafen wollte bei Nacht oder arbeiten bei Tag, er musste sich daran gewöhnen, es zu hören. Er durfte sich nicht über die fliehenden Soldaten wundern, die ihn im Traum aufsuchten. Er durfte sich keine Sorgen machen, dass von diesen Soldaten noch welche am Leben waren, ohne Hilfe, ohne Zuspruch. Was war von ihnen noch übrig, nachdem ihre Schützengräben zu Gräbern geworden waren? Sogar diese kleinen Dinge, die er mitgenommen hatte, durfte er nicht behalten, weder die umherfliegenden Papiere noch das dicke schwarze Notizbuch. Anfangs glaubte er, es sei das Beste, sie aufzubewahren. Vielleicht waren die Soldaten ja geflohen, denen diese Sachen gehörten. Hätte er sie sonst in einem Schützenloch gefunden, als ob sie jemand ganz bewusst dort zurückgelassen hätte? Vielleicht lebten sie noch. Wenn ihnen das Glück hold war und sie fliehen konnten, wäre es nicht ausgeschlossen, dass er sie eines Tages wieder traf. Wer wusste das schon? Das ganze Leben bestand aus Katastrophen, Zufällen und Widersprüchen. Hatte sein Leben sich etwa nicht verändert? War er nicht vom Smiley Man zum Killer Man geworden? Während langer Wochen lagen die mitgenommenen Dinge in einem Karton auf einem Tisch neben seinem Bett. Hin und wieder schaute er sie sich an, nahm sie in die Hand, besonders vor dem Zubettgehen. Aber obwohl es ihn drängte, die Blätter oder das Notizbuch zu lesen, ließ er es dann doch, als ob ihn eine Hand am Gelenk fasste und ihn zurückhielt. Eine Hand, die ihm innezuhalten befahl, wenn das, was er in Händen hielt, nicht sein Eigen sei. Wovon er Hilfe beim Vergessen erhoffe, werde nur seine Albträume vermehren. Schließlich legte er alles zusammen in ein kleines Kästchen, das von seiner Mutter stammte. Aber auch das half ihm nicht, seinen Schmerz zu lindern. Mit oder ohne diese Dinge, es änderte nichts. Seine Augen vergaßen den Schlaf. Sobald er seine Lider zu schließen versuchte, schienen sie ihm erdschwer. Wie sollte er schlafen, wenn aus seinem eigenen Bett ein Schützengraben oder ein Grab wurde, eine abgrundtiefe Grube. Ein Mensch, der am Blut eines anderen schuldig ist, der wird flüchtig sein bis zur Grube, sagte ihm die Schrift. Wenn er flieht, welche Grube wird sein Grab sein?

Ein fröhlich Herz macht ein fröhlich Angesicht. Auch das wusste er schon, bevor er es in der Schrift las. Aber woher sollte er Fröhlichkeit beziehen, wo doch sein Herz den Platz in seiner Brust verlassen hatte?

Es war Sâra, die die Veränderung an Daniel bemerkte. Eines Tages bat sie ihren Vater wieder einmal, ihn in die Militärbasis in Dahrân begleiten zu dürfen. Sie dachte, es sei ihre Aufgabe, Daniel Brooks aus seiner Depression herauszuhelfen. Er hatte ihr ja auch einst geholfen, in die Schule der amerikanisch-saudischen Freundschaft aufgenommen zu werden. Daniel dürfe nicht traurig werden, erklärte sie ihrem Vater. Sâra war nicht mehr das kleine Mädchen, das ihn ohne weiteres überallhin begleiten konnte. Sie war älter geworden und zum heiratsfähigen jungen Mädchen herangewachsen, wie viele Leute behaupteten, die Vater und Tochter zusammen sahen. Sie hatte ein Alter erreicht, das Aufmerksamkeit erregte. Wenn es um eine rein amerikanische Basis gegangen wäre, hätte der Vater darüber hinweggesehen. In einer solchen lebten amerikanische Soldaten und Familien; es war eigentlich wie in einer amerikanischen Kleinstadt, mit Straßen, Häusern, Wohnvierteln, mit Geschäften und Läden, mit Bars und Supermärkten. In der Basis Hafar al-Bâtin dagegen gab es nur Araber und Männer aus den Golfstaaten ohne Familien, Soldaten, denen der Durst nach einer Frau ins Gesicht geschrieben war. Er erinnerte sich an seinen letzten Besuch dort in Begleitung von Sâra. David Barbiero hatte danach Daniel Brooks am Telefon aufgefordert, seinem Freund zu raten, die Tochter zu Hause zu lassen, ein Ratschlag, über den sogar Ghâsi al-Dschâssi lachte. »Als sie noch ein kleines Mädchen war, wollten sie sie nicht hereinlassen, weil Kinder Plaudertaschen seien. Jetzt wollen sie nicht, dass sie mitkommt, weil sie schon zu alt sei. Dabei ist sie gerade einmal zwölf Jahre.« Trotzdem ließ er dem First Lieutenant David danken. Er sei ein anständiger, ehrlicher Mensch, sagte er später zu Daniel und Sâra. Auch er sah den Hunger im Blick der Soldaten, sah, wie ihnen das Wasser im Munde zusammenlief und die Augen hervortraten, wenn sie merkten, dass eine Frau in der Nähe war. Sie mussten sie nicht einmal sehen, es genügte schon, dass sie sie witterten. »Diese Soldaten da sind wie wilde Tiere.« Das sagte er auch vor Sâra immer wieder, wenn sie die arabischen Einheiten verlassen hatten, die aus Ägyptern, Syrern, Libanesen, Maghrebinern und Sudanesen bestanden, und die aus Saudi-Arabien fortgezogen waren. An deren Stelle waren nun die Schutztruppen der Golfstaaten stationiert. »Die sind noch schlimmer«, sagte Ghâsi einmal zu Sâra, als sie fand, sie könne ihn wie früher begleiten. »Aber die Soldaten auf der Basis sind alle vom Golf, Papa«, wandte sie ein. Beim vorhergehenden Mal hatte er ihre Bitte entschieden zurückgewiesen, diesmal hatte er nichts dagegen, eine Ausnahme zu machen, da es in erster Linie um seinen Freund Daniel Brooks ging und Sâra die einzige Person war, die ihn zur Fortsetzung seiner Arabischstunden bewegen konnte. Ghâsi hatte ihn schon nachdrücklich dazu aufgefordert. »Der Koran ist die Lösung«, hatte er ihm eines Tages erklärt, als er seinen Freund wieder einmal zutiefst bedrückt antraf. Doch Daniel erwiderte nur: »Wenn die Bibel nicht hilft, warum sollte der Koran helfen?« Er hatte aufgehört, in die Kirche zu gehen, und wenn er seine Bibellektüre abgeschlossen hatte, verbrachte er bedrückte Stunden allein auf seiner Stube. Aber es gab keine Alternative. An sich wünschte er aus ganzem Herzen, weiterhin in die Kirche zu gehen, doch irgendwie ärgerte und frustrierte ihn, dass der Pastor immer dieselben Stellen in der Schrift aufschlug, solche, die von Schuld sprachen. So wurde er immer wieder aufs Neue an seine Schuld erinnert, und nie gelang es ihm zu vergessen. Was sollte da der Koran bewirken? Er erzählte Ghâsi al-Dschâssi zwar nie Einzelheiten über die Vorgänge bei Hafar al-Bâtin, er verriet ihm nur, dass das, was ihn bedrückte, von dort stammte, dass er an der Front Dinge gesehen habe, denen er bisher all die Jahre seines Dienstes aus dem Weg gehen konnte. Ghâsi al-Dschâssi war beunruhigt über Daniels Zustand. Er fragte den Leiter der Sittenpolizei, einen Verwandten seiner Frau, Scheich Jûssuf al-

Achmad, wie man diesem armen amerikanischen Soldaten helfen könne. »Wir müssen etwas für ihn tun, er ist ein anständiger Mensch«, erklärte er dem Scheich, dessen Antwort nicht lange auf sich warten ließ. Was war schon vom Leiter einer Einrichtung namens Sittenpolizei zu erwarten? »Zunächst nehmen wir ihn in unsere Schule auf«, schlug er vor. »Dort wird er auf den rechten Weg kommen. Bei uns gibt es viele zum Islam übergetretene Amerikaner.« Ghâsi al-Dschâssis Aufgabe sei es, Daniel zum Kommen zu bewegen. Doch Sâra hatte das Gespräch zwischen ihrem Onkel und ihrem Vater im Wohnzimmer mitangehört und spürte, dass sie alles tun musste, um Daniel vor dem Zugriff ihres Onkels zu retten, den sie nicht mochte und für dessen Organisation und Schule sie keinerlei Sympathie hegte. Ohne ihren genialen Plan zu verraten, bat sie ihren Vater, sie zu Daniel mitzunehmen. Sie wolle Daniel lediglich auffordern, die Arabischstunden wiederaufzunehmen, erklärte sie, als sie am Abend im Wohnzimmer zusammensaßen, nicht bei ihr, sondern bei einer Lehrerin namens Kansa, einer Tunesierin, von der sie wisse, dass sie Unterricht für Erwachsene, meist für amerikanische Techniker, erteile. Kansa habe eine schwungvolle Art zu unterrichten und sei sicher die geeignete Person, um Daniel im Arabischen weiterzuhelfen. Das könnte ihn auf andere Gedanken bringen. Doch ihr Vater zeigte sich von dieser Idee überhaupt nicht begeistert. Daniel brauche nur eines, das sei offensichtlich: die Lektüre des Korans. Aber dickköpfig, wie sie war, wusste Sâra auch darauf eine Antwort. »Genau darum geht es«, sagte sie. »Um den Koran korrekt zu lesen und zu erfassen, muss er die arabische Sprache beherrschen, und dafür gibt es keine geeignetere Lehrerin als Kansa, eine gläubige Muslimin. Wenn er zu ihr in den Unterricht geht, wird ihn das nicht nur dem Glauben zuführen, sondern auch seine Niedergeschlagenheit vergessen lassen. Wichtig ist, dass er seine Deprimiertheit ablegt«, erklärte sie, »dass er wieder zu dem Smiley Man wird, den wir kannten.« Für sie war es nur eine Frage der Zeit, bis er wieder der Alte war. Sogar ihr Onkel, Scheich Jûssuf al-Achmad, hatte ihrem Vater an jenem Abend versichert, die Entschlossenheit eines amerikanischen Soldaten wie Daniel Brooks sei nicht zu erschüttern. Für ihn seien sie alle Kämpfertypen. Er beneide sie um ihre Entschlossenheit und Skrupellosigkeit. »Ich wollte, bei uns im Königreich gäbe es auch so kämpferische Naturen wie bei ihnen. Unsere Jugend ist einfach schlapp und mehr am Saufen und Flirten interessiert als daran, sich für den Islam einzusetzen«, sagte er kopfschüttelnd. Doch Sâra war da anders. Ihr Vater hatte ihr erzählt, dass Daniel Brooks anfangs bei der Kirche Zuflucht gesucht und täglich den Pastor aufgesucht und gehofft habe, er könnte ihm helfen. Doch der Pastor durfte nicht bleiben, obwohl er sich, im Gegensatz zu früheren Kollegen, sehr darum bemüht hatte. Man sagte ihm: Der Einzige, der zuletzt die Kirche und Sie noch aufgesucht hat, Second Lieutenant Daniel Brooks, kommt auch nicht mehr. Also ist es Zeit zu gehen. Aber Ghâsi al-Dschâssi glaubte trotz dieser Geschichte nicht, dass der Pastor ihm hätte helfen können. »Unser Freund Daniel Brooks ist sehr deprimiert.« »Wie sollte er auch nicht?«, fragte sie ihr Vater. »In diesem Krieg sind Dinge passiert«, sagte Sâra, »die einem graue Haare wachsen lassen.« Vielleicht wäre ihr Kansa gar nicht eingefallen, wenn ihr Onkel nicht von der Schule der Sittenpolizei geredet hätte. Alles, nur das nicht!, dachte sie. Sie verabscheute diese Schulen. Sie musste Daniel rasch retten. Er hatte sie ja auch vor diesen Schulen gerettet, indem er ihr die Einschreibung an der ARAMCO-Schule der amerikanisch-saudischen Freundschaft ermöglicht hatte. Jetzt war es an ihr, ihm beizustehen. Der Slogan ihres Onkels, »Der Islam ist die Lösung«, stimmte eben nicht. Kansa war die Lösung, davon war sie überzeugt.

Bis zu dem Augenblick, als Kansa Daniel Brooks traf, hatte sie geglaubt, es werde ihr immer gelingen, die Grenze zwischen Beruf und Privatleben einzuhalten. Zumindest war sie dazu seit der Scheidung von ihrem Mann entschlossen, mit dem sie fünf Jahre lang verheiratet gewesen war. Bis sie, zwei Jahre nach ihrer Hochzeit, zusammen ins Königreich Saudi-Arabien kamen, war sie glücklich gewesen und hatte erwartet, dass ihr Eheglück noch Jahre andauern werde, vielleicht sogar bis an ihr Lebensende. Ismaîl zu heiraten war ihre freie, ureigene Entscheidung gewesen; niemand hatte sie dazu gezwungen. Sie hatte ihr eigenes Leben geführt und zufrieden ihren Beruf an der Übersetzungsabteilung der Vereinten Nationen in New York ausgeübt. Ihr Salär dort war dreimal so hoch gewesen wie jetzt als Lehrerin für Erwachsene an der ARAMCO. Bei ihrer ersten Reise nach Bagdad begegnete sie im Haus eines irakischen Regisseurs Ismaîl, und irgendwie faszinierte sie dieser Mann vom ersten Augenblick an. Ein paar Tage zuvor, nur kurz nach dem Ende des irakisch-iranischen Krieges, war sie mit einer Delegation der Vereinten Nationen angekommen, die einen Gefangenenaustausch zwischen den beiden Ländern vorbereiten sollte. Jenen Abend verbrachte sie mit Bekannten und Freunden, von denen sie einige aus der irakischen Mission in New York kannte, andere erst während dieses Besuchs kennengelernt hatte. Und auch wenn sie vieles erwartet hatte, so doch sicher nicht, dass sie hier ein Verhältnis mit einem Mann beginnen könnte, auch noch mit einem Orientalen! Noch jetzt fiel es ihr schwer, diesen Abend zu vergessen, nicht nur, weil sich damals ihr Leben veränderte, sondern mehr noch, weil es auch sonst ein außergewöhnlicher Abend war. Die Unterhaltung drehte sich um den Irak, den Krieg und den Zerfall des Lebens im Land, besonders nach der Rückkehr der Soldaten von den Fronten entlang der iranischen Grenze. Man saß am Pool einer riesigen Villa mitten in Bagdad am Ufer des Tigris, und der Gastgeber zeigte sich großzügig und sorgte aufs beste für den Kreis der Eingeladenen. Man aß und trank, und es gab sogar eine dreiköpfige Zigeunerband, zu deren Rhythmen sich fünf junge Mädchen mit bis auf die Hüften hinabfallenden Haaren am Rand des Pools wiegten. Zigeunertänze und orientalische Weisen. Die Luft war erfüllt von Gesang und Gelächter, von Speis und Trank. Und Ismaîls Worte machten sie schwindlig. Dazu die Wirkung des Whiskys, den sie trank, und diese magische Atmosphäre, die ihr völlig unwirklich vorkam. Am Himmel stand der volle Mond, und es war, da Anfang September, auch noch nicht drückend heiß gewesen. Ein ganz und gar wohltuender Abend. Ismaîl saß neben ihr, und irgendwann berührte er ihren Arm. Es war ihre erste Begegnung. Er habe, erzählte er, erst vor kurzem eine Stelle als Presseattaché an der irakischen Botschaft in Washington angetreten und freue sich sehr, ihre Bekanntschaft gemacht zu haben, denn er werde sicher seine meiste Zeit am Sitz der Vereinten Nationen in New York verbringen. Vielleicht hätte Ismaîl keinen solchen Eindruck bei ihr hinterlassen, hätte er sie nicht zu vorgerückter Stunde plötzlich am Arm gefasst und ihr zugeflüstert: »Sie sind die schönste Frau, der ich in meinem Leben begegnet bin.« Es war nicht das erste Mal, dass Kansa ein solches Kompliment hörte. Sie wusste, dass sie gut aussah. Sie verbarg es auch nicht, half mitunter sogar etwas nach, besonders bei Auslandsreisen. Wenn sie beruflich in die arabische Welt reiste, füllte sie ihren halben Koffer mit Parfüm, Lotionen und Make-up-Gerätschaften. Ihre Kleider kaufte sie grundsätzlich in der Fifth Avenue in New York, wo man die neuesten Modelle findet. Auch auf ihre Unterwäsche legte sie Wert und besorgte sie sich in den Victoria's-Secret-Boutiquen. Auf all diesen Reisen sah sie immer die hungrigen Männerblicke auf sich gerichtet. Einige konnten ihr Verlangen kaschieren, anderen dagegen nicht, und schon mehrfach hatte sie sich in ihrem Arbeitsumfeld gegen Übergriffe zur Wehr setzen müssen. Gerade eine Woche zuvor hatte sie der irakische Kulturminister gemeinsam mit ihrer Delegation eingeladen, eine Einladung, die offensichtlich nur als Hinterhalt für sie gedacht war. Zu vorgerückter Stunde, als alle ihre Mitarbeiter im Garten saßen, bat der Minister sie ins Haus. Er wolle mit ihr als der einzigen arabischen Frau in der Delegation eine private Angelegenheit besprechen. Zunächst begriff sie nicht, was der Minister wollte. Erst als er sie aufforderte, ihm vom Salon in ein anderes Zimmer zu folgen, wurde ihr klar, worum es ging. Es handelte sich um das Schlafzimmer, und kaum hatten sie es betreten, schloss der Herr Minister die Tür, ging zu einem der Nachttische und entnahm ihm ein Schächtelchen mit einem einfachen Schmuckstück. Das sei eine kleine Aufmerksamkeit für sie, erklärte er und legte es ihr in die Hand. Und noch bevor sie es ihm zurückgeben konnte, stürzte er sich auf sie und ließ erst von ihr ab, als sie zu schreien begann. Den anderen Gästen erzählte er, Kansa sei erschrocken, als sie eine Maus durch den Salon huschen sah. Doch die Geschichte machte die Runde. Sogar Ismaîl erzählte ihr, nachdem sie sich am Pool des Filmregisseurs kennengelernt hatten, er habe da von einer Geschichte mit einer Maus im Haus des Kulturministers gehört. Doch da wechselte Kansa lieber das Thema und fand, in diesem Haus hier neben dem Pool mit den Freunden sei es doch um einiges angenehmer als dort, worauf Ismaîl nur lächelte und sich den Finger auf den Mund legte. Der Minister war kein Thema mehr. Sie hätte natürlich auch, wie andere von Zeit zu Zeit, den Platz wechseln können, um andere Gäste kennenzulernen oder um einfach einmal aufzustehen und sich ein wenig die Füße zu vertreten. Sie tat es nicht, und sogar als sie von Arbeitskolleginnen und -kollegen, halb im Scherz, gefragt wurde, ob sie sie auf einem Rundgang durch den Garten begleiten wolle, lehnte sie ab. Irgendwie wollte sie lieber bleiben, wo sie war. War es ein Gefühl der Verunsicherung wegen des Vorfalls im Haus des Ministers? Oder war es dieses Gefühl der Sicherheit, das sie neben Ismaîl empfand? Es war ihr nicht klar. Sie erinnerte sich noch daran, dass sie sich an jenem Abend außergewöhnlich wohlfühlte. Sie hatte nicht nur ihren anstrengenden Arbeitstag vergessen, es durchzog sie auch eine wohlige Schlaffheit. Mehrmals schloss sie die Augen, und wenn sie sie dann wieder öffnete, sah sie Ismaîl, der sich rasch abwandte, als fürchtete er, dabei ertappt zu werden, wie er sie bei ihren kleinen Schläfchen betrachtete. Als sich ihre Blicke doch einmal begegneten, spürte sie seine Hand auf ihrem Arm und seine Worte in ihrem Ohr. Er flüsterte, um nicht von den anderen gehört zu werden und um nicht den Eindruck zu erwecken, auch nur wie der Minister zu sein. Sogar noch in diesem Augenblick schaute er zur Seite. Brachten ihn seine eigenen Worte in Verlegenheit, oder wurde ihm plötzlich klar, was er sagte, und bereute er es? Hielt er vielleicht den Zeitpunkt für falsch gewählt und dachte, er hätte noch ein paar Tage warten sollen, um ihr etwas Distanz zu dem Vorfall mit dem Minister zu lassen, damit sie lockerer darauf reagieren konnte? Doch Kansa wurde noch entspannter, als sie das Kompliment hörte. Sie schien diese Versicherung förmlich zu brauchen, schien darauf gewartet zu haben, dass jemand sie auf diese Weise, in diesem ruhigen, überzeugten Ton aussprach. Und sie reagierte, als hörte sie dieses Kompliment zum ersten Mal, als hätte sie es nicht schon unzählige Male vernommen. Sie wusste nicht, warum sie sich an diesem Abend so anders benahm. Sie hätte ihm für seine Schmeichelei danken und dann aufstehen und gehen können. Sie hätte einen Kollegen oder eine Kollegin bitten können, sie auf einen kleinen Spaziergang im Garten und um den Pool herum zu begleiten. Oder sie hätte sich entschuldigen können, um dann aufzustehen und den Hausherrn zu bitten, sie ins Hotel bringen zu lassen. Doch stattdessen streckte sie zu ihrer eigenen Überraschung zum ersten Mal auch ganz selbstverständlich die Hand aus und berührte seinen Arm, genau wie er zuvor den ihren, und sagte, auch das zu ihrer Überraschung, auf Englisch: »Your are very tender and sweet.« Und fügte dann noch hinzu: »You are beautiful, too.«

Ismaîl und Kansa heirateten nicht in Bagdad, was ihnen ihr Freund, der Regisseur, vorgeschlagen hatte. »Ich werde euch ein außergewöhnliches Hochzeitsfest organisieren.« Vielleicht zeigte er sich ihnen gegenüber so großzügig, weil er mit Ismaîl verwandt war oder weil er mit ihm zusammenarbeitete, was sie erst später erfuhr. Sie heirateten in Manhattan, in New York. An ihre Hochzeitsfeier erinnern sich noch viele ihrer Kollegen aus der Übersetzungsabteilung der Vereinten Nationen bestens. Sie wollten nicht nur eine Feier in einem Restaurant in der Nähe des Rathauses, wo Kansa, die ja die amerikanische Staatsbürgerschaft besaß, die Ehe (später wurde deutlich, dass sie gut daran getan hatte) amtlich hatte eintragen lassen. Sie zogen darüber hinaus mit allen Freunden in die Übersetzungsabteilung im UNO-Gebäude, damit auch die Kollegen in der dortigen Cafeteria einen Hochzeitsumzug machen konnten. Der Höhepunkt der Feier kam dann am Abend, als die Brautleute mit einer kleinen Schar enger Freunde in eine griechische Taverne in der Nähe der Vereinten Nationen gingen. Dort trank man Ouzo, aß Suflaki, gegrilltes Fleisch, und tanzte zu Zorbas Musik und zu Busuki-Melodien. Die beiden waren glücklich, und dieses Glück übertrug sich auf alle ihre Gäste. Alle versicherten, noch nie ein so glücklich verliebtes Brautpaar gesehen zu haben.

Anfänglich lebten sie zusammen in Queens, in Kansas kleinem Apartment. Später zogen sie in eine größere Wohnung in Manhattan. Und während ihrer ganzen New Yorker Zeit trennten sie sich nur in seltenen Fällen, wenn es gar nicht anders ging. Kansa bat sogar ihre Chefin, ihr Privatleben zu berücksichtigen, was dazu führte, dass sie von Dienstreisen außerhalb Amerikas dispensiert wurde. Zuvor war das ganz anders gewesen. Sie hatte keine Gelegenheit ausgelassen, Reisewünsche zu äußern. Ihre Kollegen wussten das, und manche ließen sie nur allzu gern statt ihrer reisen. Nun verließ Kansa, die Reisetante oder die Touristin, wie man sie in Kollegenkreisen genannt hatte, kaum mehr New York, und wenn, dann in Begleitung Ismaîls. Beiden fiel es schwer, ohne den anderen zu sein. Ihre Bekannten und Freunde beobachteten das. Manche beneideten sie, andere hielten es für Theater, und schon bald tuschelte man unter den Kollegen von Romeo und Julia; wieder andere spöttelten ganz offen und warnten vor einem Ende im Selbstmord, nach dem Muster bekannter Liebespaare in der Geschichte. Doch die beiden, völlig in ihrem Liebesrausch, lachten nur über derartige Ideen. Undenkbar, dass für sie einmal der Augenblick der Trennung kommen könnte. Ganz benommen von ihrer Liebe und zutiefst einander hingegeben, trennten sie sich nicht. Dazu hatten sie sich verpflichtet. Sollte einer von ihnen versetzt werden, würde ihm der andere folgen. Und so reichte Kansa zwei Jahre nach ihrer Heirat ihre Kündigung ein, kurze Zeit nachdem Ismaîl an der irakischen Botschaft in Washington entlassen worden war. Er hatte es nicht geschafft, die amerikanische und die bei den Vereinten Nationen akkreditierte Weltpresse vom irakischen Standpunkt zu überzeugen, das Land habe das Recht, sich Kuwait zurückzuholen: »die Rückkehr der Äste zur Wurzel«, wie das im offiziellen Sprachgebrauch lautete. Wer seine eigenen Interessen über diejenigen des Vaterlands stelle, sei unbrauchbar für sein Land, hieß es in der Entlassungsbegründung aus der Feder des Revolutionären Führungsrats in Bagdad. Der Vorwurf zielte darauf, dass ihm mehr an seinem Leben mit Kansa gelegen war als an seiner Aufgabe als irakischer Pressesprecher in den Vereinigten Staaten, zumal er auch die meiste Zeit in New York, nicht in Washington verbrachte. Im selben Schriftstück wurde er aufgefordert, unmittelbar nach seiner Entlassung nach Bagdad zurückzukehren, ein Befehl, über dessen Bedeutung Ismaîl keinerlei Zweifel hatte. Sicher würde er noch auf dem Flughafen verhaftet werden. Warum also zurückkehren? Diesmal würde es ihn nicht retten, dass er weder Kurde noch Schiit war. Ismaîl stellte bei den amerikanischen Behörden einen Antrag auf Anerkennung als politischer Flüchtling, obwohl er das eigentlich nicht nötig gehabt hätte. Durch seine Ehe mit einer amerikanischen Staatsbürgerin konnte er automatisch die Aufenthaltsgenehmigung erhalten. Er wolle aber lieber beides haben, erklärte er Kansa, die legale Aufenthaltsbewilligung und die Anerkennung als politischer Flüchtling. Vielleicht begann sich ja hier die Beziehung zwischen den beiden zu lockern. Kansa wollte anfangs Ismaîls Vorgehen nicht verstehen. Traute er ihr nicht vollständig oder wollte er sich gar schützen für den Fall eines Problems zwischen ihnen, ihre Trennung zum Beispiel? Dann aber dachte Kansa nur daran, dass der Status als politischer Flüchtling Ismaîl eine größere Sicherheit in den USA geben würde. Warum hätte sie an etwas anderes denken sollen? Sie hatte noch nie einen Augenblick an seiner Liebe für sie und ihrer Liebe für ihn gezweifelt. Sie zögerte auch nicht, ihre Stelle aufzugeben, als er ihr eines Tages mitteilte, er habe sich der irakischen Opposition angeschlossen. Um aktiv in dieser mitzuwirken, habe er eine Aufgabe übernommen: den Aufbau einer Radiostation, die die Stimme der Opposition in den Irak hineintrage. Von wo aus gesendet werden solle, wollte sie wissen. Von Saudi-Arabien. Er wäre glücklich, erklärte er ihr, wenn sie mit ihm käme und ihm bei seiner Arbeit dort zur Seite stünde. Kansa hatte weder ein Ohr für den warnenden Rat ihrer Chefin noch für den ihrer Arbeitskollegen. Sie könne ihn ja begleiten, dagegen sei nichts einzuwenden, nur mit der Kündigung solle sie doch noch warten. »Beantragen Sie ein Jahr unbezahlten Urlaub«, drängte ihre Chefin sie und versprach, alles in ihrer Macht Stehende zu tun, damit ein solcher Antrag von der UNO-Verwaltung bewilligt werde. Sie versprach sogar, sich nach Ablauf dieses Jahres für eine Verlängerung um ein weiteres Jahr einzusetzen. Sie solle sich erst einmal umsehen. »Das Leben in Saudi-Arabien ist sehr schwierig«, versicherte ihr die Chefin, die aus Ägypten stammte, und Kollegen aus verschiedenen arabischen Ländern bestätigten das. Aber Kansa, völlig benommen von ihrer Liebe, war nicht nur von ihren Gefühlen überzeugt, sondern vertraute auch Ismaîl, der ihr versprach, sie werde an seiner Seite für das Radio arbeiten. Warum auch nicht, man brauchte sicher eine ausgebildete Übersetzerin. »Das Radio steht erst ganz am Anfang.« Sie konnte nicht wissen, dass sie nach ihrer Ankunft dort nur Ausreden und Ausflüchte hören würde, einleuchtende und nicht einleuchtende. In der ersten Zeit, als sie noch in Dschidda wohnten, bevor das Radio auf Sendung ging, übersetzte Kansa zahlreiche Dokumente aus dem Englischen ins Arabische, doch das dauerte nicht sehr lange. Nachdem sie in das Haus gezogen waren, das die saudische Regierung der irakischen Opposition in Hafar al-Bâtin für das Radio zur Verfügung gestellt hatte, war ihre Arbeit beendet. Und als sie sich darüber bei Ismaîl beklagte, meinte er, sie solle sich gedulden. Man sei ja noch in der Gründungsphase, und er müsse sich mit den anderen Irakern besprechen, die an dem Projekt beteiligt seien. Danach geschah wieder nichts, und nach einiger Zeit erinnerte sie ihn an sein Versprechen, sie dürfe bei dem Radio mitarbeiten. In

Dschidda, einer verhältnismäßig offenen Stadt, hätte sie wenigstens noch mit ein paar Frauen ausgehen können, die sie dort kennengelernt hatte. Hier dagegen sei das ganz anders. Nicht einmal ausgehen könne sie, sondern müsse den ganzen Tag zu Hause herumhocken. Und dann wohnten sie nicht in der Stadt selbst. Das Haus, das man ihnen überlassen hatte, war zwar groß, eine Villa, wie diejenigen der anderen Oppositionellen, aber diese Villa war wie ein Exil. Sie lag außerhalb der Stadt in einem kleinen Dorf nahe der irakischen Grenze. An den recht häufigen Sandsturmtagen waren sie völlig von der Welt abgeschlossen, und wenn es nicht in zwei Kilometer Entfernung das Radiogebäude gäbe, käme überhaupt nie jemand. Sie müsse sich bis zum Ende des Krieges gedulden, erklärte er ihr. Die Iraker, mit denen er zusammenarbeite, seine Mitstreiter, bestünden darauf, dass nur Iraker als Mitarbeiter angestellt würden. Das sei sehr wichtig, behaupteten sie. »Nach der Befreiung von Kuwait wird alles anders.« Dann werde er ganz sicher für sie eine Stelle beim Radio finden. Kansa wusste nicht, dass all das nur Ausreden und leere Versprechungen waren, die sie zu akzeptieren hatte, schlimmer noch, dass sie begreifen musste, dass sich Ismaîl nach ihrem Umzug nach Saudi-Arabien verändert hatte. In Dschidda, wo sie zunächst gewohnt hatten, war diese andere Persönlichkeit noch nicht so zutage getreten. Aber hier, in Hafar al-Bâtin, beziehungsweise in dessen Vororten, begann er, sich ihr gegenüber zu verhalten wie alle Männer. Ja, mehr noch, sie bemerkte, wie er wütend wurde, wenn ein Mann sie anblickte. Schließlich untersagte er ihr sogar, Tee oder Erfrischungen zu servieren, wenn jemand zu Besuch kam, egal, ob Iraker oder Saudi, ja sogar ein Amerikaner, einer jener amerikanischen Offiziere in der Garnison. Nach der Befreiung Kuwaits, wie er das gern nannte, kamen Tausende irakischer Flüchtlinge, die dem brutalen Regime in Bagdad zu entkommen suchten. Die Arbeit am Radio erweiterte sich, dennoch blieb Kansa untätig zu Hause sitzen. Nicht einmal die Hausarbeit durfte sie mehr erledigen. Sie müssten sich benehmen wie die anderen Iraker oder Araber, die hier lebten, und eine asiatische Haushaltshilfe anstellen, erklärte Ismaîl ihr. Anfangs widersetzte sie sich einer solchen Idee. Doch schließlich fügte sie sich wie bei anderen Dingen auch hier seinem Vorschlag. Nur bei einem fügte sie sich nicht: dem Hidschâb. Nicht weil sie nicht gewusst hätte, welche »Wohltat Gott, unser Herr, dem Weibe gewährt hat, als er es mit dem Hidschâb bekleidete und so seine Seele reinigte«, sondern weil sie Ismaîl Widerstand leisten und sich behaupten wollte. Als er sie vor die Wahl stellte: entweder mit dem Hidschâb in die Stadt zu gehen oder ohne ihn zu Hause zu sitzen, entschied sie sich für Letzteres und ging nur noch ganz selten, beispielsweise wenn er unterwegs war, auf den Markt. Dann legte sie sich lediglich einen schlichten Schal um den Kopf und tröstete sich damit, dass sie doch irgendwann dieses Männerland, wie sie das Königreich nannte, verlassen und ein neues Leben beginnen würden. Das hatte er ihr an einem der selten gewordenen Augenblicke der Leidenschaft versprochen. Sein enormes Gehalt und die Zuwendungen, die er von den Saudis für seine Arbeit am Radio erhielt, würden es ihnen in einigen Jahren erlauben, in Europa oder wo sie sonst wolle zu leben. Dann könnten sie sich zwei Villen kaufen, eine in der Stadt, die andere am Meer. Dann bliebe kein Traum mehr unerfüllt. Auch Kinder würden sie haben. Sie brauche nur noch etwas Geduld. Sie könnten beispielsweise eine Fernsehstation in London gründen. »Du weißt ja, die Zeit der Satellitenkanäle hat begonnen. Ich schwöre dir bei allen Gesandten und Propheten, du wirst Direktorin eines Fernsehkanals werden. Nur noch ein bisschen Geduld.« Und Kansa zeigte Geduld. Was blieb ihr auch anderes übrig? Doch dann war der Krieg vorüber, die Streitkräfte der vierunddreißig Staaten zogen sich zurück, und Kansa musste sich eingestehen, dass alles, was er ihr von gewaltigen Projekten und Satellitenkanälen erzählt hatte, leeres Gerede war. Er hatte niemals vor, Saudi-Arabien zu verlassen, diesem Sender den Rücken zu kehren, der nicht nur zum Raketenbeschuss Bagdads in einer kalten Winternacht schwieg, sondern auch kein Wort darüber verlor, dass bei Hafar al-Bâtin ein ganzes Bataillon lebendig verscharrt worden war. Nur ein paar Tränen vergoss Ismaîl, als er ihr von dem Vorfall erzählte. Sonst zuckte er nicht mit der Wimper, und die paar Tränen kamen ihm nur, weil er zuvor eine ganze Flasche Whisky geleert hatte. Vielleicht quälte ihn sein Gewissen und ließ ihn zur Flasche greifen und ihr alle möglichen Geschichten auftischen. Am nächsten Morgen jedenfalls stritt er alles ab; gleichzeitig warnte er sie, solche Gerüchte zu verbreiten. Wie gern hätte sie ihm damals ins Gesicht gespuckt und ihm gesagt: Du hältst das wohl für ein Gerücht, obwohl alle Soldaten, die von der Front zurückkehren, davon berichten? Doch sie nahm sich zusammen. Sie brauchte alle ihre Kräfte, um eine Lösung ihres größeren Problems zu finden. Sie war im vierten Monat schwanger, und sie wollte kein Kind von einem solchen Vater zur Welt bringen. Deshalb ließ sie bei einer alten Inderin in der Region Al-Thuqbah in der Nähe der Stadt Chobar eine Abtreibung vornehmen. Die Adresse hatte sie von einer saudischen Lehrerin erhalten, die sie bei einem ihrer seltenen Gänge auf den Markt kennenlernte. Sie hatte nicht geglaubt, dass die Abtreibung solche schreckliche Folgen haben würde. Über viele Monate hinweg konnte sie nicht schlafen, und jedes tote oder verwundete Kind erinnerte sie an den Klumpen Fleisch, den ihr die alte Frau nach dem Eingriff gezeigt hatte, als wollte sie ihr den Gegenstand der Schuld präsentieren, die sie auf sich geladen hatte. Nein, sie hatte nie geglaubt, sie könnte sich je mit einer solchen Sünde beladen. Sie litt an Blutungen, die sie nicht mehr schlafen ließen, und wenn sie doch einmal einschlief, wurde sie von Albträumen gequält. Immer tauchte der abgetriebene Fötus auf, der Fleischklumpen, den ihr die alte Inderin gezeigt hatte, vielleicht um ihren Mut zu testen, vielleicht auch, um ihr deutlich zu machen, wie recht sie mit ihrer Warnung hatte, eine Abtreibung in diesem Stadium werde zwangsläufig zu Blutungen führen. »Sie sind im vierten Monat«, sagte sie, »glauben Sie ja nicht, das geht reibungslos vonstatten.« Anfangs glaubte Kansa noch, die Alte übertreibe oder besitze nicht die Instrumente für eine fachgerechte, saubere Abtreibung. Doch als das Kind sie bei Nacht im Schlaf zu besuchen begann, mal in Gestalt einer Lerche, ein andermal in Gestalt eines Gazellenkitzes, mal als Bär, ein andermal als Engel, und ihr Schlaf zu einer erbarmungslosen Qual wurde, merkte sie, dass die alte Frau recht gehabt hatte, die erst nach inständigem Bitten und Erhöhung des Preises bereit war, den Eingriff vorzunehmen. »Während der ersten beiden Monate und sogar noch bis zur Mitte des dritten, ja, aber im vierten wird die Sache schwierig«, hatte ihr die Inderin erklärt. Immer wieder schrak Kansa aus dem Schlaf auf, entsetzt durch Albträume oder neuerliche Blutungen, und manchmal hatte sie das Gefühl, ihr Unterleib zerrisse. Auch ans Sterben dachte sie. Und vielleicht hätte sie ja Schluss gemacht, wäre ihr nicht eines Nachts im Traum ihre Mutter erschienen, die ihr ans Herz legte, das Grab des Sidi al-Sachbi aufzusuchen. »Nach einer Woche wird alles in Ordnung sein«, flüsterte sie ihr zu und strich ihr über die Stirn. Bis zu jener Nacht hatte sie dergleichen Besuche für Humbug gehalten. Es war nicht das erste Mal, dass ihre Mutter sie dazu aufforderte. Immer wenn Kansa ihre Familie besuchte, schlug die Mutter ihr einen Gang zum Grab des »Fürsprechers« vor, wie sie ihn nannte, um dort zu beten und ihn zu bitten, ihr einen rechtschaffenen Ehemann zuzuführen. Und jedes Mal hatte Kansa darüber gelacht, hatte sie gestreichelt und freundlich erwidert: »Mama, wann wirst du endlich diese Märchen auf sich beruhen lassen.« Nun fand sie zum ersten Mal nichts gegen den Ratschlag ihrer Mutter einzuwenden. In jener Nacht hatte sie sich so schrecklich einsam, so trostlos gefühlt. Sie war fiebrig und schweißgebadet und sie phantasierte. Doch zu ihrer Überraschung fühlte sie sich beim Aufwachen am Morgen völlig entspannt. Das Gefühl der Einsamkeit war verschwunden. Und es war allein diese Ruhe, die ihr den Mut gab, Ismaîl anzusprechen. »Ich muss meine Mutter besuchen«, erklärte sie, und Ismaîl ließ sich überzeugen. Er sah ja, dass sie nicht schlafen konnte und abmagerte, aber wenn er sie fragte, was mit ihr los sei, ob sie etwa schwanger sei, antwortete sie nur, ihr fehle nichts, es sei nur die Blutarmut, ein altes Problem, das sich wieder bemerkbar mache. Natürlich hatte sie ihm nichts von der Abtreibung erzählt. Er hätte sie sicher verboten. Ihre Mutter, der sie berichtete, was sie während dieser Jahre erlebt und dass sie abgetrieben hatte, begann zu klagen und zu jammern. Sie schlug sich auf die Wangen und auf die Brust und weinte herzzerreißend. Sie beruhigte sich erst, als Kansa ihr erzählte, sie sei ihr im Traum erschienen und sie sei nach Hause gekommen, um gemeinsam mit der Mutter das Grab des Fürsprechers, Sidi al-Sachbi, in Kairuan aufzusuchen. Da wischte sich die Mutter die Tränen vom Gesicht und schloss ihre Tochter in die Arme. Nun habe sie doch noch den rechten Weg gefunden. Darüber sei sie sehr glücklich. »Du wirst dich von deiner Sünde reinwaschen, ganz sicher.« Die beiden Frauen verbrachten die Nacht am Grab des Heiligen. Natürlich nicht alleine. Dutzende von Frauen waren da, Kranke und Gesunde. Die wenigen Männer waren alle jung. Während der Woche, die die beiden Frauen dort verbrachten, hörten sie zahllose Geschichten von Wundern, die der Fürsprecher, Sidi al-Sachbi, bewirkt hatte. Sie hörten auch von den drei Barthaaren des Propheten, die dieser Prophetengefährte und -barbier von der Arabischen Halbinsel mitbrachte, als er sich in Kairuan ansiedelte. Das Einzige, was von Personen verlangt wurde, die ihn um Hilfe baten, war Geduld. Auch Kansa verzweifelte nicht. Zunächst hörten die Blutungen auf, und die Albträume verschwanden ebenso wie die Schmerzen. Doch sie musste bis zum siebten Tag warten, um das vom Fürsprecher erwartete Zeichen zu erhalten. In später Nachtstunde, sie schlief schon fest auf der einfachen Matte in der Grabmoschee, spürte sie eine Hand, die sie vorsichtig schüttelte, und hörte eine Stimme, die ihr sanft ins Ohr flüsterte. Es klang wie eine kurze Predigt: »Von heute an sollst du gebenedeit sein, Mädchen. Geh mit Gottes Segen und vergiss nicht die Bestimmungen des heiligen Gesetzes, dann wirst du zukünftig ohne Gewissensbisse und Qualen leben. Leg den Hidschâb an und befolge die fünf Pflichten, die dir dein Herr auferlegt hat: Sprich das Glaubensbekenntnis, verrichte die fünf Gebete, faste im Monat Ramadan, entrichte die Almosensteuer und vollziehe die Pilgerfahrt, so deine Mittel es erlauben.« Als Kansa die Augen aufschlug, um ihm zu versichern, sie werde alles Aufgetragene erfüllen, strich er ihr mit der Hand über die Lider und forderte sie auf weiterzuschlafen. Wie sanft er mit ihr umging! Ja, alles an ihm war sanft: sein hoher, schlanker Wuchs, sein gemessener Gang, mit dem er den Raum verließ. Jeder seiner Schritte schenkte ihr Geborgenheit und Trost. Sie hätte all das nicht geglaubt, hätte sie Sidi al-Sachbi nicht selbst gesehen, mit ihren eigenen, noch halb geschlossenen Augen. Am nächsten Morgen kehrte sie in die Hauptstadt Tunis zurück, wo sie sich, in der Altstadt, mit Hidschâb-Kleidung versorgte, und als sie eine Woche später in Dahrân aus dem Flugzeug stieg, konnte die Flughafenpolizei nicht glauben, dass die Frau, die da vor ihnen stand, verhüllt von Kopf bis Fuß, diejenige auf dem Bild in ihrem Pass sein sollte: mit offenem Haar und gepudertem Gesicht. Sogar Ismaîl traute seinen Augen nicht, als er sie in der Halle erblickte. Zunächst glaubte er, sie erlaube sich einen Schabernack mit ihm. Doch nach zwei bis drei Wochen war ihm klar, dass Kansa sich verändert hatte, dass sie voll religiösen Eifers nach Saudi-Arabien zurückgekehrt war, entschlossen, die Forderungen zu befolgen, die Sidi al-Sachbi ihr aufgetragen hatte: die Erfüllung der fünf islamischen Grundpflichten plus die Aufforderung zum Dschihad! Als sich Ismaîl über sie lustig machte und sie fragte: »Wirst du jetzt in den Dschihad nach Afghanistan ziehen?«, war ihm nicht noch klar, dass sie einen anderen Weg des Dschihads beschreiten könnte. Als sie nämlich erfuhr, dass an der Schule der amerikanisch-saudischen Freundschaft eine arabischsprachige amerikanische Lehrerin für den Erwachsenenunterricht gesucht wurde, sah sie eine Chance für sich. Mit ihrer Arbeit dort werde sie sich bemühen, erklärte sie Ismaîl, Amerikaner nicht nur in der Sprache des Korans zu unterweisen, sondern sie auch auf den rechten Weg zu führen, sie von der Kraft des Korans zu überzeugen, damit sie zum Islam fänden. Auf diesen Tag schien sie gewartet zu haben. Um auf dem rechten Weg zu gehen, müsse sie sich von der letzten Last befreien, von der letzten Sünde, die an ihr hing, sagte sie sich, sie müsse sich von Ismaîl trennen. Von allem Erlaubten ist Gott zwar die Scheidung am verhasstesten, aber Ismaîls Frau zu bleiben war ihr selbst ebenso wie dem Herrn der Welten verhasst. Es gab nichts mehr, was sie an diesen Mann band, es gab auch nichts mehr, was die beiden miteinander verband. Diese elende Radiostation war sein ganzes Leben geworden, war ihm Ehefrau und Schwester, Mutter und Tochter. War er durch seine Entlassung aus der Botschaft traumatisiert und fürchtete, keine andere Funktion mehr zu finden, oder hatte er gelernt, die Arbeit nicht zu vernachlässigen, wie er es in Washington getan hatte, ja, er müsse sich immens anstrengen, um nicht entlassen zu werden? »Jeder geht jetzt seinen Weg allein, unser Zeuge sei einzig Gott über unseren Häuptern«, erklärte Kansa und verlangte von ihm, die dreifache Scheidung auszusprechen, mit dem Rest werde sie einen Anwalt beauftragen. »Du bist geschieden!«, sprach Ismaîl dreimal. Diesen Satz auf sich angewendet zu hören, hatten sich die beiden Liebenden, die einst Romeo und Julia genannt wurden, noch vor kurzem nicht vorstellen können. Aber so war das Schicksal. Am nächsten Tag packte sie ihre wenigen Sachen zusammen. Ihre unzüchtigen alten Kleider hatte sie sowieso schon weggeworfen. Sie zog nach Dahrân, mietete sich auf der amerikanischen Basis ein und begann zu unterrichten. Und von da an fühlte sie sich mit sich selbst im Reinen, ihr Glaube wuchs von Tag zu Tag, und sie vertraute fest darauf, dass Gott sie dereinst mit dem Paradies belohnen werde. Dort werde sie den Sohn treffen, den sie abgetrieben hatte, dort werde sie mit ihm leben, werde ihn aufwachsen und schließlich eine Paradiesjungfrau heiraten sehen. Diesen Tag zu erleben, sehnte sie sich.

Und ihn, Daniel, hatten ihn nicht die gleichen Albträume heimgesucht, seit sie jenes irakische Bataillon lebendig begruben? Er wollte nicht wissen, wie viele Soldaten es waren. Er hätte nie geglaubt, dass er je einen solchen Befehl ausführen könnte, doch als er dann die Arbeit abgeschlossen hatte, wollte er möglichst rasch weg. Er ließ den Bulldozer einfach stehen, als wollte er sich selbst und allem anderen entfliehen. Doch dann klopfte ihm der Major anerkennend auf die Schulter. »Bravo, now you are a real soldier, not only a supply administrator or operation clerk.« Daniel schaute weit weg und murmelte kaum hörbar: »I am going.« Am meisten fürchtete er, der Major könnte ihn zwingen, noch länger in der Basis Hafar al-Bâtin zu bleiben. Doch Ray Prince war so mit seinem Sieg beschäftigt, dass er sich nicht mehr um Daniels Pläne kümmerte. Was er von ihm gewollt hatte, hatte Daniel endlich getan, und so drückte der Major nur noch sein Bedauern aus, dass Daniel nicht mit ihm die Niederlage der Iraker begießen könne. Er wünschte ihm alles Gute: »God bless you!« Von nun an würde er nie mehr allein sein. Sie würden ihn immer begleiten, alle. Alle diese Soldaten, die er lebendig gesehen hatte, bevor er den Bulldozer bestieg. Er erinnerte sich noch immer an den letzten, den er zuschaufelte. Er hatte rasch Erde auf ihn geschüttet, um seinen fragend anklagenden Blick nicht sehen zu müssen. Und diese Szene ließ ihn nicht mehr los. Zu Beginn dachte er, es sei nur eine Frage der Zeit, bis die Bilder von den Irakern verschwänden. Doch das Schreien und das Flehen der Soldaten hatte sich in seinem Innern eingegraben und ließ sich nicht mehr abschütteln. Seit jenem Tag hörte er anklagende Stimmen, Stimmen, die fragten: Warum hast du uns getötet? Im Wachen und im Schlafen, immer die gleichen Stimmen. Und vergeblich hoffte er, eines Tages werde es vorbei sein. Dutzende von Spezialärzten suchte er auf, solche für psychische Probleme, andere für Nervenkrankheiten. Er versuchte wirklich alles: von Voodoo bis Psychoanalyse. Doch nichts half. Nicht einmal die Kirche. Der letzte Pastor, der nur noch seinetwegen geblieben war, musste schließlich auch gehen. Daniel war sein letztes Schäfchen. Was sollte ein Pastor ohne Gläubige?

Erst nachdem er Kansa kennengelernt hatte, fand Daniel ein wenig Ruhe. Von Stunde zu Stunde spürte er eine Veränderung, ganz allmählich, ja, ohne dass er sich dessen bewusst war, allein durch ihren Unterricht. Er schlief wieder besser, keine Albträume quälten ihn mehr. Sie verschwanden nicht völlig, aber sie gingen zurück. Er fühlte sich wohler. Wenn er am Morgen aufstand und sein Gesicht im Spiegel betrachtete, fand er eine Spur von seinem früheren Lächeln. Nun musste er nur noch Kansa erklären, was er für sie empfand. Und welche freudige Überraschung zu erfahren, dass es auch für sie Liebe auf den ersten Blick war. Warum sollten sie nicht heiraten? Als sie es taten, war er überzeugt, dass er von seinen Schuldgefühlen geheilt würde. Gemeinsam würden sie es schaffen, versicherte sie ihm an jenem Tag, als sie ihm nach dem Unterricht in seinem Büro ihre Geschichte erzählt und ihre Liebe gestanden hatte: »partner in crime«, im Verbrechen vereint, wie das amerikanische Sprichwort sagt. Vereint durch dieses Gefühl, ein Verbrechen auf sich geladen zu haben, jeder auf seine Weise, könnten sie sich gegenseitig beim Vergessen helfen. So dachten sie während der Jahre ihres glücklichen Zusammenlebens. Kansas Persönlichkeit, die Bewegung ihrer Hände, das Strahlen ihrer Augen, ihre Ruhe und nicht zuletzt ihr Selbstvertrauen, all das gab ihm seine Sicherheit zurück. Und er meinte es ernst, als er ihr in der Hochzeitsnacht sagte, sie erinnere ihn sehr an sich, nicht nur an die Zeit vor seinem Unglück, als er noch Smiley Man war, sondern auch danach; sie half ihm dabei, sich selbst kennenzulernen. Daniel dankte seinem Schöpfer. O Herr im Himmel, wir beide sind einander so ähnlich, im Guten wie im Bösen, im Frieden wie im Krieg. Und wie sie anfänglich zusammenfanden in ihrem Schuldgefühl, und wie sie, nachdem jeder die Geschichte des anderen erfahren hatte, sich davon befreit fühlten, war er überzeugt, dass Gott sie beide einer Prüfung unterzogen hatte. Zweifellos, es war der Wille Gottes. Wenn sie nicht geglaubt hätte, ihr Kind getötet zu haben, ein Embryo im vierten Monat, und wenn er nicht Soldaten lebendig begraben hätte, hätten sie nie so rasch geheiratet, sich nie so tief geliebt, nie beschlossen, gemeinsam ohne Kinder zu leben. Ein Kind in diese Welt zu setzen bedeutet nur, es dem Schmerz auszusetzen. »We are free, in front of us is only God.« Die beiden standen allein Gott von Angesicht zu

Angesicht gegenüber. Er hatte den Satz noch nicht vergessen, den sie ihm in der Hochzeitsnacht sagte und den er später unzählige Male wiederholte.

Etwa zehn Jahre währte ihr Glück. Sie blieben nicht im Königreich Saudi-Arabien. Ein Jahr nach ihrer Hochzeit siedelten sie nach New York um, nachdem Daniels Vertrag bei den Marines abgelaufen war und er ihn nicht, wie mehrfach zuvor nach jeweils fünf Jahren, verlängerte. Weder Marines noch Armee gab es für ihn nach diesem Tag, keinen Krieg, kein Töten, kein Verbrechen. Nein, ein Leben in Frieden, das war alles, wonach sie strebten. Sie zogen nach Queens, ins Haus, in dem er einst mit seiner Familie gewohnt hatte. Kansa unterrichtete an einer Schule der islamischen Gemeinde, Daniel arbeitete bei einer Handelsfirma im Hafen von New York. Dann kam der 9. April 2003, ein Mittwoch. Sie saßen auf dem Sofa in ihrem Wohnzimmer, Kansa hatte gerade ihr Gebet verrichtet, während er sich zum Gebet fertig machte. Plötzlich sahen sie auf dem Fernseher den Einmarsch der Marines in Bagdad. Die amerikanischen Panzer rollten auf den Andalus-Platz mitten in der irakischen Hauptstadt. Es gab nichts Außergewöhnliches. Der Krieg hatte schon zwanzig Tage gedauert, seit dem 19. März, und sie hatten seither schon viele derartige Szenen betrachtet. Von Kuwait her waren die amerikanischen Einheiten in den Irak eingedrungen und rasch Richtung Bagdad vorgerückt. Gleichzeitig fuhren überfüllte Busse in Gegenrichtung, nach Süden. Der Krieg schien die Menschen nicht zu interessieren, als spielte er sich anderswo ab, nicht im Irak. Doch in den frühen Abendstunden dieses Tages sah Daniel die ständig wiederholten Bildersequenzen. Er sah sie zum ersten Mal am Abend vor sich auf dem Bildschirm, und plötzlich überkam ihn ein Würgegefühl, er begann an allen Gliedern zu zittern, ihm wurde kalt, er saß da wie gelähmt, unfähig aufzustehen, um das Gebet zu verrichten. All die Jahre, die er glücklich mit Kansa verbracht hatte, verschwanden hinter diesem Augenblick. Er fiel zurück in die finstere Grube, der er entkommen war, und Erinnerungen brachen hervor, die er längst vergessen hatte. All diese Jahre waren vergangen, und er dachte, von seinen Schuldgefühlen befreit zu sein. Wie hätte er mit diesem Augenblick rechnen sollen, dem er diese ganze Zeit ausgewichen war, der aufleuchtete wie eine Sternschnuppe, wie ein greller Blitz, der ihm seinen Irrtum aufdeckte und ihn aufs Neue in den Strudel der Gewissensqualen stürzte. Alle Maßnahmen, sich zu schützen und zu feien, sollten umsonst gewesen sein, als Major Ray Prince ein weiteres Mal in seinem Leben auftauchte, nicht aus der Vergangenheit aufsteigend, wie er ihn in all jenen Jahren gekannt hatte, sondern als lebendiges Bild – und mit einem neuen Dienstgrad. Er war zum Oberstleutnant befördert worden; die Sterne blinkten auf seinen Schultern. Und nicht nur das. Er war auch einer anderen Truppengattung zugeteilt, war nicht mehr bei Nachschub oder Infanterie, sondern bei den Panzern. Hatte er sich seinen Traum erfüllen können? War sein Wunsch Wirklichkeit geworden? Kein Zweifel, es war Oberstleutnant Ray Prince, kein anderer. Auf dem Andalus-Platz kletterte er aus dem Führungsfahrzeug einer Gruppe von Panzern, die sich um den Platz herum aufstellten und die Straßen zum Hotel Filastîn blockierten. Im Hintergrund stürzten junge Burschen das größte Standbild des Diktators. Oberstleutnant Ray Prince salutierte dem Brigadegeneral, der den Einmarsch der amerikanischen Truppen in Bagdad befehligte, und folgte ihm zum Eingang des Hotels, in dem die Journalisten untergebracht waren. Vielleicht hoffte er, gemeinsam mit dem Brigadegeneral den verrückten Diktator oder einen seiner Helfershelfer in einem Versteck in den Gewölben des Hotels aufzustöbern. Vielleicht wollte er auch Zeuge bei der Unterzeichnung der Kapitulationserklärung werden. Doch außer dem Brigadegeneral und dem Oberstleutnant, dazu eine Schar Buben und zahlreiche Journalisten, die von den oberen Stockwerken des Hotels herunterschauten, gab es da niemanden. Von den Bewohnern der hohen Häuser um den Platz herum wagten einige, auf die Straße herunterzukommen, andere versteckten sich hinter ihren

Vorhängen. Vielleicht konnte Daniel nicht recht glauben, was er da sah, vielleicht hielt er es für eine seiner alten Halluzinationen, die nun zurückgekehrt war. Es war doch nicht möglich, dass jemand mit einer so unehrenhaften Personalakte wie Ray Prince überhaupt befördert und dann auch noch zu den Panzern versetzt wurde. Daniel Brooks wollte sich gegen eine Erinnerung wehren, von der er wusste, dass sie bösartig, ja tödlich wäre, wie die Pest. Vielleicht wollte er sich so auch schützen, wollte nicht wahrhaben, dass der, der da vor ihm auf der Schwelle des Hotels stand, tatsächlich der ehemalige Major Ray Prince war. Aber wie wäre das zu bezweifeln gewesen? Er sah sein Gesicht in aller Deutlichkeit. Da stand er am Eingang des Hotels neben dem Brigadegeneral, dem Befehlshaber der amerikanischen Invasionstruppen. Dann trat der Direktor des Hotels heraus und begrüßte den Brigadegeneral, nur ihn. In diesem Augenblick fiel dem einstigen Second Lieutenant das Päckchen wieder ein, das er während all dieser Zeit aufbewahrt hatte, zwölf Jahre, einen Monat und sechs Tage.

Einhundertfünfundvierzig Monate waren vergangen, seit er an der Front von Hafar al-Bâtin dieses Päckchen gefunden hatte. Wie konnte er nur glauben, es vergessen zu haben? Braun war es gewesen und verdreckt. Es enthielt Zettel und Blätter mit Gedichten in zwei Sprachen, Arabisch und Englisch, Gedichte von Walt Whitman, Papierstücke, sorgfältig aufeinandergelegt, daneben ein Brief in einem hübschen blauen Umschlag, außerdem ein kleines, dickes schwarzes Notizheft mit genau hundert Seiten. Auf jeder stand der Name eines Soldaten, dahinter die Träume und Wünsche, die er sich erfüllen wollte. Inzwischen nahmen die Soldaten Kameras oder zumindest Mobiltelefone mit an die Front, mit denen sie fotografierten und so ihre Erlebnisse dokumentierten. Früher einmal führten viele Soldaten in irgendwelchen Heften Tagebuch. Er selbst hatte zwar nie ein solches Heft und mit Ausnahme der Bibel auch kein Buch im Gepäck. Aber er sah es bei seinem Freund David Barbiero, der Bände mit Gedichten, Werke von Walt Whitman, Dylan Thomas und anderen bei sich trug. Jener Iraker war nicht anders, als sein Freund gewesen war. Auch er folgte der alten Soldatentradition und trug Gedichtbüchlein bei sich und ein Heft, um seine Träume festzuhalten. Durch ihn hatte auch sein Freund zur Gedichtlektüre zurückgefunden. Unmittelbar nach Ausbruch des Kuwaitkriegs hatte ihm David Barbiero gesagt: »Poesie nützt nichts mehr. Ich werde jetzt nur noch Kriegsbücher lesen, das hilft mir eher zu verstehen, was sich abspielt.« Sicher wäre der irakische Soldat dankbar, wenn er ihn fände. Zwölf Jahre, ein Monat und sechs Tage, einhundertfünfundvierzig Monate und sechs Tage hatte das Päckchen, auf das er wie auf einen wertvollen Schatz gestoßen war, wohlverwahrt in dem kleinen Holzkästchen gelegen, erst auf der Basis in Dahrân, dann in seiner Wohnung in Queens. Er hatte den Umschlag, der eine Anschrift trug, nie geöffnet. Wie hätte er einen Brief lesen sollen, der nicht für ihn bestimmt war? Doch die Gedichte hatte er gelesen und auch das dicke schwarze Heft. Sogar an jenem Abend des 9. April 2003, als er das Heft hervorholte und es Kansa zeigte, las er nur die Gedichte und das kleine Heft. Einmal für sie und viele Male für sich allein. Unmöglich zu sagen, wie oft er in jener Nacht und während der folgenden Tage und Nächte das alles durchlas. Aber er erinnerte sich, dass er an jenem Abend, als er Oberstleutnant Ray Prince gesehen hatte, sein Gebet vergaß, ja, er vergaß sogar das Abendessen, und später konnte er nicht richtig schlafen. Immer wieder schrak er auf. Die Albträume aus der Vergangenheit waren zurückgekehrt. Als er am folgenden Morgen aufstand und sein Gesicht sah, beschloss er, es sei Zeit zu tun, woran er seit dem Auffinden des Päckchens gedacht hatte. Er musste nach Bagdad gehen und nach dem Adressaten des blauen Umschlags suchen, egal wie die Sicherheitslage in der Stadt in jenen Tagen war und trotz der Gefahren, denen jeder fremde Besucher ausgesetzt war. Für ihn war nur maßgeblich, diese Person zu finden. Selbst seine Frau sah ein, dass es für ihn keine andere Lösung gab. Sie hatte gesehen, wie er unruhig im Bett lag, wie er aufschrak, mitunter sogar aufschrie. Auch am Tage, wenn sie in der Küche oder im Wohnzimmer auf dem Sofa vor dem Fernseher saßen, war er völlig geistesabwesend. Das ging drei Wochen lang so. »Sie kommen alle wieder. Ihre Blicke sind auf mich gerichtet. Sie stehen förmlich vor mir. Wie naiv es war zu glauben, sie wären auf immer verschwunden, zu glauben, die Geschichte wäre abgeschlossen und vergessen«, sagte er ihr. »Ich muss den Mann suchen. Ich muss ihn finden und ihn fragen, wer diesen Brief geschrieben hat. Er muss mich auch zu den Familien der toten Soldaten führen.« Er musste sie um Vergebung bitten, musste ihnen erklären, dass nicht er sie umgebracht hatte, sondern dass dafür allein dieser verfluchte Major Ray Prince verantwortlich war, der sich jetzt gerade in Bagdad aufhielt, sollten sie Rache nehmen wollen. »Wirklich, ich muss gehen«, sagte er. Zu Beginn hatte sie sicher noch Angst. Wie konnte er nach Bagdad gehen, wo doch niemand genau wusste, was sich dort abspielte? Doch als sie ihn zusammenfallen sah, beschloss sie, ihn in seinem Vorhaben zu unterstützen. »Natürlich, Daniel, du musst nach Bagdad fahren, deine Schuldgefühle machen dich fertig.« Das war genau am 1. Mai 2003. Sie schauten fern. Der amerikanische Präsident hielt seine berühmte Ansprache an Bord des Flugzeugträgers »Abraham Lincoln« und sagte das vielzitierte Wort vom Ende der Kriegshandlungen: »Mission accomplished«, Auftrag ausgeführt. Daniel erinnerte sich an jenen Moment und an den Ausspruch seines Präsidenten als etwas, was nur für ihn, den Präsidenten, galt. Denn was ihn betraf und die anderen Soldaten, die toten wie die lebendigen, ja, auch diejenigen, die noch umkommen sollten, so war deren Auftrag noch nicht ausgeführt. Auch Kansa begriff das. Damit Daniel sich selbst von seiner Sünde reinwaschen und sicher sein könne, seine Aufgabe ausgeführt zu haben, im Gegensatz zu diesem hässlichen Präsidenten mit seinem abstoßenden Gesicht, dem Präsidenten, den sie so abgrundtief hasste und der für sie wie eine Pest war, die über das Land herfiel, sollten sie, so schlug sie vor, damit beginnen, für die Familien derjenigen zu sammeln, deren Namen im »Traumbuch der Soldaten« festgehalten waren. So nannte sie das Heft, das er gefunden hatte. »Du musst gehen und die Familien jener Soldaten suchen. Da müssen ja Kinder sein, manche noch jung, andere schon erwachsen. Der Adressat des Briefes wird dir sicher dabei helfen.«

Etwa ein Jahr lang waren die beiden danach unterwegs. Kansa suchte die Moscheen von Queens und Brooklyn und anderswo in den Vereinigten Staaten auf. Daniel wandte sich an die Kirchen in New York und in dem umliegenden Staat. Beim Abschied sagte Kansa zu ihm: »Du gehst jetzt, als ob du in den Krieg gingst.«

Als Daniel Brooks die Augen aufschlug, befand er sich in einem elenden, stickigen Verlies, und da wusste er, dass ihre Gedanken nicht so abwegig gewesen waren: dass er tatsächlich in den Krieg gezogen war, obwohl diesmal ohne Uniform. »Und jetzt, lieber Freund«, sagte er mir in lupenreinem Arabisch, »ist alles Geld, das wir gesammelt haben, in den Händen der Bärtigen. Sogar den Brief, den ich dir aushändigen wollte, haben sie behalten. Sie würden ihn dir übergeben, haben sie versprochen. Vielleicht wollten sie ja sichergehen, dass ich die Wahrheit sage, und haben dich deshalb gedrängt, zu mir zu kommen. Wer weiß, woran sie denken. Aber ich beschwöre dich bei Gott, was auch immer geschieht, erzähl deinem Freund, der diesen Brief geschrieben hat, erzähl den Familien all der Soldaten, deren Namen im ›Traumbuch der Soldaten‹ aufgeführt sind, dass Daniel Brooks alles in seiner Macht Stehende versucht hat, dass es aber schiefgegangen ist. Immer gibt es jemanden, der stets das Böse schafft.« Das war der letzte Satz, den ich von Daniel Brooks hörte, bevor ich den Kerker verließ, in dem sie ihn eingesperrt hatten. Lag ein Hauch von Optimismus in seiner Stimme? Glaubte er wirklich, mein Kommen würde ihn schließlich doch noch aus dem Griff seiner Entführer befreien? Er konnte nicht wissen, dass genau das Gegenteil der Fall war, dass sie nach mir nur geschickt hatten, damit ich ihn umbringe. Jawohl, ich, niemand sonst. Ich, der eigentlich kam, um nach ihm zu suchen, um ihm zu helfen, sich von seiner Schuld zu befreien. Gemeinsam sollten wir auf die Suche nach den

Familien all dieser Soldaten gehen, deren Träume Salmân in seinem Heft festgehalten hatte. Ja, ich und kein anderer, der Freund seines Gefährten im Verbrechen. Es war unerheblich, dass er nicht gelesen hatte, was Salmân mir geschrieben hatte. Wie hätte er wohl reagiert, wenn er erfahren hätte, wie sein Freund, der First Lieutenant David Barbiero, und die anderen Gefangenen ums Leben gekommen waren? Hätte er an seinem Dank für den irakischen Soldaten festgehalten, der ihm vom Schicksal seines Freundes erzählte, der noch sterbend Poesie rezitierte, wie er es ihm einst prophezeit hatte? »Wenn ich einmal sterbe, wird das Letzte, was mir über die Lippen kommt, ein Gedicht von Walt Whitman sein.« Was würde er wohl sagen, wenn er erführe, dass sein Freund durch die Hand meines Freundes Salmân starb, seines »Bruders« im Verbrechen, »partner in crime«? Ja, die beiden waren durch ein gemeinsames Verbrechen miteinander verbunden, wie es seine Frau Kansa einst, in ihrer Hochzeitsnacht, formulierte. Ich weiß nicht, ob ich Ihnen das sagen darf. Alles, was ich weiß, ist, dass ich an diesem Tag nicht wusste, ob es Mitleid oder Solidarität war, was ich ihm gegenüber empfand. War er wirklich so arglos und legte Tausende von Kilometern zurück, um von Queens, N.Y., nach Bagdad zu kommen? Reiste er so weit, um die Person zu treffen, deren Adresse ein Soldat geschrieben hatte, der dem Massaker von Hafar al-Bâtin entkam, mein Freund Salmân? Und dann soll ich, gerade ich, Verständnis für sein Tun zeigen? Soll ihm sagen, du hast kein Verbrechen begangen, dich hat man gezwungen wie meinen Freund Salmân? Oder hat er darauf gewartet, von mir zu hören: Alle Soldaten werden auf diese Weise gezwungen, oder: Alle Soldaten sind in jedem Fall durch ihre Schuld vereint? Wer an die Front geht, wer sich in den Kampf begibt, weiß, was ihn dort erwartet. Dort gibt es kein so oder so. Dort heißt es töten oder getötet werden. Und was ist mit mir? Jawohl, was ist mit mir? Habe ich Ashâr nicht in den Tod geschickt? Sieben Jahre lang hat sie gefleht, hat um ein Kind gebettelt. Und ich habe salopp geantwortet: Die Welt, unsere Welt hier ist nicht geeignet für Kinder. Ein Kind in die Welt zu setzen ist ein vorsätzliches Verbrechen. Am Ende gab sie die Hoffnung auf und ging zurück zu ihrer Familie. Die Jahre der Verzweiflung verbringe ich lieber bei meiner Familie als mit einem Mann, der mir kein Kind gönnt. So weit war sie noch nie gegangen. Sie glaubte, auf diese Weise und durch wütende Attacken könnte sie mich zur Vernunft bringen. Doch am Ende kam sie durch eine amerikanische Rakete um. Warum sollte ich ihm nicht zubilligen, dass es auch für ihn eine Entschuldigung gibt. Es sei eben der Krieg; irgendjemand habe ihn hierhergeschickt, vielleicht sein Präsident, der gemütlich in seinem kugelsicheren Büro saß. Daniel Brooks schickte der Major oder der Oberstleutnant Ray Prince in seine Hölle. Was tut dieser wohl, inzwischen Chef einer Panzereinheit geworden, einer waffenstarrenden Truppe? Was erklärt er wohl jetzt in Bagdad seinen Soldaten? Wie viele waren schon gefallen, waren geopfert worden? Sind wir nicht einfach alle Mörder oder Ermordete? Immer sitzt irgendwo jemand im Hintergrund und ruft: Feuer frei! Nun zeigte das Rouletterad, war es ein russisches Roulette?, auf mich. Die vermummten Bewaffneten verlangten von mir, kaum war ihre Befragung abgeschlossen, das Feuer auf ihr Opfer, Daniel Brooks, zu eröffnen, den amerikanischen Neger, wie sie ihn geringschätzig nannten. Sie wählten sogar die zwangsläufige Art und Weise des Mordes. Wahrscheinlich wollten sie, dass ich ihn mit einem Messer absteche, wie das per Video auf Webseiten und im Fernsehen gezeigt wird. Jetzt war es an mir, und an wen könnte ich mich danach wenden? Wem sollte ich erzählen, um mich von meiner eigenen Sünde zu befreien, wie es Salmân und wie es auch Daniel Brooks getan haben. Sollte ich all das Daniel erzählen oder lieber schweigen? Sollte ich mich von ihm verabschieden und ihn mit seinem Lächeln allein lassen? Sollte ich ihm sagen, er sei wie seine Regierung, die in ein Land kommt, von dem sie keine Ahnung hat, oder sollte ich ihm nur kondolieren? Smiley Man, ich erinnere mich, dass ich ihm einmal auf die Schulter geklopft und ihm gesagt habe, während sich eine Träne ihren Weg über seine Wange bahnte: Sei unbesorgt, ich werde die

Sache mit diesen dreckigen Kerlen schon regeln. Dabei wusste ich genau, dass ich Unsinn erzählte, da ich gegen diese, die da an der Kellertür saßen, völlig machtlos war. Ich erinnerte mich auch, dass ich ihm, bevor ich mich verabschiedete und den Raum verließ, sagte: »Was für ein törichtes Schicksal, Smiley Man. Deine Hölle hat in den Lagerhäusern bei der militärischen Logistik begonnen und endet in einem Depotkeller in Bagdad.« Ich glaube nicht, dass er verstand, worauf ich anspielte. Ich glaube nicht, dass er wusste, wohin man ihn gebracht hatte, genauso wenig glaube ich, dass er sich darüber im Klaren war, dass er diesmal mich, ohne es zu wissen, an die Front warf.

NACH DANIEL BROOKS:
ALLE WEGE FÜHREN GEN HIMMEL

7. ROBIN HOOD VERABSCHIEDET SICH VON SEINEM METIER

Sie wissen, was der Zufall für ein seltsam Ding ist? Man hört und liest viel davon, aber das liefert im konkreten Fall weder Trost noch Erklärung. Ich rede hier nicht davon, dass Daniel Brooks das Paket fand, das mein Freund Salmân bei Hafar al-Bâtin verloren hatte und das all seine Schätze aus jenen einsamen Tagen enthielt: das kleine Notizheft mit dem schwarzen Einband, in dem er die Träume seiner Kameraden festhielt; dann die Gedichte, die er mit dem Gefangenen aufsagte, der mit der Zeit sein Poesiegefährte wurde, Daniels Freund First Lieutenant David Barbiero, der schwarze Whitman, wie man ihn nannte; und diesen so oft erwähnten Brief, den der Soldat Nihâd überbringen sollte. Ich rede vielmehr davon, dass ich von der Entführung des Mannes hörte, der mein Leben verändern sollte, oder es vielleicht unwissentlich schon verändert hatte, und zwar weder in den Nachrichten noch in der Presse, sondern in einem einfachen Café unweit des Maidân-Platzes, dem Café Hassan Adschami. All das sprengt noch nicht den Rahmen unserer Vorstellungskraft. Doch dass ich eine Person treffen sollte, von der ich nie geglaubt hatte, sie würde ein weiteres Mal in meinem Leben auftauchen: Muhammad Parîs! Und dann auch noch wo?! Im Café Hassan Adschami! Dieses Café war Mitte der achtziger Jahre täglicher Treffpunkt all jener geworden, die sich gern Schriftsteller nannten. Damals wurde das letzte berühmte Café in seiner Nähe geschlossen: das Café »Parlament«, und die Sicherheitskräfte machten daraus ein Hühnchenrestaurant. Wenn ich mit Salmân am Hassan Adschami vorbeiging, sagte er immer: »Schau mal, wie diese einbalsamierten Leichen da hinter der Scheibe auf den Bänken hocken. Die denken doch sicher über ihre künftigen Gedichte nach, in denen sie Tyrann, Partei und Krieg hochjubeln.« Ich musste lachen, da ich mich bei ihrem Anblick auch fragte, ob ein Mensch denn wirklich lange Stunden vergeistigt in einem Café sitzen kann – der Offenbarung alter Mythen harrend –, während sich nur wenige Meter entfernt in den Gassen Haidarchânas das satte Leben abspielt. Natürlich kannten auch wir einige Cafés, in denen man stundenlang sinnend und brütend saß: das Umm-Kulthûm am Ende der Raschîd-Straße zum Beispiel oder das Farîd al-Atrasch. In Ersterem saßen die frischverliebten Jüngeren, in Letzterem die schon etwas betagteren Männer mit sich vorarbeitender Glatze. Junggesellen, die ihr eigenes Leben lebten und ebenso wenig heiraten wollten wie ihr Sänger Farîd oder Abu Wahîd, Vater des Einsamen, wie sie ihn nannten. Aber dass Dichter den ganzen Tag im Café verbrachten, war uns nur schwer verständlich, besonders Salmân. Er verabscheute dieses Café zutiefst. Das letzte Mal saß er darin, bevor er in den Kuwaitkrieg zog. Und wenn wir bei unseren Touren durch die Gegend am Maidân-Platz und am Schurdscha-Markt zufällig in die Nähe des Café Hassan Adschami kamen, bat er mich immer, die Richtung zu ändern. Sogar auf sein Lieblingsfrühstück in einem dortigen Lokal, auf das er früher immer großen Wert gelegt hatte – Traubensaft, den er heiß liebte, Abu-l-Dafîra-Weißkäse, Zopfenkäse und ein Stück Brot –, verzichtete er, wenn auch schweren Herzens. Wenn wir dort vorbeigingen, sah ich ihn das Schild neben dem Eingang betrachten, auf dem »Lokal Hâdsch Sibâla« stand. Erst nach dem 9. April 2003, als die Schriftsteller zum Schahbandar oder den Cafés an der Mutanabbi-Straße gewechselt hatten, hörte Salmân auf, mich in die andere Richtung zu drängen, zur Haidarchâna-Moschee, und wenn wir dort vorbeikamen, was nicht selten geschah, schlug er sogar vor, das altgewohnte Frühstück in Hâdsch Sibâlas Lokal einzunehmen. Manchmal gegen Mittag, wenn wir in irgendeinem kleinen Restaurant im Schurdscha-Markt oder im Haradsch-Markt aßen, sagte er plötzlich: »Komm, trinken wir unseren Tee im Café Hassan Adschami.« Er liebte den goldenen Samowar heiß und innig, das Markenzeichen dieses Cafés.

All das war Muhammad Parîs nicht bekannt. Als die vermummten Männer, die in mein Haus eindrangen, von ihm verlangten, mich zu suchen und heranzuschaffen, wusste er im ersten Augenblick nicht, wo er mich finden könnte. Doch dann riet ihm jemand, auf der Raschîd-Straße Richtung Maidân-Platz zu gehen und sich nach dem Hassan Adschami oder einem ähnlichen Café zu erkundigen, wo sich Schriftsteller und Intellektuelle aufhielten. Derselbe Vermummte versicherte ihm (und vielleicht glaubte Muhammad Parîs es anfangs), sie wollten mir meine Wohnung zurückgeben. Er begriff überhaupt nicht, warum sie diese okkupiert hatten. Einen anständigen Menschen wie mich konnte man doch nicht so behandeln! Ja, wenn es arabische Krieger gewesen wären, die über die Grenzen ins Land kamen, um gegen die Amerikaner zu kämpfen, wie sie es zu Tausenden gab, dann hätte er das verstanden. Doch diese waren Iraker, er erkannte es an ihrem Dialekt, als sie ihm ihre Botschaft an mich auftrugen. Der Amerikaner, der nach mir suche und bei mir geklingelt habe, sei in ihrer Gewalt, ließen sie mir ausrichten. Er wolle mich umgehend in einer wichtigen Angelegenheit sehen.

Das war am 21. April 2005. Der Tag war brütend heiß. Ich erinnere mich noch genau an das Datum. Gerade an diesem Tag war aus allen Medien zu erfahren, dass der ehemalige amerikanische Botschafter in Irak, John Negroponte, zum Vorsitzenden des Nationalen Sicherheitsrats NSA in Washington gekürt worden sei. »Ich weiß, ich weiß. Ich habe sein Konterfei im Fernsehen gesehen, und kaum war mein Auge auf ihn gefallen, da war ich ihm schon verfallen. Liebe auf den ersten Blick«, säuselte Achlâm und korrigierte sich gleich darauf. »Nein, nicht deshalb.« Das war ihre mitunter etwas bizarre Art zu scherzen. An diesem historischen Tag wurden mehrere seiner ehemaligen Leibwächter umgebracht. Seiner, also John Negropontes, des ehemaligen US-Botschafters in Bagdad. Sie flogen in einem von der Blackwater-Organisation gemieteten bulgarischen Hubschrauber des Typs MI 8 von der Grünen Zone in Bagdad Richtung Tikrît. Von den zehn Personen an Bord waren sechs Amerikaner, die für den US-Diplomatenschutz verpflichtet waren, drei Bulgaren, die Hubschrauberbesatzung, und zwei von den Fidschi-Inseln. Am frühen Nachmittag, es war gegen Viertel vor zwei, überquerte der Hubschrauber die Stadt Tarmija im sogenannten sunnitischen Dreieck etwa zwanzig Kilometer nördlich von Bagdad. Entsprechend der allgemeinen Taktik zum Schutz gegen Angriffe flogen sie ziemlich niedrig. Doch auf der Dachterrasse eines Hauses in der Nähe der Stadt saß ein irakischer Heckenschütze, der schon drei Tage auf Beute gewartet hatte. Kaum war der Helikopter in seiner Reichweite, schoss er eine russische Infrarotrakete nach ihm. Er traf, der Helikopter explodierte, und die Trümmer verstreuten sich in den umliegenden Steppengebieten. Der Schütze und seine Kameraden hielten alles mit der Kamera fest. Sie filmten auch, wie sie zur Absturzstelle rannten und die herumliegenden verkohlten Leichen traten und bespuckten. Der bulgarische Pilot hatte den Absturz überlebt. Er lag in einem dichten Gehölz. Sie fragten ihn, ob er eine Waffe trage, und als er verneinte, befahlen sie ihm aufzustehen. Das könne er nicht, jammerte er, sein Bein sei gebrochen. »Help me, please!« Sie zogen ihn hoch, rissen ihm die Kleider vom Leib und knallten ihn ab. Achtzehn Kugeln durchlöcherten seinen Körper. Diese Geschichte ist mir nicht in Erinnerung geblieben, weil der Film, den die Angreifer drehten und der mit allen Einzelheiten auf verschiedenen Fernsehkanälen gezeigt wurde, ein weiteres Mal belegte, dass die Männer, die bei der Blackwater-Organisation »Fluggäste an Bord eines kommerziellen Flugzeugs der Gesellschaft Sky Link« hießen, schlicht und einfach vertraglich angestellte Söldner der amerikanischen Armee waren, mit einem militärischen, keinem »zivilen« Auftrag. Die amerikanische Armee benützte sie als Alternative zu den Soldaten, eine Praxis, die auch in anderen Armeen weltweit übernommen werden sollte. Die Geschichte ist mir vielmehr in Erinnerung geblieben, weil der erste Satz, den ich aus Muhammad Parîs' Mund hörte, als wir, Salmân und ich, an jenem brütend heißen Mittag das Café betraten, lautete: »Wenn ein Heckenschütze drei Tage lang in Taramîja auf dem Dach sitzt und auf ein amerikanisches Flugzeug wartet, kann ich auch drei Tage im Café Hassan Adschami warten, um Sie abzufangen.« Natürlich war das als Scherz gemeint. Er zeigte auf den Fernseher, wo gerade das Video gezeigt wurde. Seltsam, dachte ich, was bringt diesen Muhammad Parîs plötzlich hierher? Alles konnte ich mir vorstellen, nur nicht, dass er, der Spezialist für Entführungen, gekommen war, um mir Bericht über die Entführung von Daniel Brooks zu erstatten, diesen für mich bis zu jenem Mittag rätselhaften Amerikaner. Muhammad Parîs gab sich im ersten Augenblick ganz natürlich. Er grüßte Salmân freundlich. Aber seine Art zu reden und seine Hände zu bewegen konnte seine Unruhe nicht kaschieren. Er trank mindestens fünf Mal von dem Wasser, das auf dem Tischchen stand, vergaß aber den Tee. Nicht einmal den Löffel bewegte er. Und mindestens sechs Mal ging er auf die Toilette, eine völlig verdreckte und bestialisch stinkende Lokalität, die man kaum im äußersten Notfall aufsuchte. Bei jeder Rückkehr schenkte er uns ein angestrengtes Lächeln. Schließlich ertrug ich eine Stottern und seine fahrigen Bewegungen nicht mehr und sagte: »Ich glaube, es ist Zeit, Muhammad, dass Sie mir erzählen, was es gibt und warum Sie hierhergekommen sind.« Er starrte mich eine Weile an und wies auf Salmân. Zunächst verstand ich nicht, dann beruhigte ich ihn. »Zwischen Salmân und mir gibt es keine Geheimnisse.« Daraufhin flüsterte er mir etwas zu, an das ich mich etwa drei Jahre später wieder erinnern sollte: »In diesem Land gibt es keine Sicherheit, sogar der Bruder verrät den Bruder.« Dann nahm er all seinen Mut zusammen und entschuldigte sich bei Salmân, dass er sich mit mir leise unterhalten müsse. Doch was er für Flüstern hielt, war noch in einigen Metern Entfernung zu hören. Warum also diese Vorsicht? »Selbst die Wände haben Ohren.« Salmân hörte ihn, und er glaubte ihm nicht. »Dieser Kerl wollte sich doch nur über dich lustig machen oder dir eine Falle stellen. Hier gibt es weit und breit keinen Ami. Das sind die Erfindungen irgendwelcher Gangs.« Wie dem auch sei, Muhammad Parîs machte mir zunächst den Vorwurf, dass ich ihm das letzte Mal nicht geglaubt hatte, und wollte wissen, ob ich diesmal bereit sei, ihm zu glauben. »Was denn?« »Dass der Amerikaner, der Sie sucht, Daniel heißt«, sagte er. »Er ist jetzt in der Gewalt der Männer, die Ihr Haus besetzt halten. Ich glaube, sie haben ihn in ihre Gewalt gebracht, als er Sie sehen wollte. Vielleicht ist es ja sein letzter Wunsch. Vielleicht hat er auch ein Geheimnis, das er Ihnen ganz persönlich mitteilen will.« Als er meinen misstrauischen Blick sah, wurde er flehentlich. »Glauben Sie ja nicht, guter Freund, dass ich etwas mit der Sache zu tun habe. Alles was ich Ihnen sage, ist gratis. Meine Zeit ist vorbei, das war einmal. Heute danke ich Gott dafür, wenn mir kein Unglück geschieht, ich zum Beispiel entführt werde. Bitte glauben Sie mir das.« Ich nahm ihm die Geschichte ab, weil ich von dem Amerikaner, der nach mir suchte, schon zwei Tage zuvor erfahren hatte. Hassan hatte mir davon erzählt, als ich ihn anrief, um ihn wegen seines Lohns zu beruhigen. Hinter dem Bild von mir und Ashâr, das in meinem Büro auf dem Tisch stehe, hätte ich zwanzig »Scheine« versteckt. So nannte man bei uns die Hunderternoten, es waren also zweitausend Dollar. Er erzählte mir von Daniel Brooks' Besuch in allen Einzelheiten. Nein, ich glaubte Muhammad nicht nur, ich musste ihm sogar dankbar sein, dass er in das Café gekommen war. Schließlich musste ich erfahren, was dieser Mann von mir wollte. Ja, ich glaubte ihm sogar, dass er nichts mit Daniel Brooks' Entführung zu tun hatte. Es war kurz vor Ende April 2005. Die Zeit eines Muhammad Parîs war wirklich vorbei. Es war die Zeit der großen Fische und der wilden Tiere. Heute wissen wir alle, dass hinter den Entführungen und Morden, die damals gang und gäbe waren, Banden und Organisationen standen mit Beziehungen zu einflussreichen, angesehenen Persönlichkeiten oder solchen, die ganz oben im Machtapparat saßen. Ich erinnerte mich an die unzähligen Geschichten, die Muhammad Parîs erzählte, Geschichten von Entführungen, die er selbst durchgeführt hatte. Damals, als sich das Chaos in allen Städten des Landes ausbreitete, ganz besonders in Bagdad, hatten Halunken und kleine Ganoven wie Muhammad Parîs floriert. Das war jetzt zu Ende. Vielleicht waren diese Leute jetzt mehr an der Anschaffung von schicken Klamotten und flotten Autos interessiert. Muhammad Parîs, zum Beispiel, legte sich einen Porsche zu, in dem er mich an jenem Tag nach Hause fuhr. Vielleicht mochten sie auch nicht die nächste Generation von Kriminellen, all jene, die diese Banden und mafiosen Strukturen schufen und sich zu offiziellen Sprechern religiöser Gruppen oder ethnischer Gemeinschaften machten. Die Generation eines Muhammad Parîs, also die erste der Hawâsim, jener Profiteure, die nach dem Einmarsch der Marines in Bagdad nach allem schnappten, was ihnen in die Hände fiel, musste das Feld räumen und es einer neuen Schicht von Dieben, Verbrechern und Mördern überlassen. Eine geheimnisvolle Generation von Profiteuren, die eine Weile abwartete, bevor sie den Kopf vorstreckte, dann aber gierig und am helllichten Tag zuschnappte, eine in nie da gewesener Weise korrumpierte Schicht, die jeden für vogelfrei erklärte, der nicht ihrer Meinung war, eine Schicht, die nicht einmal an der Höhe des Lösegelds interessiert war, das sie für irgendeine Person bezahlte oder erhielt: Würge ihn, mach ihn fertig, erdrücke ihn, bring ihn um – das war das vorherrschende Vokabular, wobei es keine Rolle spielte, ob die zu tötende Person unschuldig war (das zu behaupten wäre einer Geringschätzung der Toten gleichgekommen). Es gab, ganz einfach, kein Gesetz, das es jemandem in der Vergangenheit oder in der Gegenwart, in der Zukunft oder überhaupt erlaubte, sich an die Stelle Gottes zu stellen (wenn es Gott im Irak denn gibt oder es ihm gestattet ist, das zu tun) und über andere Todesurteile zu verhängen. Das hörten wir alltäglich. Berichte über Mord und Entführung wurden zur Routine bei Unterhaltungen und in den Nachrichten. Warum sollte ich da also Muhammad Parîs keinen Glauben schenken? An jenem Tag glaubte ich ihm nicht nur, ich spürte zum ersten Mal eine Art Sympathie für ihn. Als ich mich von

Salmân verabschiedet hatte und Muhammad bat, mich nach Hause zu bringen, sagte ich zu ihm: »Deine Zeit ist vorbei, Robin Hood, jetzt ist die Zeit von Mord und Totschlag.« Ich bin nicht sicher, ob er mich verstanden hat; jedenfalls drehte er sich, bevor er aufs Gas drückte, zu mir hin und lächelte. Ich weiß nicht einmal, ob ihm klar war, dass die Männer, die in mein Haus eingedrungen waren und Daniel Brooks entführt hatten, zur neuen Spezies von Mördern gehörten, die die Szene beherrschen sollte, wenn sie es nicht schon tat.

Es ist schon seltsam, wenn man in sein Haus kommt und Unbekannten begegnet, die sich dort ohne ersichtlichen Grund niedergelassen haben. Es ist schon seltsam, wenn man als Fremder in sein Haus zurückkommt und nichts so vorfindet, wie man es verlassen hat, wenn sich alles verändert hat: der Garten, die Möbel, die Küche, der Fernseher. Es ist schon seltsam, wenn man in sein Haus kommt und nichts mehr darin dem eigenen Geschmack entspricht, den man sich immer extravagant gewünscht hat? Es ist schon seltsam, dass die Amerikaner mit Hilfe der Briten und anderer Staaten die ganze Stadt und das ganze Land besetzen und diese Unbekannten es auf nichts anderes abgesehen haben als auf mein Haus? Heute weiß ich, wer sie waren und warum sie gerade mein Haus gewählt, und ich weiß auch, was sie dort getrieben haben. Doch damals, etwa ein Jahr, nachdem sie mich hinausgejagt hatten, war ich wie eine Figur in der Nachfolge Kafkas, beispielsweise in einem Roman meines Freundes Harûn Wâli, nach Kafka das Irreste, das ich kenne, dachte ich, dass ich tatsächlich nicht wusste, was los war. Vielleicht war ich auch wie der amerikanische Mathematiker John Forbes Nash, der bei seinen Versuchen, mathematischen Rätseln auf die Spur zu kommen, keinen anderen Weg als den Wahnsinn fand oder nicht wusste, dass mathematische Studien seiner Art zwangsläufig in der Schizophrenie enden, weil sie eine Provokation Gottes sind, und dieser niemandem erlaubt, mit ihm Schabernack zu treiben oder ihn zu provozieren.

Glücklicherweise wurde ich weder schizophren noch wahnsinnig. Denn diese Vermummten waren eben doch nicht Gott, und einmal abgesehen von der Demütigung, die an mir nagte, kam mir der ganze Vorfall einfach nur seltsam vor. Von dem Augenblick an, da ich mein Haus betrat, war ich wie ein Heimkehrer aus dem Exil, der alles anders vorfindet, als er es verlassen hat. Hatte ich wirklich in diesem Haus jahrelang gelebt, seit meine Familie nach Bagdad gezogen war? Hatte Ashâr wirklich hier mit mir zusammen sieben Jahre gewohnt? Ich habe den Tag nicht vergessen, an dem sie durch den Vorgarten ging, um dann ihren Fuß auf die Schwelle des Hauses zu setzen. Sie ging aber nicht direkt ins Haus, sondern bat mich, erst ein wenig den Anblick des Gartens genießen zu dürfen. Mein Vater hatte drei Palmen und einen Zitronenbaum gepflanzt, außerdem Rosenstauden, da und dort jeweils ein paar zusammen. In einer Ecke baute er auch Kräuter an: Minze, Basilikum, Kresse, Petersilie. Manchmal kamen sogar noch Tomaten und Gurken dazu. Jeder, der uns besuchen kam, betrachtete meist erst einmal den Garten und fühlte sich veranlasst, an den verschiedenen Rosen zu riechen und den Jasmin und die Nelken zu bewundern. Nach dem Tod meines Vaters habe ich die Sorge um den Garten übernommen. Ich hatte alles von ihm gelernt, vom Säen und Pflanzen bis zum Schnitt der Bäume, der regelmäßigen Bewässerung und dem Abnehmen der Früchte, bevor sie zum Leckerbissen der Vögel werden. Ich erinnere mich noch an eine Patrouille der Marines Ende September 2003, die die Häuser des Viertels nach »Gesuchten« durchkämmte. So nannten sie das, wenn sie die Leute überraschten und ihre Häuser durchsuchen wollten. Als sie zu uns kamen und mich beim Blumengießen und bei der Rosenpflege antrafen, waren sie überrascht. »What you are doing is very strange«, sagten sie. Das fände ich gar nicht, erwiderte ich. »Ich habe keinen anderen Wunsch als ein Leben in Frieden.« Sie schüttelten den Kopf und setzten ihre Schnüffelei fort. Was sie wohl gesagt hätten, wenn sie mich jetzt in mein Haus hätten gehen sehen, das über Nacht zum Eigentum von ich wusste nicht wem geworden war? Wer den Irak besetzt hatte, das wussten wir, aber wer alles mein Haus und auch die Häuser anderer besetzt hielt, wusste niemand. Ich wusste nicht, ob sie aus meinem Haus ein Quartier für Entführte machen wollten oder ob sie den Amerikaner wegen angeblicher Verbindungen zu mir entführt hatten. Kurz bevor ich durch die Tür trat, die sich geöffnet hatte, schaute ich zurück auf die Straße. Muhammad Parîs war verschwunden – mir nichts, dir nichts, und nicht nur von der Straße, sondern aus der Gegend, wie ich ein paar Tage später erfahren sollte. Letzteres hätte er nicht nötig gehabt. Diese Vermummten, die mein Haus besetzt hielten, waren sich ihrer Sache so sicher, dass sie nicht fürchteten, jemand könne sie verraten oder es wagen, ihren Entführten an eine andere Bande in unserem oder einem anderen Viertel zu verhökern, wie es in jenen Jahren durchaus üblich war. Sie wussten zwar, dass Muhammad Parîs mit Entführten Handel getrieben hatte. Ein Ausländer oder ein Kind, zum Beispiel, überließ er einer Bande im Viertel, die ihn ihrerseits weiter »versteigerte«, und so immer weiter, bis der Preis enorm gestiegen war – und all das, ohne dass der »Kandidat« überhaupt davon wusste. Aber diese Männer mit den groben Gesichtszügen waren, wie er später erfuhr, straff organisiert. Alle Banden in unserem und den umliegenden Vierteln standen unter ihrer Fuchtel. Wir sind es, die sie mit Waffen versorgen, erzählte mir einer von ihnen, und wehe dem, der sich uns in den Weg stellt. Es war der Mann, der mir die Tür aufmachte. Ich saß in meinem Wohnzimmer mit diesen sechs beziehungsweise sieben Vermummten (der siebte gesellte sich anfangs nicht dazu, sondern betrachtete die Szene aus einer gewissen Distanz; ich sah nur seinen Schatten, während er dastand und auf das lauschte, was sich zwischen mir und seinen Kameraden jenseits der Wand abspielte, die das Wohnzimmer vom übrigen Haus trennte). »Wir wissen«, erklärten sie mir, »was du tun wirst, geht über das Nötige hinaus.« Erst nach dem zustimmenden Kopfnicken des siebten, der sich hinter der Wand verborgen hielt, brachten sie mich in den Keller, in dem Daniel eingesperrt war. Wir gingen zusammen hinaus und stiegen ins Auto, wo sie mir erst einmal die Augen verbanden. Zum Glück verwendeten sie dafür keine Tüte, wie es damals nach amerikanischem Vorbild nicht selten geschah. Mir banden sie ein schwarzes Tuch um, das sie mir erst abnahmen, als wir eine Kellertreppe hinunterstiegen. Unten lag ein Klumpen auf der Erde, Daniel Brooks, wie ich erfuhr. Ein herzerweichender Anblick. Sie hatten ihm die Hände gebunden und ihn auf den harten Boden geworfen, ohne ein Bett oder auch nur eine Matte. Sie sollten mich für Stunden befragen, auf eine Art, die mich an die Geschichten erinnerte, die ich von Befragungen politischer Oppositioneller gehört hatte, in den Kellern der Staatssicherheit, den Gewölben des Geheimdienstes oder den Zellen der Untersuchungsbehörden im ehemaligen Verteidigungsministerium. Allein was mir mein Freund Salmân darüber erzählt hatte, reichte, um zu wissen, dass jene Vermummten früher einmal bei einem der Sicherheitsdienste gearbeitet hatten, dass sie »Spezialisten« und daran gewöhnt waren, Menschen zu demütigen, in denen sie Feinde oder Gegner sahen: Mich sollten sie zu vorgerückter Nachtstunde auf dem Maidân-Platz abladen, neben den Tonnen von Müll, die dort haufenweise herumlagen. »Hoffentlich werden die streunenden Hunde sich deiner annehmen«, spotteten sie, und ihr röhrendes Gelächter zerriss die Nacht. Wie kamen diese Typen bloß zu ihrem Sadismus, fragte ich mich und wehrte mich gegen die Köter, die, kaum gesehen und gerochen, mich eingekreist hatten. Ich kenne diese Hunde, die gegen Ende der Nacht beim Maidân-Platz umherstreunen. Sie kommen aus verschiedenen Gegenden der Stadt: hinkend oder ohne Ohr, mit einem Auge oder abgeschnittenem Schwanz, Hunde mit völlig krätziger Haut, Hunde, die in aller Seelenruhe bis in die frühen Morgenstunden herumziehen, die in den Müllhaufen stöbern, normalerweise ohne zu bellen, aus Angst, von ihren Artgenossen aus der Gegend attackiert zu werden, die sie nicht nur bissen und nach ihnen schnappten, sondern sie auch immer wieder vertrieben. Doch entgegen ihrer Gewohnheit begannen sie in jener Nacht laut zu heulen, vielleicht um so die Aufmerksamkeit der ansässigen Hunde auf mich zu lenken. Wollen sie mich ihnen zum Geschenk machen, eine Art Schmiergeld?, dachte ich. Selbst in der Welt der Hunde gibt es Bestechung, Verleumdung und Korruption.

Die Vermummten bewegten sich in der Stadt oder im Viertel bei Tag und bei Nacht völlig frei, bis an die Zähne bewaffnet, mit unterschiedlichen Waffen in großer Zahl: Revolver und Maschinenpistolen, tragbare Raketenabschussrampen vom Typ RBG und Flugabwehrwaffen. Sie hatten Daniel Brooks an einem Ort in der Nähe des amerikanischen Lagers am Rande des Viertels »untergebracht«, wohin wir etwa eine halbe Stunde brauchten. Trotz des schwarzen Tuchs vor meinen Augen hatte ich aber den Eindruck, dass sie mit mir zur Tarnung ein paar Runden im selben Viertel drehten, denn ein paar Minuten bevor wir ankamen, flüsterte einer von ihnen: »Da ist der Getränkeladen, den unser Held« (ich war damit gemeint) »immer aufsucht.« Worauf ein anderer mit ebenso gedämpfter Stimme hinzufügte: »Nächstes Mal schnappen wir die Amis da.« Die Distanz zwischen meinem Haus und dem Gebäude, in dessen Keller ich geführt wurde, ließ mich vermuten, dass sie Daniel Brooks ins Depotgebäude des ehemaligen Ministeriums für Militärindustrie gebracht hatten. Eine schlaue Wahl, dachte ich nach meiner Begegnung mit Daniel. Sein Soldatendasein hatte er in einem Depot begonnen, und sein Zivilistenleben wird er in einem Depot beenden.

Sie schienen voll darauf zu vertrauen, dass ich ihren Vorschlag, der eher wie ein Befehl klang, in die Tat umsetzen würde, weil sie mit mir ganz einfach über die Rückgabe des Hauses verhandelten. Sie wollten mir mein eigenes Haus wieder überlassen, versicherten sie. »Und die Bedingung?« »Ganz einfach: Du bringst den Gefangenen um.« Sie sagten nicht: die Geisel. »Jawohl, du und kein anderer wird den amerikanischen Neger, diesen Daniel Brooks, erledigen.«

»Name?«

Ihr wisst, wo ich mich bewege, wo ich mich aufhalte, wo ich spazieren gehe. Wieso fragt ihr mich dann noch nach meinem Namen?

»Alter?« Einer unterbrach mich mit einer Handbewegung.

Ich blieb die Antwort schuldig. Solange ich eure Geisel bin, könnt ihr mein Alter selber schätzen, ganz nach Belieben.

»Geburtsort?« Der Fragende schien verärgert.

Weiß ich doch nicht. Das Dorf oder die Kleinstadt, wo ich geboren bin, hat sich sehr vergrößert. Unser Haus, das am Euphrat lag, gibt es nicht mehr. An beiden Flussufern wurden neue Villen errichtet, meist für hohe Offiziere. Bei meinem letzten Besuch dort habe ich die Gegend nicht wiedererkannt. Kurz gesagt: Mein Geburtsort ist eine alte Erinnerung, verloren im Tal des Vergessens.

»Beruf?«

Im Augenblick besteht mein Beruf darin, Geisel oder Gefangener zu sein. Wer weiß? Vielleicht ist morgen, wenn es ein solches gibt, mein Beruf »Auftragsmörder«. Das wollt ihr doch?

»Wir haben dich nach deinem Beruf gefragt und wollen eine genaue Antwort hören«, mischte sich mürrisch die Person ganz links ein.

Ihr meint sicher meinen ehemaligen Beruf, den aus längst vergangener Zeit. Damals, als ich im Schlachthaus gearbeitet habe. Aber das habe ich schon vor vielen, vielen Jahren aufgegeben, und ich möchte nicht mehr damit in Verbindung gebracht werden. Die wirklichen Schlächter laufen überall frei herum.

»Und der Beruf des Bauunternehmers?«

Den habe ich von meinem Vater übernommen, ich selbst wäre das sonst nie geworden. Ich war wie ein Thronfolger, doch ich habe diesen Beruf immer verabscheut. Ich wollte wie mein Vater etwas aufbauen. Aber in diesem unserem Land ist niemand daran interessiert, Destruktion ist das Prinzip der Stunde, sogar im Baugewerbe. Soll ich euch Beispiele vorlegen? Mein erstes Projekt zu Beginn der achtziger Jahre war der Bau von Brücken an der iranisch-irakischen

Grenze. Ich wusste nicht, dass über diese Brücken später Tausende von Menschen gehen sollten. Ich habe sie mit eigenen Augen gesehen: Greise und Kinder, Männer und Frauen. Ihre einzige Schuld bestand darin, nicht Araber zu sein. Man sagte ihnen: Ihr seid Faillîja-Kurden, ihr gehört in den Iran. Wenn es damals nach mir gegangen wäre, hätte ich diese Brücken gesprengt. Brücken sind dazu da, Menschen miteinander zu verbinden, nicht, sie voneinander zu trennen. Mein zweites Projekt war der Bau einer großen Schule. Angeblich eine Gesamtschule mit allen Zweigen der Mittelstufe: Handel, Landwirtschaft, Gewerbe, Gesundheit, außerdem einige Kindergärten. Am Ende, nachdem das Gebäude stand, erfuhr ich, dass der gesamte Komplex als Gefängnis gedacht war. Es war nicht das einzige Mal. Einmal bauten wir eine Moschee, die, wie sich dann herausstellte, als Folterkeller verwendet wurde. Also vergesst bitte dieses Metier.

»Aber die Unternehmertätigkeit geht weiter. Das Büro gegenüber der Biskuitfabrik existiert ja noch.«

Ja, das stimmt. Auch wenn die Welt der Unternehmer heute übler ist als früher, habe ich meinen Plan, etwas aufzubauen, nicht aufgegeben. Wer Unternehmer sein will, muss sich Bodyguards halten, das heißt, viel Geld für seinen Personenschutz ausgeben. Jedes Mal wenn ich zur Arbeit ging, hab ich die Hand aufs Herz gelegt. Als dann einer von dieser armen Wächtern umgebracht wurde, habe ich beschlossen, nicht mehr weiterzuarbeiten. Anfangs sollte das nur eine Pause sein, aber mit der Zeit gab ich die Hoffnung auf, obwohl ich eigentlich die Erinnerung an meinen Vater wachhalten wollte.

»Aber so hast du deinen Vater beleidigt und nicht mit dem Pfund gewuchert, das er dir übergeben hat.«

Wie kommt ihr dazu, so mit mir zu reden. Das sind Familienangelegenheiten, die müsst ihr schon mir und meinem Bruder überlassen.

»Und der Militärdienst?«

Ich weiß nicht, welchen Teil davon ich für euch auswählen soll, welchen Zeitraum oder welchen Ort, welche Einheit oder welchen

Krieg. Was meint ihr mit Militärdienst? Befriedigt es euch zu erfahren, dass ich als Tierarzt für Esel an der iranisch-irakischen Front dafür verantwortlich war, dass Tausende von Eseln in den Tod geschickt wurden? Oder interessiert es euch, dass ich beim Damm von Dukân in der Provinz Sulaimanîja im Zielerkennungsbataillon war und es diesmal meine Aufgabe war, Maultiere zu retten? Nicht aus Liebe zu den Tieren, Gott bewahre! Warum sollte es in diesem Land ohne Werte denn überhaupt noch Tierliebe geben? Nein, sie waren die Einzigen, die zu jeder Jahreszeit die Lasten durchs Gebirge transportieren konnten. Aber ich will euch sagen: Am Schluss haben die Maultiere uns besiegt. Sie beschlossen, Selbstmord zu begehen, weil sie den Anblick des Todes nicht länger ertrugen, den sie dort im Krieg im Norden sahen.

»Hast du sonst noch irgendwo gedient?«

Hätte ich fast vergessen! Ich war noch in der Veterinärverwaltung im Verteidigungsministerium. Eine wirklich elende Zeit. Meine Freunde kämpften an der Front in Saudi-Arabien und in Kuwait, und ich ordnete Akten über Tiere in Bagdad. Was für ein Quatsch!

»Du hast also keinen iranischen Feind getötet?«

Die ich getötet habe, gehörten alle zur Gattung der Esel.

»Du hast keine Kurden im Krieg im Norden getötet?«

Ich hatte die Aufgabe, Maultiere zu retten.

»Du hast also in deinem Leben noch keinen einzigen Feind eliminiert?«

Ich habe keine Feinde, und ich bin nicht scharf darauf, in Zukunft welche zu bekommen.

»Und was ist mit den amerikanischen Besatzern?«

Die Amerikaner werden von der Geschichte bestraft werden, wie das immer der Fall ist.

»Und was ist mit der Strafe Gottes?«

Wenn es Gott denn gäbe, hätten die Amis nicht den Irak besetzt und ihr hättet keinen armen, wehrlosen Amerikaner entführt.

»Und wer hat dich eingesetzt, das zu beurteilen?«

Achlâm, Träume.

»Wer ist diese Achlâm, was sind das für Träume?«

Jungmädchenträume, Liebesträume, Sphärenträume, Kinderträume, Schülerträume, Feldträume, Großelternträume, Enkelträume, Totenträume, Exilantenträume, Palmenträume, Flussträume, Häftlingsträume, Freundesträume, Tagträume, Träume vom Land, wie es einst war, und Träume vom Land, wie es nie sein wird, Zerstörungsträume.

»Wir haben nicht um Poesie gebeten. Wir wollen wissen, wer diese Achlâm ist.«

Eine Frau, die zur falschen Zeit am falschen Ort geboren ist. Sie musste ihr Land schon vor langer Zeit verlassen. Ganz sicher eines von euren Opfern. Wenn nicht gestern, so doch auf jeden Fall morgen.

»Du redest, als wolltest du den Platz Gottes einnehmen.«

Aber dann den Platz des Gottes, der lebendig macht, während ihr euch offenbar nur in Augenblicken des Tötens für Gott haltet. Bei euch ist Gott zum Schlächter verkommen.

»Hältst du uns etwa für Mörder, wie es die Amis sind?«

Wir brauchen hier keine Standpunkte zu diskutieren, wer bringt wen warum um. Mord ist Mord, da gibt es keinen Unterschied nach Nationalität, Geschlecht oder Religion. Es gibt keinen zwingenden Grund, einen Menschen zu ermorden, egal, wo er herkommt, egal, wie er sich verhält.

»Du leugnest also das Recht, die Gottesstrafen zu vollziehen?«

Ihr seid es ja, die Gott keinen Platz lassen. Ihr habt Gott aus der Geschichte verbannt.

»Der Mann muss Mut zeigen. Warum bist du so feige?«

Mutig ist, wer seine eigene Schuld anerkennt. Hat einer von euch je sein Gesicht im Spiegel betrachtet?

»Und was ist mit dir selbst und deinen Freunden, diesen ständigen Verrätern?«

Wenn ihr meinen Freund Salmân meint, er hat an mehr Fronten

gekämpft als ihr: in Saudi-Arabien und in Kuwait, in der Schlacht von Chafadschi und der von Hafar al-Bâtin.

»Und deine Freundschaft mit den amerikanischen Besatzern?«

Ich wusste bisher von keinem einzigen amerikanischen Freund, den ich hätte. Aber nachdem ich nun Daniel Brooks und seine Geschichte im Keller erfahren habe, kann ich wohl behaupten, dass ich einen amerikanischen Freund habe, ja, er ist schon mehr als ein guter Freund.

»Weißt du auch, dass dieser dein amerikanischer Negerfreund genau wie alle anderen mörderischen Amis gekämpft hat?«

Davon weiß ich nichts. Ich weiß nur, dass überall Mörder frei herumlaufen. Aber dieser angebliche Mörder ist hierhergekommen, um seine Schuld zu sühnen. Er hat viel Geld gesammelt, um den Familien der Soldaten zu helfen. Wart ihr nicht auch Soldaten? Wer weiß, vielleicht sogar Offiziere? Habt ihr das vergessen? Wer an die Front geht, tötet entweder oder wird getötet.

»Willst du es rechtfertigen, dass man ein ganzes Bataillon lebendig begraben hat?«

Und was ist mit den Massengräbern im Irak? Zehntausende wurden lebendig begraben, deren einzige Schuld darin bestand, einer anderen Ethnie oder Religion anzugehören. Habt ihr das vergessen? Wann wären Kinder und Frauen Kombattanten gewesen, die man als Feinde hätte töten dürfen?

»Du redest wie ein Papagei. Mit diesen Argumenten füllen uns alltäglich die feindlichen Agenten die Ohren.«

Auf der amerikanischen Seite gibt es Tausende vom Schlag des Majors oder späteren Oberstleutnants Ray Prince. Das gilt aber auch für die irakische Seite: Es gibt Tausende vom Typ des Hauptmanns Haidar Mulla Kuraidi oder des Oberst Hâdschim Sâlich al-Takrîti. Habt ihr das vergessen? Es gibt immer Offiziere, deren einziges Interesse das Töten ist, die jeden Morgen mit neuer Mordlust aufwachen.

»Unsere Offiziere tun ihre Pflicht. Unser Kampf ist ein gerechter.

Wir verteidigen die Ehre der Nation, der Religion und des Vaterlands. Hast du das vergessen?«

Was ist das für eine Gerechtigkeit, die nicht zwischen Greis und Kind unterscheiden kann, zwischen Mann und Frau, zwischen Soldaten und Zivilisten! Eine Gerechtigkeit, die nicht zögert, Unschuldige zu töten.

»Wenn du unseren Gefangenen meinst, so überlassen wir dir die Aufgabe, ihn umzubringen.«

Ihr meint die Geisel, aber lassen wir das. Ich werde weder Daniel Brooks noch sonst jemanden töten, Iraker oder Amerikaner. Schließlich und endlich wollt ihr aus mir einen Mörder machen, genau wie der Major und spätere Oberstleutnant Ray Prince aus Daniel Brooks.

»Wir morden nicht, wir nehmen lediglich Rache für unsere Toten. Wenn du schon unsere toten Soldaten vergisst, wie kannst du den Tod deiner Frau und deines Neffen vergessen?«

Auch das gibt mir nicht das Recht, zum Mörder zu werden. Wir alle sind auf diese oder jene Weise unfreiwillig am Kampf beteiligt. Genauso, wie ich mich jetzt unfreiwillig unter euch befinde. Das heißt aber nicht, dass wir uns damit beschmutzen müssen. Verwundet können wir daraus hervorgehen, beschmutzt niemals.

»Das werden wir ja sehen.«

Gegen zwei Stunden unterzogen mich die Entführer dieser Befragung. Dann hielten sie inne und tuschelten miteinander. Ein paarmal gingen sie auch zu dem siebten, der lauschend an der Tür stand. Möglich, dass sie seine Zustimmung für eine weitere Frage an mich herbaten. Möglich auch, dass sie sich bei ihm eine weitere Frage holten. Mit Ausnahme von ihm und dem Mann, der ganz rechts saß, waren alle erpicht, ja, ganz versessen darauf, mir Fragen zu stellen. Aber um die Wahrheit zu sagen, je seltsamer ihre Fragen wurden, desto seltsamer wurde auch ihr Verhalten, ihre Art zu reden. Drei von ihnen sprachen mehr oder weniger wie ich, von den restlichen drei sprach, soweit ich feststellen konnte, einer saudischen Dialekt, ein zweiter jordanischen und ein dritter syrischen. Ihre Feindseligkeit mir gegenüber wuchs, und sogar der siebte, der anfangs hinter der Tür stand, konnte kaum die Funken bändigen, die man in seinen Augen blitzen sah – trotz des Tuchs, das er sich ebenso wie der Mann rechts außen fest ums Gesicht gewickelt hatte. Doch am Ende schienen sie wieder nachgiebiger mit mir, was ich mir nur schwer erklären konnte. Vielleicht wollten sie mich nicht kopfscheu machen, damit ich ihre Geisel oder, in ihrer Terminologie, ihren Gefangenen, umbringen würde. Das war meine einzige Erklärung. Sie hatten keinen Zweifel, dass ich in ihrem Spiel den Mörder abgeben würde, nicht den Ermordeten. Während der zwei Stunden Befragung brachten sie mir ständig Wasser, ja, einer fragte mich sogar, ob ich Hunger hätte. Aber ich widerstand sogar der Versuchung des Tees, den sie vor mich auf den Tisch stellten. Ich ließ ihn einfach kalt werden. Ich wollte weder Wasser noch Tee, noch etwas Essbares zu mir nehmen. Ich kannte die alten Geschichten von Befragungen, die sich in den Kellern der Sicherheitsorgane, besonders in denjenigen der Staatssicherheit und des Geheimdienstes, abspielten. Alle diese Geschichten, die ich so oft gehört hatte, meist von meinem Bruder, der früher einmal stolzer Geheimdienstoffizier war. Wenn wir im Wohnzimmer saßen, erzählte er gern, wie auch die hartgesottensten Gefangenen weich und nachgiebig werden konnten und schließlich taten, was man von ihnen verlangte. Erreicht wurde das mit Betäubungsmitteln, die man ihnen in ein Getränk oder in eine Speise mischte. Das ist die moderne Technik, behauptete er. Die Welt macht Fortschritte in der Wissenschaft der Folter, nur wir sind noch etwas rückständig. Stellt euch nur vor, ein einfaches weißes Pülverchen oder ein kleines, buntes Pillchen reichen, um den Verlauf einer Befragung zu bestimmen. Auch wenn sie schon nicht mehr hofften, von jemandem etwas zu erfahren, und die Befragung abgeschlossen hätten, luden sie ihn freundlich zu einem Glas Tee ein, und natürlich wusste er nicht, dass sie ihm Thalliumsulfat in den Tee gemischt hatten, eine wohlschmeckende chemische Substanz, die auch als Rattengift verwendet wird. Vier, fünf Tage später sterbe der frühere Häftling friedlich bei sich zu Hause. Ich befürchtete zwar nicht, sie könnten mich vergiften, schließlich brauchten sie mich als Mörder in ihrem grausamen Spektakel, aber ich hatte Angst, etwas zu mir zu nehmen, das mich ihrer Meinung nach einsichtig, meiner Meinung nach töricht oder gar kriminell werden ließ. Ich lehnte alles ab, was sie mir anboten, verlangte aber von ihnen, stattdessen Daniel Brooks etwas zum Trinken und zum Essen zu bringen. »Wie könnt ihr mit einem Gefangenen, wie ihr ihn nennt, so umgehen? Auch im Krieg sind ja wohl Gefangene menschenwürdig zu behandeln.« Dass sie auf meinen Vorschlag einzugehen schienen, weckte mein Befremden. Ich sah die Kopfbewegung des Mannes, der lauschend an der Tür stand. Und in diesem Augenblick wurde mir klar, dass er, den ich nie ein Wort sagen hörte, ihr Anführer war. Sie bewegten sich nur mit seiner Erlaubnis. Und seltsamerweise wandte er den Kopf, als er sah, dass ich ihn anschaute, als sich unsere Blicke begegneten und ich ausdrücklich mit ihm zu sprechen verlangte. Wenn das der Anführer war, musste ich mit ihm reden: über den Quatsch, in den sie mich hineinreiten wollten, über Daniel Brooks' abstruse Entführung, egal, ob Geisel oder Gefangener. Schließlich brachte er Zuwendungen mit, sicher Hunderttausende Dollar, für die Familien der Soldaten, die bei Hafar al-Bâtin lebendig begraben worden waren. Sie selbst würden damit nur Waffen und Sprengstoff für Autobomben kaufen, während das Geld den Kindern der Familien nützlich sein könnte. »Beschränkt euch auf den Diebstahl und lasst ihn frei. So machen es doch auch die anderen Entführer: Sie zeigen ihre Geiseln auf Videofilmen und lassen sie einen Hilferuf an ihre Länder sprechen, lassen sie in aller Öffentlichkeit zum Rückzug der amerikanischen Streitkräfte aufrufen oder zur Freilassung irakischer Geiseln, aber insgeheim stellen sie für jede Geisel Lösegeldforderungen in Millionenhöhe.« Für einen Augenblick sah es so aus, als ob der Mann, der da hinter der Tür stand, wüsste, dass eigentlich er angesprochen war. Ich sah, wie er den anderen Vermummten ein Zeichen gab, mit der Befragung aufzuhören, mir die Fesseln abzunehmen und mich aus dem Haus und dorthin zurückzubringen, woher ich gekommen war, die Gegend um den Maidân-Platz, das Café Hassan Adschami, obwohl zu dieser vorgerückten Stunde dort alles geschlossen und verlassen war.

8. FREMDER IM EIGENEN LAND

Über zwei Jahre zog ich von Stadt zu Stadt, von Ort zu Ort, von Metier zu Metier. Was sollte ich tun, an wen meine Klage richten? Das Land versank allmählich im Chaos, nicht erst, wie es hieß, seit der Zerstörung der goldenen Kuppel in Samarra am 22. Februar 2006, sondern lange davor. Das Chaos wurde zur täglichen Routine. Es gab weder Polizei noch Militär, nur Milizen, die täglich mehr Straßen und Gassen heimsuchten. Sollte ich zu den Amerikanern gehen und dort erzählen, mein Haus sei besetzt und es gebe da einen Amerikaner in den alten Depots des Ministeriums für Militärindustrie? Depots, die ich übrigens bestens kenne. Ich war noch ein Junge, als man begann, sie zu errichten. Es war eines der großen Projekte meines Vaters. Er hatte sie durch meinen Onkel, den Bruder meiner Mutter, bekommen, einen hohen Offizier im Verteidigungsministerium. Ich habe meinen Vater immer dort besucht, wenn er mich brauchte. Ich kannte die geheimen Wege und Gänge darin. Aber würden mir die Amerikaner abnehmen, dass ihr Mitbürger die hundertfünfzigste Geisel war, die Banden und Milizen dort während der vergangenen zwölf Monate festhielten? Oder würden sie eine Falle vermuten und mich in eines ihrer berüchtigten Gefängnisse werfen? In Camp Kroober am Flughafen oder gleich ins Abu-Ghraib-Gefängnis. Im Grunde war ich wie ein Deserteur. Ich wollte nicht an die Front gehen, um nicht zwischen töten und getötet werden wählen zu müssen. Und was bleibt einem Deserteur anderes als die ständige Flucht vor seinen Verfolgern? Ich fand keine andere Lösung. Mir blieb nur die Flucht vor den Vermummten. Ich dachte damals nicht daran, auf den Muraîdi-Markt, den großen Fälschungsmarkt, zu gehen, um mir dort eine neue Identität zu besorgen. Ich wollte nur möglichst rasch wegkommen, denn niemand sollte mich zwingen können zu töten. So feige dies auch war, was konnte ein wehrloser Mensch wie ich sonst tun? Sollte ich etwa zu meinem Bruder gehen? Aber wie ihn erreichen? Ich galt ihm als Verräter der Familie, als Alkoholiker und Kommunistenfreund. Bei der erstbesten Gelegenheit würde er sich rächen. Oder sollte ich mich an den Bruder meiner Frau wenden, der mich noch nie leiden konnte und sogar die Beziehung zu seiner Schwester abgebrochen hatte? »Dein Mann trinkt Alkohol«, warf er ihr vor, »und hat kommunistische Freunde, Schrûgi aus dem Südosten. Er benimmt sich, als ob er gar nicht zu den Leuten hier gehörte.« Ashâr war immer sehr deprimiert, ihn so reden zu hören. Noch mehr deprimierte sie, dass er in Bagdad kein einziges Mal zu ihr kam. Wenn sie ihre Familie besuchte, hörte sie von seiner Karriere in der Partei. Aber als ich an ihrer Kondolenzfeier teilnehmen wollte, warf er mich vor allen Gästen hochkant hinaus. »Endlich verstehe ich«, fauchte er mich an, »warum man behauptet, du wärst ein amerikanischer Agent. Die Amis haben kaltblütig deine Frau umgebracht, und du hockst zu Hause und säufst und pflegst deine Freundschaft mit Verrätern« – diesmal sprach er wenigstens nicht mehr von den Kommunisten –, »den Agenten des Iran, und rührst keinen Finger gegen die Besatzer. Schau dagegen deinen Bruder an! Er hält das Banner des Widerstands hoch, und auch der Tod seines Sohnes, der irrtümlich durch eine Granate der Widerständler getötet wurde, lässt ihn seine Haltung nicht ändern.« Wenn ich diese beiden aufsuchte, würden sie jubilieren und mich fragen, wo denn das Problem sei: Einen Ami umzubringen sei die Pflicht eines jeden anständigen Mannes. Ja, sie würden die Entführer bitten, selbst Daniel umbringen zu dürfen. Darüber dachte ich in jener Nacht nach, umringt von Hunden und beobachtet von den Vermummten, die in ihrem Auto warteten, um sich am Anblick der Meute zu weiden, die sich ganz sicher über mich hermachen würde. In jenem Augenblick, noch bevor ich sie in der Dunkelheit der Nacht verschwinden sah, dachte ich an den Satz, den Târik Ibn Sijâd nach der Überquerung der Straße von Gibraltar, von Nordafrika nach Andalusien, seinen Soldaten zurief: »Vor euch liegt der Tod, hinter euch das Meer!« In meinem Fall müsste ich sagen: Vor mir lauern die Hunde, hinter mir ebenfalls. Vielleicht waren ja sogar die Straßenhunde gnädiger als jene, die einige Minuten mit ihrem Mitsubishi-Pajero stehen blieben und durch das getönte Glas dem Schauspiel folgten. Sie konnten mich sehen, ich sie nicht. Offenbar reichte es ihnen nicht, mir eine Frist gesetzt zu haben. »Du hast eine Woche Zeit, dich zu entscheiden. Aber denk daran, wir sind im Krieg. Entweder du tötest oder du wirst getötet«, erklärten sie mir, ohne auch nur das Tuch vom Gesicht zu nehmen. Und ich erfuhr nicht, warum sie gerade mich dazu ausersehen hatten. Die Straßenköter sind nicht vermummt, dachte ich. Sie beißen in aller Öffentlichkeit, direkt, ohne Hinterhältigkeit. Die Meerenge, die die Soldaten damals überquerten, nannte man später die Meerenge des Dschebel Târik, des Târik-Berges, die Straße von Gibraltar, zum Ruhme des Heerführers, der seine Soldaten in den Tod geschickt hatte. Sollte ich den Abfallhaufen in der Mitte des Platzes, den ich durchqueren musste, den Abfallhaufen der Vermummten nennen oder den Platz des flüchtigen Kämpfers, der ich war? Komisch, dachte ich, die Hunde scheinen zu wissen, dass ich eigentlich nicht auf dem Platz bin. Mein Körper war zwar dort. Man hörte meine Schritte auf dem Asphalt, doch ich war anderswo. Glaubten die Hunde, ich sei so mutig? Wie hätte ich mich sonst so frei auf dem Platz bewegen, ihn überqueren können, ohne der Meute Aufmerksamkeit zu schenken, ohne vor ihr zu zittern und zu beben, ohne Angstschweiß, ja, auch ohne einen Stein aufzuheben und nach ihr zu werfen? Diese unvermummten Hunde da wussten nicht, dass ich in diesem Augenblick von einem einzigen Gedanken beseelt war: möglichst rasch wegzukommen, nicht zurückzuschauen, geradeaus vorwärtszugehen, zu den Hotels dort drüben. Ich wusste, dort zu übernachten war riskant. Diese Absteigen verdienten nicht den Namen von Hotels: Die Zimmer waren voller Läuse, sie waren eigentliche Läusekolonien, wie Salmân das einmal nannte. Angeblich standen sie auch nicht auf den Hotellisten des Gesundheitsministeriums. Aber jetzt fand ich keine andere Bleibe, und glücklicherweise waren einige davon auch noch um Mitternacht offen, selbst noch nach dem Einmarsch der Amerikaner in Bagdad! Man konnte am Morgen mit Läusen bedeckt oder um den Geldbeutel erleichtert aufwachen, obwohl die Polizeizentrale nicht weit entfernt war. Was soll's?, dachte ich, während ich nach den Resten der zehntausend Dollar im Futter meiner Jacke tastete. Wichtig war allein, nicht in die Kneipe »Der Irrsinn« zurückzukehren und nicht in mein Zimmer darüber. Ich war bedroht, kein Zweifel, aber die anderen wollte ich nicht mit hineinziehen. Weder William noch sonst jemand sollte darunter leiden müssen, besonders nicht Salmân. Die Sache war monströs und verwickelt, zu schwer für seinen schwächlichen Körper. Gern hätte ich ihm erzählt, dass er nicht recht hatte, dass dieser junge Mann namens Muhammad Parîs sich nicht über mich lustig machen wollte, dass er mir keine Falle gestellt hat mit seinem »Flüstern« im Café. Es gab gar einen Amerikaner! Dieser Amerikaner und niemand anderes hatte das kleine Päckchen gefunden, das er im Schützengraben bei Hafar al-Bâtin zurückgelassen hatte. Was für eine Ironie, dass dieses Päckchen aus seiner Hand nicht, wie vorgesehen, in meine gelangte, sondern in den Besitz von ein paar fremden Männern in meinem Haus, vorsätzlichen Killern, die alles lasen, was darin stand, und sich darüber lustig machten. Sonst hätte ja nicht einer von ihnen fragen können, wer denn dieser Walt Whitman sei, eine Frage, die er sich gleich selbst beantwortete: »Sicher ein Ami.« Nur um dann noch hinzuzufügen: »Findest du eigentlich nicht auch, dass ihr alle amerikanische Agenten seid?« Ich hätte Salmân so gerne erzählt, dass sein Brief an mich, mit allen Einzelheiten, auch dort war neben den Fragmenten aus den Gedichten von Walt Whitman und dem Heft mit den Namen der Soldaten und ihren Träumen. Ich hätte ihm gerne erzählt, dass der Amerikaner, der nach mir gesucht hatte, ein Freund seines Poesiegefährten in jenen Tagen bei Hafar al-Bâtin war, der First Lieutenant David Barbiero. Jetzt liege er in einem Depot ganz in der Nähe meines Hauses, einem Depot, das auch noch in der Nähe des Camps der Amerikaner sei. Ich hätte ihn gerne gefragt, ob er sich je hätte vorstellen können, dass sich gerade mein Haus in einen Ort verwandelte, um den mich sogar Franz Kafka beneidet hätte. Ja, auch unser naher ferner Freund Harûn Wâli, schoss es mir durch den Kopf. Ich kannte Salmân, seine Hartnäckigkeit, seine Geduld, seine Ungeduld, die ihn manchmal fast dazu trieb, Selbstmörderisches zu tun. Wenn er von alledem hörte, würde er sicher ein Taxi nehmen und zu mir nach Hause fahren. Er kannte die Adresse. Er hatte mich mindestens zweimal dort besucht. Und dort angekommen, würde ihn weder die vorgerückte Nachtstunde noch das fremde Viertel zurückhalten. Er würde die Entführer auffordern, ihn zu dem Verlies zu führen und Daniel freizulassen und ihm auch sein Heft zurückzugeben, das Heft mit den Träumen, und alle anderen Papiere. Er würde sie anbrüllen: »Ihr blöden Kerle, nicht er ist für den Tod der Soldaten verantwortlich! Ihr wollt einen Mann umbringen, der gekommen ist, euch um Vergebung zu bitten? Seid ihr auch nur einen einzigen Tag im Krieg gewesen? Habt ihr irgendwann Schuldgefühle gespürt? Habt ihr gewusst, was jene Soldaten dachten?« Diese Gedanken hielten mich ab, in mein Zimmer zu gehen. Und ich fürchtete auch, sie könnten mich verfolgen, um die Wohnung herauszufinden und Salmân an meiner Stelle mitzunehmen. Ich musste sie abhängen. Ich musste, trotz allem Dreck, in einem dieser Hotels übernachten, dachte ich. Ich musste hier zumindest eine Nacht verbringen und mir dann überlegen, wie es weitergehen sollte. Am folgenden Morgen beim Frühstück im Lokal von Hadsch Sibâla dachte ich darüber nach, was ich Salmân erzählen sollte, wenn er plötzlich auftauchte. Ich wäre im Erdboden versunken. Ein unbeschreibliches Zittern, das meinen ganzen Körper durchzog, überkam mich. Meine Zähne klapperten. Trotz der Hitze war mir so kalt, dass ich nicht einmal mein Frühstück fertig aß. Ich stand auf und ging erst einmal zum Café Hassan Adschami und bat den Kellner um einen

Tee und ein Stück Papier. Darauf schrieb ich eine kurze Botschaft an Salmân: Ich muss Bagdad umgehend verlassen. Meine Gründe dafür werde ich dir später mitteilen. Mach's gut, mein Freund. Pass gut auf dich auf. Ich bat den Kellner, das Briefchen Salmân zu geben, sobald er ins Café kam. Danach rief ich Hassan an, meinen Büroburschen, verabschiedete mich von ihm und erklärte ihm, ab jetzt müsse er für sich selber sorgen. Ich vermachte ihm die zwanzig Hunderterscheine und bat ihn, den Mietvertrag mit dem Hauseigentümer zu kündigen. Hassan schien sofort zu verstehen. Er erhob keinerlei Einwand gegen meinen Entschluss. Er werde mich vermissen, sagte er nur. »Leute wie Sie sind selten in diesen Tagen.« Er sei mir sehr dankbar und werde zu seinen Leuten im Dorf am Euphrat zurückkehren. Das Geld werde ihm helfen, eine neue Arbeit zu beginnen. Ich verließ das Café und ging auf der Raschîd-Straße Richtung Schurdscha. Zwei Wochen zuvor war im Markt ein Brand ausgebrochen und hatte fünf Tage und fünf Nächte gewütet. Alle die alten Läden, die Salmân und ich so mochten, wurden Opfer der Flammen. Übrig blieben nur ein paar Schutthaufen. Auch ich, dachte ich, habe jetzt kein Haus, kein Büro, keinen Unterschlupf mehr. Ich schritt kräftig aus, vorwärts, ohne festes Ziel. Ich ließ den Markt hinter mir, bog in irgendwelche Gassen ein, schritt durch irgendwelche Straßen, durchquerte irgendwelche Viertel. Meine Füße schienen mich zu führen. Ich war wie eine andere Person. Als ich am Busbahnhof ankam, sagte ich mir: Nun heißt es Bagdad verlassen – und ich begann, an neuen Orten als Autohändler zu arbeiten.

Wissen Sie, wer nachts von Albträumen gequält wird, glaubt, es sei nur eine Frage der Zeit, bis all das vorübergeht. Immer wieder schreckt er entsetzt auf, zitternd und mit trockener Kehle. Doch sobald er spürt, dass er am Leben ist, gibt ihm dies das Gefühl, alles werde sich geben. Doch nun – die Wochenfrist, die mir die Vermummten gewährt hatten, war abgelaufen – wurden die Albträume nicht nur schlimmer, sondern suchten mich seltsamerweise Tag und

Nacht heim, in jeder Stadt, in die ich fuhr, an jedem Ort, den ich aufsuchte. Sie begleiteten mich vierundzwanzig Stunden. Bei Nacht betrat ich, kaum eingeschlafen, eine Stadt, über deren Eingang »Stadt der Toten« steht. Eine Stadt, in der alle Bewohner tot sind. Aber selbst am Tag hatte ich immer das seltsame Gefühl, jemand, mal vermummt, mal unvermummt, erwarte mich an irgendeiner Straßenecke oder in dem Café beim Busbahnhof, wo ich saß, oder im Markt, wo ich umherstreifte. Auch in den Hotels, in denen ich wohnte, ja sogar auf der Autobahn. Überall sah ich einen dieser Männer, der mir auflauerte und mich aufforderte, jemanden umzubringen. »Warum weigerst du dich? Du weißt doch, dass du heute Nacht in die Stadt der Toten gehen wirst.« Offenbar waren die Entführer im Bild über meine nächtlichen Erlebnisse. Die Entführung des Daniel Brooks genügte ihnen nicht, sie verschleppten jeden, auf den ihr Blick fiel. Glauben Sie mir, zu anderer Zeit hätte ich Argwohn erregt. Man hätte nicht geglaubt, ich sei nicht von Verfolgern bedroht, die von mir verlangten, jemanden umzubringen, sondern hätte angenommen, ich sei ein Schlächter auf der Flucht vor seinen Verfolgern. Aber glücklicherweise war das ganze Land mit dem Vergessen beschäftigt. Keiner wollte mehr wissen, was andere getan hatten oder taten. Möglicherweise hatte ich das früher in einer großen Stadt wie Bagdad nur nicht gemerkt. Aber in allen anderen Städten, die ich aufsuchte, kleineren oder größeren, lebten die Menschen enger zusammen. Jeder wusste, was der andere in der Vergangenheit gemacht hatte, mehr noch: Jeder kannte die Gesichtszüge der anderen, ihre Handbewegungen, ihre Stimmlagen. Jeder hatte etwas, womit er dem anderen schaden konnte, dem Nachbarn ebenso wie dem Bewohner eines entfernten Viertels. Aber niemand wollte reden, weder über die Vergangenheit noch über die Gegenwart. Und selbst wenn jemand Gewehrschüsse oder Granaten hörte, blieb er stumm. Niemand sagte etwas zum Mord an einem ehemaligen hohen Beamten oder zum Angriff auf eine britische oder amerikanische Patrouille, besonders in den Städten des Südens. Jedes Mal wenn ich ein Auto kaufte oder verkaufte, war das etwas Neues. Nur langsam flaute die ständige Angst ab, jemand könnte durch meinen Familiennamen oder meinen Geburtsort herausfinden, wer ich war. Doch die Leute betrachteten mich gleichgültig und neutral, sie schienen kein besonderes Interesse an mir zu haben, an meiner Identität oder meinem Geburtsort. Niemand verfolgte mich rachsüchtig. Nicht einmal über die toten Landsleute sprach man, über die Opfer von Entführerbanden. Für wen sollte ein Typ wie ich interessant sein? Für mich interessierten sich nur die vermummten Männer, Daniel Brooks' Entführer. Die waren es, die ich plötzlich irgendwo in der Nähe spürte, kaum dass ich mich einmal ein wenig sicher fühlte. Sie wollten mich bei Nacht in die Stadt der Toten schicken. Und dann fragte ich mich immer, was ich tun sollte, wenn sie einmal in Begleitung von Smiley Man Daniel Brooks vor mir auftauchten und mich vor die Wahl stellten: entweder ihn umzubringen oder mich von ihm umbringen zu lassen. Eine Schreckensvision, ich wusste nicht, was ich wählen sollte.

Über zweieinhalb Jahre bin ich so im Land von Stadt zu Stadt gezogen, mit wechselnden Tätigkeiten, mit unterschiedlichen Metiers. Mein einziger Trost war, dass ich jedenfalls nicht gezwungen war, meine Identität, meinen Namen oder das Datum oder den Ort meiner Geburt zu ändern. Ich blieb, der ich immer war. Sogar meine Art, mich anzuziehen, gab ich nicht auf. Von heute aus betrachtet, scheint mir das alles weit weg, Geschehnisse aus längst vergangener Zeit. Die Person damals war eine völlig andere als diejenige, die sie jetzt erzählt. In diesen über zwei Jahren lernte ich nicht nur das Land kennen, in dem ich etwa die Hälfte meines Lebens verbrachte, ich lernte auch die Menschen in den verschiedenen Städten kennen. Trotz aller Gefahren und Abenteuer gewann ich doch ein klares Bild vom Chaos, von der Zerstörung, vom Schicksal, auf das wir uns hinbewegten. Wer wie ich aus der Hauptstadt von Müll, Mord und Meuchel wegging, wer Bagdad verließ, egal in welche Richtung, sah den Müll sich beidseits der Straße auftürmen. Riesige Berge von Müll, der aus den Wohnvierteln quoll und sich an deren Ränder schob. Ausgefahrene Straßen und Brücken; Schulen mit herausgerissenen Türen; Krankenhäuser, in die eingeliefert zu werden fast einem Todesurteil gleichkam; und morastige Spielplätze. Das ganze Land war eine Verwüstung, eine einzige Müllhalde. Doch unerträglicher noch waren die ethnischen Säuberungen, die sich überall pestilenzartig ausbreiteten. Über zweieinhalb Jahre war ich nicht nur auf der ständigen Flucht vor den vermummten Männern, die mich verfolgten, ich musste diese besondere Art der Zerstörung erleben, die sich gleichermaßen auf den Dörfern und in den Städten vollzog.

Zu Beginn meiner Flucht kaufte ich noch regelmäßig Tageszeitungen, um mich auf dem Laufenden zu halten, in der Hoffnung eines Tages eine Meldung über eine amerikanische Geisel namens Daniel Brooks zu finden. Alle Geiseln tauchten auf einem Videoclip bei irgendeiner Fernsehstation wieder auf, er nicht. Das glaubte ich damals wenigstens. Einhundertfünfzig Geiseln verschiedener Nationalität und unterschiedlicher Berufe, Männer und Frauen. Noch heute bewahre ich eine Liste mit den Namen und den Entführungsdaten einiger von ihnen auf. Da waren der britische Ingenieur Kenneth Bigley mit seinen italienischen Mitarbeitern und zwei amerikanischen Ingenieuren, die alle ermordet wurden; die vier italienischen Geiseln, deren eine sofort von ihren Entführern umgebracht wurde, die sich selbst die »Grüne Brigade« nannten, während die anderen nach Zahlung eines Lösegelds in Millionenhöhe freigelassen wurden; die drei japanischen Geiseln, entführt von einer Gruppe, die sich »Schwadron der Glaubenskämpfer« nannte und zuvor schon zwei andere japanische Journalisten entführt hatte, Jubatai Yasuda, den Sonderkorrespondenten der »Tokio Schimbun« und Nobotaka Watanabe. Warum ich mir diese notorisch schwierigen japanischen Namen gemerkt habe, die ich hoffentlich richtig schreibe? Ganz einfach: Die beiden waren schon vor dem Krieg in den Irak gekommen, als freiwillige Teilnehmer an einem Menschenschild zum Schutze

Bagdads vor einer amerikanisch-britischen Bombardierung. Und dann das von Seiten der »Schwadron der Glaubenskämpfer«! Aber ich kenne auch noch andere. Der Filmemacher zum Beispiel, der bei den Dreharbeiten für einen Dokumentarfilm für den französischen Fernsehsender Canal Plus entführt, glücklicherweise aber nach einem Tag wieder freigelassen wurde; oder ein amerikanischer Ingenieur, den eine andere Schwadron, diesmal die »Islamische Zornesschwadron«, entführte; oder Giuliana Sgrena, eine italienische Journalistin, die als Korrespondentin der kommunistischen Zeitung »Il Manifesto« arbeitete und in der Nähe der Universität von Bagdad entführt, aber einen Monat später gegen ein Lösegeld von ihren Entführern wieder freigelassen wurde, während ihr Begleiter und Fahrer, ein italienischer Geheimdienstoffizier, auf der Straße zum Flughafen von amerikanischen Kugeln getroffen wurde, wie die Journalistin selbst später zu Protokoll gab; oder Florence Aubenas, eine Französin, die zusammen mit ihrem irakischen Begleiter über zwei Jahre in der Gewalt ihrer Entführer verbrachte; oder Roy Hallums, ein amerikanischer Staatsbürger, der bei einer Firma in Bagdad arbeitete und den ich auf einem Videoclip sah: mit gekreuzten Beinen saß er vor einem schwarzen Hintergrund, rieb sich die Hände und flehte um Hilfe für sein Leben, ein Mann in Zivilkleidung mit dichtem weißem Bart und klarer Stimme, durch die man aber Angst und Entsetzen spürte, seine Handbewegungen waren fahrig; oder Kahraman Sadikoğlu, der ebenfalls nach Zahlung eines Lösegelds freikam; oder die amerikanische Kriegskorrespondentin Jill Carroll, die in Bagdad verschwand; oder ein gewisser Minâs Ibrahîm al-Jûssufi, der Chef der christlich-demokratischen Partei im Irak, der die irakische und schwedische Staatsbürgerschaft besaß; oder die Britin Margaret Hassan, die mit einem Iraker verheiratete Präsidentin der internationalen Organisation Care im Irak; sie wurde am 19. Oktober 2004 entführt und einen Monat später ermordet; an sie erinnerte ich mich wieder am Sonntag, dem 1. Mai, als ich erfuhr, dass die Polizei die Bande festgenommen hatte, von der sie in der Nähe des Ortes Madâjin, etwa vierzig Kilometer südöstlich von Bagdad, entführt worden war. Sie bestand aus elf Personen, erzählte mir der Taxifahrer, als wir an jenem Tag Madâjin passierten. Fünf davon haben zugegeben, in ihren Tod verwickelt zu sein. Wissen Sie, kein Entführungs- oder Mordfall war so spektakulär beeindruckend wie der an Margaret Hassan, der gebürtigen Irin. Als man sie ermordete, war sie neunundfünfzig Jahre alt und aufgrund ihrer Aktivitäten in Hilfswerkkreisen sehr bekannt. Sie hatte schon mehr als zwanzig Jahre im Irak im Dienst der Armen und Marginalisierten gewirkt. Dann waren da die drei Kanadier, deren Namen ich leider vergessen habe; oder Nicolas Berg, ein junger Amerikaner, der an einem Donnerstag hingerichtet wurde, richtig mit dem Schwert durch die Hand des Chefs der Entführerbande. Ich werde Ihnen nicht die ganze Liste vortragen. Sie ist schwindelerregend lang. Ich werde Ihnen auch die vielen Einzelheiten ersparen. Seit dem April 2004, dem ersten Jahrestag des Falls von Bagdad, nahm das Phänomen Entführung, das den Irakern zuvor unbekannt war, stetig zu. Und die Entführergruppen hängten sich schließlich nicht einmal mehr ein wohlklingendes »islamisch« an den Namen, um ihren eigentlichen Zweck, die nackte Geldgier, zu kaschieren. Diese war besonders sichtbar im Entführungsfall der Deutschen Susanna Osthoff, die vom 25. November bis 18. Dezember 2005 gefangen gehalten wurde, ganz offensichtlich eine Pseudoentführung mit all ihren Begleiterscheinungen, für die die Entführer, die »Erdbebenschwadron«, angeblich fünf Millionen Euro oder Dollar kassierten. Einige Banden begannen die unwahrscheinlichsten Entführungsgeschichten zu erfinden: So behaupteten etwa die »Glaubenskämpferbrigaden«, einen amerikanischen Soldaten namens John Adam in ihrer Gewalt zu haben und drohten, ihn zu köpfen, wenn die amerikanische Armee nicht alle irakischen Gefangenen freiließe. Das Video, das auf einer islamischen Website im Internet verbreitet wurde, fiel dem Marketingchef der Spielzeugfirma Dragon Models auf. Er versicherte, der Soldat Adam sei die Kopie einer Plastikfigur seiner Firma aus dem Jahre 2003. Im Spiel heiße er

Kodi; auch der Revolver gehöre dazu, eine Spielzeugwaffe aus Plastik. Sie sehen also, es war eine der völlig lächerlichen Meldungen, wie sie sich in Zeitungen und anderen Medien fanden. Aber nirgends eine Nachricht über Smiley Man Daniel Brooks! Ich war nahe daran zu glauben, er sei umgebracht worden. Doch dann las ich eine Meldung, in der es hieß, man habe die Leiche eines amerikanischen Muslims namens Daniel Hussain gefunden. Ein Bauer sei bei einer alten Steinbrücke über einen Seitenarm des Euphrat darauf gestoßen, bei einem Flecken zwischen Habbanîja und Bagdad. Der Kopf der Leiche war abgetrennt worden. Zunächst wurde der Fall nicht weiter untersucht. Doch dann fand man einige Zettel, die zum Teil auf Englisch, zum Teil auf Arabisch vollgeschrieben waren. Die Kinder im Dorf, die damit spielten, behaupteten, sie hätten sie bei der Leiche gefunden. Erst da bequemten sich ein paar Polizisten in Begleitung amerikanischer Ausbilder zum Fundort und fanden unter der Leiche einen amerikanischen Pass. Weitere Einzelheiten hat das Blatt nicht gebracht. Natürlich habe ich sofort gedacht, es könnte sich um Daniel Brooks handeln. Doch sie hatten nur den Vornamen gemeinsam. Nicht nur weil Daniel Brooks Christ war, und zwar sogar wohl praktizierender, wie ich annahm, weshalb ein muslimischer Name wie Hussain unwahrscheinlich schien, sondern auch, weil die Zeitung nichts von dunkler Hautfarbe erwähnte. Außerdem fand man ihn weit weg von dem Ort, an dem ich Daniel Brooks verlassen hatte, den Depots. Mehr noch: Es gab weder einen Videoclip noch eine Botschaft.

Ich habe sonst nie etwas über Daniel Brooks gelesen. Er schien, in dieses Land gekommen, sich rasch aufgelöst zu haben. Als hätten die Entführer Daniel Brooks ganz und gar nur für mich als Geisel genommen, ohne jede Geldforderung oder Bedingung, wie andere Gruppen, die nicht nur Ausländer, sondern sogar irakische Kinder und Gefangene entführten und deftige Lösegelder verlangten. Taten sie das wirklich um meinetwillen?

Ich wollte nicht so rasch die Hoffnung aufgeben und las weiterhin Zeitung. Vielleicht fände ich irgendwo eine Meldung über die Befreiung der amerikanischen Geisel – durch Lösegeldzahlung oder durch Gewalt –, vielleicht auch nur ein Gedicht oder eine Kolumne aus der Feder meines Freundes Salmân. Beides wäre Trost für mich gewesen, das Ende einer schweren Last. Ich hätte mich über Salmâns Rückkehr zum Schreiben gefreut. Mehr als anderthalb Jahre verfolgte ich die Presse. Meine Besessenheit ging so weit, dass ich keinen Tag, nicht einmal einen Freitag oder einen offiziellen Feiertag, verstreichen ließ, ohne mir Zeitungen zu kaufen, mindestens sechs oder sieben, an manchen Tagen bis zu zehn, lokale und arabische. Wäre das nicht mein finanzieller Ruin gewesen, hätte ich alle einhundertachtzig Tageszeitungen gekauft, die nach dem 9. April 2003 zu erscheinen begannen, glücklicherweise aber zum großen Teil bald pleitegingen. Doch als allmählich in allen Blättern, die ich kaufte oder gegen andere eintauschte, in der Annahme, sie unterschieden sich voneinander, nur noch von Entführung, Mord und Anschlägen die Rede war, hörte ich auf, sie zu kaufen. Nicht weil Daniel Brooks' Entführungsgeschichte sich immer länger hinzog und immer mysteriöser wurde, auch nicht, weil ich die Nachricht von seiner Ermordung und Enthauptung nicht mehr lesen wollte, seiner Abschlachtung durch einen von diesen Männern, die sich Glaubenskämpfer oder gar Islamschwadron nannten, auch nicht, weil ich keine einzige Zeile von und kein Wort über Salmân mehr las, sondern weil ich nicht wieder und wieder dieselben Informationen lesen wollte. Der Tod war in jedermanns Munde, und ich sagte mir: Egal ob du in den Bus steigst, auf der Straße spazierst, zum Markt gehst, dir dies oder jenes kaufst, dich in ein Café oder eine Arztpraxis setzt, eine Hotelhalle betrittst oder deinen Nachbarn grüßt, du hörst von nichts anderem als von Mord und Totschlag. Woher nur all diese Gewalt? Die unzähligen Geschichten hafteten noch immer an mir. Was ich gelesen, gehört oder persönlich erlebt hatte, die unzähligen schrecklichen Geschichten voller Blut, Verrat und Niedertracht, voller Gewalt und Gemeinheit bedrängten mich von allen Seiten, als wollten sie mich ständig an das erinnern, was von mir verlangt war. Jeder tötete jeden, und ich war auf der Flucht vor Männern, die von mir verlangten, einer von denen zu werden, für die das Morden eine Art täglicher Sport, ein unterhaltsames Spiel geworden war. Eines Tages las ich von einem Bus, der mit etwa sechzig Personen auf dem Weg von Nassirîja nach Bagdad war. Als er durch die als Todesdreieck oder Todeshalbmond bekannte Zone nördlich von Babel fuhr, wo sich Städte wie Dschabala, Muwailiha, Haswa, Buhairât, Dscharaf und Iskandarîja befinden, wurde er von Bewaffneten attackiert. Man zwang die Reisenden auszusteigen und brachte sie alle ohne Ausnahme um. Männer und Frauen, Greise und Kinder. Alle wurden enthauptet und in den Kanal am Straßenrand geworfen. Wenn Alexander der Große gewusst hätte, dass der Ort, wo er im Juni 323 v. Chr. starb, das heutige Iskandarîja, zweitausenddreihundertzwanzig Jahre später als Ort des Gemetzels in die Geschichte eingehen sollte! Hatte er diesen Ort speziell zum Sterben ausgewählt?

Einmal nahm ich ein Taxi von Kût Richtung Diwanîja. Der Fahrer, ein junger Mann, schien, ganz im Gegensatz zu zwei anderen Fahrern, deren Dienste ich hin und wieder in Anspruch nahm, vollkommen ruhig. Ich fuhr gern allein in einem Taxi. Das war immer eine wertvolle Gelegenheit, mit dem Fahrer über Autos zu reden, ihre Preise und ihre Verkaufsstellen. Für mich war das wichtig, in den ersten anderthalb Jahre meines Umherziehens war ja der Autohandel meine Hauptbeschäftigung. Außerdem schätzte ich die Möglichkeit, mit dem Fahrer über die Stadt zu reden, zu der ich unterwegs war. Aber dieser junge Mann schien verschlossen und schweigsam. Er zeigte keinerlei Mitteilungsbedürfnis. Erst als wir in eine Gegend mit riesigen Feldern kamen, die aussahen wie Dickichte, lockerte sich seine Zunge. Das sei die Gegend von Latifîja, erfuhr ich, und dann legte er los. Er erzählte und erzählte, als ob er sich an eine großartige Kindheit erinnerte. »Hier haben sie meinen Onkel umgebracht, einen Bruder meines Vaters«, berichtete er plötzlich zu meinem Entsetzen. Er zeigte nach links ins Dickicht der endlosen Felder, während sein Blick fest auf die Straße gerichtet blieb. Dann folgte die Geschichte. Sein Onkel und er hatten in Latifîja als Fahrer gearbeitet. Einmal wollte sie der Fahrer eines Öltankwagens, den sie während einer Pause an der Straße kennengelernt hätten, unbedingt zum Abendessen einladen. Die beiden dachten an nichts Böses und nahmen die Einladung an. Man setzte sich an einen mit leckeren Dingen gedeckten Tisch. Die Schüssel mit Tharîd stand direkt vor ihnen, und der Gastgeber drängte sie zuzulangen. Der Onkel griff tief in die Schüssel – und zog eine menschliche Hand heraus. Jawohl, die abgeschnittene Hand eines Menschen, die unter dem mit Brühe getränkten Brot lag. Der Onkel sprang entsetzt auf und weigerte sich weiterzuessen. Ob er übergeschnappt sei, fragte er den Gastgeber, ob er wirklich erwarte, dass er Menschenfleisch esse. Da zog der Hausherr eine Pistole heraus und schoss ihn zweimal in den Kopf. »Und Sie?«, unterbrach ich den jungen Mann. »Ich habe gegessen. Man zwang mich, eine ganze Hand zu essen, und ich tat's. Wirklich, ich habe eine Hand gegessen, um meine Haut zu retten. Dann lud ich mir meinen toten Onkel auf und ging.« Er fuhr weiter, den Blick immer auf die Straße gerichtet.

Bei einer anderen Gelegenheit habe ich fünfundzwanzig Personen vor meinen Augen sterben sehen. Daneben lagen dreißig Verwundete. Die Autobombe war für einen Stammesscheich in Tell Afar westlich von Mossul gedacht. Zum Glück hatte ich einige Meter entfernt gestanden. Als ich einmal durch Suwaira, circa sechzig Kilometer südöstlich von Bagdad, fuhr, erzählte der Fahrer, man habe eine Woche zuvor über zwanzig verkohlte Leichen gefunden, offenbar irakische Lastwagenfahrer, die Zucker für das Handelsministerium transportierten. Sie kamen vom Hafen Umm Kasr und wollten nach Bagdad. Und als wir einmal beim Ziegeltor von Mossul frühstückten, hörte ich von einem ehemaligen Oberstleutnant der irakischen Armee, der seine ganze Familie auslöschte. Den Anfang machte er mit seiner Tochter, danach kam seine Frau dran und schließlich auch noch deren Vater. Um die gesamte Familie seiner Frau zu erledigen, musste er noch zwei weitere Erwachsene und ein Kind umbringen. Irgendwo las ich auch, eines Mittwochs habe die Polizei in einer ehemaligen Militärbasis in Latifîja südlich von Bagdad fünfzehn enthauptete männliche und weibliche Leichen gefunden. Aus der Stadt Kâim nahe der irakisch-syrischen Grenze habe ich mich, kaum angekommen, sofort wieder abgesetzt, nachdem ich erfahren hatte, dass die Polizei einen Tag zuvor dreißig Leichen gefunden hatte. Nur drei davon, eine Frau und zwei Polizisten, konnte man identifizieren. Irgendwo anders ermordeten Bewaffnete achtzehn Bauarbeiter, alle aus Kadhimîja, nachdem sie sie unter dem Vorwand, es gebe Arbeit an einer amerikanischen Basis und dafür einen Lohn, der sie von allen Sorgen befreite, nach Mossul gelockt hatten. Ihre Verwandten, die am Tor des Krankenhauses beim Bâb-al-Muasam-Platz standen, nicht weit vom Maidân-Platz entfernt, erklärten, die Toten seien aus einem Dorf namens Baida in der Gegend von Rifâï in der Provinz Dhi Kâr, etwa 375 Kilometer südlich von Bagdad. Ich erinnere mich an so vieles. Auch an die Aufschriften, die ich an mehreren Wänden in Basra gelesen hatte: »Verschleierung ist Pflicht, Make-up ist verboten. Zuwiderhandlung wird bestraft. Das sei hiermit kundgetan!« Solche Warnungen, von religiösen Milizen geschrieben, sind nicht auf die leichte Schulter zu nehmen; es sind Aufforderungen zu Verbrechen! Eine schlimme Folge war, dass danach über hundert Frauen in der Stadt umgebracht wurden. Ich erinnere mich an so vieles, an Unzähliges fast. Ich will Ihnen aber nicht von all den irakischen Entführungsopfern erzählen, die enthauptet oder bei lebendigem Leibe verbrannt wurden. Ich weiß, Geschichten dieser Art ermüden. Sie haben auch mich damals ermüdet. Allein im Monat April 2004, an dessen Ende ich Bagdad verließ, wurden fünfhundertsiebenundsechzig Personen ermordet und weitere sechshundertachtundsechzig verwundet. Im Monat davor, im März, lauteten die entsprechenden Zahlen dreihundertdreiundachtzig beziehungsweise vierhundertvierundneunzig, wobei ich nicht weiß, ob Frauen in dieser finsteren

Statistik enthalten sind. Sicher weiß ich nur: Es verging kein Tag, ohne dass Iraker gewaltsam starben. Die Mörder waren überall, Iraker oder andere Araber, die Zahl der Opfer stieg unentwegt seit dem 9. April 2003, dem Tag der Ankunft der Marines in Bagdad, bis zu dem Tag, als ich beschloss, die Stadt endgültig zu verlassen, fast fünf Jahre nach ihrer Besetzung, nachdem über einhunderttausend Personen ermordet worden waren. Und da sind die späteren Opfer noch nicht mitgezählt.

Der Handel mit Autos war nicht das einzige Metier, aber das einfachste, dem ich nachging. Je nach Stadt und finanzieller Situation musste ich mich mit zahlreichen anderen Tätigkeiten befassen, beispielsweise als Automechaniker oder als Elektro- und Fernmeldetechniker, was ich am liebsten mochte. Telefone flicken konnte ich schon als kleiner Junge. Mit meinen Freunden ging ich immer auf die Müllhalde neben der Kaserne am Rand unserer Kleinstadt, wo wir Elektrogeräte und Telefone auflasen, die das Militär weggeworfen hatte. Auf dieses Metier zu kommen half mir ein junger Mann namens Mâdschid Karîm aus Amâra, den ich zufällig unterwegs kennengelernt hatte. Ich hatte schon viel von dieser Stadt aus dem Osten gehört und wollte sie unbedingt einmal besuchen. Doch hatte ich nie den Mut gehabt, sie zu betreten, besonders seit erzählt wurde, dass sie sich in ein Takrît oder ein Audscha verwandelt habe, Hochburgen der Saddam-Anhänger. Aber Mâdschid, dieser freundliche junge Mann, der mir das später bestätigte, gehörte nicht zu diesen Leuten. Er besaß einen Laden im gedeckten Markt der Stadt. In einer kleinen Imbissstube an der Autobahn zwischen Basra und Amâra setzte er sich zu mir und legte ein paar Handys auf den Tisch. Als ich ihn scherzhaft fragte, ob er Firmenvertreter sei, gab er ebenso scherzhaft zurück, das wäre er gern. Nein, das seien kaputte Telefone, und er schaffe es nicht, sie zu flicken. Ob ich sie mal anschauen dürfe, fragte ich, und als er sah, wie ich meine Mühe hatte, sie zu zerlegen und zu reparieren, musste er lachen. »Ich sehe, du bist auch nur ein Amateur.« Wir unterhielten uns, und ich erzählte ihm, ich sei Autohändler. Dann wies ich auf das Vehikel, das neben dem Restaurant stand, und erklärte: »Chevrolet, neuestes Modell, direkt vom Hafen in Umm Kasr, eingeführt mit vorläufiger Zollbewilligung, wie du sehen kannst. Ich würde es gern in Amâra verkaufen.« Als er begriff, dass ich keine Ahnung hatte, was ich danach tun sollte, fragte er, ob ich in seinem Laden arbeiten wolle. »Ich will ihn auf jeden Fall verlassen.« Er hatte gerade ein Angebot von der Erdölfirma in der Gegend von Tib an der irakisch-iranischen Grenze erhalten. Eine Woche lang führte er mich in seine Kunst ein, dann übernahm ich sein Geschäft. Tagsüber reparierte ich Telefone, und hatte haufenweise Kunden; abends saßen wir zusammen, entweder in der Wohnung, die ich mit seiner Hilfe an der Ecke der Tarbija- und der Bagdad-Straße gefunden hatte, oder im Laden. Manchmal schauten noch ein paar Freunde von ihm vorbei, die bald auch meine Freunde wurden, lauter sympathische junge Männer, auch solche, die hohe Stellungen in der Stadt bekleideten. Darunter war Majid, ein junger Mann, der schon den Rang eines Generalmajors hatte (stellen Sie sich vor: ein Brigadier, das war der Dienstgrad des Offiziers, der die 3. Infanteriebrigade der Marines anführte, die in Bagdad einzog, der Vorgesetzte von Ray Prince, von dem mir Daniel Brooks erzählt hatte); er starb aber schon einen Monat nachdem ich ihn kennengelernt hatte. Mit einem einfachen Schnupfen kam er ins Krankenhaus, und kurz darauf erfuhren wir von seinem Tod. Unter den Freunden war auch Doktor Ghâlib Latîf, ein Spezialist für Nervenleiden, ein wirklich liebenswürdiger und großzügiger Mann, der davon träumte, seine Ausbildung in Japan fortzusetzen und deshalb alles Wissenswerte über Japan lernte, sogar Zahl und Namen der Inseln und die Anzahl der Erdbeben, die das Land schon erschüttert hatten. Warum er Nervenkrankheiten in Japan studieren wollte? Nun, er kenne kein Volk, das über eine solche Nervenstärke verfüge wie das japanische. Von den Japanern wolle er lernen, sagte er, und wenn es nach ihm gegangen wäre, hätte er auch gern eine Japanerin geheiratet. Doch das war zu jener Zeit ausgeschlossen. Wie sollte eine Japanerin in den Irak, und dann auch noch nach Amâra kommen? Die beiden Länder trennten Lichtjahre. Das sagte nicht ich ihm, sondern Mâdschid, und zwar immer wieder. Immer wenn er ihn dafür rügen hörte, dass er, obwohl schon über fünfundvierzig, noch unverheiratet war, hieß es von Mâdschid: »Finde du erst mal eine Japanerin, ich finde dann eine Alternative zur Traumfrau.« Vielleicht war ich nach anderthalb Jahren des Herumfahrens müde und dachte, es sei Zeit für mich, etwas Ruhe zu finden, besonders da die Gespräche, die meine neuen Freunde, Mâdschid, Ghâlib und auch Majid, führten, sich nicht um Mord und Verwüstung drehten, sondern um vieles andere, was mich meine Albträume vergessen ließ. Jedenfalls beschloss ich, in Amâra zu bleiben und nicht mehr weiterzuziehen. War es etwa das sogenannte Schicksal, in diesem Fall mein Schicksal, dem ich vergeblich zu entfliehen versucht hatte, was mich zu diesem Entschluss bewog? Ich weiß es nicht. Jetzt kann ich nur noch sagen: Was mir dann, nach über einem Jahr und zwei Monaten meines Aufenthalts, geschah, bestätigte mir ein weiteres Mal, dass mein ganzes Leben vom Zufall geleitet war. Als ob Gott – wenn es ihn denn im Irak gibt – zunächst den Zufall geschaffen und dann erst an den Rest gedacht hätte: den Menschen, den er danach auf die Erde schickte.

Ein Jahr und zwei Monate lebten wir so. Mâdschid arbeitete bis sechs Uhr abends, dann kam er direkt zu mir in den Laden oder in meine Wohnung. Immer brachte er eine Flasche libanesischen Arak oder Whisky mit und vergaß auch nicht einen Packen von bis zu zehn Zeitungen und Zeitschriften. »Das Getränk ist okay«, sagte ich ihm, »aber mit den Zeitungen verschon mich bitte«, worauf er grinsend erwiderte: »Ich weiß, dass du mit Zeitungen auf Kriegsfuß stehst. Ich lese sie gern unterwegs.« Er sage das nur so, glaubte ich zunächst, weil ich ihn nie lesen sah, weder im Laden noch in meiner Wohnung. Meistens warf er die die Zeitungen in eine Ecke im Laden oder auf einen Abfallhaufen auf der Straße. Deshalb glaubte ich anfangs, er spiele nur ein Spielchen mit mir, und natürlich wusste ich nicht, dass er diese Zeitungen nur kaufte, um nach ein oder zwei Meldungen darin zu suchen. Sein ganzes Leben in den letzten Jahre schien davon abzuhängen. Bei ihm schien sich genau das zu wiederholen, was ich schon hinter mir hatte. Ich erfuhr das von Doktor Ghâlib, denn Mâdschid selbst bemühte sich die ganze Zeit, mir den Eindruck von einer ausgeglichenen Persönlichkeit zu vermitteln, einer Persönlichkeit, die mit ihrer Situation zufrieden ist und der nichts anderes am Herzen liegt, als mit ihrer Umgebung weiterhin in Frieden zu leben. Alle in der Stadt achteten ihn. Das war rasch festzustellen. Wenn wir durch den Markt gingen, wünschten ihm alle einen guten Tag und luden ihn zu einem Glas Tee ein. Und wenn wir auf ein Amt gingen, um etwas zu erledigen, bemerkte ich, dass ihn alle zuvorkommend fragten, ob sie ihm irgendwie behilflich sein könnten. Sogar die Intellektuellen in der Stadt grüßten ihn freundlich, wenn wir bei Abdalrachmân Rachmâni vorübergingen, einer kleinen, schon alten Buchhandlung im überdeckten Markt, wo Bücher, Zeitungen und Schreibmaterialien verkauft wurden und wo er bei jeder Gelegenheit vorbeizuschauen versuchte. Dieser Respekt ging auf die Zeit zurück, als er Telefone reparierte und verkaufte, eine Zeit, in der ein Telefon zu erwerben noch einem Wunder glich, einem Privileg, das nicht jedem vergönnt war. Aus diesem Grund suchten die Leute seine Nähe, um in den Besitz eines Handys oder eines Festnetzapparats zu kommen. Ich führte das auch auf seine Art zurück, auf dieses Lächeln, das nie sein Gesicht verließ, seine ruhige Stimme, die bei allen Vertrauen und Wärme erweckte. Ich wusste nicht, dass hinter dieser Ruhe und Ausgeglichenheit sich Schmerz und Verwüstung verbargen. Ich wusste nicht, dass wir solche Gemeinsamkeiten hatten, jeder auf seine Weise.

Eines Nachts, wir hatten schon eine halbe Flasche Whisky intus, kamen wir auf unser Lieblingsthema, die Frauen, zu sprechen. Natürlich hatte jeder seine eigene Theorie und seine eigene Erfahrung auf diesem Gebiet, doch bei einer Sache waren wir gleicher Meinung: die richtige Frau zu finden, ist sehr kompliziert, und Frauen sind nicht ersetzbar, wie offenbar unser Freund, Doktor Ghâlib Latîf, glaubte, der mit zwei Frauen verheiratet war. Dazu wäre es nicht gekommen, brachte er zu seiner Rechtfertigung vor, wenn ihn seine erste Frau nicht so enttäuscht hätte, seine große Liebe, die Traumfrau, mit der er vor der Hochzeit eine leidenschaftliche Liebe erlebt hatte. »Sie hat einfach aufgehört, mich zu lieben«, erzählte er uns immer wieder so gleichgültig, dass wir beide uns provoziert fühlten, ich, der ich meine Frau, meine Traumfrau, verloren hatte, wobei es unerheblich geworden war, dass sie mich vor ihrem Tod verlassen hatte, und Mâdschid, der noch nie verheiratet gewesen war und auch nie von einer Beziehung oder Neigung zu einer bestimmten Frau sprach, wie zum Beispiel unser verstorbener Freund, der Brigadier Majid. Dieser hatte, obwohl verheiratet, keinen der dreißig Tage unserer Bekanntschaft verstreichen lassen, ohne von einer neuen Frauenbekanntschaft zu schwärmen. Noch zwei Tage vor seinem Tod erzählte er, wie er mit seiner neuen Freundin in seinem Pajero Off Roader nach Basra gefahren sei. Dort hätten sie zwei Tage in einem Hotel in der Watani-Straße verbracht. Wir lachten immer über seine Geschichten, und wenn ich ihm bei solchen Gesprächen etwas erwiderte, so nur, es sei in jedem Fall schwierig, neu anzufangen. Wie sollte man dann einen Ersatz für einen verschwundenen, einen verlorenen Traum finden? Sicher braucht man viel Zeit, um aus der Schockstarre zu erwachen, um wieder vorwärts schauen und um sich blicken, ja, sagen zu können: Ich habe eine neue große Liebe gefunden, den Traum, auf dessen Erfüllung ich aus war. Doch Mâdschid, dessen Antwort ich ungeduldig erwartete, schwieg meistens oder beschränkte sich auf ein oder zwei Bemerkungen: »Der Mensch muss warten, sonst betrügt er sich selbst.« Weiter ging er nicht. Auch in jener Nacht hatte ich nicht geglaubt, dass unser Gespräch eine neue Wendung nehmen könnte. Minutenlang würden wir schweigend unser Essen löffeln. Es wäre still bis auf das Geklapper des Bestecks und unser Schlürfen beim Versuch, die letzten Tropfen aus den Gläsern zu holen, dann das Gluckern des Getränks beim Nachfüllen, sei es libanesischer Arak oder Whisky. Mitunter ging das so bis tief in die Nacht. Jeder von uns war seinem inneren Monolog hingegeben und lauschte den Schüssen und den Granateinschlägen. Schließlich trennten wir uns und gingen nach Hause, jeder zu sich, wenn wir im Laden waren, oder die anderen beiden zu sich, wenn wir in meiner Wohnung saßen. Nicht selten war es zumal Doktor Ghâlib, der das Schweigen brach. Er legte uns gern seine ganz eigenen Theorien über das Töten vor: »Alles und jedes steht mit der Psyche in Verbindung«, konstatierte er, »nicht mit den Genen, wie die nationalsozialistische und andere rassistische Theorien behaupten.« Weil die Iraker seelisch kaputt seien und jeder einen Psychoanalytiker bräuchte, würden sie alle zu Mördern. »Morden ist sozusagen die Therapie der Iraker«, behauptete er. »Schaut euch doch die Amis an! Jeder Zweite hat seinen Analytiker dabei, oder etwa nicht?« Er schlürfte mit dem Genuss des Wissenden von seinem Getränk, um danach fortzufahren. »Und was tun die, die nichts von der Psychotherapie wissen wollen?«, fragte er und antwortete gleich selbst: »Sie bringen die anderen um. Gibt es auf der ganzen Welt eine martialischere Nation als die amerikanische? Sie führen überall Krieg, und wenn es keinen gibt, erfinden sie einen.« Mit diesen Worten beschloss er seine wohlbekannte Predigt, wie Mâdschid das nannte. In allen diesen Nächten, in denen er das Dutzende von Malen wiederholte, habe ich nie etwas darauf gesagt und nie verraten, dass ich Tierarzt bin und zum Beispiel weiß, dass Tiere aus bestimmten Gründen töten, Menschen dagegen grundlos, dass das Problem aber zu schwierig ist, um von der Psychoanalyse oder durch irgendeine Therapie gelöst zu werden. Ich schwieg, nicht weil ich über meinen ursprünglichen Beruf und mein Studium nicht sprechen wollte, sondern weil ich befürchtete, etwas davon auszuplaudern, was meinem Freund Salmân oder was Daniel Brooks passiert war. Denn wie passten diese beiden in seine Theorie? Und was war mit mir? Wie würde er meinen Fall klassifizieren? Wo würde er die Forderung der vermummten Männer an mich einordnen? Wer war da krank? Sie oder ich? Warum glaubten sie, ich würde die Geisel umbringen, ihre Geisel? Und wie war dieser Vorfall zu erklären, bei dem sich die beidseits der altehrwürdigen Mutanabbi-Straße verstreuten Buchseiten mit dem Blut und den verkohlten Leichen vermischten, mitten in Bagdad? Wie konnte überhaupt jemand daran denken, dort eine Autobombe zu zünden? Über dreißig Tote und zweiundvierzig Verletzte, von den zerstörten historischen Buchhandlungen einmal ganz zu schweigen, dem einstigen Merkmal der Straße? Mit welcher Psychoanalyse und welcher Seelenlehre kann man die Verwüstung einer Straße erklären, deren Geschichte in die Abbasidenzeit zurückreicht und die vor mehr als zwölf Jahrhunderten einmal »Papierhändlermarkt« hieß?

All das hätte sich in jener Nacht wiederholen können. Dass es anders kam, war nicht abzusehen gewesen. Ich weiß nicht, ob Doktor Ghâlib es überdrüssig war, sich von Mâdschid Verrat, Selbstverrat natürlich, vorwerfen zu lassen, oder ob er einfach nicht den anderen Satz hören wollte, mit dem sich Mâdschid, glaube ich, über ihn lustig machte: »Wenn die Ehe mit zwei Frauen ein Ersatz für das Nichtfinden eines japanischen Traummädchens ist, wäre es nicht erstaunlich, wenn Ghâlib eines Tages mit einer ganzen Schar Frauen verheiratet wäre, vierundachtzig, wie der alte Nigerianer«, über den wir tags zuvor eine Reportage im Fernsehen gesehen hatten. Gott habe ihm angeraten, hatte er erklärt, eine solche Anzahl von Frauen zu ehelichen. Er habe das nur getan, weil er Gott gegenüber nicht ungehorsam sein wolle! In diesem Augenblick hob Doktor Ghâlib sein noch fast volles Whiskyglas und leerte es auf einen Zug. Dann setzte er es nachdrücklich auf den Tisch, es war schon fast ein Schlag. Danach wischte er sich den Schnurrbart mit den Fingern, nahm sich ein Stück Gurke und verzehrte es, holte eine Zigarette aus der Schachtel, die auf dem Tisch lag, zündete sie an und blickte eine Weile in die Ferne. Er blies den Rauch seiner Zigarette aus, schaute Mâdschid an und sagte dann mit ruhiger Stimme: »Wenn man wie du das ganze

Leben auf die Traumfrau wartet, kann man auch gleich katholischer Priester oder schwul werden!« Genau das sagte er! Ich habe zwar nicht verstanden, was er meinte, doch Mâdschid Karîms Gesichtsausdruck zeigte mir, dass der Satz seine Wirkung nicht verfehlt hatte. Er wurde totenbleich. Aber Doktor Ghâlibs ruhige Stimme verlieh diesen Momenten eine warme Intimität. Er streckte seine Hand aus und legte sie Mâdschid auf die Schulter. Eine zutiefst liebenswürdige Geste. Dann sah er mich an. »Du musst Mâdschids Geschichte hören, und zwar von mir. Er selbst wird sie niemals jemand erzählen. Du sollst selber beurteilen können, wie sehr er im Unrecht ist und dass er sich benimmt wie jemand, der gegen sich selbst das Todesurteil ausgesprochen hat.«

Als Mâdschid Miâd zum ersten Mal sah, war er neun, als er sie zum letzten Mal sah, zwölf Jahre alt. Während dieser drei Jahre lernte er sie so gut kennen, dass sich ihm ihr Bild für immer einprägte. Wie viel Zeit auch verging, wie viele Jahre auch verstrichen, den Tag ihrer ersten Begegnung hat er nie vergessen.

Es muss am letzten Schultag vor den Frühlingsferien gewesen sein, da er aus der Schule direkt zu seinem Vater rannte, um ihm das Zeugnis mit den Noten der ersten Jahreshälfte zu zeigen. Als er zum Laden kam, einer Fahrradreparaturwerkstatt mit Verleih, arbeitete sein Vater an einem Rad, das sich nicht nur in der Größe von anderen unterschied – soweit er sich erinnere, war es Größe 22 –, sondern auch in der Form. Es war anders als die Fahrräder, die den Laden seines Vaters mehr als füllten. Es besaß keine horizontale Metallstange in der Mitte. Als er ein Mädchen erblickte, in kurzem Kleid und zwei hübschen Zöpfen, wurde ihm klar, dass es sich um ein Damenfahrrad handelte. Erst später erfuhr Mâdschid, dass das Mädchen mit den grünen Augen, mit der hellen Haut und den schwarzen Haaren die einzige Tochter eines Polizeioffiziers war und dass die Familie eine Woche zuvor aus Bagdad gekommen war und jetzt ganz in ihrer Nähe wohnte. Der Altersunterschied zwischen den beiden war enorm.

Miâd war mindestens vier oder fünf Jahre älter als er, was in diesem Alter noch eine große Rolle spielt. Doch der Junge verliebte sich gleich in sie, ihr Anblick faszinierte ihn zutiefst. Zum ersten Mal in seinem Leben sah er in ihrem Viertel ein so hübsches und so adrett angezogenes Mädchen. Außerdem sah er zum ersten Mal ein Mädchen, das Fahrrad fuhr. Als nach den Frühlingsferien der Unterricht wieder begann, fuhr das Mädchen mit dem Fahrrad in die Schule, zunächst in die Mädchenmittelschule im Viertel, später in die Mädchenoberschule am Ende der Tarbija-Straße, die damals noch Maârif-Straße hieß; wir reden vom Ende der sechziger und Anfang der siebziger Jahre. Sie kam häufig ins Geschäft seines Vaters. Manchmal war ihr Kleid oder ihre Bluse zerrissen oder sie hatte von irgendwelchen Stürzen auch Schrammen im Gesicht oder anderswo. Sie war gar nicht schüchtern mit Mâdschid, sondern forderte ihn auf, sich auf den Gepäckträger ihres Fahrrads zu setzen und mit ihr zu kommen. Diese Fahrten gehörten zu den schönsten Augenblicken in seinem Leben. Alles konnte er vergessen, seine Mutter und seinen Vater, seine drei Brüder und seine zwei Schwestern, seine drei Tanten und seine fünf Onkel, die Bewohner des Viertels oder der ganzen Stadt, die Freunde und die Freundinnen, die Schulen, die er besucht, und die Berufe, die er ausgeübt hatte, ja sogar später die Jahre seines Militärdiensts mit all seiner Einsamkeit und Qual. Auch die Zeit an der Front im irakisch-iranischen Krieg konnte er vergessen, immerhin acht Jahre, und die Zeit an der Front im Kuwaitkrieg mit all ihren Schrecken. Er konnte seine Kameraden aus den Schützengräben vergessen, in denen sie sich Tag und Nacht vergruben, auch diejenigen, die er neben sich sterben sah. Er konnte den Tod vergessen, den er mit eigenen Augen sah und ständig spürte, während er auf dem Rückzug aus Kuwait die Stunden zählte, auf der Straße Richtung Basra, die sie die Todesstraße nannten, mit ihren Leichenhaufen. Ja, er konnte sein ganzes Leben seither vergessen, wenn man das Leben nennen konnte. Es war ein jahrelanger Kampf ums tägliche Brot. Er musste auch für seine verwitwete jüngere Schwester sorgen, deren

Mann im Kuwaitkrieg gefallen war und sie mit vier Kindern zurückgelassen hatte. Auch den Tod seines Vaters und seiner Mutter konnte er vergessen, ja sogar den Einmarsch der britischen Truppen in Amâra am 7. April 2003 und die Kapitulation der Armee – die kampflose Flucht der Offiziere. Er konnte vergessen, was zu Recht und was zu Unrecht vergessen wurde, auch Gott und seine Propheten, sein Land, alles! Aber nie wird er die Augenblicke mit Miâd vergessen. Alle Einzelheiten sind ihm jederzeit gegenwärtig: der kleine Junge auf dem Gepäckträger, festgeklammert an ihrer Hüfte, wie sie es von ihm verlangt hatte, irgendwo oberhalb ihres Gesäßes, dessen Rundungen er ebenso wenig vergessen konnte wie ihren Geruch, den Geruch ihrer sauberen Kleider, die sie täglich wechselte, dieser Geruch hing ihm noch immer in der Nase; sicher verwendete ihre Mutter zum Waschen jedes Mal ein anderes Waschpulver oder einen anderen Weichmacher. Ein Duft, der seine Nase gegenüber dem Gestank der Kasernen verschloss, in denen er Dienst tat, und gegenüber dem Geruch von Schießpulver an der Front. Auch ihr Haar wird er nie vergessen, das, manchmal zu zwei Zöpfen geflochten, manchmal frei und ungebunden, auf ihren Rücken hinabhing. Nie würde er ihre feine Stimme vergessen, wenn sie ihn fragte, ob er richtig sitze und alles okay sei. Er liebte diese Frage! Danach ging's los zu einer dieser Rundfahrten, von denen sie erst nach einer halben Stunde zurückkehrten. Dann stieg er ab, sie kniff ihn freundlich in die Wange und erzählte seinem Vater, sie fahre gern mit Mâdschid herum. Sie habe sich immer einen Bruder wie ihn gewünscht. Und sie kniff ihn lachend nochmals in die Wange: »Na, hast du nicht Lust, mein Bruder zu sein, mein Lieber?« Seine Züge hellten sich erst auf, als er »mein Lieber« hörte. Ob sie am nächsten Tag wiederkomme zur nächsten Rundfahrt, wollte er wissen, und sie versprach es: Unter einer Bedingung – dass er sich in der Schule anstrengte. Heute war er überzeugt, dass er damals, und nur damals, unter Miâds Einfluss, der Fleißigste unter seinen Kameraden war. Er war der Beste, und die Lehrer schickten ihn bei den Monats-, Halbjahres- oder Jahresendprüfungen mit den besten Noten nach Hause. Zehn aus zehn ohne Prüfung! Doch in den Jahren danach, nach dem Verschwinden des Mädchens, wurde dieser fleißige Schüler stinkfaul. Jawohl, Miâd war das Traummädchen, mit dem der Junge schon damals seine Zukunft sah. Er verheimlichte das weder vor seinen Eltern, die darüber nur lachten, noch vor Miâd, die darüber ebenfalls nur lachte. Nein, sie lachte ihn nicht aus, sie kniff ihn in die Wange, dankte ihm für seine Entscheidung und versprach, ihm treu zu sein. Er wusste nicht, dass sie mit »treu sein« nicht meinte, dass sie ihn heiraten werde. Wenn er sich später an jene Jahre erinnerte, wurde ihm natürlich klar, dass er mit seinen Überlegungen falschgelegen hatte. Damals verstand er das alles noch nicht. Er dachte nicht mit dem Verstand, sondern überließ sich seinen Gefühlen. Und oft fragte er sich, ob er im Irrtum gewesen sei, doch er fand keine Antwort. Er wusste nur, dass damals alles in seinem Leben um Miâd kreiste. Er konnte nicht ahnen, dass es in einer Katastrophe enden würde. Es war dieser Bursche, sechzehn oder siebzehn Jahre mochte er gewesen sein. Zum ersten Mal sah er ihn vielleicht anderthalb Jahre nachdem er Miâd kennengelernt hatte. Danach kam er immer wieder einmal, selten und mit ein oder zwei Monaten dazwischen. Er fuhr ihnen auf dem Fahrrad hinterher oder stand an einer Ecke und schnitt ihnen den Weg ab. Jedes Mal forderte er Miâd auf anzuhalten, auf ihn zu warten, ihm zuzuhören. Er sei extra wegen ihr aus Bagdad gekommen, und was er ihr hier zu sagen habe, sei die letzte Warnung. Und jedes Mal schickte Miâd ihn fort. Er solle sie in Ruhe lassen, sonst würde sie es ihrem Vater erzählen. Und er solle es sich aus dem Kopf schlagen, dass sie je seine Braut oder Frau würde. Sie konnte nicht wissen, dass der Familienrat, also ihre drei Onkel, die Brüder ihres Vaters, der um seine Versetzung aus Bagdad gebeten hatte, um von ihnen und ihrer beharrlichen Forderung wegzukommen, seine Tochter mit ihrem Cousin zu verheiraten, beschlossen hatten, sie zu töten. Sie konnte nicht wissen, dass die »letzte Warnung«, die der Bursche bei der letzten Begegnung aussprach, ernst gemeint war. Ja, sie konnte auch nicht wissen, dass er, weil sie seine wiederholten Heiratsanträge abgelehnt hatte, seinem Vater und danach auch seinen beiden Onkeln erzählte, seine Cousine habe in Amâra eine Beziehung mit einem jungen Mann, einem Schrûgi, einem Schiiten, einem Kommunisten. »Ein dreifacher Skandal«, log er ihnen vor. Er habe sie mit ihm hinter dem indischen Friedhof gesehen, wo sie sich in der Hütte einer stadtbekannten Kupplerin und ehemaligen Hure, Iftîm al-Hidhi, versteckt habe. All das wussten weder sie noch ihr Vater. Es kam erst später heraus, als der Bursche, der nach seiner Flucht aus Amâra in Bagdad verhaftet worden war, vor dem Strafgericht aussagen musste. Über das, was sich da an einem Herbsttag in Amâra ereignet hatte, sprachen die Leute noch viele Jahre, besonders im Machmudîja-Viertel, wo Miâds und Mâdschids Familie wohnten.

Es war ein Samstag, Wochenanfang, frühmorgens, und Mâdschid saß wie üblich auf ihrem Gepäckträger. Sie waren auf dem Weg zur Schule, sie in die Mädchenoberschule, er in die Murtada-Mittelschule für Jungen. Plötzlich tauchte der Bursche auf, schnitt ihnen den Weg ab und stürzte sich auf das Fahrrad. Alles ging furchtbar schnell, erzählte Mâdschid hastig. Er wollte sich nicht an alle Einzelheiten erinnern. Er wollte diesen Burschen nicht ein weiteres Mal vor sich sehen, ein großes Messer gezückt, das er auf Miâd niedersausen ließ. Er zählte nicht, wie oft. Zweiundfünfzig Mal habe er zugestochen, erzählten Leute später. Mâdschid klangen noch immer die Schreie und die Hilferufe des Mädchens im Ohr. Als Leute heraneilten, war es schon zu spät. Miâd war zu Boden gestürzt. Sie lag blutend neben ihm, und er, vom Rad gefallen, konnte nicht sofort aufstehen. Lange Nächte verfolgten Mâdschid ihre letzten Blicke, ihre brechende Stimme, ihr Lächeln trotz aller Schmerzen. Lange Nächte schrak er entsetzt auf und begann zu weinen. Wie könnte er je ihren letzten Satz vergessen, während ihr das Blut schon aus dem Mund lief: »Da siehst du's, mein Freund, ich habe deinen Traum nicht erfüllen können«, würgte sie hervor, während er neben ihr weinte, wohl wissend, dass Tränen nutzlos sind. Es fiel ihm schwer, das Geschehene zu begreifen. Warum traf jemanden ein Todesurteil? Warum tötete jemand einen anderen? Tiere töten einander, um zu leben. Wieso aber tötet der Mensch? Fragen ohne Antwort. Es fiel ihm schwer, den Vorgang zu vergessen. Noch schwerer wurde es ihm zu begreifen, dass der Bursche, der Mörder, mit einer Gefängnisstrafe von nur einem Jahr und sechs Monaten davonkam. Nicht mehr als achtzehn Monate für den Mord. Der Tod des Traummädchens war unumkehrbar. Wie konnten die Richter nur so nachsichtig sein? Wie konnten sie eine so leichte Strafe aussprechen? Es war wie ein weiterer Mord an seinem Traummädchen. Einmal wurde sie durch die Hand ihres Cousins ermordet, der damit angeblich die Schande abwaschen wollte, wie es in der Urteilsbegründung hieß; ein weiteres Mal, weil der Täter so leicht davonkam, der zur Zeit der Tat noch minderjährig war. Deswegen kam er auch in die Jugendstrafanstalt, nicht ins Erwachsenengefängnis. Am schmerzlichsten war es jedoch für Mâdschid, dass der Mörder wegen guter Führung und mit Hilfe von Bestechung schon nach sechs Monaten wieder freikam. Das hatte er später von seinem Vater erfahren. Lange Jahre konnte Mâdschid das Geschehene ebenso wenig vergessen wie das Traummädchen. Er wurde älter, beendete die Oberschule, ging auf die Handelsoberschule und leistete, da er nicht an die Universität konnte, Militärdienst. Er kämpfte an verschiedenen Frontabschnitten im irakisch-iranischen Krieg, danach im Krieg in Kurdistan und schließlich in Kuwait. Doch Miâd, das Traummädchen, konnte er während all dieser Zeit nicht vergessen. Alle Bilder des Todes, die er in diesen Kriegen sah, konnten nicht das Bild der blutverschmierten Miâd tilgen, die sich bei ihm entschuldigte, während sie ihre letzten Atemzüge tat, die sich dafür entschuldigte, dass sie nicht »treu sein« und ihr Versprechen nicht einhalten konnte. Eine Entschuldigung aus Liebe oder aus Zuneigung für den Jungen, der er damals war? Wer weiß? Vergeblich versuchte seine Familie, ihn zum Heiraten zu überreden. Er spürte keinerlei Neigung für irgendeine Frau und bat um Geduld, in der Hoffnung, die Geschichte vielleicht eines Tages zu vergessen. Irgendwann würde er vielleicht eine Frau finden, die Miâd glich und die ihm sagte: »Ich bin deine verlorene Miâd, dein massakrierter Traum. Wer weiß? Das Leben birgt immer Überraschungen. Eine solche erlebte auch er.

Einen Monat bevor wir uns bei der Autobahn trafen, sah er den jungen Mann, der Miâd ermordet hatte, im Fernsehen. Er trug einen schicken Anzug, seine Haare waren ganz sicher gefärbt, wie bei allen Politikern im Lande üblich. Er trat nicht in seiner Eigenschaft als Sprecher einer bekannten islamistischen Partei auf, sondern als offizieller Vertreter einer großen Parlamentskoalition. Hâmid Achtâb! Wie hatte er nur diesen Namen vergessen können? Hâmid Achtâb, der Miâd kaltblütig und brutal ermordet hatte. Er hatte eine Frau umgebracht, um, wie es hieß und wie er selbst vor Gericht aussagte, die Schande abzuwaschen. Hâmid Achtâb, den er nie wiederzusehen erwartet hatte. Natürlich waren inzwischen viele Jahre vergangen, aber ihn hatte er nicht vergessen, nicht diese Augen, aus denen Verachtung und Jähzorn blitzten, und auch nicht diese Stimme, die ihm noch in den Ohren klang. »Ich bring dich um, du Nutte!«, hatte er bei jedem Stich gebrüllt. Da er nicht wusste, wie er reagieren sollte, beschloss Mâdschid, erst einmal Informationen über diesen Mörder zu sammeln, um etwas über seinen Werdegang zu erfahren. Er wollte alles über ihn wissen, Wichtiges und Unwichtiges. Wo hatte er studiert? Wo lebte er? Doch alles, was er über ihn las, riss die alten Wunden wieder auf. Vielleicht hätte er die Sache auf sich beruhen lassen sollen. Was half es ihm zu erfahren, dass Hâmid Achtâb an der Fakultät für Wirtschaftswissenschaften in Bagdad studiert hatte, dass er später, und das verstand Mâdschid überhaupt nicht, in die kommunistische Partei eingetreten war und zusammen mit vielen anderen Genossen Ende der siebziger Jahre das Land verlassen und in einem osteuropäischen Land Zuflucht gesucht hatte, in Polen? Was half es ihm zu erfahren, das Hâmid Achtâb, der einen »Ehrenmord« an einer Frau begangen hatte, Inhaber eines Pornokinos in einer polnischen Kleinstadt wurde und zwei oder drei Jahre nach dem Umsturz zurückkehrte, um Sprecher einer islamistischen Partei zu werden? Was für ein Lebenslauf! Mehr noch, der Präsident dieser Partei war einmal ein hoher Offizier in der Armee jenes Diktators gewesen, vor dem er geflohen war. Auch er hatte diesen Gesichtsausdruck. War es der eines Mörders, eines vorsätzlichen Schlächters? Was konnte das alles für ihn tun? Es vermehrte nur seinen Schmerz und ließ ihn sich von der Zukunft des Landes abwenden. Was nützten da Doktor Ghâlib Latîfs Beruhigungsversuche. Hâmid Achtâb gehöre eben zu diesen Typen, die heute das Land regieren, erklärte er. Aber was war daran tröstlich?

»Verstehst du jetzt, mein Freund«, fragte mich Doktor Ghâlib und klopfte ihm voller Mitgefühl auf die Schulter, »warum Mâdschid all diese Zeitungen und Zeitschriften kauft? Nur wegen Hâmid Achtâb. Er will alles, aber auch alles über ihn wissen. Was er bisher schon über ihn erfahren hat, genügt ihm nicht. Wie könnte er sein Traummädchen vergessen? Wie könnte er auf die Zukunft des Landes schauen, solange ihn die Gespenster der Vergangenheit verfolgen?«

An jenem Märzabend schien Mâdschid erleichtert, trotz der Qualen, die er sicher litt. Die Geschichte, seine Geschichte, wie sie Doktor Ghâlib erzählt hatte, ließ ihn ein wenig aufatmen. Und dass er, Doktor Ghâlib, mir die Geschichte erzählt hatte und kein anderer, schien eine Last von ihm zu nehmen. Hatte ihn sein Freund vom Gefühl der Schuld oder der Peinlichkeit mir gegenüber befreit? Nun konnte er sich nach Belieben Zeitungen und Zeitschriften besorgen, ohne etwas erklären oder sich für etwas entschuldigen zu müssen, und obwohl er wusste, dass ich diese Blätter verabscheute. Ich versuchte, ihm zu erklären, er brauche sich darüber keine Gedanken zu machen, er könne so viele Zeitungen lesen, wie er wolle. Meiner Meinung nach sollte er aber aufhören, diesem Hâmid Achtâb nachzuschnüffeln, und Doktor Ghâlib hatte sicher recht, als er am Ende noch bemerkte: »Im irakischen Staat drängeln sich Mörder seines Kalibers, manche regelrechte Schlächter. Wenn du willst, kann ich dir jede Menge von Beispielen, einschließlich Namen, nennen.« In seiner Stimme klang eine gewisse Resignation. »Sicherheits- und Geheimdienstmänner, Mörder und Opportunisten, Fälscher und Räuber bespitzeln uns ungehemmt und ungehindert. Noch schlimmer ist es um die Doktortitel bestellt, die sie fälschlicher- und verlogenerweise tragen. Ist dir schon einmal aufgefallen, dass wir das einzige Land auf der weiten Welt sind, wo die Oppositionsgruppen und -parteien sich um die Verteilung der Beute streiten und in dem sich die Politiker bei Meinungsverschiedenheiten gegenseitig drohen, Dossiers bekannt zu machen, in denen die anderen des Mordes bezichtigt werden? Also werden wir doch wohl von Mörderbanden regiert.« Doch Mâdschid gab zu, richtig süchtig zu sein. Es fiele ihm schwer, seine Gewohnheit aufzugeben, erklärte er als Antwort auf meine und Doktor Ghâlibs Ermahnungen. Da müsste schon eine Katastrophe oder etwas völlig Unerwartetes eintreten, etwas, was ihn zwänge oder wenigstens drängte, aufzugeben. Das hatte er mir und Doktor Ghâlib schon früher einmal gesagt, und er schien zu ahnen, dass eine solche Katastrophe eintreten werde.

Acht Monate später, Mitte Dezember, es war an einem Sonntag, kam Mâdschid, entgegen seiner Gewohnheit, schon gegen vier Uhr nachmittags in den Laden. Normalerweise hörte er erst um sechs Uhr auf zu arbeiten. Ausnahmen ließen sich an den Fingern einer Hand abzählen. Als er eintrat, wusste ich noch nicht, dass dies das völlig Unerwartete war, das nicht nur sein, sondern auch mein Leben verändern sollte und das Ende seiner Zeitungs- und Zeitschriftenlektüre bedeutete. Er kam nicht nur ungewöhnlich früh in den Laden, er machte auch einen wütenden Eindruck, als er eintrat. Anfangs schob ich das auf die Katastrophe vom Mittwoch zuvor, als sich in der Stadt der bisher schlimmste Terroranschlag ereignete, der umso schlimmer war, als sich das Land seit einiger Zeit einer gewissen Sicherheit erfreut hatte. Über vierzig Personen starben, mehr als einhundertfünfundzwanzig wurden verletzt. Weitere Menschen kamen ein paar Tage später bei drei aufeinanderfolgenden Explosionen von

Autobomben ums Leben, die meisten bei der zweiten und dritten, nachdem es als Folge der ersten zu einer Menschenansammlung gekommen war. Zu jenem Zeitpunkt befand sich Mâdschid an seiner Arbeitsstelle in der Gegend von Tib. Er erfuhr von dem Vorfall durch einen der Arbeiter, die die Nachtschicht antraten. An jenem Mittwoch also war er entsetzt in den Laden gestürmt, als könnte er nicht glauben, mich dort anzutreffen, als erwartete er auch nicht, dass Doktor Ghâlib wie normal erschien. Er hatte wohl angenommen, der Doktor sei in seiner Praxis in der Sajâdila-Straße, Apotheker-Straße, um dort nach dem Rechten zu sehen und nachzuschauen, ob seinen zwei Frauen etwas zugestoßen war. Danach war Mâdschid sehr schweigsam und deprimiert und blieb so auch während der folgenden Tage. Nicht nur weil er Amâra liebte und ihn alles Schlimme, was der Stadt zustieß, betrübte, sondern auch, weil er einige der Opfer persönlich kannte, manche seit seiner Kindheit, einfache Leute, die im Markt gearbeitet hatten. Der Vorfall traf ihn zutiefst. Bis dahin waren die Städte im Süden von Anschlägen, wie man sie aus anderen Teilen des Landes kannte, verschont geblieben. Besonders in Bagdad waren Sprengstoffdetonationen, Autobomben und Granatangriffe an der Tagesordnung. Vielleicht beängstigte ihn der Vorfall besonders, da die Briten die Verantwortung für die Sicherheit am 18. April an die lokalen Behörden übergeben hatten und er, der im Ölsektor arbeitete, über den Kampf um das Öl bestens Bescheid wusste. Allein in der Region Tib gab es über ein Dutzend Ölfelder. Er solle doch ein paar Tage Urlaub nehmen, um sich etwas zu entspannen, riet ich ihm. Ausgeschlossen, erklärte er, man brauche ihn dort. Nur er könne Telefone und Ähnliches reparieren, wenn etwas kaputtging.

Als er deshalb sichtbar wütend am Sonntag hereinplatzte, nur vier Tage nach den Anschlägen, glaubte ich, er stehe noch immer unter diesem Schock, und erkannte nicht gleich, dass sein Gemütszustand eine andere Ursache hatte, nämlich die Zeitungen und Zeitschriften, die er wie üblich auch an diesem Tag gekauft hatte. Es war ein ziemlich unglaublicher Zufall, wie sich herausstellte. Gleich bei seinem Eintreten, noch bevor er mich gegrüßt hatte, knallte er den ganzen Packen auf den Tisch und legte los: »Ist das etwa gerecht?« Ich schaute ihn verständnislos an. Er ließ sich, offenbar außergewöhnlich erschöpft, sein Gesicht schien gealtert, auf einen Stuhl fallen. »Bitte, mach heute mal eine Ausnahme und lies wenigstens dies hier!« Er drehte sich zu mir und setzte sich mir gegenüber an den Tisch. Er schob die paar noch nicht reparierten Telefone beiseite, breitete die oberste Zeitung seines Stapels, wohl das Regierungsblatt »Der Morgen«, aus und haute mit der Hand darauf. »Bitte, lies selber!«, rief er und zeigte auf das Bild dieses Hâmid Achtâb. Es war eine Kurzmeldung über die Ernennung oder besser die Kandidatur Hâmid Achtâbs für ein hohes Amt in einem Ministerium, in welchem, weiß ich nicht mehr, vielleicht dem für Verteidigung, Sicherheit oder dergleichen. Auf jeden Fall ging es um ein hohes Regierungsamt. Natürlich ärgerte mich die Mitteilung, aber der Grund für eine solche Erregung war mir nicht klar. Im Land, das wusste er auch, wimmelte es von dergleichen Figuren. Davon war ich überzeugt und wollte es ihm sagen. Aber Mâdschid ließ mir keine Gelegenheit. Er schien zu ahnen, was mir durch den Kopf ging, und das spöttische Lächeln, das um meine Lippen spielte, ließ ihn nicht zögern, jede Vermutung und jeden Zweifel, den ich äußern könnte, sofort zurückzuweisen. »Warte, bevor du etwas sagst.« Er blätterte durch die Zeitung bis zur Seite mit den Berichten. »Bitte, lies das«, sagte er, »und dann urteile selbst. Ich gehe inzwischen eine Schachtel Zigaretten kaufen. Du weißt, ich hatte aufgehört«, sagte er und warf mir einen misstrauischen Blick zu, »aber wenn du das gelesen hast, wirst du vielleicht auch wieder mit dem Rauchen anfangen.«

Wissen Sie, ich hätte Mâdschid sagen können, dass er doch stark übertreibt. Für mich gab es in diesem Land keinen wirklichen Grund mehr, überrascht zu sein. Die Wirklichkeit stellte jede Phantasie in den Schatten. Was uns fehlte, waren realistische Erzähler, finden Sie nicht auch? Unsere Realität ist dermaßen bizarr, dass Sie mit jedem beliebigen Steinwurf eine Person, eine Geschichte träfen. Jeder Mensch hier ist eine Geschichte für sich. Leider fehlt mir nicht nur das Schreibtalent, sondern alle die Geschichten, Katastrophen und Ereignisse, all das Morden und die Zerstörung, die sich vor mir abspielen, ließen mir die Lust vergehen, sie zu erzählen. Und wie sollte ich es auch unter solchen Umständen tun, wo doch die Fabulierlust Grundlage des Erzählens ist? Wer das gesagt hat? Natürlich unser Freund Harûn Wâli, vielleicht auch jemand anderes, ein gemeinsamer Bekannter. Ich erinnere mich nicht mehr. Um eine Geschichte zu erzählen, braucht man einen Gegenstand und Fabulierlust. Als ich mich entschloss, Ihnen und niemand anderem die Geschichte zu erzählen, habe ich mir keine Gedanken darüber gemacht, ob das Thema der Geschichte gut ist. Ob das, was ich erzählen wollte, eine große Geschichte ist oder nicht. Wirklich nicht. Mich interessierte einzig, Ihnen haarklein zu erzählen, was mir nach dem Auftauchen von Smiley Man Daniel Brooks passiert ist, wie mein Leben eine neue Richtung eingeschlagen hat. Vielleicht war diese ja auch schon vorher da und ich habe es erst nach der Ankunft des seltsamen Amerikaners gemerkt. Ja, ich hatte schon zuvor ein Leben, das Sie nennen können, wie Sie wollen: ein Leben voller Zufälle und Abenteuer, voller Seltsamkeiten und Gewohnheiten. Dass ich ein Freund von Salmân war, dass ich, trotz Druck und Lockungen, nicht in die herrschende Partei eintreten wollte, dass ich aus Liebe heiratete und dass ich, niemand sonst, diese Liebe abgetötet habe, spricht schon für sich. Aber am Ende hätte all das Routine werden können, wenn nicht Daniel Brooks aufgetaucht wäre. Die Umwälzung in meinem Leben war gewaltig. Aber ich bin nicht sicher, dass dieses Thema es wirklich verdient hätte, erzählt zu werden. Ich überlasse Ihnen die Entscheidung darüber und vertraue auf Ihre Wahl. Wichtig ist einzig, dass ich zumindest Ihrer Neugier sicher bin und dass ich sicher sein kann, dass Sie über das Thema nachdenken. Sie merken, wie ich Sie umkreise und umgarne, als ob ich gar nicht wollte, dass Sie rasch erfahren, was mir an jenem Tag geschah. Ich verhalte mich wie einer, der eine Liebeserklärung machen will und um den heißen Brei herumredet, weil er sich schämt, sie auszusprechen. Wie recht Mâdschid doch hatte! Seit jenem Tag rauche ich nicht einfach nur wieder, sondern ich rauchte unterschiedslos jedwede Zigarette, auf die mein Blick fiel, selbst die alten, besonders schädlichen Bagdad-Zigaretten, die es inzwischen glücklicherweise nicht mehr gibt. Erinnern Sie sich? Das letzte Päckchen, das ich noch besaß, schenkte ich Salmân, als er in den Kuwaitkrieg zog. Wenn mir damals eine solche Zigarette in die Finger gefallen wäre, hätte ich auch die geraucht. Außerdem begann ich auch, völlig haltlos zu trinken, mindestens eine Flasche Whisky oder Cognac am Tag, manchmal auch zwei. Vor diesem Dezembertag war mein Alkoholkonsum durchaus mäßig: pro Tag nicht mehr als eine Viertelflasche Whisky oder Cognac. Aber wie hätte ich nicht gleich an diesem Tag ein oder zwei ganze Flaschen leeren sollen?

Die Seite, die Mâdschid vor seinem Verschwinden aufgeschlagen und mit der er mich allein gelassen hatte, ohne es zu wissen, und die Überraschung, die er mir unwissentlich bereitet hatte, ließ mich erst einmal wie angenagelt an meinem Platz verweilen. Danach stand ich auf und kreiste im Laden wie ein Stier mit verbundenen Augen, bevor ich an den Tisch zurückkehrte, mich wieder setzte und, völlig konsterniert, den Bericht ein weiteres Mal las. Ich konnte einfach nicht glauben, was ich gesehen hatten: zwei Bilder, besonders groß das ihrige, Achlâms Bild, auf der oberen Hälfte der Seite; Salmâns Bild war um einiges kleiner. Ohne das große Foto von Achlâm hätte ich sein Bild unten auf der Seite glatt übersehen. Ja, es war Achlâm, kein Zweifel, Achlâm, an deren Gesicht ich mich in allen Einzelheiten erinnern konnte, Achlâm, die ich trotz aller Veränderungen erkannte: trotz der Falten, die sich in ihr Gesicht gegraben hatten, dem wilden Haar, das aussah, als hätte es unmittelbar vor der Aufnahme jemand gezaust, der schäbigen, zerrissenen Kleidung. Sie war die Frau da auf dem Bild, Achlâm mit ihrem Lächeln. So hatte ich sie einst auf dem Haradsch-Markt in Kirkûk kennengelernt, so hatte ich sie auch bei mehreren Begegnungen bei meinem Freund Salmân gesehen, und so ist sie mir in Erinnerung geblieben. Als ich sie zum letzten Mal sah, nahm sie mich nicht wahr. Ich saß bei meinem letzten Frühstück in Bagdad in Hâdsch Sabâlas Lokal. Es war an einem Freitag. Sie kam aus der Gegend, wo die Gerichte sich befinden, und ging an der Haidarchânah-Moschee vorbei Richtung Maidân-Platz. Jetzt, beim Anblick ihres Bildes, beim Anblick des matten Bildes meines Freundes, kann ich bereuen und mich dafür schämen, dass ich sie damals nicht gerufen habe, dass ich ihr die Notiz nicht mitgab, die ich für Salmân geschrieben hatte und die ich stattdessen dem Kellner im Café Hassan Adschami gab, damit er sie Salmân aushändigte. Ach Achlâm, jetzt bist du dahingegangen und vor dir Salmân, dachte ich, nein, murmelte ich zu mir selbst und betrachtete ihr Bild. »Wahnsinnige tötet Richter«, stand darunter in fetter, schwarzer Schrift, dann etwas dünner: »Salmân Mâdi, ein glückloser, verrückter Dichter, kaufte ihr die Waffe und starb danach in einem Schusswechsel mit der Polizei.« Jetzt endlich, während ich diesen Zeitungsbericht durchlas, wurde mir klar, was sie meinte, wenn sie vom Gericht oder von den Richtern sprach, warum sie so hartnäckig darauf bestand, in einem Gericht des Landes zu arbeiten. Offenbar nahm sie an, ich könnte ihr als Einziger helfen, den Richter zu finden, den sie suchte. Mehr als fünfzehn Jahre lang hatte sie die Hoffnung nicht aufgegeben, seiner doch noch habhaft zu werden. Ja, auch sie hatte ihren Hâmid Achtâb, dachte ich, während ich die Geschichte, ihre Geschichte, las. Habe ich es Ihnen nicht gesagt? Wir begegnen Menschen und machen uns nicht klar, dass ihre Gesichter wie Baumrinde sind, in die die Zeit viele Geschichten geritzt hat. Und was tun wir? Wir lesen nur eine einzige Geschichte aus diesem Gesicht vor uns. Ich sah an ihr nur das Gesicht einer blind Verliebten. Achlâms Gesicht, das ich an jenem Dezembernachmittag sah, ergänzte mir in Kürze alles, was ich in der Reportage nicht fand. Sogar die Züge des Richters, den sie mit der von Salmân besorgten Waffe getötet haben soll, traten klar zutage, obwohl die Regierungszeitung kein Bild von ihm veröffentlichte. Glaubte man, sein Andenken zu beschmutzen, wenn sein Bild neben dasjenige Achlâms zu stehen käme? Nicht einmal sein Name wurde vollständig genannt, nur seine Initialen erschienen: A. Sch. Und auch über sein Alter, seine Heimatstadt und seine Stellung wurde nichts gesagt. War er einfacher Richter, oder war er auch Mitglied im Obersten Gericht? War er an einem einflussreichen Gericht tätig? War er gar Gerichtspräsident? Lauter unbeantwortete Fragen. Nur dass er Richter war, wurde gesagt; nicht einmal von den Gründen, die sie zu dem Mord getrieben hatten, war die Rede. Wollte man einen Gerichtsskandal vertuschen und machte sich nicht klar, dass ein Sieb nicht gegen die Sonne schützt? Denn wer wirklich alle im Bericht erwähnten Angaben zusammenzählte, konnte Achlâms Motive finden, den Richter A. Sch. umzubringen. Auch sie weigerte sich, sogar als der Untersuchungsrichter sie danach fragte, seinen Namen zu nennen, so stand es im Artikel. Sie habe einen Regierungsbeamten umgebracht, nur das, und sie sei stolz darauf und habe keine Angst vor der Strafe, nicht einmal der Todesstrafe. Wichtig sei nur eines: Sie habe endlich den Mann aufgestöbert, der sie verraten und fallengelassen habe. Er hatte ihr die Ehe versprochen, und sie war daraufhin von zu Hause weggelaufen und ihm nach Kirkûk gefolgt, als er dort als kleiner Angestellter Arbeit fand. Doch als man ihn später nach Bagdad versetzte und beförderte, war er bei Nacht und Nebel verschwunden. All die Jahre hatte er sie mit ihrem Schicksal alleingelassen, und vielleicht hätte sie ihn vergessen. Doch dann, vor drei oder vier Jahren, sah sie sein Satansgesicht im Fernsehen. Er sprach über Gerechtigkeit und die Bestrafung von Verbrechern, und immer wieder verwendete er den Begriff »gerechte Strafe«. Das bewog sie, Kirkûk zu verlassen und nach Bagdad zu ziehen. Salmân Mâdi habe nie irgendwelche Beziehungen zum Gericht gehabt, erzählte Achlâm dem Untersuchungsrichter. Der Richter, der immer von Gerechtigkeit und Strafe sprach, lag jetzt sicher ruhig in seinem Grab, nachdem er durch ihre Hand die gerechte Strafe erhalten hatte. Wer hätte gerechter über ihn urteilen können als sie? All das erzählte sie dem Untersuchungsrichter und wollte nicht begreifen, warum er und seine Kollegen so verärgert waren, auch nicht, warum diese Polizisten sie mit Gewalt aus dem Gerichtssaal wegführten. Sie hatte ihnen doch freiwillig die Pistole, die Mordwaffe, ausgehändigt. »Ich bin keine Mörderin!«, schrie sie. »Der Mann da ist euer Mann. Er hat mich vor fünfzehn Jahren gemordet. Ich habe nur das gerechte Urteil vollstreckt, nicht mehr und nicht weniger. Wo ist da die Gerechtigkeit, die ihr immer anruft?« Hätte sie gewusst, dass es ihnen nicht reichte, Salmân der Anstiftung zum Mord zu beschuldigen, sondern dass sie ihn auch noch umgebracht haben!

Als sie ihn fanden, war er betrunken, aber doch noch imstande, sein Lieblingszitat zu lallen: »Du Henkersknecht, geh doch in dein Kaff zurück. Wir jagen dich zum Teufel und schmeißen dich aus Amt und Würden!« Man schlug auf ihn ein, aber er starb nicht bei einem Schusswechsel mit der Polizei, wie sie in der Zeitung behaupteten. Er war noch am Leben, als man ihn zwang, in einen Krankenwagen zu steigen. »Wir bringen dich zur Behandlung ins Krankenhaus ganz in der Nähe. Du sollst lediglich eine Zeugenaussage machen.« Er ahnte nicht, dass sie ihm eine Ladung Morphin verabreichen würden. Wenn Achlâm gewusst hätte, was mit Salmân geschah, wenn sie gewusst hätte, dass er unterwegs starb, dass sie ihn auf eine Müllkippe in der Nähe warfen, übrigens dieselbe Müllkippe, bei der mich die vermummten Männer abgesetzt hatten – in diesem Vorgehen waren sich die Regierung und ihre Gegner einig – wie ein Stück Aas, den Hunden zum Fraß, sie hätte aus voller Lunge gebrüllt: »Wo bleibt da die Gerechtigkeit?« Aber woher hätte sie die Einzelheiten dieser Vorgänge erfahren sollen? Man hatte sie in eine Einzelzelle in einem der Geheimgefängnisse gesperrt. Ich konnte sie nicht einmal besuchen.

All das erfuhr ich erst zwei Tage später von William. Ich entschloss mich zur Heimkehr nach Bagdad – Sie sehen, ich sage Heimkehr, als ob ich im Exil, nicht in meinem eigenen Land, Irak, gewesen wäre –, weil ich herausfinden musste, was sich wirklich abgespielt hatte, verifizieren, was ich in der Regierungszeitung gelesen hatte, erfahren, dass mein Freund Salmân nicht mehr am Leben war und dass Achlâm, diese gequälte Frau, wie Mâdschid sie spontan nannte, nachdem er von seinem Zigarettenkauf zurückgekehrt war – das Päckchen hatte er unterwegs schon aufgerissen –, mit vielen anderen Frauen zusammen den Rest ihres Lebens in einer verdreckten Zelle verbringen würde, in Erwartung der Vollstreckung des Todesurteils, wie tausendfünfhundert andere Frauen, wie im selben Blatt zu lesen stand.

Während der folgenden beiden Tage, bis ich William in der Kneipe »Der Irrsinn« aufsuchte, blieb ich völlig benommen. Ich bewegte mich wie ein Roboter, wie ein Schlafwandler. Ich hob meine Hand, um nach etwas zu greifen, das mir dann wieder aus der Hand fiel. Auf der Straße stieß ich mit anderen zusammen. Wenn sich Leute mit mir unterhielten, bewegte ich einfach nur den Kopf – nickend, um Ja zu signalisieren, schüttelnd, um Nein anzudeuten. Und wenn ich mit dem Kopf nach oben zuckte, hieß das: Ich weiß nicht. Vieles, was sich in diesen beiden Tagen abspielte, habe ich vergessen. Aber Mâdschids Frage, die wie eine Anklage gegen die Welt klang, habe ich nicht vergessen. »Wirklich, wo ist die Gerechtigkeit, von der sie immer reden?«, fragte er, als er zurück in den Laden kam. Es war Achlâms Frage. Dann blies er energisch den Rauch aus, legte seine Stirn in Falten und fuhr fort: »Der Mörder Hâmid Achtâb ist Kandidat für ein Ministerialamt, und die Frau, der Unrecht geschehen ist, soll bestraft werden? Sag mir um Gottes willen, wer von beiden der Verbrecher ist! Ist der Mörder derjenige, der Miâd kaltblütig umgebracht hat, eine Blüte, die sich gerade öffnete, oder die Frau, die Opfer eines solchen Mannes wurde? Wo ist denn Gott bei alldem?« Deshalb also war er so früh zurückgekommen, dachte ich. Er konnte nicht bis zum Abend, bis zum Ende seiner Schicht, warten. Er wollte, dass ich den Bericht in der Zeitung gleich nach ihm las. Er konnte Achlâms Frage nicht mehr ertragen, die ihm unablässig im Kopf dröhnte. Er wollte sie auch mir stellen: Wo ist die Gerechtigkeit? Ich erinnere mich noch ganz genau, dass ich im ersten Augenblick daran dachte, ihm zu sagen, für Gerechtigkeit sei kein Platz in diesem Land. Dieses Land sei eine Bühne, auf der Mörder und Verbrecher posierten. Aber ich schwieg. Wie hätte ich ihm erklären sollen, was sich während der Kriege, die wir hinter uns hatten, und denen, die noch zu erwarten waren, an den Fronten abspielte, und dass es, solange ein Irak existiert, Kriege geben wird, Kriege wie jetzt, wenn nicht sogar noch perfektioniertere? Wie hätte ich ihm auch erklären sollen, dass ich für den Mord an mindestens einer Frau verantwortlich war, für den Tod meiner Frau Ashâr, wenn ich schon nicht meine Verantwortung am Tod von Tausenden von Eseln zugeben wollte? Es drängte mich, ihm zu sagen: Ich kenne Salmân Mâdi, den Dichter, dessen Foto unten auf der Seite wiedergegeben ist, schon länger als diese Frau. Er ist mein Freund, er wird unersetzbar für mich sein, sein plötzliches Verschwinden lässt mich in völliger Leere zurück. Aber ich schwieg. Wie hätte ich ihm auch erklären sollen, dass ich seit über zweieinhalb Jahren keinen Kontakt mehr mit Salmân gehabt und den Besuch von Bagdad vermieden hatte, und dass ich jetzt, nach der Lektüre dieses Artikels, alle meine Pläne überdenken musste, sogar den Gedanken, mich in Amâra niederzulassen, den ich für endgültig gehalten hatte. In anderen Augenblicken drängte es mich, ihm zu sagen, dass ich zum ersten Mal seit über zweieinhalb Jahren daran dachte, nach Bagdad zurückzukehren und dass die Drohungen der vermummten Männer ihre Wirkung verloren hatten; dass ich zurückkehren wollte, egal, was geschah; dass es mein Schicksal sei, dem ich in Bagdad gegenübertreten müsse; dass vielleicht ohne diese Zeitungen, die er mitgebracht hatte, alles anders gekommen wäre. Aber ich schwieg. Ich wollte ihm kein Schuldgefühl geben und ihn nicht traurig machen wegen meiner Abreise. Wir hatten uns sehr aneinander gewöhnt. Die beiden, Mâdschid und Doktor Ghâlib, ließen mich nie spüren, dass ich in dieser Stadt im Süden ein Fremder war, und ich zeigte ihnen nicht, dass ich tatsächlich aus dem Westen dieses Landes stamme. Vielleicht halten Sie ja mein Gerede über die

Fremdheit für etwas übertrieben, denn immerhin lebte ich noch im Irak. Missverstehen Sie das nicht! Dieses Gefühl von Fremde ist etwas ganz Natürliches und hat mich ständig begleitet. Glauben Sie mir, es ist schon etwas Seltsames, dass wir uns als Iraker bezeichnen und doch immer wieder feststellen, dass wir im eigenen Land Fremde sind. Ich sage das aber auch besonders auf mich bezogen, aufgrund meiner Erfahrungen während der vorangegangenen Jahre, die mich eher das halb leere Glas sehen ließen. Dagegen half auch der Frieden nicht, den die Stadt erlebte und der, obwohl zweifelhaft und zerbrechlich, doch eine Wohltat war. Wahrscheinlich war es meine Angst, es könnte etwas geschehen, das diesen Frieden beendete, mir oder meinen beiden neuen Freunden könnte etwas zustoßen; vielleicht war es auch meine Angst, ich könnte eines Tages gezwungen sein, sie zu verlassen. Es war ein komisches Gefühl, das ich bisher nur im Zusammenhang mit meinem Freund Salmân und an der Front mit anderen Offizieren und Soldaten kannte, das mich veranlasste, mich mit einem, wenn auch nur geringen, Gefühl der Fremdheit zu wappnen, um immer bereit zu sein, die Stadt zu verlassen und nach Bagdad zurückzukehren. Es war, als ahnte ich, dass dieser Tag unausweichlich näher rückte. Eigentlich hätte ich all das gern Mâdschid oder gleich beiden Freunden erzählt, aber ich schaffte es nicht. Am Abend waren sie beide in meiner Wohnung zu Gast und blieben ausnahmsweise über Nacht. Wir beluden den Tisch mit Speisen und Whisky, doch das Schweigen, das herrschte, war ungewöhnlich. Meine Zunge war wie ein Pfropfen in meinen Schlund zurückgerutscht. Und ich fand keinen Weg, mit ihnen über meine Abreise zu reden. Ich konnte ihnen doch nicht einfach sagen: Ich muss zurück nach Bagdad, nicht nur, um meinen Freund Salmân zu bestatten und für ein anständiges Grab für ihn zu sorgen; denn während andere Völker ihre Poeten und ihre Schriftsteller feiern, lässt dieses Land sie krepieren wie Ratten. Auch nicht nur, weil ich mir vorgenommen hatte, Achlâm im Gefängnis zu besuchen, da ich nicht wusste, ob sich sonst jemand um sie kümmerte; täten das nämlich ihre Eltern oder jemand aus ihrer Familie, so sicher nicht aus Sorge um sie, sondern um sie umzubringen. Nein, es war vor allem, um Nachîl, zu besuchen, Salmâns Frau, und Adam, seinen Sohn. Salmân hatte ihnen, das wusste ich, obwohl er sich um seine familiäre Verantwortung gedrückt hat, allmonatlich etwas von dem Geld geschickt, das ihm als Entschädigung für die Besetzung ihres Hauses durch den Iran in Fao zugesprochen worden war, jetzt hatten sie vorerst niemanden mehr, der für sie sorgen konnte, nur mich. Natürlich hätten sie die Sache verstanden, daran zweifelte ich nicht. Das sei man der ins Unglück geratenen Familie seines Freundes schuldig, würden sie sagen. Schwieriger war es zu erklären, warum Salmân all die Jahre Frau und Sohn alleingelassen hatte. Und ich hätte im Augenblick des Abschieds die traurigen Blicke meiner Freunde ertragen müssen. Besonders Mâdschid würde sich schwertun mit einem Leben ohne mich. Wissen Sie, all das geht mir bis heute nicht aus dem Sinn, sowohl ich inzwischen weit weg, ja sogar in einem anderen Land bin. Ja, ich erinnere mich an diesen ganzen Monolog, der mir an jenem Tag durch den Kopf ging, bis ich am folgenden Morgen abreiste – ohne den beiden etwas zu sagen! Was für ein Zufall! Ich war dem Schicksal ausgewichen, das die vermummten Männer sich für mich ausgedacht hatten, die in mein Haus in Bagdad eingedrungen waren, und dann kam Achlâm und holte mich zurück, damit ich mich diesem Schicksal stellte. Was für ein Zufall! Als wäre ich Salmân, als ginge ich in seinen Fußstapfen. Ich habe Ihnen doch gerade gesagt: »Wir begegnen Menschen und machen uns nicht klar, dass ihre Gesichter wie Baumrinde sind, in die die Zeit viele Geschichten geritzt hat. Und was tun wir? Wir lesen nur eine einzige Geschichte aus dem Gesicht vor uns.« Auch ich hatte mich in ihr geirrt. Ich hatte bei ihr nur das Gesicht einer blind Verliebten gesehen und nicht geahnt, dass gerade diese Frau das Leben vieler, zumindest mein eigenes und das meines Freundes, vielleicht auch dasjenige anderer, umkrempeln würde, die ich nicht kenne. Hatte sie nicht schon den Passanten auf dem Haradsch-Markt immer wieder zugerufen: Ihr alle werdet enden wie ich. Ich bin das Schicksal, vor dem ihr flieht? Was für ein Zufall, dachte ich, dass gerade diese Frau das Ende einer langen Reise bestimmte! Was für ein Zufall, dass gerade diese Frau, der Unrecht widerfahren ist, mich zur Rückkehr nach Bagdad bewegen sollte! Was für ein Zufall, dass nun mir genau das geschehen sollte, was schon Salmân geschehen war: Jeder von uns glaubte, er könnte seinem Schicksal entkommen. Wie er bei seiner Rückkehr aus Kuwait? Er hatte geglaubt, mit seinem Rückzug in ihr Haus in Nassirîja könnte er neu beginnen. Und dann zeigte ein kleiner Anlass, dass er einem Irrtum aufgesessen war. Was er für unwiederbringlich verschwunden hielt, war Glut, nicht Asche. Bei mir schien sich dieser Vorgang zu wiederholen. Er hatte William im Fernsehen gesehen, und auf einmal kamen die verdrängten Erinnerungen an Kirkûk wieder zurück, an den Haradsch-Markt und an Achlâm, und dann war da die Gewissheit, dass ihn die Gründung einer Familie und eines Hausstands nicht seiner Vergangenheit hatte entkommen lassen, war da sein Gefühl von Schuld und Verantwortung für den Tod des Soldaten Nihâd und vielleicht auch für denjenigen seines amerikanischen Doppelgängers David Barbiero. »Ich bin das Schicksal, vor dem ihr flieht.« Sicher ging ihm die ganze Nacht, bevor er sich auf die Reise machte, Achlâms Satz nicht aus dem Sinn. Und ich? Hatte ich nicht das Gleiche getan wie er? Ich war vor der Mordaufgabe geflohen, die mir die vermummten Männer aufzwingen wollten. Ich hatte mich dem Schicksal entzogen, einer von den Tausenden von Mördern zu werden, die dieses Land bevölkern. Doch dann, nach anderthalb Jahren, war ich nach Amâra gekommen und Mâdschid Karîm begegnet und hatte in dieser Stadt ein Jahr und zwei Monate verbracht, bis ich eines Tages ihr Bild, Achlâms Bild, vor mir sah. Nach einem Jahr und zwei Monaten in dieser neuen Stadt las ich ihre Geschichte und daneben gleich noch diejenige meines Freundes Salmân, und plötzlich hatte ich dieses seltsame Gefühl, eine Mischung aus Feigheit und Schande, das ich zuvor nicht gekannt hatte. »Ich bin das Schicksal, vor dem ihr flieht.« Besäße ich doch nur ein Fünkchen von dem Mut dieser Frau, der Unrecht widerfahren ist und die in den Augen der anderen eine »Gefallene« war. Hätte ich doch von ihr gelernt wieder aufzustehen, mich zu erheben, wie sie sich gegen den Mann erhoben hatte, der sie Jahre zuvor auf seine Art umgebracht hatte. Sehen Sie, solche Gedanken wälzte ich vor dem Einschlafen spät in jener Nacht. Eine geübte, verborgene Hand schien mein Schicksal vorgezeichnet zu haben. Und weil jede Reise einmal zu Ende geht, musste auch meine Reise enden wie diejenige Salmâns und Achlâms. Ich musste den Süden verlassen, daran führte kein Weg vorbei. Ich musste nach Bagdad zurück. Über zweieinhalb Jahre war ich schon unterwegs und noch nie hatte ich an Rückkehr gedacht. Und jetzt, nachdem ich den Artikel gelesen hatte, konnte es nicht schnell genug gehen. Es war wie nach einer langen Betäubung. Ich musste reagieren. Es war kein einfacher Entschluss, und das Schwierigste würde sein, die ganze Sache meinen beiden Freunden mitzuteilen, Doktor Ghâlib und Mâdschid Karîm. Und weil sich die Geschichten glichen, sollte auch mein Abschied von ihnen sein wie Salmâns Abschied von seiner Frau Nachîl und seinem Sohn Adam: Er hatte ihnen nichts von seiner Absicht verraten, und so hielt auch ich meine Reisepläne vor meinen Freunden geheim. Ich saß mit ihnen zusammen, wie schon an den vorangegangenen Abenden, nur das Schweigen zog sich diesmal länger hin als früher. Ich rauchte mit einer Gier, bei der nur meine beiden Freunde mithalten konnten. Als ich am frühen Morgen aufstand, schliefen Mâdschid und Doktor Ghâlib noch. Ich zog mich leise an, ging geräuschlos ins Bad, nahm meinen Koffer, den ich am vorigen Abend vorbereitet und versteckt hatte, und bevor ich leise die Tür schloss und ging, schrieb ich ihnen noch eine kurze Abschiedsnotiz, die ich auf den Tisch im Wohnzimmer legte, neben einem Umschlag, in den ich meine Miete gesteckt hatte:

Lebt wohl, meine Schrûgi-Freunde aus dem Süden, ihr werdet mir fehlen.

Verzeiht, aber jede Reise hat einmal ein Ende.

Ich muss gehen.

9. DIE RÜCKKEHR ZUM MAIDÂN-PLATZ

William hatte keinen Grund zu lügen. Wenn ich also die Geschichte, wie er sie erzählte, glaubte, so hatte das Regierungsblatt »Der Morgen« bei praktisch allem gelogen. Auch mit dem Datum. Denn alles, was passiert war, hatte vor drei oder vier Wochen stattgefunden. Wahr war einzig die Meldung, dass Achlâm den Richter A. Sch. ermordete – und Sie sehen, sogar hier im Ausland habe ich Angst, ihn beim Namen zu nennen, obwohl die Leute, wenn sie von ihm reden, ihn als Teufelsfratze bezeichnen. Dass Achlâm auf ihn schoss und daraufhin festgenommen wurde, waren die beiden einzigen wahren Aussagen in jener Reportage. Die Zeitung legte ihr Dinge in den Mund, die sie niemals gesagt hatte, und sie verdrehte alles, was im ursprünglichen Vernehmungsprotokoll stand. William hatte seine Informationen nicht nur von Achlâm und Salmân, sondern auch von seinem Freund Imâd, dem kriegsversehrten Kurden. Sie erinnern sich an ihn? Er hatte mir Salmâns ersten Brief von der Front in Kuwait gebracht. Es ist richtig, dass Achlâm Kirkûk verlassen hatte und nach Bagdad gegangen war, nachdem sie diesen A. Sch. am Fernsehen über Gerechtigkeit und Strafe hatte schwadronieren hören. Doch anfangs hatte sie überhaupt nicht daran gedacht, ihn zu erschießen. Wegen der vielen Anschläge nach der Besetzung Bagdads durch die Marines besorgten sich nicht wenige Frauen eine Waffe und trugen statt Lippenstift und Puderdose eine Beretta oder eine Târik in der Handtasche. Für Erstere bezahlte man auf dem Markt von Bagdad nach der Attacke auf die goldene Kuppel von Samarra 280 USD, für Letztere 806 USD. Manche trugen sogar eines dieser kleinen automatischen Gewehre bei sich, deren Preis sich zwischen

290 und 300 USD bewegte. »Frag Imâd«, sagte mir William, »er wird dir bestätigen, dass die Zahl seiner Kundinnen in den letzten beiden Jahren angestiegen ist.« Nein, Achlâm war anders, egal, welche Eigenschaften man ihr andichtete, egal, ob sie »gefallen« oder Opfer war. Sie glaubte bis zu ihrer Festnahme, dass es in diesem Land Gerechtigkeit gab und dass das Unrecht, das sie erlitten hatte, eines Tages wiedergutgemacht würde. Deshalb zog sie in Bagdad von Gericht zu Gericht, immer auf der Suche nach ihrem Richter A. Sch., mit dem sie einmal eine tiefe Liebe verbunden hatte und von dem sie schwanger gewesen war. Nach seinem Verschwinden hatte sie das Kind abgetrieben. »Ich will kein Kind von einem solch nichtswürdigen Menschen.« Als sie ihn schließlich im Strafgericht ausfindig gemacht hatte, sprach sie ihn, trotz der Bodyguards, die ihn wie eine Betonwand umgaben, an. Woher sollte sie wissen, dass der Mann, den sie einmal liebte und dem sie vertraut hatte, zu einer wichtigen Persönlichkeit geworden war, vergleichbar mit einem Vizeminister oder gar noch höher. Niemand wusste Genaues, und viele Gerüchte rankten sich um seine wirkliche Funktion. Sie wollte nichts anderes als ein Gespräch und ein Wort der Entschuldigung: »Ich will nur, dass du zugibst, dass du mich schändlich behandelt hast.« Selbst als sie das sagte, behielt sie noch ihr Lächeln bei. Der Richter war sichtlich schockiert, so versicherten Augenzeugen später. Vielleicht hatte er bis dahin angenommen, sie sei gar nicht mehr am Leben. Warum sollte auch in einem Land, in dem allein in den vorangegangenen vier Jahren Tausende Personen auf die eine oder andere Art umgekommen waren, eine Frau wie sie, eine Hure seiner Meinung nach, überlebt haben? Vielleicht war er auch überrascht von Achlâms Schönheit; sie sah noch besser aus als Jahre zuvor. Der Unterschied könnte ihn verblüfft haben: auf der einen Seite er selbst mit seiner Wampe, seinem Geißbart und seinem völlig kahlen Kopf, den die Leute wegen seiner Unebenheiten spöttisch mit der Landebahn des Flughafens von Bagdad verglichen – wobei er natürlich seine Hässlichkeit niemals eingestanden hätte –, auf der anderen Seite sie, die

trotz Pein, Unrecht und der Gewalt, die man ihr angetan hatte, noch schöner geworden war und auch ihr Lächeln bewahrt hatte, ihren nie versiegenden Reichtum. Doch die Überraschung, der der Richter für kurze Zeit erlegen war, schlug, wie einige der Leute berichteten, die sich auf der Straße versammelt hatten, plötzlich in Hass und Brutalität um. Er brüllte sie an, sie solle machen, dass sie wegkam, und forderte seine Bodyguards auf, sie ihm aus den Augen zu schaffen; er ließ sie sogar verfolgen, um zu erfahren, wo sie wohnte. »Du weißt ja«, sagte William, »Achlâm wohnte damals mit Salmân in der kleinen Wohnung über der Kneipe.« Die Bodyguards fanden die Wohnung und passten Achlâm am nächsten Tag ab, als sie zum Markt ging. Sie hielten sie an und zwangen sie, in einen Krankenwagen zu steigen, der sie schon erwartete. Sie erinnern sich? In den siebziger Jahren verwendeten die Sicherheits- und Geheimdienstleute den Volkswagen, allgemein Ragga, Schildkröte, genannt, weil er wie eine solche aussah. In den achtziger und neunziger Jahren war es der Land Cruise mit seinen Rauchscheiben, und jetzt benutzte man Krankenwagen. Was für eine kranke Phantasie! »Der langen Rede kurzer Sinn«, fuhr William fort, »sie haben sie in einem Krankenwagen weggefahren und sie auf einem Friedhof in der Gegend des Maidân-Platzes rausgeschmissen. ›Wenn wir dich nochmals in der Maidân-Gegend sehen, bringen wir dich um und werfen dich den Hunden zum Fraß hin‹, sagten sie ihr. Erst am folgenden Freitag kam sie zurück und teilte etwas verwirrt Salmân mit, sie wolle lieber im Gericht, nahe bei der Gerechtigkeit, wohnen. Tatsächlich meinte sie die Moschee, in der sie schlief. Sie war etwas verwirrt. Ich nehme an, wir sind uns einig: eine seltsame Frau, diese Achlâm«, sagte mir William, und damit hatte er recht. Zwei Jahre lang erzählte sie keiner Menschenseele von diesem Vorfall. Die ganze Woche über verschwand sie, niemand wusste, wohin. Am Freitag, wenn die meisten hohen Beamten und auch die Richter in die Moschee gingen, besuchte sie Salmân. Nach dem Vorfall kursierten allerhand Geschichten. Manche sagten, sie hätten sie als Prostituierte in der Gegend von

Batawîn gesehen; andere behaupteten, sie habe als Putzfrau gearbeitet oder als Straßenverkäuferin auf der Raschîd-, der Saadûn- oder der Dschumhurîja-Straße. Niemand wusste, dass sie in Wirklichkeit die ganze Zeit als Putzkraft in zahlreichen großen Moscheen in Bagdad arbeitete. Wie sie zuvor von Gericht zu Gericht ging, um herauszufinden, wo A. Sch. arbeitete, so zog sie nun von Moschee zu Moschee, um herauszufinden, wo er am Freitag betete. Sie war wirklich eine seltsame Frau, diese Achlâm. Sie wusste, dass die meisten Politiker die Moscheen am Freitag frequentierten.

Was auch niemand wusste: Sie kaufte eine österreichische Pistole, Marke Glock, die sich von den Pistolen unterschied, die Frauen sonst bei sich trugen. Sogar auf diesem Gebiet war Achlâm scharfsinnig. Sie kaufte die Pistole nicht bei unserem kurdischen Freund Imâd, sondern bei den Waffenhändlern in der Batawîn-Gegend. Bei Imâd erkundigte sie sich nur eines Tages, welche Pistole er seinen Kunden empfehlen würde, welche die beste sei. Imâds Antwort empfahl ihr die österreichische Glock. Es sei die ausgereifteste und die effizienteste Waffe. Sie habe ihn auch gefragt, erinnerte Imâd sich, warum alle Politiker und hohen Funktionäre jeden Freitag zum Beten in die Moschee gingen. Er habe über diese Frage lachen müssen und fand zu seiner eigenen Überraschung eine, wie ihm schien, einleuchtende Antwort. »Weil sie genügend Sünden haben. Sie lügen vierundzwanzig Stunden am Tag. Da müssen sie ihren Herrn einmal um Verzeihung bitten.« An jenem Tag, einem Freitag, so erfuhr William von Imâd, sei sie ganz anders als sonst aus Salmâns Wohnung gekommen: in einem hübschen roten Kleid, auffällig geschminkt und das Haar sorgfältig gekämmt. Als ob sie zu einer Party oder zu einer Hochzeitsfeier wollte. Wer sie am frühen Morgen so sah, musste sie für eine Fremde halten, die mit dem Leben und den Gepflogenheiten im Viertel und in der Stadt nicht vertraut war. Welche Frau würde es wagen, am helllichten Tag in solcher Aufmachung zu erscheinen? Es war auch nicht ihre Gewohnheit, wenn sie Salmân besuchte, weshalb Imâd sich plötzlich fragte, ob tatsächlich Freitag war. »Das ist ein Ausnahmefall«, erklärte sie ihm. »Ich bin schon gestern gekommen, heute habe ich einen Termin im Gericht.« Imâd sagte nicht, dass freitags kein Gericht geöffnet habe. Doch als er wieder in die Kneipe kam, bemerkte er zu William: »Wirklich komisch, diese Achlâm. Sie ist nicht ganz dicht.« Er konnte nicht wissen, dass sie in die Batawîn-Gegend ging, um sich genau die Pistole zu kaufen, die er ihr empfohlen hatte. Von dort ging sie zur S.-Moschee, auch jetzt noch vermeide ich es, den Namen auszusprechen, der letzten Moschee, in der sie als Putzfrau gearbeitet hatte. Am Hintereingang wartete sie auf die Ankunft von A. Sch. mit seinem Tross. Es war wenige Minuten vor zwölf Uhr, als er aus einem Auto stieg, kein Land Cruise, es hatte aber verdunkelte Scheiben. Noch bevor seine Füße den Boden berührten, rief sie, er solle herschauen, und da sah er sie. Das Ganze dauerte nur wenige Augenblicke. Der Richter fand keine Zeit, seine Bodyguards auf diese Frau da zu hetzen, die seinem Tross im Weg stand. Er fand nicht einmal Zeit, sich in seinem Auto zu verkriechen. Der Schock schien ihn völlig gelähmt zu haben. Fünfzehn Schüsse, einer für jedes Jahr des Unrechts und des Schmerzes. Fünfzehn Schüsse, und zu jedem rief sie diesen Satz, den sie seit ihrer Abreise aus Kirkûk nicht mehr gesagt hatte: »Ich bin das Schicksal, vor dem ihr flieht!« Offenbar wollte sie auf diese Weise eine Liebesgeschichte abschließen, die Jahre zuvor begonnen hatte. »Es gibt keine glückliche Liebe.« War es Salmân, der das sagte? William erwähnte das zum Schluss, als er ihre Geschichte zu Ende erzählte, die nun auch das enthielt, was nicht in der Regierungszeitung gestanden hatte. Und ein weiteres Mal war ich von Achlâm überrascht. Ich hatte bei ihr nur das Gesicht einer blind Verliebten gesehen, nicht die vielen anderen Gesichter, beispielsweise dasjenige, das mich zum Ende meiner eigenen Geschichte führte.

»Was willst du jetzt tun?«, fragte mich William. Außer uns beiden war niemand mehr in der Kneipe. Kurz zuvor hatte unser kurdischer Freund Imâd noch bei uns gesessen, sich dann aber entschuldigt. Er sei mit einem Kunden, dem er eine Waffe zu verkaufen hoffe, vor der Nationalbibliothek verabredet. Dann setzte er seinen Rollstuhl in Bewegung und verließ uns. Er hatte seinen Teil der Geschichte beigetragen. So blieben William und ich allein in der Kneipe »Der Irrsinn« zurück. Die Kneipe sah immer noch aus wie früher oder wie damals vor über zweieinhalb Jahren, als ich weggegangen war. Von den zwanzig oder so Tischen, um die sich früher die Gäste drängten, blieben an diesem Tag die meisten leer. Nur an drei oder vier saßen ein paar Männer, doch auch sie hielten es nicht lange aus, sondern gingen bald wieder. Das planlose Morden, die Ausgangssperre und die Gefahren, die überall lauerten, auch die Drohungen gegen Christen und Kneipenwirte – all das vertrieb nicht nur die Gäste und zwang sie, zu Hause zu trinken, es ließ auch Williams Arbeit immer schwieriger werden. In den vorangegangenen zwei Monaten, so erzählte er mir, war die Kneipe schon zweimal Ziel von Anschlägen gewesen. Beim ersten Mal sei eine Autobombe in der Nähe detoniert, beim zweiten Mal habe jemand von einem Motorrad aus eine Granate mitten ins Lokal geworfen. William erwog, nach Kirkûk zurückzugehen. Was blieb ihm anderes übrig? Salmân, der ihm die meiste Zeit Gesellschaft geleistet hatte, wenn er nicht gerade durch die Straßen von Bagdad streifte, Salmân war nicht mehr. Auch Achlâm, die jeweils am Freitag vorbeigeschaut hatte, war nicht mehr da. »Es gibt hier nichts Erfreuliches mehr, mein Freund«, sagte William, Salmân zitierend, der diese eigenen Verse während der vergangenen über zweieinhalb Jahre, seit ich weggegangen war, ständig im Mund geführt habe: »Kein Glockenschlag, keine Sängerstimme, kein Hochzeitsjubel. Den Sänger haben sie in der Teestube ermordet. Die Braut haben sie in Leichentücher gehüllt. Und wir sitzen hier in der verlassenen Kneipe und warten auf den Jüngsten Tag. Es gibt hier nichts Erfreuliches mehr, mein Freund.« Jedenfalls sagte er es fast immer, bevor er zum Schlafen nach oben in seine Wohnung ging. William musste mit ansehen, wie Salmân, strapaziert durch die dauernden Schwierigkeiten, allmählich seine Gesundheit einbüßte. »Wirklich, es gibt hier nichts Erfreuliches mehr, mein Freund«, wiederholte William in Erinnerung an die Zeit mit Salmân. »Heute ist sogar die Vergangenheit verschwunden. Erinnerst du dich noch an den Satz, den ihr beide immer so gern gesagt habt: ›Du Henkersknecht, geh doch in dein Kaff zurück. Wir jagen dich zum Teufel und schmeißen dich aus Amt und Würden!‹ Salmân hat mir erzählt, ihr hättet euch über das, was um euch herum passierte, lustig gemacht. Wie müsstet ihr das wohl heute formulieren?« Er gab selbst die Antwort: »Die Henker schießen wie die Pilze aus ihren Käffern. Sie sind überall. Er und andere verlassen Amt und Würde und gehen zurück in ihre Städte, denn wenn die Vernunft verschwindet, erwachen die Bestien.« Er fürchte sich vor der Invasion der Brutalität. Er wolle seine Kneipe hier verkaufen. Seinetwegen solle niemand umkommen. Alle redeten vom Terrorismus, vom Aufruf zum Glauben und von der Schließung von Kneipen, die Alkohol ausschenken. Aber hinter der »Glaubensattacke« mit ihrer religiösen Hülle versteckten sich die Interessen bekannter Bestien, oder wie sollte man sonst alle diese Typen nennen, die Hawâsim, »Profiteure«, die sich auf gewundenen Wegen nach dem Sturz des ehemaligen Regimes am 9. April 2003 in einem Krieg bereicherten? Alle Geschäfte und Kneipen von Christen liegen im Zentrum von Bagdad, auch ihre Wohnhäuser in Vierteln wie Karâda, Misbach, Arassât, Camp al-Arman und Batawîn. Nachdem am helllichten Tag Kirchen angegriffen wurden und Drohbriefe auftauchten, die die Christen von ihren Neujahrsgottesdiensten fernhalten sollten, sprach man auf der Straße ziemlich unverhohlen von gewissen Kreisen, die hinter diesen Drohungen standen. Zwar trugen einige die Handschrift des Terrorismus, die meisten aber wiesen auf Spekulanten, die auf die Immobilien scharf waren. Auch William erhielt nicht nur Drohbriefe, die in der Regel unter der Tür hindurchgeschoben wurden, sondern auch persönliche Einschüchterungen. Die jüngste war drei Tage vor unserem Treffen erfolgt, etwa zehn Tage vor dem christlichen Neujahrsfest. Ein paar nicht einmal vermummte Milizionäre kamen und warnten ihn, die Messe zu besuchen. Ich fragte ihn nach ihrer religiösen Zugehörigkeit, ob es Schiiten oder Sunniten gewesen seien. Das wisse er nicht, antwortete er. Sie hätten komisch gesprochen und seien vielleicht Anhänger einer Sekte der Wakwâk-Inseln gewesen. Wenn Christen nachgaben und gingen, wurden ihre Häuser zu Spottpreisen verhökert. Ganz wie damals, 1951, als die Juden, freiwillig oder unfreiwillig, das Land verließen und ihr Eigentum verkaufen mussten. »Als ob sich die Geschichte wiederholte«, sagte William. »Damals, in den fünfziger Jahren des letzten Jahrhunderts, hat es Anschläge auf die Synagoge gegeben, und daraufhin haben die Juden ihre Besitztümer billig abgegeben. Heute geschieht genau das Gleiche. Und ganz sicher haben dabei Spekulanten und Geschäftsleute ihre Finger mit im Spiel. Die meisten Bomben«, fuhr er fort, »gehen in den Geschäftsgebieten hoch. Danach wird alles abgerissen, und auf dem Grundstück ragen alsbald immense Wohnblöcke in die Höhe, oder es tauchen, im schlimmeren Fall, Drogenhändler auf.« Nein, er müsse zurück in seine Heimatstadt. Und dann fragte er mich, was ich vorhätte. Die Frage überrumpelte mich. Ich wusste nicht, was ich antworten sollte. Erst am Tag zuvor war ich angekommen und hatte noch nicht viel Zeit gehabt, mit ihm über die letzten Tage meines Freundes Salmân zu reden. Ich wusste, er hatte die Notiz erhalten, die ich dem Kellner im Café Hassan Adschami gab. Er händigte sie ihm am Tag nachdem ich weggegangen war, aus, einem Samstag. William bestätigte das. Salmân sei an jenem Tag früh in die Kneipe gekommen. »So macht Bedenken jeden von uns feige«, habe er mehrfach gesagt. »Ich glaube, ich habe ihn gefragt«, versuchte William sich zu erinnern, »ob das ein neues Gedicht sei. ›Nein, das ist ein altes, oft wiederholtes Wort.‹ Er sah noch deprimierter aus, als wir es sonst von ihm kannten.« Salmân setzte sich an einen Tisch nahe der Tür und erklärte William, heute wolle er schon früh trinken, und zwar literweise. Er zeigte ihm die Notiz, die ihm gerade der Kellner des Cafés gebracht habe. William las sie rasch durch. Ich wusste, sie war nicht lang. Ich hatte ihm nur ein paar Abschiedsworte hingekritzelt. Nicht einmal einen Grund für mein überstürztes Weggehen hatte ich ihm genannt, doch er hatte ihn sich wohl gedacht. »Ich weiß, mein Freund ist in Schwierigkeiten, und ich kann ihm nicht helfen«, sagte er zu William. »Ich bin wirklich beschissen dran.« Er schlug sich an die Stirn und rief: »Ich bin doch ein Egoist. Ich verdiene keine Freundschaft, ja, nicht einmal zu leben.« Dann erzählte er ihm von Muhammad Parîs und seinem Besuch im Café Hassan Adschami. Er habe selbst nicht glauben können, was mir dieser irakische Robin Hood erzählte. Jetzt bereue er all das. Er habe geglaubt, der Mann wolle sich über mich lustig machen oder mir eine Falle stellen. Ja, er habe das Geflüster im Café verstanden, er habe aber nicht glauben können, dass es da irgendeinen Amerikaner gab. Die ganze Geschichte musste der Phantasie irgendwelcher Banden entsprungen sein. Ich weiß nicht, sagte er, ob ich das aus Feigheit tat oder weil ich wollte, dass er bei mir beim Maidân-Platz blieb, fragte er sich vor ihm mit trauriger Stimme. Salmân sei sehr betrunken gewesen und habe geweint, erzählte William. Ständig habe er diesen Satz wiederholt: »So macht Bedenken jeden von uns feige.« Schließlich habe er ihn in sein Zimmer tragen lassen müssen. Danach sei Salmân nicht mehr der Gleiche gewesen. Er war noch schweigsamer, erzählte William und fuhr dann fort, als wollte er mich trösten: »Aber dann, wer von uns ändert sich schon nicht? Das ganze Land hat sich im Lauf der Zeit verändert. Nimm Imâd, unseren kurdischen Freund, zum Beispiel. Ein Mensch wie er, der ein Bein und einen Arm verloren hat, müsste eigentlich jegliche Verbindung zur Armee und zum Militär aufgeben. ›Ich werde meinen Kindern zeigen, wie man dem Militärdienst entkommt‹, hat er immer gesagt, ›ich werde alles in meiner Macht Stehende tun, um meinen Söhnen Krieg, Tod und Zerstörung zu ersparen. Ich werde immer meiner Geliebten, dem Radar meines Herzens, zur Seite stehen, meiner Frau Gül.‹ Und schau dir an, was er jetzt tut! Mindestens zweimal die Woche kommt er nach Bagdad und betätigt sich als Mittelsmann bei Waffengeschäften. Dabei ist es ihm egal, an wen die Waffen verkauft und wozu sie verwendet werden. Und wenn du ihn fragst, warum er das tut, fragt er zurück, was er denn sonst tun solle, um seine Kinder zu ernähren oder für seine Frau zu sorgen. Waffen gibt es überall, ich bin nur mit ihrem Transfer von einem Ort zum anderen befasst. Das ist seine Standardentschuldigung, und vielleicht hat er ja recht. Was kann schon ein Kriegsversehrter wie er in diesem miserablen Land anderes tun, als von der Sympathie profitieren, die ihm an den Kontrollpunkten entgegengebracht wird, und Waffen schmuggeln?« Immerhin schmuggelte er nur leichte Waffen und konnte dabei seine Erfahrung aus den Waffenarsenalen einbringen, die Fähigkeit, zwischen Brauchbarem und Unbrauchbarem zu unterscheiden. Vier Jahre zuvor hatte er in Chanikain einen Käse-Laden besessen, wo er aber kaum genug verdiente, um sein Leben zu fristen. Nach der Invasion der Marines beschloss er, einen neuen Beruf aufzunehmen. »Er ist nicht der Einzige, der sich so verändert hat. Nimm Nachîl zum Beispiel, Salmâns Frau. Sie kam auch zu seiner Beerdigung. Sie, ihr Sohn Adam, Imâd und ich waren die einzigen Trauergäste, außerdem stand noch ein Krankenwagen an der Friedhofsmauer, nicht weit entfernt. Und du weißt ja, was das heutzutage in Bagdad bedeutet. Für mich war es das zweite Mal, dass ich Nachîl begegnete«, erzählte William. »Das erste Mal war vielleicht zwei Monate nach deinem Verschwinden. Sie rief mich auf dem Handy an und fragte, ob sie mich treffen könnte, irgendwo, nur nicht in der Maidân-Gegend. Hätte sie mir nicht gesagt, dass sie meine Telefonnummer von Salmân hatte, hätte ich gar nicht gewusst, wer sie war. Ich schlug ihr die Cafeteria Fukkama in Karâda vor, einen völlig unscheinbaren Ort. Sie bat um meine Hilfe. Salmân dürfe aber nichts davon erfahren. Schon zwei Monate habe sie die Wohnungsmiete nicht mehr bezahlt. Der Weg zu der Schule, an der sie unterrichtet hatte, sei gefährlich geworden. Die Milizen mordeten dort nach Belieben. Sie konnte ihren Unwillen gegen Salmân nicht verhehlen. Sie ging so weit, mich zu bitten, in ihrer Gegenwart seinen Namen nicht mehr zu erwähnen. Doch bei seiner Beerdigung trat sie an sein Grab und weinte und klagte. Vielleicht war das ja der Grund dafür, dass der Krankenwagen verschwand. Wer sie da sah, wie sie sich auf das Grab warf und Salmân, den ›Dichterfürsten Salmân‹, beklagte, konnte nur schwer seine Tränen zurückhalten.« Sogar William, der wahrlich schon viel Jammer und Elend gesehen hatte, schluckte schwer. »Stell dir vor: Nachîl, die Sekundarschullehrerin, ist für Salmân zum Klageweib geworden.« Doch damit nicht genug, sie erkundigte sich bei ihm auch nach der Adresse des Gefängnisses, in dem man Achlâm festhielt. »Kannst du dir das vorstellen?«, fragte mich William. »Eine Frau, die von ihrem Mann mit einem Kind sitzengelassen wurde, eine zornige Frau wird plötzlich zu einer klagenden und barmherzigen Person.« Aber warum diese Überraschung? Hier hielt William inne. Glücklicherweise fragte er mich nicht, ob ich mich nicht auch verändert hätte. Er wollte mir nicht weiter von Salmân während meiner Abwesenheit erzählen, nicht einmal von seinen letzten Tagen. Vielleicht glaubte William ja, auch wenn ich nicht wieder in mein ehemaliges Zimmer oben einzöge, käme ich ihn zumindest in den folgenden Tagen besuchen. Er machte sich nicht klar, dass nichts, was ich in Bagdad seit meiner Ankunft erlebt hatte, zum Bleiben ermunterte. Über zweieinhalb Jahre hatte ich die Stadt nicht gesehen. Sie war zwar auch damals, als ich wegging, schon voller Müllhaufen und baufälliger Häuser, aber zumindest war sie nicht durch hohe Mauern aus Stahlbeton gefesselt, Mauern, die nicht nur die Viertel, sondern sogar die Straßen innerhalb der Viertel voneinander trennten. Man wohnte dort praktisch wie in einem Kasernenareal und musste beim Hinaus- und Hineingehen einen Kontrollpunkt passieren. Nach Ende der offiziellen Geschäftszeiten gab es an den Durchgängen lange Schlangen. Zwischen meiner Rückkehr und diesem Besuch war ein Tag vergangen – von den Dingen, die in dieser Zeit passierten, bekam ich graue Haare. Die Verkehrsstaus hatten wohl auch wegen der zahlreichen Kontrollposten, besonders seit den Mordfällen am helllichten Tag, beunruhigende Ausmaße angenommen. Alle Welt sprach über diese Morde. Einige ereigneten sich auf der Autobahn, die um Bagdad herumführte, andere in den Wohnvierteln.

Ich musste zu William und steckte im Stau fest. Fast war ich geneigt, das Taxi zu bezahlen und auszusteigen, aber zu Fuß weiterzugehen war auch keine Lösung, denn wer in Bagdad zu Fuß umherging, erweckte allgemeinen Argwohn, besonders auch bei den Kontrollposten. Das passierte mir gleich einen Tag nach meiner Rückkehr. »Wer sind Sie? Woher kommen Sie? Wohin gehen Sie? Was tun Sie?« Es hagelte nur so von Fragen aus dem Mund des Sicherheitsbeamten in Zivil an einem Kontrollpunkt in Karâda. Und in seinen Augen leuchtete es, als sei er gerade des gefährlichsten Terroristen habhaft geworden. Man hat also gar keine andere Wahl, als im Auto sitzen zu bleiben und sich einem ungewissen Schicksal zu ergeben, sagte ich mir, obwohl mich das durchaus beunruhigte. Ich wollte möglichst rasch zu William und hatte keinerlei Verlangen danach, auf dem Weg dorthin einen sinnlosen Tod zu sterben. Was, wenn das Auto rechts oder links von uns, vor uns oder hinter uns das mit der Bombe war, die jeden Augenblick losgehen konnte? Was, wenn einer meiner Mitfahrer im Taxi einen Sprengstoffgürtel trug? Es war wie beim russischen Roulette, wo sich die einzige Kugel mit der Trommel des Revolvers dreht, der auf die Schläfe gerichtet ist. Aber, dachte ich, bei diesem russischen Roulette stehen sich zwei von allen guten Geistern verlassene Männer gegenüber. Jeder von ihnen dreht die Trommel, setzt die Mündung an die Schläfe und drückt ab. Wenn er diesen Augenblick heil übersteht, dreht er die Trommel des Revolvers ein weiteres Mal und überreicht ihn seinem Widersacher. Zwei »Helden« fordern das Leben heraus, auch auf das Risiko hin, es dabei zu verlieren. Das ist das Gegenteil des Roulettes, dem ich mich nicht nur an jenem Tag auf meinem Weg zu William gegenübersah, sondern bei jedem Schritt, den ich während meines kurzen Aufenthalts in Bagdad tat. Ich hatte dieses riskante Spiel nicht gewählt, aber was ich zunächst für die Hysterie eines Heimkehrers in die Hauptstadt seines Landes hielt – nach über zweieinhalbjähriger Abwesenheit, während deren er in anderen Städten, besonders in denen des Südens, ein relativ friedliches Leben kennengelernt hatte –, bestätigte mir der junge Taxifahrer, später auch William. »Jeder weiß, dass der Weg zur Arbeit ebenso wie der Nachhauseweg ein Abenteuer mit unbekanntem Ausgang ist. Schauen Sie sich die Leute auf der Straße an. Jeder geht für sich allein seinem Schicksal entgegen.« Der »mysteriöse« Feind jedes Einzelnen verberge sich hinter zahlreichen Namen, die jeder Bürger täglich höre: im Radio und im Fernsehen, auf Pressekonferenzen des Operationskommandos Bagdad, in Erklärungen hoher Beamter. Und dieser Feind, egal wie er heiße, bleibe für ihn obskur und wähle Zeit und Ort, in deren Richtung die Kugel fliegt. »Der Tod in Bagdad«, fuhr der junge Mann fort, der mich offenbar als Neuankömmling in der Stadt identifiziert hatte oder vielleicht gar nicht für einen Bagdader hielt, »kann an der Haustür ebenso wie auf der Straße zuschlagen, an der Bushaltestelle ebenso wie beim Einsteigen in ein Taxi, auf der Schnellstraße ebenso wie an einem Kontrollpunkt, bei der Ankunft auf der Arbeit ebenso wie beim Nachhauseweg, auf dem rechten Tigrisufer ebenso wie auf dem linken. Der Revolver ist beim Einschlafen ebenso wie beim Aufwachen auf uns gerichtet.« Er richtete den Zeigefinger seiner rechten Hand auf seine Schläfe. Schließlich war es der »mysteriöse« Feind, der Ort und Zeitpunkt für uns auswählte, ja, mehr noch, er bestimmte auch die Todesart. Das konnte eine Riesendetonation sein oder ein einzelner mit Schalldämpfer abgegebener Schuss, eine Autobombe oder ein einstürzendes Haus. All das sei sekundär, schloss der Fahrer seine Ausführungen. »Wesentlich ist, dass es wehrlose Bürger wie Sie oder mich trifft.« Er warf einen Blick durch den Rückspiegel auf mich, als wollte er sich vergewissern, dass ich wirklich ein wehrloser Bürger wie er war. »Dieser wehrlose Bürger, bewaffnet nur mit seinem Willen, am Leben zu bleiben, kann sich nicht wie die Politiker des Landes in einer Grünen Zone verschanzen, wo die hohen Betonwände um die Häuser sogar die Luft zum Atmen nur schwer hereinlassen. Er muss täglich hinausgehen, um für sich und seine Kinder zu sorgen, und muss sein Schicksal ebenso akzeptieren wie den Tod, den der ›mysteriöse‹ Feind für ihn in petto hat.« Die Darlegungen dieses Fahrers wurden danach von William noch ergänzt. Obwohl sie sich nicht kannten, schienen sie völlig gleicher Meinung bei der Einschätzung der Lage. »Hast du schon gemerkt«, fragte mich William, »wie viel Zeit jeder Gang von einem Viertel ins andere in Anspruch nimmt, besonders wenn man auch noch über den Tigris muss. Das dauert Stunden, vom Stress einmal ganz zu schweigen; man braucht ungeheuer viel Geduld und Gleichmut. Drei, vier Stunden sind da rasch einmal vorbei, und wenn man schließlich ankommt, kann man nur schnell einen Tee trinken und muss dann schon wieder an den Aufbruch denken, um vor Einbruch der Dunkelheit zu Hause zu sein.« »Du kannst hierbleiben, Dein Zimmer ist noch immer verfügbar, wie es war. Du kannst darin schlafen, wenn du willst«, sagte er, obwohl er wusste, wie schwer es mir fallen würde mit all den Spuren eines verschwundenen Freundes. Er erzählte mir das alles, um mir ein Bild von der Situation in Bagdad zu geben. Ich sollte seinen Entschluss verstehen, die Kneipe zu verkaufen und nach Kirkûk zurückzukehren. »Es gibt keine andere Lösung für mich«, sagte er entschieden. In diesem Augenblick, während wir beide schwiegen, neigte sich draußen die Sonne nach Westen. Ihre Strahlen brachen sich in dem Glas, das wohl seit dem letzten Sprengstoffanschlag, von dem William mir erzählte, zerbrochen in der Eingangstür hing. Wir waren allein im Lokal. Der letzte Gast, wenn man ihn so nennen will, war gegangen: Williams Freund Imâd, der kurdische Soldat. Er müsse pünktlich zu einem Waffenverkauf erscheinen, entschuldigte er sich. Ich weiß nicht mehr, wie lange wir schweigend dasaßen. Aber ich weiß noch, dass ich die zweite oder dritte Flasche Bier leerte. Dann blickte ich auf und schaute ihn eine Weile an. »Also, ich geh jetzt«, sagte ich, und ich glaube, auch er wusste, wir würden uns nie wiedersehen. Nicht weil ich mir, wie ich ihm auch erzählt hatte, ein Zimmer im Hotel Diwân in der Saadûn-Straße genommen hatte und es von dort bis zum Maidân-Platz ziemlich weit war. Auch nicht, weil er Bagdad verlassen und in seine Heimatstadt Kirkûk zurückkehren wollte, die »ewige Stadt der Auswanderer«, wie er sie nannte. Nein, er spürte, was ich vorhatte, dass ich einen weitreichenden Entschluss gefasst hatte. Es war ihm klar, dass ich mein Haus zurückhaben wollte, selbst wenn mich das mein Leben kosten sollte. Wahrscheinlich musterte er mich deshalb einige Sekunden, lächelte dann ein wenig und sagte nach kurzem Zögern: »Ich weiß, dass dein Haus von Bewaffneten besetzt wurde, und ich kenne den Preis, den sie dafür verlangt haben. Salmân hat mir die Geschichte erzählt.« Er schwieg und fuhr dann fort: »Aber die Geschichte ist, soweit ich weiß, zu Ende. Hast du nichts gehört?« Und als er meinen verständnislosen Blick sah: »Hast du nicht von dem muslimischen Amerikaner gehört, den sie vor anderthalb oder zwei Jahren abgeschlachtet haben, Daniel Hussain?« Er hätte mir alles erzählen können, es hätte mich nicht überrascht, doch mir zu erzählen, und das auch noch mit dieser Gleichgültigkeit, dass der muslimische Amerikaner, von dem ich damals in der Presse las, Daniel Brooks war, der Smiley Man, also mein amerikanischer »Freund«, der aus den Vereinigten Staaten gekommen war, um mich zu suchen, das war schon ein gewisser Schock. Ich erinnerte mich noch an die Meldung, die ich in ich weiß nicht mehr welcher Zeitung gelesen hatte. Mit Ausnahme seines Vornamens Daniel gab es keinerlei Gemeinsamkeiten zwischen jenem Mordopfer und dem Daniel, den ich kennengelernt hatte. Weder die Hautfarbe, die nicht erwähnt wurde, noch die Religion wiesen darauf hin, Daniel Brooks war meines Wissens ein Christ. Warum wäre er sonst von einer amerikanischen Kirche in die andere gelaufen, um das Geld zu sammeln, das er für die Kinder all jener Soldaten hierherbrachte, deren Namen er in Salmâns Notizbuch gefunden hatte? Doch mehr noch, auch die Stelle, an der man den Leichnam fand, waren nicht die Depots, wo ich ihn verlassen hatte, sondern man fand ihn man unweit eines alten Brückchens über einen Seitenkanal des Euphrat, an der Straße, die Bagdad mit Habbanîja verbindet. All diese Einzelheiten sind mir in bester Erinnerung, als hätte ich die

Meldung eben erst gelesen: Muslimischer Amerikaner mittleren Alters namens Daniel Hussain ermordet aufgefunden bei einer alten Brücke westlich von Bagdad. So die Überschrift der Nachricht. Der Kopf war abgeschlagen und lag neben dem Rumpf. Niemand glaubte, es handle sich wirklich um einen Amerikaner. Die Amerikaner hatten das Verschwinden von Daniel Brooks zwar nach einiger Zeit gemeldet, aber sie hatten bis zum Tag seines Todes nie ein Video oder einen Brief mit Lösegeldforderungen erhalten, wie sie von allen bewaffneten Gruppen bei solchen Entführungen verschickt wurden. Selbst als ein vorübergehender Bauer den Leichnam entdeckte und die örtliche Polizei informierte, die ihrerseits die Amerikaner benachrichtigte, schenkte niemand dem Leichnam besondere Aufmerksamkeit, weder die örtliche Polizei noch die amerikanischen Ausbilder auf der nahe gelegenen Militärbasis mit dem Namen »Auge des Löwen«. Dutzende von Menschen wurden täglich umgebracht. Warum sollte man da einem unbekannten Leichnam, der irgendwo draußen im Gebüsch lag, besondere Aufmerksamkeit schenken? Erst als tags darauf die Kinder im Dorf mit einem Heft spielten, in das zahlreiche Namen von Soldaten eingetragen waren, außerdem mit zahlreichen Zetteln, die teils auf Arabisch, teils auf Englisch beschrieben waren, begann man, sich über die Identität der Leiche Fragen zu stellen, und bald war man auch sicher, dass es sich bei dem Mann um einen Amerikaner handelte. Das bestätigten nicht nur die englischen Sätze auf den Blättern, sondern auch der amerikanische Pass, den die örtliche Polizei und die für deren Ausbildung zuständige amerikanische Spezialeinheit bei der Bergung der Leiche fanden. Daniel Hussain war also der Name des Mannes, ein Name, den er sich sicher nach seiner Verheiratung mit Kansa zugelegt hatte, oder vielleicht kurz bevor er kam, in der Hoffnung, dass er als Muslim im Irak seine Haut retten kann. Aber wie hätte ich damals, als ich diese Meldung las – ich erinnere mich nicht mehr, in welcher Stadt ich mich gerade aufhielt –, wissen sollen, dass das kleine Heft mit den Namen vieler Soldaten, das die Kinder gefunden hatten, genau jenes Heft war, das mein Freund Salmân an der Front zurückgelassen hatte? Die auf Arabisch und auf Englisch vollgeschriebenen Zettel, das waren die Gedichtzitate, die Salmân mit seinem Freund David Barbiero, dem schwarzen Whitman, ausgetauscht hatte. Wie konnte ich ahnen, dass dieser Daniel Hussain, der »muslimische Amerikaner«, wie er in der Zeitung hieß, der einzige Amerikaner mit unbekanntem Todesdatum war, weil er sich nicht auf der Botschaft angemeldet hatte? Sein Projekt sollte geheim bleiben. Wie konnte ich ahnen, dass die vermummten Männer sich schließlich dafür entschieden, ihn selbst umzubringen, weil er als Geisel in den Depots für sie problematisch zu werden begann, wie ich von William erfuhr? Nicht weil sie es leid waren, auf mich zu warten, sondern weil die Amerikaner die Depots in eine Kaserne umwandeln wollten, da die nahe gelegene Kaserne, besonders nach dem Eintreffen neuer Marines-Einheiten, aus allen Nähten platzte. Dies sei aus Sicherheitsgründen unumgänglich, hieß es, und von den 15 000 oder mehr zusätzlichen Soldaten wurde etwa die Hälfte in Bagdad einquartiert, wofür neue Unterkünfte nötig wurden. Dafür erschienen die alten Depots bestens geeignet. Wie konnte ich all das ahnen, wo ich es doch vermieden hatte, auch nur an Bagdad vorbeizufahren. Es war William, der es mir erzählte. Er habe es von Salmân erfahren, der nie erwartet hätte, dass die Gedichte, die er einstmals mit David Barbiero, dem schwarzen Whitman, ausgetauscht habe, eines Tages wiederauftauchen würden, und dann auch noch in einem abgelegenen Kaff im Westen des Irak, neben einer alten Steinbrücke über einen Seitenkanal des Euphrat. »Was für ein poetischer Ort!«, so Salmân. »Und dann fand man sogar noch das Heft, in dem ich alle eure Namen notierte. Wirklich, wer hätte das gedacht? Es fehlt nur der letzte Brief, den ich dort geschrieben habe.« Der Brief an mich, den er Nihâd mitgeben wollte. In Williams Stimme mischten sich Traurigkeit und Bedauern. Möglich, dass er anfangs geglaubt hatte, all das entspringe Salmâns wirrer Phantasie, nicht nur wegen des Briefs, der mich nie erreicht habe, sondern auch, weil Salmân behauptete, er wisse, warum ich Bagdad verlassen hätte. Er habe das im Brustton der Überzeugung gesagt, versicherte William. Mein Freund habe nie begriffen, wie ich einfach so plötzlich verschwinden konnte. Ein guter Freund konnte sich doch nicht einfach ohne ein Wort des Abschieds davonmachen. Wenn er gestorben wäre, könnte man ihn begraben, und die Sache wäre erledigt. Wenn man ihn entführt hätte, könnte man etwas für seine Befreiung tun. Aber einfach wegzugehen und sich in Luft aufzulösen, das war schwer verständlich für ihn. Erst jetzt sei ihm klar geworden, warum sein Freund Bagdad verlassen habe, sagte er und meinte mich. Dass es wegen dieses Amerikaners war. Wie hätte er den Namen Daniel Brooks vergessen können, den er mehrfach gehört hatte? »Zunächst aus dem Mund von Muhammad Parîs im Café Hassan Adschami, als er dich aufgefordert hat mitzukommen.« Aber das Bild des ermordeten Amerikaners und dasjenige der spielenden Kinder im Dorf, die die Blätter und das Heft in der Hand hielten, das Salmân das Traumheft nannte – diese Bilder, die er in den Zeitungen und am Fernsehen sah, bestätigten William, dass sein Freund mit allem recht gehabt hatte. Danach musste er mit ansehen, wie sich Salmân immer mehr veränderte. Er schien ein drittes Gesicht zu bekommen, noch trauriger als die beiden früheren. Und nicht nur das, er zog sich auch immer mehr in sich zurück. Er schloss sich in seinem Zimmer ein und kam nur noch selten heraus. Dazu trank er Tag und Nacht, und weder William noch Achlâm konnten ihm helfen. Wie sollten die beiden auch ahnen, dass der Abszess, den Salmân mit sich herumtrug, wieder aufgeplatzt und der Eiter herausgespritzt war? Ich glaube nicht, dass er den beiden je erzählte, was er bei der nächtlichen Patrouille bei Hafar al-Bâtin erlebt hatte. Ich weiß nicht, ob er ihnen von Nihâd erzählte, dem Soldaten, dessen Unaufmerksamkeit sich der amerikanische Fliegeroberst, Gefangener Nummer neunundzwanzig oder dreißig, zunutze machte und ihn mit einem Messer erstach. Ich weiß auch nicht, ob er ihnen überhaupt von den neunundzwanzig oder dreißig amerikanischen Gefangenen erzählt hat, die vielleicht Salmân selbst, vielleicht aber auch der Sicherheitsoffizier der Einheit, Oberst Haidar Mulla Kuraidi, umgebracht hat. Ich weiß nicht, ob er ihnen gesagt hat, dass für ihn der Krieg, der für die anderen in jener Nacht zu Ende ging, nie zu Ende gehen würde, dass ihn dieses Bild unablässig verfolgte: auf der einen Seite er und seine Kameraden, die wie wild in alle Richtungen ballern, auf der anderen Seite die Gefangenen, die zu fliehen versuchen. Und irgendwo in der Tiefe war David Barbieros Schrei zu hören: »Marlboro«. Diesen Namen hatte er seinem Dichterkumpan eines Nachts gegeben, als sie ihre Zigaretten tauschten: eine Bagdad-Zigarette in die eine, eine Marlboro-Zigarette in die andere Richtung. »Ich bin Bagdad und du Marlboro«, sagte der eine. »Ich bin Marlboro und du Bagdad«, sagte der andere. »I'm David, Salmân«, sagte er und setzte in irakischem Dialekt hinzu: »Ich bin David, Salmân.« Ich weiß nicht, ob er ihnen die Verstörung geschildert hat, die er all die Jahre mit sich herumtrug und die er auch nicht heilen konnte, indem er ständig die Worte wiederholte, die ich damals nicht verstand: »Bagdad … Marlboro«. Diese Verstörung verschwand zwar hin und wieder, doch der kleinste Anlass genügte, um das Trauma wachzurufen. Zum Beispiel in der Gestalt eines ermordeten Amerikaners, der irgendwo draußen auf dem Land aufgefunden wurde und angeblich Daniel Hussain hieß. Das Quälendste dabei war für ihn, dass er wusste, dass es diesmal keinen anderen Ort gab, an den er sich flüchten konnte. Ihm blieb nur seine Wohnung beim Maidân-Platz, wo er sich einigelte und Arak soff, dieses Gift, das ihn alles um sich herum vergessen ließ. Als man ihn unter dem Vorwurf, Achlâm zum Mord an dem Richter A. Sch. angestiftet zu haben, abholte, war er nicht einmal imstande, aufzustehen und die Tür zu öffnen. Sie traten die Tür auf und brachen, mindestens zehn Maschinenpistolen im Anschlag, in die Wohnung ein. Und als sie ihn in den Krankenwagen verfrachteten, lallte er ihnen zu: »Ihr Henkersknechte, geht doch in eure Käffer zurück. Wir jagen euch zum Teufel und schmeißen euch aus Amt und Würden!« William saß an der Tür der Kneipe. Als er seinen Rollstuhl in ihre Richtung lenken wollte, schnauzten sie ihn an zu bleiben, wo er war. »Bleiben Sie, wo Sie sind, Krüppel!«, riefen sie ihm zu. Danach hat William Salmân nicht mehr gesehen. Das Leben habe doch keinen Sinn mehr. »Marlboro ist weg, und nun geht auch Bagdad.« Das waren seine letzten Worte. Vielleicht ahnte er, was in diesem Krankenwagen geschehen würde. Vielleicht wollte er auch einfach Daniel Brooks folgen oder sogar seinem Dichterkumpan, David Barbiero, Marlboro. Ich weiß noch genau, während William erzählte, stand ich die ganze Zeit an der Tür, einen Fuß drinnen, unschlüssig, was ich tun sollte. Ich war wie gelähmt. Ich weiß auch noch, dass ich an die Bewaffneten dachte, die wohl noch immer in meinem Haus waren und auf mich warteten. Sonst hätten sie Salmâns letzten Brief an mich, den von Hafar al-Bâtin, zusammen mit dem Heft, dem Traumheft, und den Blättern mit den Gedichten mir überlassen. Das haben sie aber nicht getan, weil darauf meine Adresse stand, was die Amerikaner zu meiner Wohnung gebracht hätte, wo sie sich ja befanden. Schließlich waren sie ja überzeugt, ich würde zurückkommen, und dann könnte man weitersehen. Das Heft und die Zettel hatten sie bei der Leiche gelassen, so erstens, um zu sagen: das sind die Namen seiner Opfer schwarz auf weiß, zweitens, um zu versichern, dass ihr Opfer ein Amerikaner war, denn nur ein Ausländer liest Poesie auf Englisch. Vielleicht merkte William, dass ich unschlüssig war und nicht wusste, was tun, oder er wollte unbedingt eine Antwort auf die Frage, die er mir schon zwei-, dreimal gestellt hatte und die er mir nun ein weiteres Mal stellte: »Was wirst du jetzt tun?« Ich hatte mich zurückgehalten, doch nun brachte seine Frage das Fass zum Überlaufen. Ich musste ihm antworten, nicht nur um seinet-, sondern auch um meinetwillen.: »Was könnte ich denn jetzt anderes tun, mein Guter, als eine Pistole kaufen.« Als er mich anstarrte, als sei er von meiner Antwort überrascht, fügte ich, um quasi jeden Zweifel auszuräumen, hinzu: »Ich werde die gleiche Marke nehmen wie Achlâm, eine österreichische Glock.«

Über anderthalb Monate, etwa sieben Wochen blieb die Glock in meiner Reichweite. Auch als ich ein paarmal mein Haus in Augenschein nahm, natürlich nur von ferne, trug ich sie bei mir. Eingewickelt in Zeitungspapier, lag sie in einer kleinen Ledertasche, die ich mir zu ebendiesem Zweck angeschafft hatte. An Tagen, an denen ich im Hotel blieb oder es nur kurz verließ zu einem Spaziergang in der Nähe, in der al-Saadûn-Straße oder beim Bâb al-scharki, oder zu einem Besuch von Salmâns Grab, ließ ich das Ledertäschchen samt Pistole in meinem Zimmer, nicht offen herumliegend, sondern wohlverstaut in meinem großen Kleiderkoffer, damit man bei der Reinigung die Waffe nicht zu Gesicht bekam. Häufig blieb ich wie erstarrt im Bett liegen und bekämpfte den Wunsch, die Pistole hervorzuholen, in die Hand zu nehmen und sie zu streicheln, wie es mein Vater mit seinen Waffen von Zeit zu Zeit tat. Doch dann ließ mich ein nur schwer definierbares Gefühl zögern, eine Mischung aus Angst und Ahnung, ein Gefühl, das mich seit dem Kauf der Pistole nicht mehr losließ. Könnte ich wirklich auf jemanden schießen? Und wenn ja, auf wen? Könnte ich wirklich eine Pistole mit mir herumtragen, ich, der all die Jahre dem Töten aus dem Wege gegangen war, in der Armee und im Zivilleben, ich, der Waffen verabscheute? Eine Pistole ist ein kaltes Stück Metall, das irgendwo herumliegt. Stellen Sie sich vor, nicht einmal der Firmenname hat mir etwas bedeutet, und wenn Sie mich jetzt danach fragen würden, müsste ich passen, da ich das Ding nie richtig angeschaut habe. Vielleicht hat das mit dem Verhältnis meines Vaters zu Waffen zu tun. Mein Vater schlief mit dem Gewehr unter dem Bett. Seine fünf oder sechs Pistolen holte er von Zeit zu Zeit aus einer alten, verrosteten Eisenschatulle, um sie zu streicheln, um sich zu vergewissern, dass sie noch da waren. Meinem Bruder oder mir schenkte er nie eine ähnliche Aufmerksamkeit, von meiner Mutter einmal ganz zu schweigen. Hin und wieder erklärte er ihr, wenn sie an seinem Waffenkult herumkritisierte, die Pistolen seien für ihn wie Söhne, die beiden Gewehre wie Töchter. Ich weiß nicht, war es Eifersucht oder Neid, was mich Waffen hassen ließ, und wenn ich, wie in der Armee, eine Pistole haben musste, so sollte ihre Existenz jedenfalls neutral sein. Sie war einfach da, nicht mehr. Egal ob Messer oder Pistole, davon war meine Mutter überzeugt, beide haben die Seele des Skorpions. »Der Skorpion lebt nicht, wenn er nicht sein Gift verspritzt. Mit der Pistole ist es ebenso.«

Vielleicht hatte ich deswegen damals vor der Pistole mehr Angst als je zuvor. Ich fürchtete, sie könnte eher Kontrolle über mich ausüben als ich über sie. Ich. Ja, ich hatte Angst, ein Mörder zu werden, eine Ziffer in der Statistik. Der Waffenverkäufer, der in einer Seitengasse in Batawîn, unweit des Hotels, in dem ich wohnte, seine Waffen ordnete, hatte wohl das Entsetzen bemerkt, das aus meinem Gesicht sprach, als ich an jenem Morgen vor ihm stand. Er betrachtete mich wie ein Arzt seinen Patienten und versuchte, mich zu beruhigen: »Es hängt alles davon ab, wofür Sie die Waffe wollen, für Angriff oder Verteidigung.« Er wies auf zwei Pappstücke vor den Waffen, die er sozusagen in zwei Gruppen auf dem Tisch drapiert hatte: rechts die Waffen zur Verteidigung, Pistolen, automatische Gewehre und Messer, links Handgranaten und leichte Maschinenpistolen. Jede Art Waffen, sogar alte. »Die Angriffswaffe hält es nicht im Haus aus, sie giert nach Einsatz. Die Verteidigungswaffe dagegen kann monate-, ja jahrelang in ihrem Haus ruhen, wie die Hausschlange, völlig ungefährlich.« Seine Erklärungen beruhigten mich. Ich holte Luft, schluckte ein wenig und hörte plötzlich auf zu schwitzen. Doch das war nur für einen Augenblick, denn kaum hatte er ausgeredet, wurde ich wieder unsicher und begann mir Gedanken zu machen. Was sollte ich tun? Und weder als ich seinen Waffenklassifikationen zuhörte, noch als ich in den Tagen nach dem Erwerb der Glock-Pistole diese mit mir herumtrug, wusste ich wirklich, ob dieser Kauf im Hinblick auf Angriff oder Verteidigung erfolgt war. Auch meine Erfahrung aus der Armee beantwortete mir diese Frage nicht. War es denn wichtig, ob eine Waffe dem Angriff oder der Verteidigung diente? Andererseits, und das tröstete mich ein wenig, war ich sicher nicht der Einzige, der sich dieser Art der Verunsicherung gegenübersah. Das glaubte ich zumindest. Wenn ich nämlich auf der Straße ging, die Pistole in der Tasche, mich nach rechts und links umschaute und mein Blick auf jemanden neben mir fiel, der schweißüberströmt oder hektisch um sich blickte, oder wenn ich einen Mann sah, der seine Hand in die Jacken- oder Manteltasche steckte, ja selbst wenn ich eine Frau sah, die in ihre Handtasche griff, immer glaubte ich, dass ich nicht der Einzige war, der eine Waffe bei sich trug. Hatte mir nicht der Verkäufer gesagt, heutzutage müsse jeder eine Einzelfeuerwaffe zum individuellen Gebrauch und zur Selbstverteidigung mitführen? Warum aber nur eine Einzelfeuerwaffe? Warum nicht auch automatische oder wenigstens halbautomatische Waffen, Waffen also, die für den Verkäufer definitiv Angriffswaffen waren, wie er versicherte, während er mir sein gesamtes Arsenal erläuterte, das er teils vor sich ausgelegt hatte, teils Stück um Stück aus einem Koffer holte, den er unter seinem Stand versteckt hielt. Vielleicht wollte er mich ja zum Kauf einer teuren Waffe veranlassen, vielleicht las er Zeichen des Wohlstands auf meinem Gesicht. Wer weiß? Vielleicht. Der Verkäufer erzählte mir, während er Waffe um Waffe hervorzog, diese sei speziell für mich. »Schauen Sie nur, eine deutsche Maschinenpistole, Marke MP 40, hier eine englische, Marke Sterling, und hier nochmals eine deutsche, Marke Heckler & Koch VP 70, abgekürzt HK«, was er Englisch aussprach, eitsch-kei, und schließlich noch eine Thompson-Maschinenpistole M 1928 A1. Er hatte noch viele andere alte Waffen, an deren Namen ich mich nicht mehr erinnere. Warum also trugen die Menschen nicht diese Angriffswaffen mit sich herum? Wie sollte man unterscheiden können in einem Land wie dem unsrigen, in dem seit dem Einmarsch der Marines die Grenzen zwischen Verteidigung und Angriff verwischt waren? Nehmen Sie uns beide: mich, dessen Haus besetzt wurde, und Achlâm, die von einem Mann verlassen wurde, der sie danach den Wölfen überließ und selbst in ein hohes Richteramt aufstieg. Was würde man in unser beider Fall sagen? Haben wir eine Waffe zur Selbstverteidigung gekauft und kontrollieren sie, oder nicht? Nein, wirklich nicht. Es hat rein gar nichts mit dem zu tun, was jener Waffenverkäufer sagte. Es hat mich nicht einmal überzeugt, als er den Eindruck zu erwecken versuchte, er wolle mir nicht einfach die Waffe verkaufen, sondern er sei wie ein Arzt oder ein Apotheker. Die Eigenschaft der Waffe, die er verkaufe, definiere er, nicht der Kunde. Ich müsse ihm da schon vertrauen. Nur er sei ein echter Waffenexperte, alle seine »Kollegen« seien Amateure und Anfänger im Metier. »Hawâsim«, »Profiteure«, sagte er. »Außerdem, haben Sie je im Satellitenfernsehen die Werbung der Deutschen Bank gesehen?«, fragte er. »Es heißt da: Deutsche Bank – Leistung aus Leidenschaft.« Er sei, erzählte er, wie die Deutsche Bank und verkaufe Waffen aus Leidenschaft, aus keinem anderen Grund. Das hätten schon sein Vater und vor ihm sein Großvater so gemacht, ja, seit seinem Urgroßvater sei die Familie berühmt für den Waffenhandel, seit dem Einmarsch des englischen Generals Frederick Stanley Maude in Bagdad am 11. März 1917. Der Beleg dafür seien diese vielen alten Waffen, zum Beispiel die Maschinenpistole Thompson M 1928 A1, bekannt aus alten Mafiafilmen. Daneben die Carl Walther P 38 aus Deutschland, eine Pistole die, so erfuhr ich von ihm, die Nazi-Sturmtruppen im Zweiten Weltkrieg in den Jahren 1940 bis 1944 verwendeten, um ihre Gegner und andere Oppositionelle zu liquidieren. Das schien seine beste Karte, um mich von seinem unübertroffenen Sachverstand in der Waffenkultur zu überzeugen. »Sie können sie mit und ohne Schalldämpfer haben.« Mich interessierten seine üppigen Ausführungen nicht. Wenn ich ihm eine Česká 83 abkaufen würde, so deshalb, weil er sie für eine echte Verteidigungswaffe für Männer hielt, die monate- und jahrelang still bei mir zu Hause liegen könnte. Sollte ich mir dagegen eine österreichische Glock kaufen, was ich schließlich tat, so in der Annahme, Achlâms Vorbild zu folgen. Vielleicht würde mich schon der Gedanke daran ermutigen und mir Entschlossenheit geben, mein Vorhaben durchzuführen, mein Haus wieder zu betreten. Es nützte nichts, im Hotel zu bleiben und ewig das teure Zimmer zu bezahlen. Das Geld, das ich im Futter meiner Jacke mit mir herumtrug, würde auch irgendwann zu Ende gehen. Ich gab mir eine Woche, bis Neujahr, um das Fest zum Jahreswechsel noch dort zu feiern. Dann würde man weitersehen. Also verbrachte ich den Abend im Restaurant des Hotels, umgeben von lauter Musik, die ein junger Mann produzierte, und zahlreichen bleichen Mädchen, auf deren Gesichtern die zwölf Jahre des internationalen Embargos von 1991 bis 2003 ihre Spuren hinterlassen hatten. Vergeblich versuchten einige von ihnen, meine Aufmerksamkeit auf sich zu lenken. Als das nicht gelang, boten sie mir einen Sonderpreis »für einen Fick in allen Öffnungen mit Abschuss, wo du willst«. Offenbar dachten sie, meine Unlust, mit einer von ihnen zu bumsen, habe ihren Ursprung im fehlenden Geld oder in speziellen sexuellen Wünschen. Wie sollte ich ihnen klarmachen, dass ich wirklich nie in eine Bar oder in das Hotelrestaurant gegangen wäre, hätte ich nicht etwas Wichtiges vorgehabt. Es gab ja wohl in diesem Land nichts Erfreuliches mehr, wie das mein Freund Salmân immer formulierte, das zu feiern sich ein Anlass böte? Ich hätte sie wirklich gern gefragt, wie denn jemand in diesem waffenstarrenden Land voller Mord und Totschlag sexuelles Verlangen verspüren oder einen hochkriegen sollte. Aber ich blieb verbindlich und diplomatisch. Ich sei verheiratet, worauf sie lachten und fragten, was das nun wieder heißen sollte. »Schließlich sind alle unsere Kunden verheiratet.« Ich wusste, sie hatten recht, aber ich sagte nichts. Ich wünschte mir einfach, dass diese Nacht friedlich zu Ende ging. Sie tat es. Die Drohenden machten ihre Drohungen nicht wahr: Es gab keinen Anschlag auf Kirchen, keinen auf die Festgesellschaften; es wurden keine Kneipen geschlossen und nirgends wurde das Trinken untersagt. Lediglich am Neujahrstag gab es vereinzelte Vorfälle. Sie wissen, dass die Leute diese Anlässe brauchen, wiederkehrende Daten. Sie gingen hinaus auf die Straße. Die Luft war ausgesprochen angenehm, die Gesichter waren entspannt. Warum auch nicht? Die Sicherheitslage werde sich im gerade angebrochenen Jahr allmählich verbessern, hieß es, und die

Leute, die jeden Trost brauchen konnten, glaubten es. Nur ich nicht. Nicht weil mich die Sicherheitslage nicht interessierte; aber ob sie besser oder schlechter war, mein Haus war noch immer besetzt und meine Freunde hatte ich, einen nach dem anderen, verloren oder musste mich, wie im Fall von Mâdschid Karîm und Doktor Ghâlib Latîf, ja auch im Fall von Achlâm und Nachîl (wenn wir diese beiden, und warum nicht, auch als Freundinnen betrachten), von ihnen trennen. Die beiden anderen, Salmân Mâdi und Daniel Brooks alias Daniel Hussain, waren praktisch hingerichtet worden. Von Ashâr, meiner Frau, die von amerikanischen Apache-Hubschraubern am helllichten Tag umgebracht wurde, will ich gar nicht reden.

Ich ging also an jenem Tag mit entschlossener Miene los. Ich wollte die Geschichte am ersten Tag des neuen Jahres hinter mich bringen. Mein Plan war folgender: Ich wollte klingeln, um dann hineinzugehen und die Vermummten aufzufordern, das Haus zu verlassen. Aber der erste Tag verging und ebenso vergingen alle Tage der ersten Woche. Irgendwann kam schon die dritte Woche und verging, dann die vierte, die fünfte, und ich war noch immer unentschlossen. Ich war wie in eine Falle getreten, aus der ich mich nicht befreien konnte. Sollte ich in mein besetztes Haus eindringen und das Feuer auf die bewaffneten Männer eröffnen, oder sollte ich mich lieber selbst erschießen? Glauben Sie nicht, dass ich es nicht probiert habe! Aber in beiden Fällen stellte ich meine Unfähigkeit und meine Feigheit, wenn es das denn war, fest. Kaum vorne an der Straße angelangt, blieb ich wie gelähmt stehen, betrachtete das Haus aus der Ferne, wagte aber keinen Schritt weiterzugehen. Wenigstens erfahren, ob die Männer noch immer da waren oder ob sie das Haus verlassen hatten, wollte ich gern. Was sie da noch trieben, nachdem sie Daniel Brooks alias Daniel Hussain beseitigt hatten? Aber irgendwie war ich nicht darauf vorbereitet, die Tür, meine Haustür, aufzustoßen und diese Fremden im Garten oder im Wohnzimmer anzutreffen. Allein die Vorstellung erschreckte mich. In diesem Fall hätte ich keine andere Wahl, als das Feuer auf sie zu eröffnen oder ihnen zumindest damit zu drohen, sollten sie nicht umgehend das Haus verlassen. Aber ich konnte sie doch auch nicht einfach gehen lassen, nachdem sie einen Mann ermordet hatten, der sicher nicht einmal ihr einziges Opfer war. Wer waren sie, die sich da für Gott hielten und über Leben und Tod entschieden? Mein Zögern endete jeweils damit, dass ich einem vorbeifahrenden Taxi winkte, besonders wenn ich eine Polizei- oder Militärpatrouille näher kommen sah; oft waren es auch Amerikaner auf dem Weg in ihr neues Quartier in den alten Depots. Ich verhielt mich wie ein Verfolgter, als wäre ich der Mörder, nicht diese Männer, die da in meinem Haus saßen. In den vergangenen zwei Jahren und acht Monaten war ich, auf der Flucht vor ihnen, durchs ganze Land geirrt, jetzt irrte ich durch Bagdad. Jeden Tag irgendwo, von einem Viertel ins andere, von Straße zu Straße. Doch diesmal floh ich vor mir selbst. Zunächst hatten sie mich zum Mörder machen wollen, zum Mörder an einem Mann, gegen den ich überhaupt nichts hatte, ja, einem Mann, der extra gekommen war, um mich zu suchen, wahrscheinlich, damit ich ihn zu Salmân, seinem »Zwilling«, führte. Und nun wollte ich zum Mörder werden, wollte ich Mörder und Schlächter umbringen. Hatte mir der junge Waffenhändler an seinem »Friedensstand für Waffenverkauf« nicht gesagt, er verkaufe Waffen, um den Menschen Ruhe zu verschaffen? Das sei die Philosophie, an die sich seine Familie schon seit Generationen halte. Das war natürlich Geschwätz, was aber nichts an meiner Entschlossenheit änderte. Es gab kein Zurück. Immer wenn ich nach langem Zögern schließlich unverrichteter Dinge zurückkehrte, konnte ich nicht schlafen, saß lange Nachtstunden auf dem Bettrand und dachte daran, mich noch vor dem Morgengrauen zu erschießen. Und glauben Sie nicht, ich hätte es nicht versucht. Drei Mal habe ich dazu angesetzt. Bei den ersten beiden Malen habe ich die Pistole nur wenige Sekunden in die Hand genommen, sie dann aber rasch wieder zurückgelegt und die Tasche verschlossen. Beim dritten Mal hatte ich zuvor mindestens eine halbe Flasche von diesem billigen

Whisky getrunken, der im Norden produziert oder besser, wie alles in diesem Lande, gepanscht wird. Das gab mir etwas Mut. Ich stellte mich vor den zersprungenen Spiegel in der Tür meines Kleiderschranks, schob mir die Mündung der Pistole in den Rachen und schloss den Mund. Im demolierten Spiegel sah ich zerstückelt aus, ein schrecklicher Anblick, der mich plötzlich wach werden ließ. Ich zog die Pistole aus dem Mund, betrachtete sie und steckte sie dann zurück in die Tasche, diesmal in aller Ruhe, wie eine Mutter ihr Kind zum Schlafen in die Wiege legt. Danach heulte ich lange. Ich schluchzte still in mich hinein, als wollte ich niemanden daran teilhaben lassen. Später bin ich hinausgegangen, obwohl Bagdad bei Nacht gefährlich war. Ich ging zur Abu-Nuwâs-Straße, die glücklicherweise beleuchtet war. Offensichtlich war das noch vor der Zeit der Stromunterbrechungen. Ich trat an den Zaun, der die Straße vom Fluss trennte, und zum ersten Mal dachte ich daran, die Pistole in den Fluss zu werfen. Ich tat es dann doch nicht, weder in jener Nacht noch am nächsten Morgen, noch an den folgenden Tagen. So ging das über anderthalb Monate, etwa sieben Wochen. Dann eines Freitags ging ich Salmâns Grab besuchen und sah dort, wie jeden Freitag, Nachîl sitzen. Ich war fest entschlossen, ihr die Pistole zu geben, ohne dass ich wusste, ob Nachîl zu den Frauen gehörte, die sich eine Waffe beschafften. Aber warum sollte ich es ihr nicht vorschlagen? Bei Frauen dienten Waffen ja vielleicht wirklich der Verteidigung, nicht dem Angriff, wie bei Männern. Eine Frau wie sie besaß genug Weisheit und Selbstbeherrschung, um die Waffe zu kontrollieren und sich nicht von ihr kontrollieren zu lassen. Ich zögerte dann doch, ihr die Waffe auszuhändigen, und verschob es auf einen anderen Freitag, tat es aber weder in der drauffolgenden noch einer späteren Woche. Und doch hätte ich ohne Nachîl mich nicht dazu bringen können, das in die Tat umzusetzen, was ich beschlossen hatte, als ich William in seiner Kneipe verließ.

Bei diesem einzigen Besuch bei William hatte er mir erzählt, wenn ich Nachîl sehen möchte, sollte ich am Freitag zum Friedhof gehen. Sicherlich würde sie dort sein. »Stell dir vor! Nachîl, die Sekundarschullehrerin, die sogar begonnen haben soll, eine Dissertation über Literatur zu schreiben, ist zum Klageweib geworden, deren Litaneien man hören kann, wenn sie an Salmâns Grab sitzt.« Das hatte er gesagt, und das hatte sich meinem Gehirn eingeprägt. Auch ein paar Totenklagen hatte er vorgetragen, die er von ihr gelernt hatte, er, der Christ. Doch bei meinen Besuchen auf dem Friedhof wollte ich Nachîl nicht in ihrer Andacht stören und blieb bei der Mauer stehen, nicht weit weg. Es war das Versteck, an dem während der Beerdigung der Krankenwagen gestanden hatte, wie mir William beschrieb. Von dieser Stelle aus konnte ich sie beobachten. Alle sechs Male wartete ich, bis sie ihr Ritual vollzogen hatte: Sie streute Rosen aufs Grab, Damaszener Rosen, die Salmân geliebt hatte. Dazu sprach sie ihre Totenklagen, immer mit gedämpfter Stimme. All das konnte recht lange dauern. Doch schließlich ging sie. Für mich war nur wichtig, nicht von ihr gesehen zu werden. Sie sollte nicht erfahren, dass ich da war. Irgendwie fühlte ich mich beschämt, als hätte ich sie vernachlässigt. Salmân hatte völlig recht, als er zu William sagte: »Wie kann jemand plötzlich einfach so verschwinden, ohne ein Wort des Abschieds?« Natürlich hatte ich ihr geholfen, eine Wohnung für sich und ihren Sohn zu finden, ich hatte auch während der ersten Monate die Miete bezahlt, bis sie an eine Oberschule in Bagdad versetzt worden war. Aber all diese Jahre hatte ich mich nie nach ihr erkundigt. Vielleicht war ich ihr ja aus dem Weg gegangen, weil ich sie nicht anlügen wollte. Was hätte ich ihr denn sagen sollen, wo ich all diese Zeit gewesen war? »Ihr Freund ist gestorben, und Sie sind nicht einmal zu seinem Begräbnis gekommen.« Sollte ich ihr erzählen, ich sei auf der Flucht vor bewaffneten Männern gewesen, die mein Haus besetzt hielten und mich zwingen wollten, einen Fremden umzubringen, einen Amerikaner, der glaubte, Salmâns Verbrecherkumpan zu sein? Der vielleicht auch nur gekommen war, um durch meine

Hand von seinen Gewissensbissen erlöst zu werden. Hatte er mir das nicht gesagt? Wer weiß? Und wenn ich Mühe hätte, das zu erklären, wie sollte ich sie dann auf meine Seite ziehen oder sie wenigstens von meinen Worten überzeugen? Darüber dachte ich bei jedem meiner Besuche nach. Ich wartete, bis sie gegangen war, um zum Grab meines Freundes treten und die mitgebrachten Blumen darüberstreuen zu können. Doch als ich zum siebten Mal kam und mich wie üblich an der Mauer verstecken wollte, stand dort ein junger Mann, die Hand in der Jackentasche. Würde ich es mir je verzeihen, dachte ich, wenn ihr etwas zustieße? Wenn dieser Bursche zum Beispiel eine Pistole dabeihätte und gekommen wäre, sie zu töten? Manche Leute töten ohne ersichtlichen Grund. Wegen der Hautfarbe, wegen der Religion, wegen des Geschlechts. Warum sollte Nachîl nicht dieses Mal das Opfer sein? Wir alle, die wir Jahre des Schreckens und des blinden Mordens erlebt haben, sind doch wohl nur zufällig noch am Leben? Zwar zeigte die Miene des jungen Mannes keinerlei böse Absichten; er war wirklich noch jung, vielleicht fünfzehn oder sechzehn. Etwa ein Wolf im Schafspelz? Ein Mörder in Mönchskutte? Aber allein in der Stadt Basra hatten im vergangenen Jahr einhundertsechsunddreißig Frauen durch Angriffe religiöser Milizen ihr Leben verloren, und in anderen Städten mochten es weitere Hunderte sein. Der Bursche trug moderne Kleidung, und weder sein Haarschnitt noch sein Äußeres deuteten auf einen Milizionär. Doch wie er da so stand, die Hand in der Tasche, offensichtlich eine Waffe haltend, weckte er in mir Angst um Nachîl. Es war das erste Mal, dass ich mein Herz derartig pochen spürte. Sie wissen ja, was es bedeutet, wenn man sich sehr um einen Menschen sorgt? Es bedeutet, dass man ihn liebt. In jenem Augenblick wusste ich noch nicht, ob mir das passiert war, es war das erste Anzeichen einer Zuneigung für Nachîl. Mein Herz schlug wie noch nie. Wirklich, ich kann Ihnen nicht beschreiben, wie ich dieses Herzklopfen empfand. Wissen Sie, ich hatte diesen Schauder vom Scheitel bis zur Sohle schon lange nicht mehr erlebt, schon viele Jahre, seit damals, als ich noch wusste, dass ich ein Herz besitze. Ein Vierteljahrhundert mochte es her sein. Damals, als ich Ashâr auf mich zukommen sah. Da schlug mein Herz so wild, dass man Angst darum haben musste, dass man die Hand darauflegte, aus Furcht, es könnte herausspringen und einen leer zurücklassen. Das kommt Ihnen doch nicht komisch vor? Wer würde sich nicht an den Augenblick der ersten Liebe erinnern? Die Jahre vergehen und unsere Haare werden grau, aber die Erinnerung an den ersten Schlag der Liebe bleibt gegenwärtig und wohlverwahrt tief in unserem Innern. Wir mögen glauben, er sei unserem Gedächtnis entschwunden, sein Geschmack vergessen, doch wir brauchen nur einen Anlass, groß oder klein, und schon bricht er wieder hervor – eine Knospe, die aufbricht, ein Sonnenstrahl, der sich seinen Weg durch die Wolken bahnt. Ich glaube, ich brauchte an diesem Tag den jungen Mann, der da stand und sie beobachtete. Er war wie ein Geschenk des Himmels. Aber um ehrlich zu sein, jetzt, da ich Ihnen diese Geschichte erzähle, kommen mir Zweifel, ob wirklich jemand dort stand. Denn weder während ich da an der anderen Ecke der Mauer wartete noch als ich die Stelle verließ und zu Nachîl trat, sah ich den jungen Mann weggehen. Und doch war er plötzlich vom Friedhof verschwunden. Hatte ihm ein Romanschriftsteller oder ein Filmregisseur diese Rolle zugewiesen, um mich zu motivieren, zu Nachîl zu gehen?, fragte ich mich, als ich plötzlich bei ihr stand. Nachîl saß neben dem Grab, ihre Lippen bewegten sich. Als sie aufschaute und mich musterte, wusste ich, dass ich das Richtige getan hatte. Ich gab ihr die Pistole nicht, nicht weil ich irgendwelchen Argwohn hegte, als ich in ihr Gesicht blickte, das traurig und wütend, zugleich aber beherrscht war; auch nicht, weil ich ihr so den Eindruck vermittelt hätte, ein unsicherer, feiger Zeitgenosse zu sein, ein verzweifelter Mensch, keine Stütze für irgendjemanden. Vielmehr bemerkte ich, dass ich alles in meiner Macht Stehende tun musste, diese Frau von der Waffe fernzuhalten, und da verfluchte ich meine Furcht vor der Begegnung mit ihr. Warum war ich ihr nur all diese Tage aus dem Weg gegangen? Sie brauchte nur einen kleinen Moment, um sich zu fassen, bis sie glauben konnte, dass ich leibhaftig neben ihr am Grab stand. Ihre großen Augen leuchteten, als hätte sie mich vom Himmel herabgewünscht. Und nun stand ich hier neben ihr auf Erden. »Dann waren das also Ihre Blumen, die neben den meinen auf dem Grab lagen. Der Sohn des Friedhofswächters hat mir erzählt, jeden Freitag nach mir komme jemand mit einem Strauß, den er auf Salmâns Grab lege«, sagte sie und zeigte auf die Stelle, wo ich den jungen Mann gesehen zu haben glaubte. »Ich dachte mir schon, das müssten Sie sein. Wer sonst erinnert sich noch an Salmân.« Ihre Stimme brach, aber sie lächelte, als hätte sie seit Jahren nicht gelächelt. Sie nahm mir den kleinen Strauß ab, den ich mitgebracht hatte, und legte ihn sorgfältig neben den ihren aufs Grab. Ich setzte mich neben sie. »William hat mir alles erzählt«, begann ich. »Ich freue mich, Sie nach all dieser Zeit wiederzusehen, und ich bedaure zutiefst, dass ich Sie nicht schon früher angerufen habe.« Dann erzählte ich ihr, was ich in all diesen Jahren erlebt hatte, und sie hörte ruhig zu. Unablässig musterte sie mich, als brauchte sie noch viel Zeit – nicht um zu glauben, was ich ihr erzählte, schließlich war meine Geschichte vergleichbar der ihren und den Geschichten anderer Iraker, war ein Tropfen im Meer, nicht mehr und nicht weniger; nein, ich glaube, sie brauchte Zeit, um sich mein Gesicht in die Wirklichkeit zurückzuholen, um glauben zu können, dass ich nach all diesen Jahren nicht nur noch am Leben war, sondern dass sich in meinem Verhältnis zu ihr und zu Salmân nichts geändert hatte. »Nun sind Sie also zurückgekehrt«, sagte sie, als hätte sie eben erst erfahren, dass ich verreist war. »Willkommen daheim! Schön, dass Sie wieder hier sind. Jetzt bin ich beruhigt und alles wird gut!« In diesem Augenblick hätte ich sie gerne in die Arme geschlossen, aber eine Frau, auch die Schwester oder eine gute Freundin, in der Öffentlichkeit zu umarmen und an sich zu drücken, hätte im Irak ganz sicher unangenehme Folgen gehabt. Mein Gott, was für Gefühle mich in diesem Moment übermannten. Nicht weil sie glaubte, alles werde gut, was ich meinerseits durchaus bezweifelte. Ich hatte nicht vergessen, dass in diesem Land schon sehr lange nichts mehr gut war. Nein, das wohlige Gefühl dieses Augenblicks hatte seinen Ausgangspunkt in ihrer angenehmen Stimme. Schon unendlich lange hatte ich diesen Satz nicht mehr gehört: »Willkommen daheim!« Bei meiner ganzen Reiserei war ich immer ein Fremder im eigenen Land. Und jetzt war ich bei Nachîl. Es war, als ob ich bei allen Nachîls, allen Palmen, dieses Landes stünde, was eben ihr Name in der Tat bedeutete. Hierher gehörte ich, ich spürte es. Ich hatte dieses Lied nicht vergessen, in dem es heißt: Heimat ist der Ort, an dem du dich zu Hause fühlst. Wer hat das bloß gesungen? Die Talking Heads. Oder das andere Lied, in dem es heißt: Öffne dein Herz, ich kehre heim, von Pink Floyd, glaube ich. In diesem Augenblick fühlte ich mich wie jemand, der bei seiner Heimkehr begrüßt wird: »Willkommen daheim! Du bringst Licht in unser Haus.« Ihre warme und traurige Stimme, ihre Art, den Saum meiner Jacke zu berühren, die Worte, die sie wählte, all das gab mir das Gefühl, dass für mich ein Zuhause, ein neues Heim nur Nachîls Herz sein konnte; und dass ich, wenn ich etwas für diese Frau tun wollte, die da neben mir am Grab meines Freundes saß, dessen Ehefrau sie einmal war, ihr nicht das Gefühl geben durfte, mich von ihr zurückzuziehen, sondern im Gegenteil, alles in meiner Macht Stehende tun musste, um ihr zu zeigen, dass ich hier, bei ihr war. Es gab für mich keine Ausrede mehr. Ich musste mein Leben neu beginnen, und zwar mit ihr. Dazu musste ich aber zunächst meinen Entschluss in die Tat umsetzen. Die Geschichte mit dem Haus musste geregelt, die Rechnung mit den Besetzern beglichen werden. Wie könnte ich von ihr verlangen, mit mir zusammenzuleben, wie könnte ich sie bitten, meine Frau zu werden, wenn ich nicht einmal eine Wohnung hätte? Damals war ich noch entschlossen, im Land zu bleiben, in Bagdad. Aber um sich sagen zu können: Dieses Land gehört wieder dir, du wohnst darin als ein Bürger unter vielen, muss man ein Dach überm Kopf haben, kann man nicht leben wie ich: ohne Familie, ohne Haus, ohne Freunde. Sie stimmen mir da sicher zu. Wie dem auch sei, ich muss sichtbar aufgeregt gewesen sein oder ihr doch diesen Eindruck vermittelt haben. Jedenfalls zog plötzlich eine Traurigkeit in ihre Augen, dass ich schon glaubte, sie suche die Ursache meiner Unruhe bei sich, nach all den Geschichten, die auch sie mir erzählt hatte. Zum Beispiel die Geschichte ihres Sohnes Adam. Sie konnte nicht wissen, dass nicht das, was sie mir berichtet hatte, besonders ihre Bemerkungen über Adam, mich etwas nachdenklich und traurig gemacht hatte. Natürlich hatte ich verstanden, was dem Jungen zugestoßen war. Tausenden von Jungen war es schon so ergangen. Nach dem Tod seines Vaters drängte er sie, erzählte Nachîl, ihm eine Waffe zu besorgen. Er wollte nicht der Einzige im Viertel sein, der kein Schießeisen besaß. Und als sie ihn aufforderte, sie zum Grab seines Vaters zu begleiten, weigerte er sich. Er werde nie das Grab seines Vaters besuchen, schwor er, bevor er ihn gerächt hätte. Sie hatte diese Zuneigung für seinen Vater merkwürdig gefunden, da er ihn ja zum letzten Mal als kleiner Junge gesehen hatte. Er werde es seinem Vater nachsehen, wenn er seine Schuld ihm gegenüber zugebe, weil er Frau und Kind verlassen habe und weggegangen sei. Natürlich erzählte sie ihm weder von Achlâm noch davon, dass Salmân in der Gegend des Maidân-Platzes wohnte, weder von seinen Halluzinationen noch von seinen Vorstellungen, weder von seiner Schlaflosigkeit noch davon, dass er bei Nacht schrie. Sie sagte ihm nicht: »Was deinen Vater getötet hat, war sein Schuldgefühl.« Darauf hatte Salmân immer bestanden. Er war überzeugt davon, dass er, auch wenn er nicht alle neunundzwanzig oder dreißig amerikanischen Gefangenen tötete, doch der war, der seinen Dichterfreund, den amerikanischen Soldaten David Barbiero umbrachte. Da war er ganz sicher, wie er ihr eines Abends erzählte. Nachîl hatte Adam nichts von alledem erzählt, nicht einmal, als er schon etwas älter war. Sie behauptete sogar, sie habe seinen Vater verlassen und wolle nicht zu ihm zurückkehren. Eine Notlüge, zu der sie greifen musste, versicherte sie mir, um nicht ihren Sohn zu verlieren. Er sollte seinen Vater nicht verabscheuen. Nach dem Tod von Salmân wusste sie nur zu genau, was in ihm vor sich ging. Es schmerzte ihn, und er wollte den Tod seines Vaters rächen. Irgendwann einmal werde er, mit oder ohne ihre Hilfe, seinen Entschluss in die Tat umsetzen. Er wollte sich eine Waffe beschaffen. »In unserem Viertel kaufen sich die Jungen Waffen in aller Öffentlichkeit auf dem Markt«, erzählte Nachîl, »Jungen, die noch keine zehn Jahre alt sind, aber schon alles über Waffen wissen. Sie reden darüber, als unterhielten sie sich über Spielzeuge. Natürlich machte Adam da mit, er war älter als die anderen.« Offenbar war ihr nicht bewusst, dass diese Geschichte, von der sie glaubte, sie habe mich erschreckt, nichts Besonderes war. Es war eine Geschichte, die sich in ähnlicher Form tausendfach in diesem verwüsteten Land abspielte. Ich fragte mich, wie sie aber am Ende seinem Drängen hatte nachgeben und eine Waffe kaufen können. »Es war besser, dass ich ihm die Pistole aussuchte, nicht einer von seinen Kumpanen. Auch von diesen waren manche schon übers Ohr gehauen worden und hatten rostige oder nicht funktionstüchtige Waffen gekauft. Es gab sogar hin und wieder Rohrkrepierer, durch die der Schütze ums Leben kam.« Sie hatte sich bei alledem nicht klargemacht, dass die Waffe, einmal in der Hand des Jungen, ihn zu kontrollieren beginnen würde, nicht umgekehrt. Sie hatte nicht geahnt, dass ihr Sohn, den sie eigentlich retten wollte, ihr von diesem Tag an entgleiten würde. Er begann, auf der Straße auf vorbeifahrende Krankenwagen zu schießen. »Mein Vater ist schließlich in einem Krankenwagen umgebracht worden« erklärte er ihr, als sie ihn in ihrer Verzweiflung anschrie. Sie hatte einen Fehler gemacht, doch nun war es zu spät. Mehrfach nahm sie ihm die Pistole weg und versteckte sie, doch immer fand er sie wieder. Sogar aus ihrer Handtasche holte er sie wieder heraus, wie an jenem unheilvollen Tag.

Nachîl war in der Schule, als es geschah. Eine Patrouille der Armee oder der Polizei, so erzählte man ihr, habe das Feuer auf ihn eröffnet. Andere behaupteten, er sei durch die Hand von bewaffneten Zivilisten getötet worden, als er auf einen nichtstaatlichen Krankenwagen schoss. Ihre Nachbarn behaupteten steif und fest, seine Mörder seien keine Iraker gewesen, sondern Söldner einer Sicherheitsfirma, vielleicht Blackwater oder eine andere. Schließlich war das Land von Firmen dieser Art überschwemmt. Das Problem für sie war, dass seine Mörder behauptet hatten, Adam sei nur verwundet und sie würden ihn ins nächstliegende Krankenhaus bringen. Seine Verletzungen müssten sofort behandelt werden, erklärten sie noch am Tatort. Nachîl suchte vergeblich nach ihm. »In keinem Krankenhaus in ganz Bagdad war er zu finden. Adam hatte sich in Luft aufgelöst, er war verschwunden.« Nicht einmal seinen Leichnam erhielt sie. Er blieb verschollen. »Wissen Sie, was das bedeutet?«, fragte sie mich. »Es bedeutet, dass er ohne Abschied dahingegangen ist. Das ist ganz furchtbar«, flüsterte sie mit brechender Stimme. »Erst habe ich Salmân verloren, dann meinen Sohn. Aber Salmân hat wenigstens ein Grab, das ist ein Trost.« Nachdem sie sich ein wenig gefasst hatte, entschuldigte sie sich. »Verzeihen Sie mir, bitte! Ich weiß, Sie brauchen das nicht auch noch«, sagte sie und wischte sich die Tränen vom Gesicht. Adams Tod hatte sie völlig zerstört. In normalen Zeiten, im Frieden – wann gab es bei uns jemals Frieden? – enthielt das Wort »verschollen« noch einen Hauch Hoffnung. Aber in Kriegszeiten und unter der Diktatur verschwand der Verschollene ein für alle Mal. Es war wie eine Todeserklärung, aber eben nicht definitiv, da keine Leiche vorlag. Ein Begräbnis ohne Abschied, ein Tod ohne Begräbnis, wenn man so will. In solchen Fällen stehen die Angehörigen vor einer schwer zu ertragenden Leere, ihr Schmerz, so tief er auch sei, bleibt ohne Trost. Denn für einen Verschollenen gibt es keine Abschiedsrituale. Er hat keinen Ort, kein Grab, das man besuchen kann. Ein Verschollener hinterlässt nichts als ein tiefes Loch bei ratlosen Angehörigen. Das sah ich auf Nachîls Gesicht. Ich hätte gern meine Hand ausgestreckt und ihr die Tränen von den Wangen gewischt, wenigstens diese eine Träne, die links der Nase glitzerte, genau auf der Falte, die der Gram gegraben hatte. Ich hätte ihr so gern gesagt, sie brauche sich nicht zu entschuldigen. Dass ich besorgt und beunruhigt sei, habe nichts mit ihren Berichten, sondern nur mit mir selbst zu tun, mit diesem Zögern, das sich bei mir seit etwa zwei Monaten staute. Was sie mir erzählt habe, besonders die Sache mit Adam und seinem Tod, habe mich an meine Pflicht erinnert. Ich müsse etwas unternehmen. Ich weiß noch, als ich Nachîl so weinen sah, musste ich an Achlâm denken, die mir eines Tages gesagt hatte: »Du musst dir eine gute und schöne Frau als Ehefrau suchen.« Warum nicht Nachîl? Aber wie, um Himmels willen, sollte ich sie auffordern, mich zu heiraten, wo ich doch weder eine Arbeit noch eine Wohnung hatte? Plötzlich durchzog mich ein heftiges Zittern. Ich musterte Nachîl, die das offenbar bemerkt hatte. Sie sah, wie ich mich in mich zusammenzog und den Kopf zwischen die Arme legte, und schien zu begreifen, was in meinem Kopf vor sich ging. Ich sah sie aufstehen. Hatte sie gespürt, dass ich auch aufstehen wollte? Als ich ihr sagte, sie müsse jetzt gehen, ich würde sie morgen besuchen, und von jetzt ab solle sie sich auf mich verlassen, nickte sie, als hätte sie diesen Satz schon lange erwartet. Während wir den Friedhof verließen und hinaus auf die Straße gingen, schaute sie mich immer wieder an, und als ich mich von ihr verabschiedete und sie in ein Service-Taxi stieg, um nach Hause zu fahren, lief der Film meines künftigen Lebens vor meinem inneren Auge ab. Wissen Sie, bis dahin hatte es immer nur den Film meines vergangenen Lebens gegeben. Haben wir denn im Irak etwas anderes als die Vergangenheit? Doch in diesem Augenblick, als Nachîl im Taxi verschwand, zeichnete sich vor mir mein künftiges Leben ab, es nahm vor mir Gestalt an: konkret und phantastisch, voller Wünsche und Taten. Wollte ich mir auf diese Weise einreden, ich sei wirklich ein anderer geworden, sei nicht mehr die Person, die ich einmal war? Es war unerheblich, ob ich selbst glaubte, in den Fußstapfen von Unteroffizier Salmân Mâdi und Second Lieutenant Daniel Brooks ein Zufallsmörder zu werden, obwohl beide die Fronten, an die sie geschickt wurden, und den Moment, an dem sie abdrücken mussten, nicht selbst gewählt hatten. Und ich? An welcher Front musste ich kämpfen? War es unser Schicksal in diesem elenden Land, dass man zwischen den Fronten nicht mehr unterscheiden konnte? War es unser Schicksal, ständig, auch gegen unseren Willen, zu kämpfen? »In diesem Land kann man bloß wählen zwischen der Rolle des Mörders oder derjenigen des Ermordeten«, sagte mir Salmân einmal. Aber warum gibt es, wie ich jedenfalls meinte, keine Alternative? Ich weiß es nicht, und damals hat mich nicht einmal die Frage interessiert. Sieben Wochen reichten mir, um zu einer Entscheidung zu kommen. Sieben Wochen reichten, um von Ausflüchten zu zehren. Aber jetzt, nach dieser Begegnung mit Nachîl – welche Ausflucht bliebe mir denn noch? Ich stand da und zitterte am ganzen Körper. Mein Kopf war glühend heiß. Ich schien wirklich ein völlig anderer Mensch geworden zu sein. Die sieben Wochen schienen nur Einübungen in die Person, die ich werden sollte. Jetzt werde ich vollkommen, dachte ich. Was später geschah, weiß ich nicht mehr genau. Ja, ich habe danach viele Dinge vergessen. Ich habe vergessen, ob ich einen anderen Namen hatte, ein anderes Leben, ein anderes Land. Und bei allem, was danach geschah, vermischten sich Reales und Phantastisches, Wahres und Erfundenes, Richtiges und Erlogenes, Erinnertes und Vergessenes. Das einzig Feste und Wahre war der Film von meinem künftigen Leben, der an jenem Freitagnachmittag vor mir ablief, in aller Klarheit, Stück um Stück, genau in dem Augenblick, in dem Nachîl in das Service-Taxi stieg und mir zum Abschied zuwinkte. Da nahm mein Leben vor mir Gestalt an, Szene für Szene, Schritt für Schritt. So etwa muss meine Zukunft ablaufen.

Nach dem Verschwinden des Service-Taxis, winke ich ein normales Taxi heran und bitte den Fahrer, mich zu meinem Haus zu fahren. Dort angekommen, stelle ich mich an die Straßenecke. Danach gehe ich vielleicht auf den Markt in der Nähe oder zu dem kleinen Getränkeladen, wo ich früher einmal gern hin und wieder saß, vielleicht bleibe ich auch dort, gegenüber dem Haus, stehen. Jedenfalls würde ich auf den Sonnenuntergang warten und dann zur Haustür gehen. »Warum arbeitet man in den Schlachthäusern bei Nacht? Warum beginnt man das Schlachten um vier Uhr morgens? Warum gibt es diese zeitliche Übereinstimmung zwischen der Hinrichtung von

Menschen und dem Schlachten von Tieren?«, hatte mich Salmân einmal gefragt und gehofft, ich hätte eine Antwort darauf. »Du bist der Henker und der Experte, also antworte! Du bist der Henker und der Weise. Hast du das vergessen: Der frühe Morgen war grau wie der Radau der zum Tode Verurteilten«, zitierte er, leicht abgewandelt, eine Zeile von Boris Pasternak. Okay, Salmân, dachte ich, als würde ich ihn ansprechen. Diesmal wollte ich die ganze Sache umkehren und bei den vermummten Besetzern meines Hauses in den frühen Abendstunden eindringen. Mörder wie sie schlafen bei Tag und treiben sich bei Nacht herum, etwa ab zehn Uhr, sobald die Ausgangssperre eingesetzt hat. Ich werde sie ganz sicher im Schlaf überraschen. Sie werden mich nicht hereinkommen hören, nicht weil sie tief schlafen, sondern weil ich geräuschlos hineingehe. Ich kenne jeden Winkel. Es ist mein Haus. All das war im Film meines künftigen Lebens zu sehen. Zu sehen war, wie ich, einmal vor der Tür, die Hand ausstrecke und darunter hindurchgreife, um die Metallstange zu drehen und dann die Tür langsam aufzuschieben, wie ich es früher immer tat, wenn ich den Schlüssel vergessen hatte. Sie durften drinnen ja die Tür nicht quietschen hören. In diesem Augenblick musste ich völlig geräuschlos die Tür zumachen und abschließen. Sollte einer von ihnen aus dem Wohnzimmer rufen, wer da sei, müsste ich mir rasch einen Namen zulegen. Ich könnte sagen, ich sei Harûn, Harûn Wâli beispielsweise. Warum auch nicht? Oder ich könnte nichts sagen und ihn glauben lassen, er habe sich getäuscht. Sollte einer von ihnen aus dem Wohnzimmer kommen, würde ich sofort schießen. Wenn ich mein Vorhaben erfolgreich umsetze, wie es an jenem Freitag in dem Film von meinem künftigen Leben zu sehen war, wenn alles wunschgemäß verläuft und ich den Gartenweg auf Zehenspitzen durchquere, werde ich halb versteckt an ihrem Pick-up vorbeigehen. Ich werde um das Haus herumgehen und durch die Küchentür eintreten, dort wo die hintere Hauswand dem Nachbarhaus am nächsten kommt. Ein Durchgang von einem halben Meter, nicht mehr, gerade weit genug, um meinen schlanken Körper durchzulassen. Das Küchenfenster, das wusste ich, war immer offen. Dort ist ganz sicher keiner von ihnen. Sie sitzen im Wohnzimmer vor dem Fernseher und hecken neue Mordpläne aus. Es sind sechs, die Kugeln in meiner Pistole werden also genügen. Die restlichen Kugeln wären für den siebten, den vermummten Boss, der während meiner Befragung ständig an der Tür zum Schlafzimmer stand. Alles deutete darauf hin, dass er ihr Anführer war. Ich hatte selbst gesehen, wie sie nach jeder meiner Frage bei ihm Rat holten. Wenn ich ins Haus komme, schläft er sicher. Ein führender Geist wie er muss immer wieder ausruhen, um sich auf den nächsten Mord vorzubereiten. Tak tak tak tak tak tak! Sechs Schüsse werde ich auf die sechs Männer abgeben, die in meinem Wohnzimmer auf dem Boden schlafen. Die verbleibenden zehn oder zwanzig, egal, Schüsse sind alle für den siebten bestimmt, der nicht einmal zum Schlafen seine Vermummung abnimmt. Er liegt natürlich in meinem Schlafzimmer. Ein Boss wie er ruht selbstverständlich in einem Bett. Tak tak tak tak tak tak tak! Bis ans Ende der Welt für diesen Schlächter. Diese Kugel, werde ich ihm sagen, ist für Daniel Brooks, den ehemaligen Second Lieutenant, the Smiley Man. Warum musste er sterben? Das werde ich ihn fragen. War es nicht genug, ihn zu quälen? Sogar eure Religion, die ihr so verteidigt, hat er angenommen, er ist Muslim geworden. Was wollt ihr eigentlich noch? Und dieser Schuss ist für Salmân Mâdi, Bagdad, wie ihn ein Freund nannte. Hast du schon einmal von einem Dichter dieses Namens gehört? Hast du je einen Menschen gekannt, der die Dichtung auch im Schützengraben nicht vergaß? Hast du schon einmal von einem Dichter gehört, der seine Gewissenspein wie ein Kreuz auf sich nahm und, als er glaubte, ersticken zu müssen, Frau und Kind verließ und sagte: Ich gehe, mit den Getretenen zu leben. Ich gehöre zu ihnen. Einer, der nie Gott, den Allmächtigen, spielen wollte. Und dann David Barbiero, der andere Soldat mit einer Leidenschaft für die Poesie und Leidensgefährte Salmâns, der ihn den schwarzen Whitman nannte? Nimm diese Kugel für ihn, werde ich zu dem Vermummten sagen, der da liegt. Die nächste Kugel trifft ihn für Nihâd. Kennst du Nihâd, den mandäischen Sabier, einen Spross der Familie Samar Mulla Ibrahîm? Er wollte in die Fußstapfen eines seiner Onkel, des Goldschmieds Nur Mulla Ibrahîm, al-Malak, »der Engel«, genannt, treten und wie dieser sein Zeichen auf jedem Juwel im Land hinterlassen. Schreckliches Leid traf seine Mutter, als ihr noch junger Sohn ums Leben kam, lange bevor er seinen Traum verwirklichen konnte. Ihm begegnete der Tod in Gestalt eines Colonel der Marines, dir ein Komplize im Hass, im Morden, in der Zerstörung. Und dieser Schuss ist für Achlâm. Hast du sie je kennengelernt? Natürlich wirst auch du sagen, sie sei eine Hure ohne Ehre, ohne Moral, an die sich nur Verräter erinnern. Aber das lässt mich kalt. Hier die Kugel, die ihren Namen trägt, wer weiß, ob sie noch lebt. Nach allem, was William mir erzählt hat, besitzt das Gefängnis, in das man sie geworfen hat, keine Anschrift, und sogar wenn sie sich rühmen, sie losgeworden zu sein, sie auf ihre Art und Weise getötet zu haben, werden sie enttäuscht. Achlâm wurde an dem Tag umgebracht, als A. Sch. sie den Wölfen zum Fraß überlassen hat. Kennst du den Richter A. Sch.? Er ist im Morden dein Bruder, mit der gleichen Teufelsfratze, und es kommt nicht darauf an, dass er aus einer anderen Stadt stammt und einer anderen religiösen Gruppe zugehört. Diese Kugel schließlich, ich hoffe, es ist die letzte, ist für Ashâr. Natürlich wirst du mir jetzt sagen: Immer schön langsam, bitte. Ich habe diese Ashâr nicht umgebracht. Das waren die Amerikaner. Weißt du etwa nicht, dass sich Mörder und Schlächter nicht durch Nationalität oder Religion voneinander unterscheiden, auch nicht durch Hautfarbe oder Geschlecht? Sie folgen alle derselben Religion und sprechen dieselbe Sprache. Die Mörder sind ein Volk, ein Clan, der seine Zelte überall aufstellen kann. Kennst du den Major oder späteren Oberstleutnant Ray Prince, werde ich ihn fragen, diesen Ray Prince, der ständig den Satz »search and destroy« im Munde führte und für den das Töten eine Art Routine war? Er könnte es doch sein, der Ashâr getötet oder jemanden geschickt hat, sie mit ihrer ganzen Familie zu eliminieren. Weißt du, er ist wie du. Ein Mörder, der sich für Gott hält. Ich wusste, er würde schweigen. Die Überraschung wird ihm die Zunge verknoten, genau wie zuvor seinen Kameraden, die ich im Wohnzimmer beim Schlafen überraschte. Warum diese Überraschung, werde ich ihn fragen. Du hast doch auf meine Rückkehr gewettet. Wie sehr ich auch meinem Schicksal entflöhe, ich würde doch in die Schlinge treten, die du mir ausgelegt hast, waren deine Worte. Ich würde doch eines Tages zum Mörder werden wie du und wie die da. Warum gibt er sich so überrascht, wo er doch die Wette gewonnen hatte? Jetzt sind wir Mörder auf derselben Stufe. Wir sehen einander auf Augenhöhe. Wieso also diese Überraschung? Meinte er etwa, das Töten sei nur ein Projekt, wenn er das Opfer bestimmt, wenn er das Todesurteil spricht? Du könntest stolz sein, werde ich ihm sagen, schließlich bin ich in deine Fußstapfen getreten. Ja, du solltest dich freuen, dass ich am Ende nicht dem Vorbild meiner Freunde, des Unteroffiziers und Dichters Salmân Mâdi und des Second Lieutenant Daniel Brooks, gefolgt bin. Diese beiden wurden von fremden Händen zum Schießen gedrängt, kamen aber danach ums Leben und nahmen ihre Schuld mit ins Grab. Ich dagegen? Ich wollte nie und nimmer einen Mord begehen und weigerte mich sogar, eine Waffe zu kaufen oder in die Hand zu nehmen. Und jetzt begehe ich einen vorsätzlichen Mord. Ich bin nicht einmal Achlâms Vorbild gefolgt. Sie hat einen einzigen Mann erschossen, einen Mann, der sie durch seine Treulosigkeit umgebracht, der ihre Liebe verraten hat. Und ich? Ich lasse es nicht dabei bewenden, die sechs Männer im Wohnzimmer umzubringen. Ich bestehe auch noch darauf, den siebten zu töten. Vielleicht bin ich ein wenig wie Adam, der auf den Krankenwagen schoss. Aber Adam war ein junger Bursche, fast noch ein Kind, anders als ich mit meinen über fünfzig Jahren. Weißt du, werde ich ihm sagen, in diesem Land nützt keine Besonnenheit mehr etwas. Ich hätte das ja nicht getan, wenn ich nicht wüsste, dass ich mich nicht durch Besonnenheit, sondern wirklich einzig und allein auf diese Weise von der Last befreien kann, die schwer auf mir liegt. Das hatte ich in dem Film über mein künftiges Leben gesehen, und hier finde ich nun die Bestätigung. Siehst du nicht die Freude auf meinem Gesicht? Siehst du nicht die Ruhe auf meinem Gesicht? Siehst du nicht das Lächeln auf meinen Lippen? Es ist, als ob ich das Feuer auf beide Seiten eröffnete. Die Marlboro-Mörder und die Bagdad-Mörder. Siehst du nicht, wie begeistert mein Finger den Abzug betätigt. Tak tak tak tak tak tak tak! Bis ans Ende der Welt. Genau wie ich es in dem Film über mein künftiges Leben gesehen hatte. Später kann man mir jede Art Namen anhängen. Beispielsweise der irre Mörder, oder mein neuer Name, den ich annehmen werde. Soll ich den neuen Namen an die Hauswand schreiben, damit bei der Ankunft der Polizei (wenn sie denn kommt) oder der Amerikaner (wenn sie denn kommen) Verwirrung entsteht? Warum willst du den Namen nicht sehen, den ich mit Blut auf die Wand gezaubert habe? Meinen neuen Namen. Genau so wie ich ihn im Film über mein künftiges Leben gesehen hatte. Schau nur, die schöne Schrift! Tiefrot wie alles Blut, das in diesem Lande fließt. Ich wusste, er konnte es nicht mehr sehen, er war zu einem Leichnam geworden, war tot und lag seit einigen Minuten reglos auf dem Bett. Doch ich wollte nicht aufhören. Dann schrieb ich meinen neuen Namen an die Wand, verließ das Haus durch die Hintertür und setzte mit einem Sprung über die Mauer hinterm Haus. Um ins Häuschen meines Nachbarn, des Kochs Namîr, zu gehen, war es besser, das Haus durch die Hintertür auf die Hintergasse zu verlassen, die parallel zur Straße vor dem Haus verlief; so würde ich keine Aufmerksamkeit erregen. Namîr, das wusste ich, war nicht zu Hause. Er hatte sein Haus vor über fünf Jahren fluchtartig verlassen. Alles deutete darauf hin, dass die Besetzer das Haus verlassen hatten, oder vielleicht waren ja die Besetzer seines und meines Hauses dieselben gewesen. Soweit ich mich erinnerte, hatte ich dort den gleichen Typ Pick-up gesehen, der auch auf meiner Zufahrt geparkt war. Sicher hatten sie beide Häuser je nach Bedarf benutzt. Glauben Sie mir, all das hatte ich in dem Film über mein künftiges Leben gesehen, und dann geschah es tatsächlich, wie ich es erwartet hatte. Nach meinem Sprung in den Garten stand ich da und stellte fest, dass niemand da war. Ich überlegte kurz, ob es besser wäre, gleich wieder zu gehen, oder ob ich meinem drängenden Wunsch nachgeben sollte, bis zum nächsten Morgen zu schlafen. Weder Polizei noch Militär würden kommen. Schießereien waren in Bagdad zur Routine geworden, und hier waren die Opfer auch keine Amerikaner. Dass ich dann doch beschloss, das Haus umgehend zu verlassen, hatte nichts damit zu tun, dass ich in dem verwüsteten Wohnzimmer oder auf dem verdreckten Bett nicht hätte schlafen können, angesichts dessen selbst der müdeste Mensch das Weite gesucht hätte. Nein, es war dieser Satz von Pasternak, der mir in den Ohren dröhnte, den ich irgendwann einmal von Salmân gehört hatte: »Der frühe Morgen war grau wie der Radau der zum Tode Verurteilten.« Beim russischen Schriftsteller waren es zur Zwangsarbeit Verurteilte. Dieser Satz war es, der mich veranlasste, das Haus zu verlassen. Ich wollte keiner dieser zum Tode Verurteilten werden. Ich wollte mich von der Person des Ermordeten verabschieden, der ich war. Ich war wie einer, der sich selbst neu entdeckt hatte. Ich wollte keine Verzögerung mehr, ich wollte weg. Die sieben Wochen meines Lebens, die ich vergeudet hatte, waren genug. Ich konnte kaum glauben, dass ich endlich doch meinen Entschluss in die Tat umgesetzt hatte. Wichtig war jetzt, aus dem Haus zu schleichen und bis zur zweiten Straßenbiegung zu gehen. Dort würde ich das erstbeste Taxi nehmen, das vorbeikam. Wichtig war auch, dass ich meine Pistole nirgends liegen ließ. Ich musste sie mitnehmen und sie auf den nächsten Abfallhaufen werfen oder in ein Gully fallen lassen. Ich musste mit meinem Leben, das ich bis zu diesem Freitag geführt hatte, abschließen. Die Pistole war das Letzte, was mir aus einer Vergangenheit geblieben war, die ich mir nicht zurückwünschte. Ich brauchte sie nicht mehr. Ich wusste, es gab keine Schwierigkeiten, einen Abfallhaufen oder ein Gully zu finden. Das Land war voll davon, es hatte sich förmlich in eine Ansammlung von Müllbergen und Kloaken entwickelt. Unterwegs kam ich tatsächlich an Dutzenden von Abfallhaufen und Gullys vorbei.

Dann lief alles sehr rasch ab, ja rascher als es in dem Film über mein künftiges Leben in klaren Sequenzen zu sehen war. Das Durcheinander von Phantastischem und Realem, von Trost und Wahnsinn spielte keine Rolle. Für mich war die einzige Gewissheit, dass ich mich verändert hatte. Darauf musste ich mich einstellen. Jetzt musste ich nur noch zu Nachîl gehen. Zuvor musste ich jedoch noch Namîr besuchen, nicht etwa, weil ich gerade in seinem Haus gewesen war, sondern weil ich niemanden sonst wusste, den ich bitten konnte, mir finanziell etwas auszuhelfen. Denn ich musste mein Haus neu einrichten, um mit Nachîl dort zu leben. Das ganze alte Mobiliar musste verschwinden, alle Spuren mussten beseitigt werden, die die bewaffneten Männer hinterlassen hatten, die Eindringlinge. Was die Toten anging, so war die Sache einfach. Ich würde vom Ilwija-Klub oder von meinem Hotel aus die Polizei anrufen, damit sie kommt und die Leichen wegräumt. Ich würde als Namenloser oder mit einem erfundenen Namen anrufen, Harûn Wâli zum Beispiel. Die toten Männer gehörten sicher zu den vielen Gesuchten, von denen überall Listen hingen. Das könnte ich ihnen sagen. Alles andere war nur eine Frage der Zeit. Das wusste ich und würde es Nachîl erklären. Wahrscheinlich müssten wir ein, zwei oder sogar drei Wochen warten. Dann würde das Haus uns gehören, nur uns beiden. Aber zunächst müsste ich etwas Geld beschaffen. Was ich zuvor in meinem Jackenfutter aufbewahrt hatte, war praktisch aufgebraucht, und in jenem Moment fiel mir niemand anderes ein als Namîr, um mir etwas vorzuschießen. Sicher würde er sich freuen, mich zu sehen. Davon war ich an jenem Freitag überzeugt. Er würde mich mit offenen Armen empfangen und mich drängen, in dem Restaurant zu Abend zu essen, in dem er kochte. Er würde mir eine Flasche Whisky holen, von dem, den er für seine besonderen Kunden reservierte, die Crème seiner Kundschaft, wie er sie einmal nannte, Whisky Dimple, wenn mich mein Gedächtnis nicht trügt. Er würde mir, da war ich sicher, ohne zu zögern den nötigen Betrag zur Verfügung stellen. Er würde mir auf die Schulter klopfen und von verflossenen Tagen plaudern, von unserer guten Nachbarschaft während so vieler Jahre, von der Freundschaft zwischen unseren Familien, besonders dem engen Verhältnis zwischen seiner und meiner Mutter. Er vermisse das alles sehr, würde er mir versichern, er würde nur allzu gern in sein Haus zurückkehren. Zu alledem würde ich schweigen, weil ich ihm ja nicht erzählen konnte, ich sei in seinem Haus gewesen: »Ich hätte fast dort geschlafen. Nur der Satz von Salmân oder eben von Pasternak hat mich davor bewahrt. Ich habe aber feststellen können, in welchem Zustand sich dein Haus befindet. Ganz sicher haben all diese Zeit auch Bewaffnete darin gehaust.« Das Gleiche wie seinem und meinem Haus ist ja noch Tausenden von Häusern im Land passiert. Aber wie sollte ich ihm das alles mitteilen, ohne ihm gleichzeitig zu verraten, was ich dort getrieben hatte. Ich musste den Mund halten, genau wie ich es vor unserer Begegnung gesehen hatte, in dem Film über mein künftiges Leben. Wir hatten alte Erinnerungen aufgefrischt. »Es ist gar nicht so schlimm, was uns in unserem Land passiert ist«, hatte ich ihm gesagt. »Am Schluss wird es allen eine Lehre sein. Ich für meinen Teil bin dabei, einen wichtigen Schritt nach vorn zu tun: Ich werde heiraten. Ich werde ein neues Leben beginnen, das alte ist abgeschlossen«, werde ich ihm sagen. »Ich muss an die Zukunft denken, diesmal an ›unsere Zukunft‹, Nachîls und meine. Wir werden sicher ein oder mehrere Kinder haben.« All das werde ich ihm voller Begeisterung erzählen, wie ich es in dem Film über mein künftiges Leben an jenem Freitagnachmittag gesehen hatte. Doch da war etwas, das ich noch nicht wusste, als Nachîl in das Service-Taxi stieg. Alles lief nach dem Drehbuch ab, das ich mir in diesem Augenblick gezeichnet hatte, alles, in allen Einzelheiten: Ich stieg in das Taxi, fuhr zu meinem Haus und brachte die sieben Männer um; ich sprang über die Mauer in Namîrs Garten, verließ sein Haus und suchte ihn auf; ich saß mit ihm zusammen und nahm das Geld entgegen, das er mir borgte; ja, ich warf auch die Pistole, die ich noch immer bei mir trug, in ein Straßengully. Und so nahm ich an, der Film meines Lebens werde sich ganz nach Wunsch weiterdrehen und schließlich ein glückliches Ende nehmen, wie in den Geschichten, die uns unsere Großmütter erzählten: Von »Es war einmal …« bis zu »Und wenn sie nicht gestorben sind, so leben sie noch heute«. Aber nein, in diesem Land darf es wohl kein glückliches Ende geben, keine glückliche Liebe, jedenfalls nicht für mich. Ich konnte, als Nachîl in das Service-Taxi stieg, um nach Hause zu fahren, in dem Augenblick, als mir alles vor Augen trat, was sich in meinem künftigen Leben ereignen sollte, egal ob Reales oder Phantastisches, Wünsche oder Luftspiegelungen, noch nicht wissen, dass die Person, die zum Mörder wurde und glaubte, dadurch zur Gemeinschaft zu gehören, zum Mörder, der mit jeglicher Vergangenheit abschließen und ruhig im Land, zumal in Bagdad, weiterleben wollte, an jenem Abend zum ersten Mal an Auswanderung denken sollte, daran, das Land hinter sich zu lassen. Was nützt es, in einem Land zu leben, wenn man entdecken muss, das alles, von dem man hoffte, es werde nach den eigenen Wünschen ablaufen, eine Illusion war, nichts anderes? Was sich jemand auch ausmalt und was er will, was sich jemand wünscht und was er plant, vergisst er nicht, dass es ihm gegenüber ein Leben gibt, ein Leben, das seinerseits nach eigenem Gutdünken Geschichten produziert? Salmân Mâdi und Daniel Brooks haben sich nicht selbst die Fronten ausgesucht, an denen sie getötet haben, noch weniger haben sie die Personen ausgesucht, die sie getötet haben. Es zählt dabei nicht, dass sie nicht töteten und dass sie genauso wenig über das Leben derer wussten, die sie töteten, wie ich. Ich habe die Front selbst ausgewählt oder sagen wir: Mir blieb keine andere Wahl. Ich war überzeugt, alles werde nach Wunsch verlaufen, genau so wie ich es an jenem Freitagnachmittag in dem Film über mein künftiges Leben gesehen hatte, schön der Reihe nach und klar und deutlich. Doch dann traf ich an jenem Abend Namîr und erfuhr, wie sehr ich mich getäuscht hatte. Als ich ihn gerade verlassen wollte, in einem Augenblick, der mir bis heute geheimnisvoll geblieben ist, rief Namîr mich nochmals zurück und bat mich, kurz zu warten. Es war genau in dem Augenblick, als ich den Fuß auf die Schwelle des Flurs setzte. »Ich wollte mich bei dir noch entschuldigen«, stammelte er. »Ich habe mein Haus nicht verkauft. Ich habe es den Besetzern überlassen.« Ich lächelte und sagte: »Das weiß ich inzwischen, Namîr.« Er lächelte auch und fuhr dann sachlich fort: »Aber ich habe dich nicht deswegen zurückgerufen. Ich wollte dir nur, bevor du gehst, etwas geben, das ich seit einiger Zeit für dich aufgehoben habe.« Mit diesen Worten überreichte er mir ein kleines Päckchen. »Du wirst dich sicher darüber freuen«, meinte er. Ich wusste sofort, dass es sich genau um jenes Päckchen handelte, das mein Freund Salmân bei Hafar al-Bâtin zurückgelassen und das Second Lieutenant Daniel Brooks, alias Daniel Hussain, gefunden hatte. Es war sicher leichter als damals, als er es mir übergeben hatte. Das Heft, in dem Salmân die Namen und die Zukunftsträume der Soldaten festgehalten hatte, fehlte; ebenso fehlten die Blätter und Fetzen mit den Gedichten auf Englisch und auf Arabisch. Es war nur der letzte Brief Salmâns an mich darin, in dem blauen Umschlag, auf dem meine Adresse stand. Ich bin nicht sicher, dass Namîr die Zeichen der Überraschung auf meinem Gesicht richtig deutete, ob er den Grund für meine Verwirrung begriff. Alles, was sich bisher abgespielt hatte, entsprach genau dem, was ich am Nachmittag jenes Freitags in dem Film über mein künftiges Leben gesehen hatte, nur Stunden vor meiner Begegnung mit Namîr. Nur diese Szene hatte es nicht gegeben. Wie hätte ich ihm jetzt sagen sollen, dass ich eigentlich nur gekommen war, um von ihm etwas Geld zu borgen, mit dem ich, mit dem wir, Nachîl und ich, ein neues Leben beginnen könnten? Dass ich nicht gekommen war, um ein Päckchen entgegenzunehmen, das mich in eine Vergangenheit zurückwarf, die ich glaubte weit hinter mir gelassen zu haben? Aber wie sollte ich ihm das verständlich machen, wo ich doch wusste, dass er der Rolle, die ihm das Leben in jenem Augenblick zugeteilt hatte, nicht voll gerecht wurde. Sonst hätte er nicht denselben ruhigen Ton beibehalten, als er mir mitteilte: »Das gab mir dein Bruder für dich.« Dann fuhr er, weil ich offenbar sehr verwirrt aussah und wirklich nicht wusste, was ich sagen sollte, fort, zu erzählen, wie er ein paar Tage zuvor nach seinem Haus gesehen habe. »Du weißt ja«, erklärte er, »die Sicherheitslage hat sich verbessert. Ich dachte mir, die Besetzer seien vielleicht gegangen. Dann habe ich auch bei dir vorbeigeschaut. Schließlich haben wir uns, soweit ich mich erinnere, seit über drei Jahren nicht mehr gesehen. Aber zu meiner Überraschung kam auf mein Klopfen dein Bruder heraus. Erst habe ich ihn gar nicht erkannt, nicht weil er sich so verändert hätte, sondern weil er sein ganzes Gesicht verhüllt hatte. Dein Bruder war sehr überrascht über meinen Besuch, aber ich war für ihn angeblich wie ein Geschenk des Himmels. Er bat mich, kurz zu warten. Dann rief er jemanden drinnen und ließ sich das da bringen. Offenbar von deinem Schwager, Ashârs Bruder. Jedenfalls war es eine hübsche Gelegenheit, ihn mal wiederzusehen nach so langer Zeit.« Namîr musterte mich. »Ich wusste nicht, dass du dich mit deinem Bruder versöhnt und ihm das Haus überlassen hast. Dein Bruder erzählte mir, du seist umgezogen und wohntest jetzt woanders. Du hättest das da vergessen, und ich möchte doch so gut sein, es dir bei der nächsten Gelegenheit zu geben. Er wird dich sicher einmal im Klub besuchen, sagte dein Bruder.« Namîr schwieg, bevor er weitersprach, seine letzten Sätze klangen wie der Schluss einer Predigt, wie eine Ermahnung: »Schön, dass ihr eure Streitereien friedlich beigelegt habt, es hat ja lange genug gedauert, nicht wahr?« Dann verabschiedete er sich und verschwand im Klubraum: »Alles Gute!« Das hatte ich in diesem Augenblick wahrlich nötig. Was für eine Verwüstung! Was für ein Elend! Wie Nachîl auf dem Friedhof immer wieder sagte. Am liebsten hätte ich in die Nacht hinausgeschrien. Am Nachmittag dieses Freitags hatte ich mir noch alles Mögliche ausdenken können, nur nicht das. Jetzt war ich an ein Ende gelangt, das ich nicht gewählt hatte. Denn bis zu diesem unerklärlichen Augenblick, als ich mit Namîr an der Tür stand, hatten die Opfer weder Name noch Gesicht, sie waren Unbekannte, Niemande. Es waren einfach Körper, Gestalten, Figuren. Jetzt sah ich sie ohne Maske, ohne Vermummung, sah sie mit allen Gesichtszügen, erkannte sie trotz der Dunkelheit, die pechschwarz um mich lag, trotz meiner Schritte, die sich ohne Ziel beschleunigten. Ich wusste nicht, was ich jetzt zu tun hatte. Sollte ich in mein Hotel oder zu Nachîl gehen? Sollte ich bei der Polizei anrufen oder die Leichen einfach im Haus liegen lassen? Ich wusste es nicht. Aber ich begriff, dass es sinnlos wäre, ein Obdach oder eine Zufluchtsstätte in Bagdad zu suchen. Glauben Sie nicht, dass ich fürchtete, niemand werde mir abnehmen, dass ich keinerlei Verbindung zu den Ermordeten hatte, und man werde mich suchen und vielleicht sogar mit dem Mord an Daniel Brooks in Verbindung bringen. Nein, es war vielmehr, dass ich wusste, dass die Leichen, die ich im Haus zurückgelassen hatte, alle vor mir als mein Bruder und mein Schwager Gestalt annehmen würden, wie der Film über mein künftiges Leben an jenem Freitagnachmittag in allen Sequenzen und aller Klarheit Gestalt annahm. Ihre Bilder würden mich verfolgen, wo auch immer ich mich in diesem elenden Land niederließe. Sie würden mich nie mehr loslassen, in keinem Dorf und in keiner Stadt, weder bei Tag noch bei Nacht. Sie würden mich beherrschen, wie die Pistole mich beherrschen wollte. In diesem Land musste ich wählen zwischen der Rolle des Mörders und der des Ermordeten. Das hatte mir doch Salmân einst gesagt? Ich entdeckte, dass ich für die erstere Rolle nicht taugte. Ich machte mir klar, dass ich alles sein könnte, bloß kein Mörder, und dass ich, um der letzteren Rolle, der des Ermordeten, die man für mich vorgesehen hatte, zu entkommen, weggehen musste. Möglichst schnell weggehen und das Land verlassen. Diesmal wäre ich zumindest nicht allein. Nachîl würde mit mir gehen. Ab jetzt kein aschgrauer Morgen mehr, kein Radau der zu Zwangsarbeit Verurteilten. Diese Gedanken gingen mir während dieser Schreckensnacht durch den Kopf. Und das sagte ich auch Nachîl, als ich sie sehr früh am nächsten Tag aufsuchte. Und noch am selben Tag setzten wir es in die Tat um. Wir mussten weg aus diesem Schlachthaus, weit weg dieses Mal. Wir mussten anderswo eine Zufluchtsstätte suchen, ein neues Land …

ABRUNDUNG

Nun, nachdem Sie die Geschichte gehört haben, müssen Sie etwas durchatmen. Ich bin wirklich froh, dass Sie jetzt alles wissen und dass wir uns damit nähergekommen sind. Schauen Sie sich um im Saal, und Sie werden mich gar nicht so weit von Ihnen entfernt sitzen sehen. Ich weiß, dass wir jetzt nicht miteinander bechern können, wie wir wollen, oder so ungehindert unsere Zigaretten rauchen wie einst unser Freund Salmân Mâdi in der Gesellschaft von David Barbiero, dem Freund von Daniel Brooks. Sie hatten gemeinsam von einem anderen Leben geträumt, und das in der einsamen Nacht an der Front. Wir kennen uns jetzt wenigstens. Ich freue mich, dass Sie wissen, dass Sie einen Freund aus Bagdad haben, der sein Leben aufs Spiel gesetzt hat, um zu Ihnen zu kommen. Auch Daniel Brooks, alias Daniel Hussain, the Smiley Man, hat viel riskiert, als er sich auf die Suche nach mir in Bagdad machte. Das Ende, das er nahm, hatte weder ich mir noch er sich so vorgestellt. Das ist eben menschliches Tun. Sobald wir uns jemandem nahe fühlen, sobald wir glauben, mit jemandem viel Gemeinsames zu haben – wobei es unmaßgeblich ist, ob das nur eingebildet ist –, drängen wir darauf, einander kennenzulernen, und weder Gefahren noch Schrecknisse, weder Barrieren noch Ungewissheiten werden uns von diesem Entschluss abbringen. Vor dieser Geschichte hatte ich nie auch nur geahnt, dass ich einmal Grenzpolizei und Küstenwache austricksen könnte und dass es mir gelingen würde, in diese wohlbewehrte Stadt zu gelangen, und dies mit meinem schon im Irak gefälschten Pass. Ja, alles, woran ich gedacht habe, war, Sie zu finden. Der Rückweg dagegen liegt völlig im Dunkeln. Wer hätte geglaubt, dass ich einmal bei Ihnen in dieser kleinen Garnisonstadt sitzen würde, keine vierzig Kilometer südlich der Hauptstadt Washington, nicht einmal eine Autostunde entfernt. Sie hocken hier in Ihrer Zelle, des Verrats angeklagt, während die echten Mörder in ihren schmucken Büros im Pentagon oder im Weißen Haus sitzen. In den Saal komme ich nur dank des einzigen Burger-King-Restaurants in der Stadt. Sie kennen die Liebe Ihres Volks zum Burger. Sie verbindet alle, sogar in diesem Raum. Den Untersuchungsrichter, den Staatsanwalt, den Verteidiger, ja, sogar die Zeugen. Alle vertilgen Burger, alle verlangen danach zu jedweder Zeit, und wenn das Fastfood-Restaurant nicht gleich neben dem Haupteingang zum Gerichtsgebäude läge, wäre es mir nicht gelungen, mich zu Ihnen zu schleichen, hätte ich nicht, zumindest bisher wohl ohne Verdacht zu erregen, neben Ihnen sitzen können. Aber in erster Linie müssen wir unserem Freund Harûn Wâli dankbar sein. Ohne ihn wäre diese Begegnung nicht erfolgt. Er fragte mich, kaum dass er meine Geschichte gehört hatte, ob ich mich noch an den Satz unseres italienischen Freundes Italo Calvino erinnerte, der etwa so lautete: »Wir sind in der Hölle, und alles, was wir tun können, ist, sie nicht schlimmer zu machen.« »Bradley Manning«, sagte er, »er, der ungerecht eingekerkert wurde, nachdem man gegen ihn tonnenweise Anschuldigungen zusammengetragen hatte, ist einer von diesen. Du musst ihn unbedingt aufsuchen. In ein paar Tagen, am 18. Dezember, ist sein vierundzwanzigster Geburtstag. Diese Geschichte ist das schönste Geschenk, das du ihm machen kannst: Damit er erfährt, dass er kein Verräter ist, wozu man ihn gestempelt hat, damit er erfährt, dass er die Informationen, die er weitergab, nicht Feinden, sondern Freunden zukommen ließ, damit er in seiner Zelle nicht das Gefühl hat, alleingelassen zu sein, musst du ihm diese Geschichten von vorne bis hinten erzählen«, sagte unser Freund Harûn Wâli, der König der Geschichten, wie wir ihn großzügig nannten. Diesmal werde ich mich zurücknehmen und ihm das Feld überlassen. Harûn Wâli hat aber für mich alle Informationen über diesen Ort hier zusammengetragen, über die Religion der Bewohner, die Arbeit von über zehntausend, die meisten Katholiken, die in der Festung beschäftigt sind, die die Marines im Jahre 1956 errichteten. »Die Festung wurde errichtet, als ich schon geboren war«, sagte Harûn Wâli. »Das große, flache Gebäude, das aussieht wie ein immenses Gefängnis, das ist das Hauptbüro der militärischen Überwachung. Hier ist der Sitz der NSA, der National Security Agency, an deren Spitze einst John Negroponte stand, in den sich Achlâm aus Versehen verliebte.« Sogar einen Plan dieser Garnisonstadt Fort Meade, oder Fort George G. Meade, hat mir Harûn beschafft und mir gezeigt, wo das Burger-King-Restaurant liegt. »Geh dorthin und frag, ob sie dich brauchen können. In einem Fastfood-Restaurant Arbeit zu finden ist für Ausländer, selbst ohne Papiere, nicht schwierig. Es ist Routine, besonders wenn auch noch deine Frau Nachîl mitarbeitet. Dir kann es egal sein, ob es sich um eine Militärgarnison oder den Sitz der Geheimdienste handelt. Wenn du dort hinkommst, könnte das durchaus als Wunder verbucht werden. Aber wenn schon die Deutschen, die ja für ihre bürokratische Pingeligkeit berühmt sind, nicht gemerkt haben, dass dein Pass gefälscht ist«, sagte er, »warum sollten es die Amerikaner merken? Keiner ist professioneller im Fälschen von Kennkarten und Pässen als unser Freund Joseph Karmali oder Joseph K.« Ich zweifelte natürlich nicht an seinen Worten. Wie auch? Schließlich hatte Harûn Wâli in seinem vorletzten Roman, *Josephs Gesichter*, Joseph Karmali verewigt und ihm, in Anlehnung an die Kafka'sche Figur, den Namen Joseph K. gegeben. Dieser wie jener fürchtet die Niederlage, ist nicht imstande, sie zu ertragen, und wendet sich deshalb der Fälschung zu – aber bloß derjenigen von Kennkarten und Pässen. So triumphiert er über das Leben und wir mit ihm, wie es Harûn ausdrückt. Wir alle kennen Joseph, aus seinem Laden erst in der Gegend von Hâfis al-Kâdi in der Raschîd-Straße, dann, nach seinem Umzug an den Stadtrand, im Muraîdi-Markt, meines Wissens der weltweit größte Fälschermarkt. Wir wissen auch, mit wie viel Geschick, mit wie viel Hingabe er seinen Freunden half. Schließlich sind wir, Nachîl und ich, mit unseren Pässen in zahlreichen Ländern unterwegs gewesen, ohne dass jemand auf die Fälschung aufmerksam wurde. Harûn weiß das genau. Er war überzeugt, dass ich, wenn ich wollte, über Mexiko in die Vereinigten Staaten einreisen könnte. Er zeigte mir verschiedene Möglichkeiten auf. »Du musst aber zu ihm gelangen, bevor sie das Urteil über ihn sprechen«, drängte er. »Die gegen ihn erhobenen Vorwürfe füllen das ganze Gebäude, in dem sie ihm den Prozess machen: 400 000 Einzelberichte, 91 000 Berichte aus dem Irak und aus Afghanistan und 250 000 Protokolle aus amerikanischen Botschaften seien, so die Anklage, an den Feind weitergegeben worden«, erzählte mir Harûn. »Ihn erwarten zweiundfünfzig Jahre Gefängnis. Jetzt ist er gerade vierundzwanzig Jahre alt. Er wird also das Gefängnis, wenn überhaupt je, mit sechsundsiebzig Jahren verlassen. Was für eine Ironie, dass man ihm den Prozess im ersten, ja, vielleicht im einzigen amerikanischen Staat macht, der in seiner Geschichte ein Toleranzedikt erließ, das Maryland-Toleranz-Gesetz aus dem Jahre 1649. Du wirst Zeuge eines historischen Prozesses sein«, sagte mir Harûn. »Ich bin überzeugt, dass du es schaffst. Du darfst nur keine Angst haben. Im Gerichtssaal werden auch Dutzende von Journalisten sein. Einige von ihnen kenne ich persönlich oder durch ihre Artikel. Den Deutschen Sebastian Fischer vom Wochenmagazin ›Der Spiegel‹ zum Beispiel oder den schwedischen Journalisten und Historiker Peter Englund. Erinnerst du dich an ihn? Ich habe dir von seinem neuesten Buch erzählt, *Schönheit und Schrecken*. Eine Geschichte des Ersten Weltkriegs, erzählt in neunzehn Einzelschicksalen, ein Buch, das besonders auch von den Gräueln des Krieges spricht. Wenn all das damals erzählt worden wäre, zu Beginn des letzten Jahrhunderts, so hätte er, Englund, vor dem Richter gesessen. Peter Englund hat früher einmal als Kriegsberichterstatter im Kosovo gearbeitet, dann, 2001, in Afghanistan. Später, 2004 oder 2005, war er sogar in Bagdad. Heute arbeitet er als Sekretär der Schwedischen Akademie; er ist offizieller Sprecher der Jury für den Literatur-Nobelpreis. Stell dir vor, er hat sein schickes Büro in der Altstadt von Stockholm verlassen und ist als Berichterstatter zu diesem Prozess gereist. Aber warum auch nicht? Es ist ja ein Kriegsgericht! Da gibt es ja wohl keinen Unterschied zwischen Prozess und Krieg? Sicher wird dir jemand helfen, solltest du festgenommen werden. Sebastian Fischer oder Peter Englund würden dir sicher in einem solchen Fall zur Seite stehen. Du musst auf jeden Fall vor Weihnachten nach Fort Meade, beziehungsweise Fort George G. Meade, vor Bradley Mannings vierundzwanzigstem Geburtstag. Ruf zunächst seinen Anwalt, David E. Coombs, an, der auch als Soldat im Irak gedient hat. Sicher wirst du oder Nachîl ihm auch einmal einen Burger liefern, höchstwahrscheinlich einen Whopper. Bring ihm die Geschichte, damit er sie an seinen Klienten Bradley Manning weitergeben kann. Es spielt keine Rolle, dass sie auf Arabisch ist. Bradley Manning kann Irakisch-Arabisch! Er hat es gelernt, während er dort im Irak Stunden und Tage allein auf der Militärbasis am Rande der Wüste verbracht hat.« All das erzählte mir Harûn. Und wie recht er hatte. Fast drei Jahre sind vergangen, seit ich das Land verließ, und nun atme ich zum ersten Mal auf. Ich fühle mich glücklich. Endlich kann ich behaupten, das Richtige getan zu haben, indem ich wegging. Wer sonst könnte diese ganze Geschichte erzählen? »Jeder von uns hat seine Rolle darin«, wie Harûn das ausdrückte. »Bradley Manning hat alles veröffentlicht, was er auf dem Computer fand, alle die Dokumente, die die Marines stichhaltig des Mordes bezichtigen. Über die Website von Wikileaks oder ähnlichen sollte alle Welt von diesen Verbrechen erfahren. Deine Rolle ist es, Bradley Manning alles zu erzählen, was uns schon vor der Besetzung Bagdads durch die Marines geschehen ist, ja auch noch all das, was morgen geschehen wird oder genau jetzt geschieht, während all das erzählt wird.« Jawohl, lieber Freund, das ist meine Rolle: Ihnen alle Geschichten zu erzählen, die noch niemand in den Archiven gefunden, die noch keine Zunge erzählt hat. Vergangene Geschichten und künftige: die Geschichte von Daniel Brooks und diejenige von Salmân Mâdi und David Barbiero; die Geschichte des irakischen Bataillons, dessen Soldaten in der Wüste von Hafar al-Bâtin bei lebendigem Leibe begraben wurden, verscharrt und zugedeckt von den Bulldozern der Marines; die Geschichte der neunundzwanzig oder dreißig amerikanischen Gefangenen (dreiundzwanzig einfache Soldaten, vier Offiziere, ein Luftwaffenoffizier im Rang eines Oberst und ein First Lieutenant aus der Nachschubabteilung), die Beute des irakischen Bataillons aus der Schlacht von Chafadschi, bevor es sich erfolgreich von dort zurückzog; sie alle starben durch das Maschinengewehr eines mörderischen Obersts und nicht, wie Salmân glaubte; die Geschichte des jungen Soldaten Nihâd, der davon träumte, in den Fußstapfen seines Onkels Nur Mulla Ibrahîm ein erstrangiger Goldschmied zu werden und nicht ahnte, dass seine Träume von einem amerikanischen Offizier im Rang eines Obersts mit einem Messer massakriert würden; die Geschichte Ashârs und ihrer vierzehnköpfigen Familie, die alle an einem sonnigen Morgen kaltblütig im Schlaf auf dem Dach ihres Hauses in einem abgelegenen Dorf am Ufer des Euphrat umgebracht wurden, beschossen von amerikanische Apache-Kampfhubschraubern; ohne »Guten Morgen«, ohne »Good morning«, ohne irgendeinen Gruß, nur das Pfeifen der Geschosse und der Einschlag; die Geschichte Achlâms, die eigentlich schon vor fünfzehn Jahre ermordet wurde, vom Richter A. Sch.; die Geschichte Nachîls samt dem Tod ihres Sohnes Adam, aber auch ihrem glücklichen Leben mit mir in jüngster Zeit; die Geschichte von Daniel Brooks, bevor er zu Daniel Hussain wurde; die Geschichte seiner Begeisterung für die Marines und seines langjährigen Dienstes in Saudi-Arabien mit Einsätzen auf verschiedenen amerikanischen Basen, ausgeliefert der Gnade von Major Ray Prince, der später, beim Einzug der Marines in Bagdad, Oberstleutnant geworden war; die Geschichte seines Lebens dort, wo er ganze Familien im saudischen Staubreich verschwinden sah, aber nie ein Wort sagen durfte; die Geschichte von Daniel Brooks, nachdem er Daniel Hussain geworden war, Daniel, der nach mir suchte und davon träumte, man werde ihm verzeihen, der den Kindern jener lebendig begrabenen Soldaten helfen wollte, und nicht ahnte, dass er selbst an einer ganz anderen Front abgeschlachtet würde, weit weg von derjenigen, der er entkommen war, aber auch sie am Rande der Wüste; die Geschichte von den Feldern des Todes im Norden und im Süden des Irak; die Geschichte Bagdads, niedergetrampelt von den Stiefeln der Marines und Mördern und Räubern zum Fraß überlassen; die Geschichte unserer völligen Vernichtung; die Geschichte von uns allen; die Geschichte unserer Toten. Wer kennt ihre Zahl? Ein-, zwei-, dreihunderttausend? Ja, die Geschichte jedes Toten und derjenigen, die noch warten. Auch Ihre Geschichte, Bradley Manning, mit dem Richter vor und den Kerkermeistern hinter Ihnen. Und vierzig Kilometer entfernt frohlocken die Mörder frei und entspannt. Ich bin sehr froh, endlich bei Ihnen zu sein, froh, Ihnen alle diese Geschichten erzählt zu haben. Jetzt habe ich den Eindruck, dass wir wirklich frei sind, Sie und ich, beide jeder Last ledig. Ab jetzt wird mir niemand mehr nachsagen, ich hätte mich feige aus meinem Land weggeschlichen. Was für ein Glücksgefühl, diese Freiheit, die ich spüre. Ich werde gehen. Seien Sie unbesorgt, ich bin es gewohnt, Haken zu schlagen. Ich werde den Ort verlassen, wie ich ihn betreten habe. Ich werde meine Arbeit beim Burger King verlassen und zurückkehren, wo ich hergekommen bin. Und wenn sie gegen mich klagen oder mich gar festnehmen, so ist das auch nicht schlimm. Und wenn die ausländischen Journalisten, zum Beispiel Sebastian Fischer oder Peter Englund und andere, mir nicht zur Seite stehen sollten, werde ich die Konsequenzen meines Abenteuers selbst tragen. Gefängnis? Was soll's. Werden sie mir auch Verrat vorwerfen? Sei's drum. Zwei wie wir, Sie und ich, lassen sich doch nicht durch Gefängnis oder Haft von ihrem Vorhaben abbringen. Unsere Stärke liegt in der Einsamkeit. Wir haben Geschichten genug. Ich weiß, dass Sie sich, während Sie durch Ihre Brille in den Saal hinter Ihrem Anwalt David Coombs schauen, Fragen stellen werden, sobald Sie mich aufstehen sehen. Ihre Blicke, Ihr ständiges Flüstern ins Ohr Ihres Anwalts und Ihr unverwandtes Schauen auf mich, all das wird mir sagen: Aber er hat uns nicht seinen Namen genannt, weder seinen früheren noch seinen gegenwärtigen. Warum sollte Sie mein Name interessieren, lieber Freund? Wenn Sie wollen, können Sie mich den »Unbekannten Soldaten« oder sonst etwas nennen. Nehmen Sie irgendeinen Namen, den Sie für passend halten: ghost, Gespenst. Oder warum nicht Ihr Schutzengel im Gefängnis bei Tag und bei Nacht? Engel des Südens, vielleicht? Wählen Sie, welchen Namen Sie wollen. Wenn Sie mir aber einen passenden Namen auswählen, müssen Sie wissen, dass ich, seit ich den blauen Umschlag geöffnet habe, der Salmâns Brief an mich enthielt – Sie erinnern sich, was ich Ihnen von jener Nacht in Bagdad erzählt habe, als ich ihn öffnete, nachdem Namîr ihn mir ausgehändigt hatte? – seit jener Nacht, seit mir Identitäten und Namen durcheinandergerieten und ich danach von Land zu Land reiste, erinnere ich mich an keinen anderen Namen mehr für mich als jenen Doppelnamen, den die beiden zerdrückten Schachteln trugen, die Salmân auch in den Umschlag gesteckt hatte. Zwei leere Zigarettenschachteln, das war alles, was von ihm und seinem amerikanischen Freund aus jener langen Kriegsnacht übrig blieb. Die eine Schachtel hatte ich ihm geschenkt, als er in den Kuwaitkrieg zog. Eine Schachtel mit Zigaretten der Marke »Bagdad«, die es inzwischen nicht mehr gibt, im Gegensatz zur anderen Schachtel, Marke »Marlboro«, amerikanische Zigaretten, die noch immer weltweit verkauft werden. Ganz sicher war das Salmâns Botschaft an mich. Er wollte mir mitteilen: Solltest du beschließen, meine und unser aller, Amerikaner wie Iraker, Geschichte zu erzählen, irgendwann und irgendjemandem, wird dir kein anderes Bild vor Augen stehen als diese beiden zerdrückten Schachteln. Mehr noch, du wirst uns alle nur auf einen einzigen Namen taufen können: »Bagdad Marlboro«. Leb wohl, mein Freund, Bradley! Sollten wir uns irgendwann in nächster Zeit als Häftlinge wieder begegnen … in einer verdreckten Zelle in Fort Meade oder einem anderen verdreckten Gefängnis … oder sollten wir uns in Freiheit wieder begegnen … in einer Kneipe oder einem Café in Washington oder in Bagdad, in New York oder in Berlin, in Basra oder in New Orleans, dann werde ich dich als Erstes auffordern, mit mir auf unsere Freundschaft zu trinken, darauf, dass wir noch leben. Jawohl, darauf zu trinken, dass wir freier sind als zuvor, dass wir nicht zu Mördern wurden wie alle diese Dreckskerle … in Washington oder in Bagdad. Ich werde dich auffordern, mit mir anzustoßen, dass wir in aller Gemütsruhe rauchen und dabei Poesie vortragen, nichts als Poesie … im Gefängnis oder draußen … nichts als Poesie. So habe ich es mir immer vorgestellt mit uns, so habe ich mir auch David und Salmân immer vorgestellt, beim letzten Gedicht, das Salmân schrieb, ein Gedicht, das niemand außer mir kennt. Warum solltest du es nicht ab jetzt gemeinsam mit mir sprechen?

Lichtsäulen
Leuchten auf in Steppennacht.
Zigaretten, die auf ewig brennen.
Schau nur
Welche Namen wir schreiben
In der Düsternis der Frontnacht
Bagdad … Marlboro.

Siehst du nicht, mein Freund, es ist, als hätte er auch unsere Namen in die Düsternis der Weltennacht gemeißelt. Als hätte er auch uns getauft auf einen einzigen Namen. Ein Name, der in der Ewigkeit treibt, nur das. Ein Name, der im Meer der Poesie treibt: Bagdad … Marlboro.

18. Januar 2011 bis 1. Januar 2012

DANK UND WÜRDIGUNG

Zunächst geht mein tiefempfundener Danke an Frau Karin Sommer vom Kulturreferat der Stadt München und Verantwortliche für die Villa Waldberta. Hätte sie sich nicht mit großer Hingabe darum gekümmert, dass mir während der Monate meines Aufenthaltes dort als Writer in Residence völlige Ruhe zuteil wurde, hätte ich diesen Roman nicht zum erhofften Zeitpunkt abschließen können.

Dank geht auch an Herrn Wolfgang Kuhn vom niederösterreichischen Literaturhaus in Krems an der Donau und an seine Kollegen Michael, Silvia und ... der schüchternen, aber immer hilfsbereiten Vera Schwarzenegger. Sie alle umsorgten mich während meines Aufenthaltes in Wohnung Nummer 22 für die Schlusslektüre.

Mein besonderer Dank gilt auch meinem Freund, dem Dichter A.K. Ihm bin ich bei diesem Roman zu vielem verpflichtet. Einiges von dem, was er über unseren Freund Salmân Mâdi schrieb, wird er von mir in diesen Roman integriert wiederfinden. Nur allzu gern würde ich seinen vollen Namen nennen. Doch seine eigene Verwendung eines Pseudonyms bei allem, was er schreibt, und seine Furcht um sein Leben im Irak lassen mich seinen Wunsch respektieren, ungenannt zu bleiben. Das Gleiche gilt für unseren Dichterfreund Dsch. W., der auch einiges von ihm über Salmân Mâdis Leben Verfasstes in diesem Roman wiederfinden wird. Auch in seinem Fall habe ich aus Sorge um ihn nicht den vollen Namen genannt. Beiden lieben Freunden kann ich sagen: Ohne eure Beiträge hätte ich das Leben unseres Freundes Salmân Mâdi nicht so reich und umfassend erzählen können.

Ein spezieller Dank an meinen Kindheits- und Jugendfreund

M. N., der mich bei meinem letzten Besuch im Irak begleitet und mit mir alle Plätze besucht hat, an denen unser Freund Salmân Mâdi lebte, bis zu seinem sinnlosen Tod.

Dank auch an das Burger-King-Restaurant in Fort George G. Meade im amerikanischen Bundesstaat Maryland, ohne dessen Hilfe ich nicht an David E. Coombs, Bradley Mannings Anwalt, gelangt wäre. Es war jedenfalls eine einzigartige Erfahrung für mich. Sebastian Fischer, damals Korrespondent des deutschen Nachrichtenmagazins »Der Spiegel«, möge mir verzeihen, dass ich es während des Prozesses vermied, mit ihm zu sprechen. Ich wollte keinerlei Aufmerksamkeit auf mich ziehen und von niemandem erkannt werden.